ANTO LOGIA

PAN-AMERICANA

48 contos contemporâneos do nosso continente

Organização Stéphane Chao

ANTO LOGIA

PAN-AMERICANA

48 contos contemporâneos do nosso continente

EDITORA RECORD
RIO DE JANEIRO • SÃO PAULO

2010

CIP-BRASIL. CATALOGAÇÃO-NA-FONTE
SINDICATO NACIONAL DOS EDITORES DE LIVROS, RJ

A637

Antologia Pan-americana / Stéphane Chao (org.). - Rio de Janeiro: Record, 2010.

Inclui bibliografia
ISBN 978-85-01-08834-5

1. Antologias (Conto). I. Chao, Stéphane.

10-4998.
CDD: 808.83
CDU: 82-3(082)

Copyright © Stéphane Chao, 2010

Capa: Flavia Castro
Composição de miolo: Abreu's System

Texto revisado segundo o novo Acordo Ortográfico da Língua Portuguesa

EDITORA AFILIADA

Direitos exclusivos desta edição reservados pela
EDITORA RECORD LTDA.
Rua Argentina 171 – 20921-380 – Rio de Janeiro, RJ – Tel.: 2585-2000

Impresso no Brasil

ISBN 978-85-01-08834-5

Seja um leitor preferencial Record
Cadastre-se e receba informações sobre nossos lançamentos
e nossas promoções.
Atendimento e venda direta ao leitor
mdireto@record.com.br ou (21) 2585-2002

Sumário

Prefácio 13

Língua Espanhola

ARGENTINA:
A cópia
   EDUARDO BERTI 19
A esquecida
   JUAN JOSÉ SAER 23

BOLÍVIA:
História sem moral
   EDMUNDO PAZ SOLDÁN 27

CHILE:
As rosas de Atacama
   LUIS SEPÚLVEDA 29

COLÔMBIA:
A próxima fuga
   JORGE FRANCO 33

COSTA RICA:
O ninho
    Rodrigo Soto 37

CUBA:
Morte no lago
    José Manuel Prieto 41

EL SALVADOR:
Sozinhos no universo inteiro
    Horacio Castellanos Moya 51

EQUADOR:
R. M. Waagen, fabricante de verdades
    Abdón Ubidia 57

GUATEMALA:
Encontro com o assassino
    Ronald Flores 65

MÉXICO:
Lontananza
    David Toscana 71

NICARÁGUA:
A estratégia da aranha
    Sergio Ramírez 77

PANAMÁ:
Estranha, bela flor matinal
    Enrique Jaramillo Levi 81

PARAGUAI:
A festa no mar
    Delfina Acosta 83

PERU:

Os três toques das quatro e cinco

ALONSO CUETO 87

PORTO RICO:

O grande segredo de Cristóvão Colombo

LUIS LÓPEZ NIEVES 93

REPÚBLICA DOMINICANA:

O efeito dominó

JOSÉ ACOSTA 97

URUGUAI:

O dezenove

MARIO BENEDETTI 103

VENEZUELA:

O nó do diabo

ELOI YAGÜE JARQUE 107

Onde está você, Ana Klein?

ANA TERESA TORRES 113

Língua Portuguesa

BRASIL:

Norte:

Sujou

EDYR AUGUSTO 119

Nordeste:

Aika Tharina

RAIMUNDO CARRERO 123

Redemunho

RONALDO CORREIA DE BRITO 129

Centro-Oeste:

Artérias expostas

ANDRÉ DE LEONES 139

Sudeste:

O rapto do fogo

ALBERTO MUSSA.. 145

A solução

LUIZ RUFFATO... 153

No bar do Alziro

MARÇAL AQUINO... 161

Sul:

Hereditário

AMILCAR BETTEGA... 165

Olhos azuis

MIGUEL SANCHES NETO.. 169

Língua Holandesa

CURAÇAO:

Uma coisa é triste

FRANK MARTINUS ARION... 1/3

SURINAME:

Viagem

ELLEN OMBRE... 179

Língua Francesa

ANTILHAS FRANCESAS:

Mizik

ERNEST PÉPIN.. 185

CANADÁ:

Tulipas e papoulas

SYLVAIN TRUDEL 201

GUIANA FRANCESA:

Natividade

ANDRÉ PARADIS 205

HAITI:

Passagem só de ida

DANY LAFERRIÈRE 213

Língua Inglesa

BELIZE:

Meu pai e o soldado confederado

ZEE EDGELL 225

CANADÁ:

Peso

MARGARET ATWOOD 233

ESTADOS UNIDOS:

Sul:

Reunião

RICHARD FORD 249

Nordeste:

Minha vida de cão

JONATHAN SAFRAN FOER.. 259

O Distopianista, pensando em seu rival, é interrompido por uma batida na porta

JONATHAN LETHEM.. 263

O atirador de facas

STEVEN MILLHAUSER.. 273

Oeste:

Integração
SHERMAN ALEXIE 287

Meio-Oeste:

Laços e desenlaces
JONATHAN FRANZEN 295

Exilados linguísticos:*

A aparição
EDWIDGE DANTICAT.. 305

Sem Cara
JUNOT DÍAZ... 315

GUIANA INGLESA:
Uma lembrança de flores e coco
RAYWAT DEONANDAN... 321

JAMAICA:
Tá pensando que eu sou maluca, dona?
OLIVE SENIOR... 329

TRINIDAD E TOBAGO:
Nunca esqueça
RABINDRANATH MAHARAJ... 335

Notas Biográficas... 343

Referências Bibliográficas.. 361

Créditos... 371

---

* Escritores oriundos de países não anglófonos que não apenas emigraram como também adotaram a língua inglesa para escrever.

"Eis a América, o continente se impõe. Ele é feito de todas as presenças que inflamam no crepúsculo o horizonte nebuloso da baía; porém, para o recém-chegado, esses movimentos, essas formas, essas luzes, não indicam províncias, lugarejos e vilas; não significam pradarias, vales e paisagens; não traduzem as ações e trabalhos de indivíduos que se ignoram uns aos outros, cada um encerrado no horizonte estreito de sua família e profissão. Tudo isso vive de uma existência única e global. O que me cerca de todos os lados e me esmaga não é em absoluto a diversidade inesgotável das coisas e dos seres, mas uma única e formidável entidade: o Novo Mundo."

Claude Lévi-Strauss, em *Tristes trópicos*.

Prefácio

A descoberta da literatura

Para o pensador francês Maurice Blanchot, o destino e o apogeu da literatura são abolir-se no silêncio. Toda obra, portanto, bem como toda obra-prima, contribuiria para consumar a literatura, impelindo-a à sua extinção. No fundo, esse pensamento não é tão paradoxal quanto parece. Ele se junta ao preconceito bastante comum segundo o qual um grande livro esgota a literatura, ou tende a fazê-lo. Quanto a mim, penso justamente o contrário: uma obra-prima relança a história literária abrindo novos caminhos de escritas. Abrir outras possibilidades, esta é sua marca distintiva. E, no fim das contas, a ausência de livros dignos desse nome, a ausência de obra-prima — e não sua multiplicação —, é que terminaria por secar a literatura.

Se eu me atrevesse a continuar a contradizer Blanchot, diria que o paradigma da criação literária não se exprime, como ele afirma, no mito de Orfeu, que conta as peripécias do poeta nas esferas inferiores. De acordo com uma possível versão desse mito, Orfeu quer conduzir a defunta Eurídice para fora dos Infernos guiando-a com seu canto, mas, quando chega ao limiar do mundo dos vivos — momento que corresponde ao paroxismo de seu canto —, Orfeu volta-se para Eurídice a fim de contemplá-la. Tanta beleza o deixa mudo. Ora, assim que se interrompe o canto de Orfeu, Eurídice é devolvida às profundezas dos Infernos. Essa concomitância aponta simbolicamente para uma identificação: tudo se passa como se parar o canto fosse perder Eurídice; como se, portanto, Eurídice e o canto constituíssem apenas um. Em outros termos: como se Eurídice personificasse a literatura, da qual o poeta, tendo alcançado a plenitude de sua arte, desiste para juntar-se à vida.

Mais do que num mito grego, seria na ideia que subjaz às *Mil e uma noites*, uma ideia árabe portanto (e não persa ou indiana, segundo o preconceito amplamente difundido*), que eu veria a metáfora mais pertinente da literatura. Com efeito, a meu ver, o *sursis* obtido noite após noite por Sherazade graças a seu talento de narradora representa o perpétuo relançamento da literatura por ela mesma. Pois se 1.000 é o símbolo numérico da totalidade, 1.001 simboliza a totalidade mais um, isto é, o infinito.** Se Sherazade personifica aqui a literatura, então sua vitória sobre a morte remete à força vital inesgotável característica da imaginação literária.

Assim, depois que Orfeu (metáfora, além do artista, da própria humanidade) reconquista a vida, Eurídice (encarnação da literatura no mito grego) permanece no limbo, queda-se no mundo dos mortos, ao passo que Sherazade (encarnação da literatura na fábula árabe) obtém a misericórdia do xeique Shariar (a humanidade), com quem, passado o perigo da morte, continuará a caminhar na vida.

Como disse, inclino-me antes por esta segunda concepção — a que professa o indefinido relançamento da literatura por ela mesma e não seu esgotamento —, e provavelmente o que se aplica à história da literatura aplica-se igualmente a essa história conexa que é a das antologias. Portanto, não procurei, com esta que se segue, estabelecer um panteão, proceder a uma espécie de canonização que, mais ou menos, pretendesse congelar a produção literária de determinado tempo e lugar (da mesma forma que, se eu fosse escritor, não aspiraria à obra genial, que esgotasse a literatura da minha época). Minha intenção principal era que esta antologia suscitasse outras que a complementassem, rematassem ou mesmo contradissessem. Afinal, é inegável que as sucessivas antologias atestam uma história da leitura, uma vez que estas não são, enquanto seleção de textos, ato de escrita, mas obra de leitor. Nesse aspecto, o antologista não passa de um leitor dentre outros, que idealmente deveria permanecer mudo, mantendo-se aquém do limiar onde, tomando

---

* Como o demonstra magistralmente Alberto Mussa numa série de artigos publicados em 2005 na imprensa brasileira na ocasião do lançamento da tradução do *Livro das Mil e Uma Noites* por Mamede Jarouche.

** Não sei mais de quem roubei essa ideia. Certamente do Borges, que deve ter roubado de um outro.

a palavra, ele cessa de ser um puro leitor para tornar-se comentador, o que já é uma modalidade de atividade literária. Seu comentário, sua maneira de fazer os textos "falarem", sua contribuição, por mais modesta que seja, à literatura deveriam efetivamente residir tão somente no método que ele adota para organizar sua biblioteca. Pois, em si, esta é prenhe de uma concepção da literatura, talvez mais eloquente que qualquer discurso. A ordenação alfabética, por exemplo, permite arrumar os livros segundo uma ordem dogmática e arbitrária, isto é, segundo uma visão religiosa. Não é a minha. Por muito tempo meu critério de arrumação foi cronológico. Até o dia em que descobri a resposta para uma interrogação tão lancinante quanto fundamental: eu não conseguia me explicar por que, espontânea e cegamente, e em todas as épocas da minha vida, eu preferia a *Odisseia* à *Ilíada*. A primeira me parecia, se é que se pode dizer, mais "literária" — no sentido da invenção romanesca — que a outra. E é um fato que a *Odisseia* é uma fabulação, uma fantasmagoria, uma pura ficção, cujo herói — um tremendo mentiroso — é a própria metáfora do escritor, ao passo que a *Ilíada* talvez não passe de um relato um tanto exagerado, um tanto romanceado de um acontecimento que certamente aconteceu. Foi o escritor Michel Tournier quem me permitiu elucidar definitivamente esse mistério pessoal: a *Ilíada*, ele me explicou, é um romance essencialmente histórico, a *Odisseia*, com seus périplos de ilha em ilha, um romance geográfico — geográfico no sentido estrito de geografia física, onde toponímia e topografia são igualmente imemoriais.*

Portanto, sem saber, eu preferia a geografia à história. Por quê? Só vim a compreender bem mais tarde. Entretanto, a razão disso (que descobri à luz de não sei que leitura ou acumulação de leituras) é simples. A geografia é literária por natureza, a história paradoxalmente não, ou pelo menos não essencialmente. A história é o tempo humano, finito. A geografia é o tempo sem data nem medida: ela remete às vastas gêneses geológicas, aos ritmos cadenciados de formação de continentes e planetas. Ora, essas durações cosmológicas são incomensuráveis diante da imaginação humana, a qual é incapaz de apreendê-las senão de maneira fabulosa. A geografia, portanto, tem uma relação profunda com o mito, com sua atemporalidade fantástica, terreno onde se desenrolam as fábulas e narrativas primitivas, as grandes iniciações coletivas

---

* A geografia política, por sua vez, não é geografia no sentido estrito do termo: é uma geografia contaminada pela história.

e individuais — as Odisseias. Toda literatura seria, portanto, em seu inconsciente, um devaneio geográfico — e, por conseguinte, por contiguidade, todo ato de leitura, ou seja, toda antologia, que como dissemos é obra de leitor... Ora, me parece já haver várias antologias de literatura da América Latina (conceito eminentemente histórico, como veremos) e nenhuma de literatura pan-americana (conceito geográfico) — ou americana, deveríamos ser autorizados a dizer, se o termo não tivesse sido confiscado pelos Estados Unidos para caracterizar tudo que lhe é aferente (é privilégio dos poderosos, ou o — magro — consolo dos perseguidos, autorizar-se esse tipo de apropriação semântica). Esse conceito — o de América Latina — foi, se não estou enganado, criação de letrados franceses do século XIX, desejosos de reagir à influência espanhola sobre a América Ibérica, como era designada então, legitimando com essa denominação, mais ampla, as ambições culturais francesas nessa parte do continente. Se a expressão "América Ibérica" é de natureza histórica (correspondente ao fato — real — da colonização hispano-portuguesa), a expressão "América Latina" poderia ser considerada "hiper-histórica" (nomeando um fato imaginário com o único fim de suscitá-lo).

Alguém decerto julgará louvável a ideia de estabelecer, através desta seleção de 48 contos, um diálogo entre diversas literaturas (a norte-americana, a centro-americana, a brasileira, a caribenha, a sul-americana), as quais, apesar de seu pertencimento a um mesmo continente e época (os anos 1990 e 2000 no que se refere aos contos escolhidos), não mantêm — ou mantêm poucas — relações entre si. Mas nem por isso tal ideia, por mais generosa que fosse, deixa de ser incongruente. Com efeito, que realidade linguística, política, cultural e, sobretudo, literária atribuir a essa entidade que não tem outro fundamento, enfim, senão a geografia física (por sinal desmentida pela cultura, depois de o canal do Panamá dividir o continente em dois)?

Minha resposta poderia ser a seguinte: não existe taxinomia ou modo de classificação ou organização, por mais "naturais" que possam parecer, que não comporte uma parcela de arbitrariedade*. E de nada serve tentar justificar tal princípio de arrumação, tal rotulação do real, argumentando que a ordem que refletem é homogênea às coisas mesmas, pois foi justamente muitas vezes esse

---

* Como vimos com o termo "América Latina", mera criação ideológica.

princípio, essa grade de leitura prévia, que terminou por imprimir sobre as coisas a marca de sua própria coerência. Ora, se a literatura é de fato o lugar da invenção de novos códigos, de novos modos de estruturação do pensamento, e se o projeto que tentei realizar participa de certa forma do espírito de seu objeto — a literatura —, então não tenho direito a tal reorganização dos critérios de nossa apreciação das coisas? Ora, estimular outra decodificação é criar outras solidariedades, outros diálogos, e teríamos razão de nos alegrar se esse projeto permitisse tecer laços literários entre, por exemplo, Rodrigo Soto (Costa Rica), Amilcar Bettega (Brasil) e José Manuel Prieto (Cuba); ou entre Steven Millhauser (Estados Unidos), Alberto Mussa (Brasil) e Abdón Ubidia (Equador); ou ainda entre Luiz Ruffato (Brasil), Olive Senior (Jamaica) e Sherman Alexie (Estados Unidos); entre Jonathan Lethem (Estados Unidos), Delfina Acosta (Paraguai) e Eduardo Berti (Argentina); entre Raimundo Carrero (Brasil), Horacio Castellanos Moya (El Salvador) e José Acosta (República Dominicana); entre Jorge Franco (Colômbia), Edmundo Paz Soldán (Bolívia) e Marçal Aquino (Brasil); talvez entre Junot Díaz (estadunidense "exilado linguístico") e Miguel Sanches Neto (Brasil); entre Ronaldo Correia de Brito (Brasil) e por que não o igualmente profundo e visceral Ernest Pépin (Antilhas francesas)... e muitas outras combinações, inclusive às vezes póstumas (Mario Benedetti, Juan José Saer), em que se ombreariam autores de renome internacional (Richard Ford, Jonathan Franzen, Luis Sepúlveda, David Toscana, Jonathan Safran Foer, Alonso Cueto, Margaret Atwood) e outros igualmente talentosos mas que o acaso e a situação geopolítica de seus países privaram da notoriedade fora de suas fronteiras ou espaço linguístico (especialmente autores como Frank Martinus Arion, de Curaçao, Raywat Deonandan, da Guiana Inglesa, Ellen Ombre, do Suriname, Zee Edgell, do Belize...).

As razões que motivam tal antologia poderiam, portanto, ser estas, mas, a bem da verdade, há outra justificação, mais poética, para esse projeto — que consiste numa homenagem conjunta à América e à literatura, na celebração de uma possível coincidência. Todos sabem, com efeito, que a América não foi descoberta no século XV pelos europeus. Segundo a teoria comumente aceita, foram migrações bem anteriores, datando do fim do paleolítico, que povoaram o continente. Se essa teoria for correta (alguns pesquisadores, é verdade, a contestam), a chegada do homem a esta parte do mundo corresponderia à entrada da arte pré-histórica numa das últimas fases de sua evolução, como mostrou André Leroi-Gourhan, eminente pré-historiador do século passado: formando inicialmente um sistema abstrato de símbolos, uma espécie de expressão meramente intelectual do universo, de fórmula metafísica do mundo, os sinais rupestres desenhados por nossos geniais antepassados evoluíram progressivamente para a figuração e a discursividade, para a imitação movediça do real e o desdobramento narrativo. Enfim, a arte pré-histórica deixou de ser uma arte abstrata para tornar-se narração, conto, história. Em outras palavras, mais ou menos no mesmo momento em que pisava o solo do que viria a se tornar a América, a humanidade descobria um Novo Mundo: a literatura.

Stéphane Chao

A cópia

Eduardo Berti

Tinha comprado um óleo em um leilão. Era a cópia de uma pintura feita por um artista chamado H. Linden. O próprio Linden estava no leilão, sentado em silêncio a um lado do estrado do leiloeiro. Era um homem comprido, um pouco encurvado, com um lenço vermelho ao redor do pescoço saindo de uma camisa branca, desabotoada. A cada reprodução que leiloavam, Linden fazia um gesto, e dois assistentes iam em busca da obra original, para que os interessados comprovassem a mestria dos copistas. Como se isso não bastasse, Linden aprovava indo com o olhar do original à cópia, e voltando ao original.

Ela comprou um quadro em que aparecia uma madona de pele rosada, cachos loiros e olhos claros, segurando no colo um bebê doentio e em lágrimas. Soube depois que esse era o quadro maior e mais conhecido da produção de Linden.

Enquanto atravessava a praça com o quadro debaixo do braço, rumo à parada de ônibus, um relâmpago sacudiu o céu; de repente chovia com uma fúria inexplicável e ao seu redor viu gente com guarda-chuvas — eram menos — e outros que protegiam as cabeças com pastas ou bolsas. Os assistentes de Linden tinham envolvido o quadro com papel-jornal entre cordas finas, como uma caixa de pizza, e assim ela, que não podia dizer qual era o avesso nem qual era o anverso, elevou o quadro para que a protegesse da chuva, apoiando sobre o cocuruto o que supôs era o dorso.

Uma fila começava junto ao poste que marcava a parada de ônibus e virava a esquina serpenteando vários metros mais à frente. Alguém disse que acabava de começar uma greve surpresa e que a frequência dos micro-ônibus seria de um por hora. Ouviu um homem de bigode repreender outro barbudo por tentar subir no micro com uma bicicleta dobrada. O homem empregava palavras como "vergonha" e "abuso" para dizer que não havia lugar, em um dia de chuva e greve, para uma bicicleta em um ônibus cheio. Isso lhe bastou para erguer o quadro novamente e sair em busca de um táxi; mas os táxis eram poucos e estavam ocupados.

Voltou para a praça. Um vento implacável e frio varria a cidade, transformando as gotas de chuva em chicotadas oblíquas. De nada adiantava proteger-se embaixo dos beirais ou das copas das árvores. O céu parecia desabar com o peso inchado de suas nuvens negras, e as luzes do parque se acendiam, como se fosse noite.

Embora tentasse se defender, o vento balançava gotas que batiam nas maçãs de seu rosto. Os atoleiros interrompiam a passagem, e a praça ia se transformando em um imenso lodaçal. Que horas eram? Balançou a mão até que o relógio aparecesse pela manga. Então viu seu punho manchado de preto, azul, amarelo e vermelho; a mesma coisa na mão direita; era tinta jorrando do óleo. Desfez o nó e arrancou resolutamente o papel-jornal já aderido à tela. Estivera segurando o quadro todo o tempo para cima, com a madona exposta à chuva. Pouco restava já dos traços e das formas, a não ser cores misturadas, confundidas umas com as outras.

Inclinando-o de modo que as gotas deslizassem pela tela como se fosse uma rampa, apoiou o quadro em um arbusto e assistiu à lenta dissolução da madona corroída pela chuva: agora a grama ia tingindo-se do que soltava o óleo.

Uma mulher esbarrou nela, murmurou desculpas e continuou correndo. A capa verde da desconhecida ondulou por um instante, o mesmo em que um raio sulcou o céu e clareou a penumbra. Um lenço envolvia sua cabeleira e ela levava uma criatura nos braços. Ela imaginou que era a própria madona, desprendendo-se do quadro; olhou para a tela e quase já não restavam traços, apenas a sombra de um tênue contorno.

Tão molhada que não percebia a tempestade, abandonou a tela outra vez quase branca e retornou caminhando lentamente pelo meio da rua, descuidada do trânsito. A chuva, redobrando sem trégua no pavimento, nos guarda-chuvas dos transeuntes, nos telhados, caía a torrentes, e agora seu edifício se elevava atrás de uma mancha de óleo que cobria a vereda. Entrou e deu de comer ao gato cuja pelagem do dorso se arrepiava nos dias de tempestade e raios. Acendeu o forno, esticou a capa para que secasse melhor e, despindo-se, pôs em movimento a secretária eletrônica. Entre as mensagens surgiu a voz de alguém que se apresentava como o mestre H. Linden. A voz implorava uma devolução e falava de um erro, de uma involuntária confusão entre uma cópia e um original.

A esquecida

Juan José Saer

para Jean-Luc Pidoux-Payot

Não se assustem: desta vez a história termina bem. No que me diz respeito, fui testemunha ocular somente a partir do clímax. Por uma dessas casualidades, também presenciei, algumas horas mais tarde, em um bar à beira-mar, por sorte, o desenlace.

Eu tinha descido do Talgo Montpellier-Valência, por volta das seis de uma tarde quente de verão, e estava esperando na plataforma da estação uns amigos que deviam vir me buscar de carro para ir a um povoado da Costa Brava, quando as vozes rugosas de catalães discutindo em espanhol me fizeram virar a cabeça. A violência desesperada do tom me turvou, e a agitação do grupo que discutia, mais próxima do pânico do que da ameaça, induziu-me a me aproximar com discrição para tentar entender o que acontecia. Tão concentrados estavam no debate que nem sequer se deram conta da minha presença. (Meu objetivo na vida é passar despercebido como indivíduo, dado que sou editor de obras clássicas de filosofia, que outros escrevem, traduzem ou comentam, e que eu me limito, no mais rigoroso anonimato, a tirar à luz na cidade de Lausanne.)

Eram quatro pessoas: um adolescente, um casal de anciões, e um senhor de idade indefinida que parecia estar tentando acalmar os ânimos, e que devia ser sem dúvida funcionário da ferrovia. A mulher se limitava a choramingar e a retorcer entre os dedos atormentados pela artrose um lencinho branco com o qual de vez em quando enxugava as lágrimas. Em seguida compreendi que os velhos eram os avós do adolescente.

É impossível imaginar maior contraste entre a aparência do avô e a do neto, que eram os que discutiam com aspereza. O velho asseado, calvo e bronzeado trajava uma camisa impecável, cinza-pérola e de mangas curtas, e calças de verão recém-passadas, demonstrando uma vez mais a simplicidade no vestir tão agradável que costumam praticar os espanhóis. O adolescente, ao contrário, tinha posto em cima ou arrastava consigo tudo o que a moda mundial destinada a estimular o consumo nesta etapa de sua vida o induzia a comprar, por causa de um destes imperativos universais que não se sabe bem quem dita, e que reduzem os membros da espécie humana ao papel de meros compradores desde que estão no ventre de suas mães: assim que se instalam no óvulo já há alguém que, percebendo neles uma suposta necessidade, tem algo para vender-lhes. Apesar do despojamento do ancião e da abundância barroca do neto (boina americana com a viseira ao contrário, em plano inclinado sobre a nuca, camiseta branca com textos em inglês sob uma camisa aberta e muito ampla, cor cáqui, calças que caíam em acordeão sobre uns tênis espessos de sola de borracha, *walkman* cujos fones pendiam ao redor do pescoço, numerosos braceletes e colares e cinturão largo com compartimentos diferentes para guardar dinheiro, chaves, documentos, passagens, cigarros et cetera), e apesar também do antagonismo obstinado que os opunha na discussão que ia ficando cada vez mais exaltada e violenta, uma inegável semelhança física, não isenta de comicidade, com as variações próprias da idade de cada um, delatava seu parentesco.

Em poucas palavras, o problema era o seguinte: o garoto, que devia ter uns quinze ou dezesseis anos, e que vinha da França passar as férias com os avós, esqueceu-se da irmãzinha adormecida no trem. Isso mesmo: esqueceu no trem uma garotinha de cinco anos, a irmãzinha que, dez anos depois de seu nascimento e de seu reinado absoluto de filho único, seus pais, por acidente ou com premeditação, tinham decidido trazer ao mundo. A criatura gorducha e rosada, de lindo cabelo acobreado por causa de seus antepassados catalães, abarrotada de biscoitos, refrigerantes e chocolate, dormiu como uma pedra, como se costuma dizer, no fundo de seu assento, e o garoto, ao se dar conta de que o trem chegava a Figueras, com a cabeça perdida em um arquipélago imaginário de shows gigantes de salsa e projetos de aprendizagem acelerada de *planche à voile*, pouco habituado a viajar com outra companhia que não a de seus pais ou a dos professores do colégio, que tomavam por ele todas as decisões, tinha agarrado sua mochila e, atravessando o corredor a toda velocidade, saltado para o chão, encaminhando-se para a saída. Quando o avô, depois de cumprimentá-lo, lhe perguntara pela irmã, o Talgo Montpellier-Valência, que o garoto virou para olhar um pouco apavorado, já tinha saído da estação e, com a previsibilidade estúpida das coisas mecânicas inventadas pelos homens, rodava despreocupado para o sul. E em meio à discussão robusta e amarga que se seguiu, entrei eu em cena.

Se os avós davam a impressão de estar muito preocupados, o garoto, por outro lado, parecia pesaroso e perplexo, e inclusive vagamente indignado. Como diabos — parecia insinuar sua atitude — podia ter cometido tal disparate? A falha enorme era desproporcional à sua capacidade de culpa, e em seu foro íntimo uma vozinha insistente, que ele tentava não ouvir, sussurrava que a responsabilidade pelo que tinha acontecido cabia à menininha, que não devia ter dormido, cheia e displicente, acostumada que estava a que todo mundo revoasse ao seu redor para tomar conta dela. Uma raiva intensa começava a cegá-lo: ficando adormecida no trem, a menininha demolia sem delicadeza todos os seus projetos e sonhos. Deixando vagar o olhar para o outro lado da rua, além do ponto de táxi, pela sombra espessa dos plátanos adensando-se no crepúsculo que parecia se expandir para além da pracinha triangular, desejaria que neste momento a irmãzinha fosse castigada como merecia, para que aprendesse de uma vez por todas as consequências que os outros tinham que sofrer por causa de seu egoísmo monstruoso. Mas, apesar de seus sentimentos contraditórios (*Sou sempre eu, eu, quem paga pelos pratos quebrados*), apenas um observador imparcial e exterior, um editor suíço de obras filosóficas, por exemplo, teria conseguido perceber algo mais que pânico e real preocupação em seu olhar. Como a discussão, cada vez mais árdua e estéril, prolongava-se inutilmente, o funcionário da ferrovia, disposto à ação, abriu o telefone celular que levava na cintura e, elevando-o até a orelha direita, saiu correndo para o escritório da estação, justo no momento em que o carro dos meus amigos estacionava ao meu lado, tirando-me de meu ensimesmamento com uma buzinada discreta.

Um relato — uma vida — não se compõe somente de elementos empíricos, então, vendo-os nessa noite, felizes, no bar da costa, revoar outra vez ao redor da menininha que devorava um sanduíche e uma laranjada com a crueldade desdenhosa de uma deusa que aceita, imbuída de sua própria importância, sacrifícios humanos, deduzi imediatamente que ao sair correndo com o telefone na orelha, o funcionário da ferrovia tinha ligado diretamente para o trem para avisar o vigia do que estava acontecendo e sugerir que desembarcasse a garotinha na próxima estação, onde algum membro da família foi buscá-la de carro. Então ali estavam: os avós, um casal muito mais jovem (os tios sem dúvida), a garota e o rapazinho, comendo sanduíches e aperitivos de batatas fritas e de lulas, tomando refrigerantes ou cervejas, aliviados pelo reencontro e pelo desenlace provisoriamente feliz da história. A pequena imperatriz loira e gorducha, com os olhos entreabertos, devorava com afinco seu interminável sanduíche, empurrando-o de vez em quando com um gole de laranjada, indiferente ao amparo excessivo que os outros lhe prodigalizavam, sob o olhar neutro e furtivo do irmão mais velho, como se dela dependesse sua sobrevivência. Estavam todos gravados, nítidos e vivos, no meu campo visual, e eu, distraindo-me da conversa cortês e algo irônica que reinava em minha própria mesa, contemplava-os fascinado, movendo-se como o faziam neste espaço ambíguo, ao mesmo tempo imediato e remoto, em que o familiar se transfigura e começa a se parecer com o desconhecido.

História sem moral

Edmundo Paz Soldán

Num parque, numa tarde ensolarada de junho, Marissa brinca com Blackie, seu cocker spaniel branco. Joga uma bola de tênis para a fonte no centro do parque, e Blackie, suas longas e sujas orelhas tocando a grama recém-aparada, corre atrás dela tentando seguir com os olhos levantados a curvatura parabólica no ar sufocante, povoado de libélulas e borboletas amarelas. Um instante depois, Blackie reaparece com a bola entre os dentes, e a deposita aos pés de Marissa. Ela, a ampla camiseta alaranjada em que se apoiam os seios inquietos e sem sustento — é a umidade —, acaricia a enredada pelagem de Blackie, necessitado de um banho, e brinca com sua cauda enquanto repete, em ritmo de *cumbia, borboletas amarelas Mauricio Babilônia.* Em seguida volta a atirar a bola. A brincadeira se repete por uma meia hora, e tanto Marissa quanto Blackie parecem gostar da repetição, como se uma precondição para seu prazer fosse a ausência de novidade, ou como se, à sua maneira, cada repetição pusesse em jogo a novidade do princípio, e por este único fato fosse nova.

A brincadeira termina quando Blackie volta sem a bola e com duas notas de cem dólares entre os dentes. É o início da maravilha. Marissa pergunta a Blackie de onde os tirou. Blackie, como única resposta, balança o rabo. E a bola? Blackie põe a língua. Marissa se dirige para a fonte. Não há sinal da bola. Olha de um lado para outro com olhos culpados para umas crianças jogando frisbee e para um casal de adolescentes beijando-se em um banco —

os dois usam aparelhos nos dentes, Marissa acha que pode ser perigoso, um beijo elétrico pode terminar em curto-circuito, em línguas chamuscadas—, e para um ancião de orelhas enormes lendo no jornal sobre uma guerra civil na África. Ninguém parece reparar nela. Não consegue acreditar, mas tampouco lhe interessa fazê-lo ou não. No dia seguinte, com outra bola — e outra camiseta, uma com um desenho de Lichtenstein, um casal discutindo —, a magia se repete diante de seus olhos sobressaltados, e desta vez Blackie volta com a foto amassada de seu primeiro amor, fervoroso marxista, "desaparecido" pelas forças de segurança do Estado em um golpe militar dezessete anos atrás. Depois, durante uma semana, virão a novela manuscrita de um apaixonado por ela que se achava Onetti, as chaves que acreditava perdidas do porão da casa na qual brincava com fantasmas quando criança, entradas vermelhas da série sobre filme *noir* que viu na Cinemateca num inverno chuvoso quatro anos atrás, uma garrafa de vinho branco de Mendoza que lembrava um amante que teve e foi embora mas na verdade não — sempre, de um modo ou outro, dava um jeito de acompanhá-la—, um cartão em que se lia, em sua própria letra trêmula, a frase: *I do crazy, / wild things for you*, uma camisola azul que lhe tinha presenteado seu primeiro amor, uma passagem de avião, só de ida, a San Francisco.

Depois desta semana, nunca mais. Blackie não perderá o gozo, mas voltará para o velho costume de retornar com a bola de tênis entre os dentes. Passarão os dias, obsessivos, repetitivos, circulares. É tão longo o amor e tão curto o esquecimento, dirá Marissa numa tarde de junho cinco anos depois da primeira vez, ansiosa, nostálgica, esperando ainda no parque a volta de Blackie com algo diferente na boca, talvez o batom que um de seus namorados tinha tirado de sua bolsa e não quis devolver, talvez, pelo menos, a moral da história.

As rosas de Atacama

Luis Sepúlveda

Fredy Taberna tinha um caderno com capa de papelão e nele anotava conscienciosamente as maravilhas do mundo, e estas eram mais de sete: eram infinitas e se multiplicavam. O acaso quis que nascêssemos no mesmo dia do mesmo mês e no mesmo ano, só que separados por uns dois mil quilômetros de terra árida, pois Fredy nasceu no deserto de Atacama, quase na fronteira que separa o Chile do Peru, e essa casualidade foi um dos tantos motivos que cimentaram nossa amizade.

Um dia, em Santiago, vi-o contar todas as árvores do parque florestal, e anotar em seu caderno que o passeio central estava flanqueado por 320 plátanos mais altos do que a catedral de Iquique, que quase todos eles tinham troncos tão grossos que era impossível abraçá-los, que junto ao parque corria fresco o rio Mapocho, e que causava alegria vê-lo passar sob as velhas pontes de ferro.

Quando leu para mim seus apontamentos, eu lhe disse que achava absurdo citar aquelas árvores, porque Santiago tinha muitos parques com plátanos tão ou mais altos, e que tratar tão poeticamente o rio Mapocho, uma fraca corrente de água lamacenta que arrasta lixo e animais mortos, me parecia um exagero.

— Você não conhece o norte e por isso não o entende — respondeu Fredy, e continuou descrevendo os pequenos jardins que conduzem à ladeira de Santa Luzia.

Depois de sobressaltar-nos com o disparo de canhão que diariamente marcava o meio-dia santiaguense, fomos beber umas cervejas na Praça de

Armas, porque tínhamos aquela enorme sede que sempre se tem aos vinte anos.

Alguns meses mais tarde Fredy me mostrou o norte. Seu norte. Árido, ressecado, mas cheio de cor e sempre disposto ao milagre. Saímos de Iquique com as primeiras luzes de um 30 de março, e, antes que o sol (Inti) se elevasse sobre as montanhas do Levante, o vetusto Land Rover de um amigo nos levava pela Panamericana, reta e longa como uma interminável agulha.

Às dez da manhã o deserto de Atacama se mostrava com toda sua esplendorosa inclemência, e eu entendi para sempre por que a pele dos atacamenhos parece prematuramente envelhecida, marcada pelos sulcos que deixam o sol e os ventos impregnados de salitre.

Visitamos povoados fantasmas com suas casas perfeitamente conservadas, com os quartos arrumados, com as mesas e as cadeiras esperando os comensais, os teatros operários e as sedes sindicais dispostos para a próxima reivindicação, e as escolas com seus quadros-negros, para neles escrever a história que explicasse a morte súbita das explorações salitreiras.

— Por aqui passou Buenaventura Durruti. Dormiu nesta casa. Ali falou sobre a livre associação dos operários — apontava Fredy, mostrando sua própria história.

Ao entardecer paramos em um cemitério com túmulos enfeitados com ressecadas flores de papel, e eu achei que estas eram as famosas rosas de Atacama. Nas cruzes haviam gravado sobrenomes castelhanos, aimarás, poloneses, italianos, russos, ingleses, chineses, sérvios, croatas, bascos, asturianos, judeus, unidos pela solidão da morte e pelo frio que se deixa cair sobre o deserto assim que o sol afunda no Pacífico.

Fredy anotava dados em seu caderno, ou comprovava a exatidão de apontamentos anteriores.

Bem perto do cemitério estendemos os sacos de dormir, e nos pusemos a filmar e a ouvir o silêncio; o murmúrio telúrico de milhões de pedras que, reaquecidas pelo sol, estalam fortemente com a violenta mudança de temperatura. Lembro-me de que dormi cansado de observar os milhares e milhares de estrelas que iluminam a noite do deserto, e ao amanhecer de 31 de março, meu amigo me sacudiu para que despertasse.

Os sacos de dormir estavam ensopados. Perguntei se tinha chovido, e Fredy respondeu que sim, tinha chovido suave e sutilmente, como quase todos os 31 de março em Atacama. Ao me levantar vi que o deserto estava vermelho, intensamente vermelho, coberto de minúsculas flores cor de sangue.

— Aí estão. As rosas do deserto, as rosas de Atacama. As plantas estão sempre aí, sob a terra salgada. Viram-nas os atacamenhos, os incas, os conquistadores espanhóis, os soldados da guerra do Pacífico, os operários do salitre. Estão sempre aí e florescem uma vez ao ano. Ao meio-dia o sol as terá calcinado — disse Fredy anotando dados em seu caderno.

Essa foi a última vez que vi meu amigo Fredy Taberna. Em 16 de setembro de 1973, três dias após o golpe militar fascista, um pelotão de soldados o levou a um descampado nos subúrbios de Iquique. Mal podia andar, tinham-lhe quebrado várias costelas e um braço, quase não podia abrir os olhos porque seu rosto era um hematoma uniforme.

— Pela última vez, declara-se culpado? — perguntou um ajudante do general Arellano Stark, que contemplava de perto a cena.

— Declaro-me culpado de ser dirigente estudantil, de ser militante socialista, de ter lutado em defesa do governo constitucional — respondeu Fredy.

Os militares o assassinaram e enterraram seu corpo em algum lugar secreto do deserto. Anos mais tarde, em um café de Quito, outro sobrevivente do horror, Ciro Cerque, contou-me que Fredy recebeu as balas cantando a todo pulmão a *Marselhesa* socialista.

Passaram-se vinte e cinco anos. Talvez Neruda tenha razão quando diz: "Nós os de então já não somos os mesmos", mas em nome de meu companheiro Fredy Taberna, continuo anotando as maravilhas do mundo em um caderno com capa de papelão.

A próxima fuga

Jorge Franco

Pensei em deixá-la quando a vi dormindo. Estava nua, cobrindo somente a cabeça, como uma avestruz. Ela só deixa ao descoberto seu sexo para que eu não vá embora. Pensei em ir muitas vezes, todos os dias desde que a conheci. Mas seu sexo ao léu é como uma advertência: olhe para o que você gosta, olhe para o que perde se vai embora. E por seis anos funcionou. Sabemos de cor as armas que utilizamos para continuar juntos. São sempre as mesmas, obsoletas, gastas, armas que um casal mais criativo já teria renovado há muito tempo, mas que para nós ainda funcionam.

— Para onde vai? — pergunta-me.

— Comprar jornal.

— De mala para comprar jornal?

Olho para a mala. De onde terei tirado isso de jornal.

—- É que hoje as notícias estão pesadas — digo.

— Para que vai trazê-las, então?

Nunca falamos que permaneceríamos juntos. Ela ficou comigo desde a primeira noite e não voltou a sair desde o instante em que decidi partir. Nunca me perguntou se podia ficar. Nem sequer foi buscar sua roupa. Cobre-se com lençóis e véus ou anda nua cantando alto para dissipar o medo de não me encontrar. Levanta-se tarde. Vê televisão enquanto me espera. Fala pouco, só o necessário. Não responde a minhas perguntas.

— Por que se zangou? — pergunto-lhe.

— Porque sim.

— "Porque sim" não é resposta.

— Por que não?

— Porque não tem sentido que responda com minha pergunta. Nunca tem uma resposta para as minhas perguntas.

— Por que pergunta, então?

Pensei em deixá-la enquanto tomava banho, mas gosto do cheiro do seu corpo. Cheira a frescura e a sabonete, a roupa limpa, cheira a vontade de ficar. Toma banho enquanto dura a água quente. Sua pele se embeleza quando está molhada. Sabe que sempre a olho. Gosta de me fazer sentir ciúme da água que cai sobre ela. Como não sai à rua, busca que suas aventuras domésticas rivalizem comigo para que lhe dê mais atenção. Eu lhe dou toda a importância do mundo. Por isso é que quero ir.

— Por que não sai? — digo-lhe. — Está perdendo um mundo imenso que há lá fora.

Zanga-se. Puxa a porta para que ninguém nos ouça embora nunca haja ninguém para nos ouvir. Encosta-se na fechadura, nua, para impedir que alguém abra.

— Tão grande é este mundo lá de fora? — pergunta com raiva — É maior do que este? — diz, dando-se dois tapinhas na testa. — Ou será que você já não cabe no que estamos vivendo? Muito obrigada por seu conselho, mas me sinto bem aqui.

Tive que ficar em silêncio. Sem resposta. Sentia-me envergonhado e surpreso. Nunca a tinha visto assim. Nunca mais voltaria a ser assim. Suas palavras não eram parte do jogo. Ela tinha que ter se calado, o silêncio é nossa regra. Nada mais poderia me deter. Suas palavras me dão licença para ir. Só tenho que esperar que amanheça.

— Aonde vai?

— Não sei — respondo sem olhar para ela.

— Não sabe e leva uma mala?

— Aqui levo tudo.

Aproxima-se, pega minha mão, beija-a, coloca-a sobre seu sexo que mal desperta, aproxima-se de minha orelha e com sua língua lambe todo o buraco para que ouça muito bem o que me vai dizer:

— Não está se esquecendo de nada?

Pensei em deixá-la enquanto fazia amor. Enquanto gemia. Enquanto gritava. Sussurrei para sua vagina que essa era a última vez que a beijava.

Quando terminou, sorriu suada e pediu que eu lesse para ela. Gosta que eu faça isso em voz alta. Fecha os olhos e entra nas minhas palavras. Às vezes eu pensava que dormia, mas estava sempre atenta às histórias. Podia recitar uma a uma as mil e uma noites de Sherazade, sabia de cor as manhas de Úrsula Iguarán, gargalhava com as loucuras quixotescas, sonhava com os sonhos do Borges e alguma vez a ouvi, enquanto escovava os dentes, com a boca cheia de espuma, repetir um "verde que te quero verde". Pensava em ir enquanto lia. Enquanto ela ouvia, eu forjava meu plano ao virar cada página. Iria numa manhã quando fosse comprar flores.

— Aonde vai?

— Comprar rosas.

— Com uma mala comprar rosas?

— É que vou lhe trazer muitas.

— Só me traga duas.

Se for embora, terei que voltar por meus livros, e então certamente ficaria outro tempo. Eu a veria nua com a cabeça enfiada debaixo do travesseiro, cheiraria sua pele sempre limpa, adoçaria meu ouvido com sua língua molhada, ela dançaria nua entre as cortinas, e eu teria que adiar novamente minha partida, até que outra vez me coubesse parar no vão da porta, e ao ouvir sua pergunta, justificar quase sem pensar o porquê de minha mala. Ela voltaria a pendurar minha roupa no armário, ficaria em silêncio me olhando enquanto eu traçava o plano para a próxima fuga.

— Aonde vai? — pergunto-lhe.

— Não sei — diz ela.

— E essa mala?

— Vou embora — diz.

Aproximo-me, pego sua mão e a beijo, esfrego-a sobre meu volume, aproximo-a do meu ouvido, molho sua orelha, penetro com minha língua seu buraco para que me ouça bem:

— Não está se esquecendo de nada? — pergunto-lhe.

O ninho

Rodrigo Soto

Por fim, no terceiro ano de casados, Margarita ficou grávida. No verão anterior tínhamos nos instalado no casarão do Bairro Lujan que ela herdara dos tios; os velhos viviam em Miami há uma eternidade, mas sua decisão de não retornar à Costa Rica era recente. Assim que soubemos, fizemos uma oferta de compra, mas depois de pensar por algumas semanas, eles decidiram dá-la de presente a Margarita. Eu não cabia em minha sorte. Pela primeira vez na minha vida, as coisas corriam bem para mim: estava satisfeito com meu trabalho, perdidamente apaixonado por Margarita, e agora até teríamos nossa própria casa. A única coisa que nos faltava era um filho, mas sabíamos que era somente questão de tempo, pois continuar tentando era fácil: ela era a mesma moça por quem me apaixonei, espigada e bunduda com tranças longas e sapatos de goma no inverno, tão segura de si, sempre com um comentário irônico ou uma risada de fogo nos lábios, minha Margarita.

A primeira visita bastou para nos revelar que o casarão requeria muito trabalho e não menos investimento. Em todo caso não tínhamos pressa e decidimos começar com o primeiro andar; uma vez que estivesse pronto, nos instalaríamos ali. Faríamos o resto depois, pouco a pouco, conforme precisássemos. Trabalhamos quatro meses todos os fins de semana e todos os feriados; frequentemente convidávamos amigos para que nos ajudassem com a reforma; entre cervejas e pizzas, ao calor da música do rádio ou das conversas desordenadas, o trabalho avançava a bom ritmo.

Finalmente, a princípios de março, demos por concluído o trabalho e nos instalamos ali. Não era cômodo saber que sobre nossa cabeça havia meia casa esperando, mas nos pareceu sensato adiar a reforma do segundo andar para o verão seguinte.

Em meados de setembro Margarita ficou grávida, e tivemos que mudar de planos; dispusemo-nos, então, a refazer o ninho que mal estreávamos. Para a segunda etapa não seria tão fácil contar com o trabalho dos amigos; nossas economias evaporaram, e devíamos enfrentar a tarefa com menos energia e entusiasmo. Não obstante, a notícia da gravidez bastou para nos animar a iniciar a reforma: quanto mais avançada estivesse a gravidez, menos poderíamos contar com Margarita.

O segundo andar estava uma ruína. Desde que os filhos ficaram independentes, os tios de Margarita tinham-no utilizado como depósito. A arqueologia familiar se conservava ali intacta: as bicicletas dos primos, os chapéus da senhora, os velhos televisores e eletrodomésticos que em sua época ninguém se atreveu a considerar lixo; vestígios de cada um dos hobbies com que se entreteve o tio — luvas e tacos de beisebol, ferramentas enferrujadas, varas de pesca —; tapetes e poltronas imundos, berços coxos, mosquiteiros, carros de brinquedo, bengalas devoradas pelos cupins, enfim... Tudo amorosamente amontoado ao léu, e coberto por sucessivas camadas de poeira. Até cinza das erupções do vulcão Irazu encontramos... Duas das vidraças que dão para o quintal estavam quebradas, as manchas brancas no piso delatavam que o lugar era visitado por pássaros ou morcegos.

As primeiras semanas de gravidez assentaram mal a Margarita, com vômitos e muitas náuseas. Eu também não me sentia a salvo de todo, como se o seu mal-estar se projetasse no espaço e me alcançasse.

Em meados de dezembro nos sentíamos melhor. O Aguinaldo nos oferecia a possibilidade de fazer um bom investimento em materiais, e as férias de fim de ano, tempo para dar um impulso nos trabalhos.

Finalmente, em um sábado cedo nos dispusemos a começar. Nesta semana tínhamos ouvido o coração da criança pelo estetoscópio e sabíamos que dentro de poucos meses a teríamos conosco, reclamando nosso tempo e exigindo cuidados... Então seria impossível tocar a reforma.

Tínhamos trabalhado algumas horas removendo os volumes mais pesados, entre cortinas de poeira penetradas pelo sol, quando nos aproximamos de uma pilha de coisas em que distingui à primeira vista uma velha chapeleira, um tapete enrolado e, em cima, uma série de utensílios de cozinha. Comecei a tirar as coisas sem muito cuidado, e ao remover o tapete, uma das panelas caiu no chão. Um ninho com dois pombinhos deslizou dela.

Só agora, tarde demais, percebia que os pombos que vi rondar durante o inverno tinham aninhado ali. Lancei uma exclamação ou um lamento que atraiu imediatamente Margarita. Quando levantei o olhar, ela estava ali, com a mesma expressão de perplexidade que eu devia estar, olhando para os dois pombinhos.

Só um deles se agitava no chão; o outro, ao que parece, tinha morrido com o golpe da queda. Deviam ter apenas alguns dias de nascidos: quase rosados, cobertos por uma penugem muito espaçada, nem sequer tinham aberto os olhos. O que estava vivo respirava como um ratinho, a meio metro dos restos maltratados do ninho.

— Merda, mil vezes merda! — lamentava-me.

E Margarita, sempre com os pés na terra:

— Oh, não! E agora, o que vamos fazer?

Mas não havia, na verdade, muito que fazer. Era impossível reconstruir o ninho, impossível retorná-lo ao seu lugar. Sem dúvida os pombos abandonaram a cria, e, sem os pais, o pombinho não tinha nenhuma chance de sobreviver.

Começamos pelo mais fácil, certificar-nos de que o outro pombinho estava morto. E, de fato, deve ter morrido com o golpe, pois em seu corpo restavam vestígios de calor. Coloquei-o na panela onde estivera o ninho.

O outro pombinho continuava se revolvendo. Havia algo de desesperado e comovente naquele pedaço de vida que queria se afirmar, como se a morte o espreitasse já de muito perto, mas o resultado fosse ainda incerto.

— O que vamos fazer? — repeti a pergunta de Margarita, desacorçoado e perdido.

Ela negou com um gesto e por sua vez repetiu:

— O que vamos fazer?

Entreolhamo-nos em silêncio.

— Eu não conseguiria, não posso fazer isso — disse ela devagar —, mas se podemos encurtar seu sofrimento, será melhor...

Vi aos meus pés o sopro de carne rosa agitando-se com a respiração, sem nenhuma esperança. A princípio, eu estava de acordo, mas a ideia de fazer aquilo me enchia de desgosto. No entanto, alguém devia fazê-lo, e pedir isso a Margarita, no seu estado, era uma loucura...

Agachei-me junto ao pombinho, peguei um pedaço de madeira do chão e o coloquei em seu cangote. Contive o fôlego; apertei decidido. Não olhei para Margarita, mas senti o peso de seu olhar sobre meu ombro. Pode parecer ridículo, mas pensei que estava fazendo aquilo por ela, por nosso filho. A agonia durou muito mais do que eu esperava, mas os movimentos nas patas do pombinho eram cada vez mais débeis. Abria o bico em uma tentativa desesperada de respirar. Finalmente, as pulsações e os movimentos cessaram. Mantive a madeira sobre o pescoço ainda por mais um tempo. Depois levantei o corpo pelas patas e o coloquei junto ao outro.

Ao me levantar não quis, não consegui olhar Margarita nos olhos. Embora tivéssemos decidido trabalhar um pouco mais, não conseguimos. Deixamo-nos cair em um dos sofás empoeirados e ficamos longo tempo sem falar. Por fim, Margarita se levantou e desapareceu atrás dos degraus; fiquei ali, rememorando o que tinha acontecido, tentando organizar meus pensamentos. Quando desci, ouvi que Margarita vomitava no banheiro.

Nessa noite a procurei para fazer amor; não tínhamos começado quando ela irrompeu a chorar. Levou meia hora para acalmá-la, mas não me disse o que lhe acontecia.

A história se repetiu semana após semana, cada vez com menos frequência. Por fim, um dia, deixamos de tentar.

Margarita nunca me disse nada.

Morte no lago

José Manuel Prieto

I

Uma das mortes mais trágicas da literatura do século XX é a do mestre Ludis Joseph Knecht em um lago de montanha no final do famoso romance de Hesse. Quando *O jogo das contas de vidro* caiu em minhas mãos eu tinha descansado uma temporada em um lago desse tipo. Isso me ajudou a rememorar tão vivamente essa cena e explica seu imenso impacto em mim.

Embora Hesse não precise a posição geográfica de Castália, cabe imaginá-la situada em algum lugar da Europa, mais exatamente, da Alemanha. O frio lago de montanha deve estar, então, nos Alpes suíços ou franceses.

O outro lago no qual para mim (em minha imaginação) se banha tão contente por sentir-se livre e cheio de planos o mestre Knecht está muito longe da Europa, nas montanhas de Altai; a algumas centenas de quilômetros do Tibete e daquele mundo oriental, esotérico, tão amado por Hesse.

Aquele lago era de uma beleza evidente, clássica. Rodeavam-no montanhas com picos cobertos de uma neve eterna que brilhava sob os raios do sol, e por suas encostas serpenteavam regatos que, ao cair do alto, se desfaziam em uma fina poeira de água e em dezenas de arco-íris que enfeitavam o ar.

Junto à pequena estação turística onde vivíamos — algumas cabanas, o prédio central da administração e o salão de refeições — o verde-escuro de um denso bosque de coníferas contrastava com o claro azul de um céu insondável. A majestosidade deste cenário nos manteve embriagados nos primeiros dias, mas, passada a primeira semana, cansados de tanta beleza, deixamos de percebê-la. Hoje só podem revivê-la a lembrança, as fotos que restaram ou a descrição de uma paisagem parecida em algum romance como *O jogo das contas de vidro*.

Eu e Maria nos trancávamos à noite em nossa cabana e invariavelmente, ao despertar pela manhã, fazíamos amor. Depois, sem nada para fazer, remávamos pelo lago e catávamos cogumelos no bosque.

Às vezes, como a comida prevista no contrato turístico não era muito variada e na estação não podíamos adquirir praticamente nada do nosso gosto, realizávamos expedições de abastecimento a uma aldeia fincada na margem oposta, perto da desembocadura do único rio que nascia do lago.

Um dia, enquanto esperava Maria, que tinha ido buscar leite e vegetais frescos na aldeia, deitei-me no fundo do bote para estudar o céu como Andrei Bolkonski ferido em Borodinó.

As águas do lago eram tão limpas que, ao parar de remar e de agitar a superfície, o fundo parecia ficar ao alcance da mão, e se tinha a sensação de estar avançando no ar. Eu, deitado estudando o céu e a insignificância de minha existência no Cosmo, ficava suspenso, por um prodígio de levitação, no éter: Borodinó, o Cosmo, o éter.

Imperceptivelmente, a brisa me levou para a margem. O bote se chocou contra o cascalho e, sobressaltado, saí de meu ensimesmamento. Levantei-me e, próximo à água, avistei um homem agachado que me olhava fixamente. O desconhecido vestia uma jaqueta verde de camuflagem e mastigava uma graminha. Cuspiu para um lado e gritou para mim:

— Filho da puta! A corrente devia tê-lo levado até a desembocadura para que continuasse sonhando e bobeando como um idiota. Espere um momento para passar para o outro lado.

O homem tinha razão. Como podia ter esquecido? A força da correnteza podia ter me levado até as corredeiras, onde meu bote se espatifaria nas pedras, e eu certamente me afogaria.

Foi até uma mochila que tinha deixado embaixo das árvores. Atirou-a na proa, sentou-se sobre ela e voltou a gritar para mim sem se virar:

— Nicolai Ivanovich! Kolia! Reme!

Disse-lhe:

— Estou esperando minha amiga que foi à aldeia comprar leite. Deve chegar de um momento para o outro. Atravessaremos quando ela voltar.

O homem se virou então amigavelmente:

— Filho da puta, caralho! Esperando uma mulher! Reme! Ai, caralho!

Eu ainda não tinha feito vinte anos e, embora o russo fosse grande e forte, não me assustei, nem levei em consideração seus palavrões nem o aparente mau humor. No tempo em que andei na Rússia eu também me acostumara a adornar a conversa com impropérios. Ele tinha gritado duas vezes para mim filho da puta! O que em espanhol queria dizer: bom-dia! Pode me fazer um favor? Os "caralhos" que intercalava correspondem às vírgulas em qualquer conversa não oficial entre dois russos.

Passar para o outro lado não levaria mais que dez minutos.

Estava disposto a fazer isso, uma vez que a ponte ficava a cerca de um quilômetro e meio pelo outro lado da aldeia.

— Vamos esperá-la — disse. — Se chegar e não me vir aqui vai se assustar... — Dizendo isso distingui a figura de Maria junto à aldeia. — Lá está ela. Já vamos.

Nicolai Ivanovich deixou a proa livre e se sentou ao meu lado. Maria trazia uma garrafa de leite e um pão redondo, enorme, debaixo do braço.

— O pão está recém-assado! O leite está recém-ordenhado! — gritou alegre e se sentou sobre a mochila de Nicolai Ivanovich.

Expliquei-lhe que Nicolai Ivanovich queria passar para a outra margem. Este, para assustá-la, lhe disse:

— Por pouco não a deixamos aqui!

— José não teria me deixado aqui — respondeu Maria.

— José?! Que nome é esse? Inglês?

— Não — respondi. — José não é um nome inglês.

— Bem, tanto faz o que seja, José podia muito bem tê-la deixado sozinha aqui. Por que não ia fazer isso? Ai, caralho!

Maria fingiu não ter ouvido e não respondeu. Eu e Nicolai Ivanovich começamos a remar. Contou-nos que levava na mochila pinhas de cedro que tinha recolhido na taiga. Deu-nos várias e nos convidou a acompanhá-lo para pegar mais no bosque próximo.

— Espero-os dentro de vinte minutos na saída da estação.

Quando Nicolai nos viu sair da estação, gritou:

— Andem, estúpidos! Ainda temos que caminhar muito. Maria... Maria é o seu nome, se não me engano, vai subir nas árvores ou vai só ficar olhando?

— Vocês dois vão subir e eu vou recolher as pinhas que caírem. Nicolai Ivanovich, uma pergunta, você nos chamou de estúpidos?

— Exatamente: estúpidos.

— Nicolai Ivanovich, vou lhe pedir que não fale mais palavrões na minha frente. Está bem?

Nicolai Ivanovich parou bruscamente e me perguntou:

— Por que você anda por aí com essa mulher? — e, sem falar mais nada, apurou o passo com intenção de nos deixar.

Eu segurei Maria pelo cotovelo:

— Você sabe muito bem que aqui todo mundo diz palavrões, sem ligar se está ou não na frente de uma mulher. Eu estou há um ano neste país e isso não me espanta mais. Você nasceu aqui. Não ligue. Não é uma coisa que me desgoste, e este Nicolai Ivanovich parece boa pessoa.

— Que não fale palavrões na minha frente!

— Bem, vamos combinar isso com ele.

Nós o alcançamos embaixo de uma árvore.

— Nicolai Ivanovich: não tenho nada contra você falar palavrões constantemente, mas isso incomoda Maria. Que tal combinarmos que você não os fale quando estiver diante dela?

Ele me olhou sorridente e apontou para as pinhas que enegreciam entre os ramos de um cedro. Colocou um gorrinho de pano para não sujar o cabelo de resina e subiu na árvore com destreza. Apoiou-se em um galho e começou a sacudir a copa. Uma chuva de pinhas caiu em cima de nós.

Enchemos uma segunda mochila até a metade. Depois ele subiu em mais algumas árvores, e fomos descansar em uma clareira do bosque. Juntamos alguns galhos e acendemos uma fogueira para assar as pinhas e para que se abrissem.

II

Depois de Hesse passei a ver Nicolai Ivanovich como um lama peregrinando pelo mundo, mais exatamente pela taiga. Essa comparação não tem nenhum fundamento e, melhor dizendo, ilustra até que ponto hoje em dia se misturam em mim as lembranças verdadeiras com as falsas da literatura. Nicolai Ivanovich não vestia hábitos, nem tinha como único pertence uma vasilha de barro. Nem era magro, nem fazia penitência. Simplesmente fazia seu negócio no bosque: disse-nos que uma fábrica de implementos óticos comprava o óleo de pinha para polir lentes. Tinha sua base na aldeia e, ao chegarem o outono e o frio, trabalhava como foguista. Punha sua liberdade acima de tudo. Disse-me: "bem se vê que ainda é jovem, se não fosse não andaria com uma mulher".

Pela primeira vez ouvi a opinião, muito difundida, de que as mulheres são torpes, estúpidas, pouco desenvolvidas. Tinha lido isso nos livros e era um ponto de vista muito criticado, que eu não compartilhava. Mas na Rússia mais de uma vez ouvi dizer: "o que se pode esperar de uma mulher?". Depois ouvi professores do instituto onde estudava dizerem abertamente às alunas: "Pintem-se, arrumem-se, façam manicure, porque nunca chegarão a engenheiras. As que quiserem ser aprovadas que fiquem no final da aula para dar". Outro tipo de gente que também não inspirava confiança quanto a suas capacidades intelectuais eram os militares. Deles diziam: "o que se pode esperar de um militar?", e circulavam muitas piadas, entre elas uma especialmente venenosa de que o Ministério da Defesa da URSS tinha feito um pedido especial de cubos de Rubik com os seis lados verde-oliva para não traumatizar os soldados. Mas pode-se ser militar hoje e amanhã deixar de sê-lo. Já as mulheres arrastavam esta reputação por toda a vida.

Nicolai Ivanovich tinha fugido de suas mulheres (a esposa e a sogra), que, com suas idiotices, não o deixavam viver. Preferia pentear a taiga o verão inteiro. Tinha-as abandonado em alguma cidade e estava feliz.

— Mas Nicolai Ivanovich, nem todas as mulheres são retardadas mentais como você diz — disse Maria —, existiram mulheres muito inteligentes.

— É mesmo?! Diga o nome de uma.

— Não precisa ir longe — respondi levando a conversa para a brincadeira. — Aqui temos uma muito inteligente. — Abracei Maria.

— Ora, caralho, isso é o que você pensa agora. Chegará o dia em que vai me dar razão. Todas as mulheres são estúpidas, desde a primeira até a última. Quando me casei não pensava como penso agora, embora meu avô tenha me explicado isso muitas vezes. Eu pensava: "uma integrante do Komsomol, com ensino médio, como pode ser estúpida?". Nas aldeias as mulheres não são muito refinadas, mas por que exatamente estúpidas? Meu avô certamente levava em conta sua experiência pessoal nas aldeias atrasadas dos anos trinta. Como estava enganado! Pouco a pouco fui tendo, uma atrás da outra, as provas de uma especial lentidão mental, muito difícil de encontrar no mundo masculino. Sou engenheiro, com grau universitário, sei o que digo. Certa vez, viajamos ao exterior. Tinha a oportunidade de ampliar minha experiência, por assim dizer. Minha mulher se comportou como uma perfeita idiota, e as estrangeiras que vi me reafirmaram em meu convencimento. Margaret Thatcher é primeira-ministra da Inglaterra? Isso dá a medida de até que ponto os ingleses são pessoas sensatas... A única antiga metrópole que mantém suas colônias unidas com o Commonwealth... Na minha casa quem mandava também era minha mulher. Assim é mais cômodo porque não as irrita. Não há nada que irrite mais a estupidez das mulheres do que demonstrar seu caráter crônico.

"Quer que diga a verdade? Não se escreve sobre isso porque contradiz o caráter progressista de nossa política, o desenvolvimento em ascensão da moral humana e todo o resto. Puta que pariu! Eu estou dizendo. Preste atenção. Não quero que siga meu exemplo, mas, caralho, eu o avisei. Nicolai Ivanovich o avisou."

— Nicolai Ivanovich, por que você se permite dizer palavrões diante das mulheres; diante de mim? Porque são imbecis e não tem sentido respeitá-las?

— Mas o que tem que ver uma coisa com a outra?!— Nicolai Ivanovich saltou espantado e se dirigiu a mim: — Está vendo o que eu quero dizer? Ai, caralho!

III

No dia seguinte Nicolai Ivanovich desapareceu tão repentinamente quanto havia chegado, e não voltamos a vê-lo. Como não tínhamos outros conhecidos com quem conversar e matar o tempo, e fisicamente era impossível fazer amor vinte e quatro horas por dia, terminamos por nos aborrecer. Então Maria teve a ideia de organizar uma competição de habilidades e destreza mental para nos entreter à noite. Passou um dia inteiro ocupada escrevendo adivinhações em bilhetinhos e em uma folha à parte anotou o plano detalhado da noitada.

Quando escureceu completamente, o nosso grupo — trinta pessoas que tinham comprado reservas para a mesma temporada — estava reunido e começou o concurso: risadas, uma alegria algo teatral, como é costume na Rússia. Maria fez um casal, que evidentemente não era casado, sentar-se lado a lado e lhe deu um dos bilhetes. Ao chegar sua vez a mulher o abriu e o leu para si. Todos a viram corar. Ao que parece interpretou a adivinhação como uma brincadeira de mau gosto em sua delicada situação de adúltera. A pergunta era: o que é que o homem adquire uma única vez e a mulher tantas vezes quanto deseje? Nenhum dos presentes sabia a resposta, além da mulher, que certamente já a conhecia de antes. Maria respondeu alegre: "o sobrenome. Toda vez que uma mulher se casa, muda o seu porque pega o do marido e, em teoria, uma mulher pode fazer isso infinitas vezes". O casal se levantou bruscamente, e a mulher se aproximou de Maria e lhe disse algo ao ouvido. Esta, por sua vez, corou. Podíamos dar por terminada a noitada. Alguém do grupo propôs ir dormir.

Soltei uma lista de palavrões.

— Mas Maria, como é que você foi dar justamente essa adivinhação àquela mulher?

— Não vai me respeitar? — saltou. — Acha que está em um quartel?

— A que vem isso agora? A quem ocorreria tamanha falta de tato? Ainda mais estando, praticamente, na mesma situação.

— Quem está na mesma situação?

— Você e eu. Em meu país isso não espantaria ninguém, mas você sabe o quanto as pessoas aqui são dissimuladas. Mais de uma vez lhe deram a entender que não somos casados, que você é muito jovem, que como sua mãe a deixou vir comigo. Deve saber que pensam muito pior de você do que dessa mulher. Não é que me importe, mas me dei conta. Não pode imaginar o quanto as pessoas aqui são provincianas!

Maria me segurou pelo braço e, olhando-me nos olhos, perguntou:

— Mas acaso não somos marido e mulher? É verdade que não fomos ao cartório, mas não o somos um para o outro?

Estávamos em um mirante, a uns dez metros sobre as negras águas do lago. Maria esperava minha resposta, e eu pensava em seus seios soltos embaixo da blusa. Vestia uma saia em vez dos incômodos jeans de sempre. Quis deitá-la no banco e, obediente, se rendeu sobre as tábuas sem lixamento: "Teremos tempo depois de conversar tudo o que quisermos, Maria..."

Ela se levantou de repente: "quero lhe dizer que, se engravidar, fico com a criança". Voltou a se estirar e ela mesma levantou a saia. A criança? Que criança? Inclinei-me sobre ela, e ela pôs minha mão no peito: "somos marido e mulher perante nós mesmos e, se eu ficar grávida, não irei ao hospital".

IV

Na manhã seguinte o barulho de um helicóptero que voava sobre o lago nos despertou. Saí à porta da cabana. O sol matutino fazia brilhar as calotas de neve das montanhas. "Colinas como elefantes brancos", pensei, e me vi sentado à pequena mesa de uma estação e Maria brincando com as contas de uma cortina. O ar frio que soprava do lago trouxe de novo o barulho da máquina voadora, e a vi fazer outra manobra sobre a água e pousar além da estação, em uma esplanada onde pastavam vacas.

Levado pela curiosidade, fui ver o que fazia aquele helicóptero ali e encontrei um barraco de madeira que resultou ser o escritório do pequeno aeroporto do lugar. O helicóptero fazia uma viagem a cada quinze dias, explicou-me o único oficial da Aeroflot em centenas de quilômetros ao redor. Dentro de vinte minutos voaria de volta à capital de Altai montanhoso. Ali havia um aeroporto mais bem equipado, e poderia voar de volta e evitar a longa viagem pelo rio. Corri à cabana e despertei Maria.

— Maria, recolha as coisas, vamos embora. Não tem sentido ficar aqui outra semana, se já vimos tudo.

— Você ainda não respondeu à pergunta que lhe fiz no mirante — disse sem se levantar. —Não pensa nisso ou não lhe interessa?

— Já teremos tempo de conversar. Recolha e vamos.

— E a minha pergunta? Além disso, combinei com as mulheres do grupo de ir catar cogumelos. Aqui há tantos!

Cogumelos!... Se por algo valia a pena ficar era para ter umas quantas manhãs à nossa disposição. Cogumelos! Recolhi minhas coisas, saí pela porta e me aproximei da janela. Maria tinha se sentado na beirada da cama e estava com o olhar fixo no chão. Fiquei parado um instante olhando para ela e depois saí correndo.

O helicóptero tomou altura e ficou um instante suspenso sobre o lago. Através das janelas vi as ondas que provocávamos na superfície sempre calma. Apesar do barulho ensurdecedor da cabine, me senti alegre e leve. Acreditava-me livre. Ia com a sincera esperança de que Maria se afogasse nas águas frias do lago. Ainda não tinha lido *O jogo das contas de vidro*, nem "relido" aquela minha estada nas montanhas. Não tinha decifrado o significado do sobrenome Knecht nem conhecia o valor da servidão. Depois Maria teve a minha criança, e eu os abandonei. Sacrificou-se para que eu chegasse a compreender que não se consegue viver exclusivamente para si. Resultou que ela tinha razão, mas, que Deus me perdoe, Nicolai Ivanovich também.

Sozinhos no universo inteiro

Horacio Castellanos Moya

I

Chega, expansiva, os olhos brilhantes, um pouco despenteada, a minissaia preta justíssima, as pernas torneadas, morenas, tentadoras, possivelmente ainda arrepiadas pelo tato de mãos sem dúvida muito ansiosas.

— Estive com Guillermo — anuncia, triunfal, fresca, com a culpa feito uma macela no fundo de sua bolsa de mão —, o diretor de cinema de quem lhe falei.

Fecho a revista e me estico na poltrona, para ouvir uma história redonda, sem arestas nem flancos, na qual eu deveria fuçar quase com delicadeza.

— Estou muito contente — afirma.— Propôs que adapte um conto do Ben Caso. Imagine! Guillermo é um dos diretores mais importantes do país. A produção está garantida, com publicidade e tudo. Ainda me custa acreditar...

Atira-se no sofá, escancarada; a calcinha vermelha, a mais sensual, apenas um fio entre as nádegas, deve estar molhada, impregnada de prazer, cheirando a sêmen.

— Foi ao seu escritório? — aventuro.

— Passou por mim — explica. — Fomos a um bar lindo, no centro. Ali estava boa parte do grupo que sempre trabalha com Guillermo. São uns caras legais, entusiastas... Tomei três tequilas: estou um pouco alta...

Calculo a hora: se saiu do escritório por volta da uma, pode ter passado tempo suficiente transando em um motel, ou no apartamento do diretor

— o mais provável —, para que seus lábios vaginais estejam encarnados, exaustos.

— Para mim é um desafio. — Diz. — Pela primeira vez tenho a oportunidade de demonstrar minha capacidade como roteirista. E não com qualquer um, mas com um diretor de prestígio. Não sabe como me alegra que Guillermo ponha fé em mim, que aposte para valer...

Agora se estende sobre o sofá, de barriga para baixo, o traseiro voluptuoso apertado à perfeição.

— O conto é muito louco — continua. — Está na minha bolsa. Gostaria que o lesse para que dê sua opinião.

Ponho-me de pé, como se fosse pegar sua bolsa, mas vou para o sofá. De um salto me sento encavalado sobre sua cintura, montando-a pressiono sua nuca e a repreendo:

— A verdade, putinha...

— Está me machucando! — exclama, tentando se virar para me derrubar no chão. — Solte-me!

Sem afrouxar a pressão, aproximo-me de sua orelha e sussurro:

— A verdade...

— Estou falando para me soltar, idiota! — Caio no tapete. Volto para a poltrona.

— É por isso que não gosto de lhe contar nada — diz, indignada, enquanto ajeita a saia, a cabeleira. — É um ciumento nojento. Para você todo mundo é como você, que se deita com a primeira que aparece...

Dirige-se para a escada, soberba; as coxas inflamadas poderiam arrebentar esta sainha. Fecha a porta do banheiro.

Pego sua bolsa. Examino a agenda, os bolsos laterais, a caderneta de anotações. Nada. Pego o livro de contos. A dedicatória é suficiente: "Para Pamela, com a certeza desta intensidade".

Volto para a minha poltrona. Então compreendo. Subo aos saltos as escadas. Bato na porta do banheiro.

— Estou me mijando. Poderia se apressar, por favor...

Nesse momento ela dá a descarga. Em seguida sai, emburrada. Mal sai um jorrinho. Abro a torneira ao máximo e destapo a lata de lixo. Minha sorte não pode ser melhor: a faxineira, Natalia, acaba de limpar a lata. Só vejo um papelzinho higiênico amassado e um lenço de papel. Este tem um cheiro azedo, mas o outro exala um vago aroma de sêmen.

Desço as escadas e agora ela coloca um disco do Miguel Bosé.

Saio do banheiro com o papelzinho na mão. Cheiro-o de novo e o coloco no guarda-roupa, entre minha roupa de baixo.

— Viu os contos? — grita da sala.

— Esse cara levou você no bico — digo enquanto desço a escada. — Não acredito que exista algum roteirista que possa fazer algo minimamente decente com esses contos...

— Como se você os tivesse lido...

— Basta a capa do livro.

Pego o telefone e teclo o número em que informam a hora: são quase cinco da tarde. Volto para minha poltrona, para a revista, para o artigo sobre comunicação no espaço.

— Este artigo diz que nunca pudemos nos comunicar realmente com outros mundos lá no espaço sideral — comento.

— Vou preparar alguma coisa para comer — diz. Deve estar com fome. Sigo-a até a cozinha.

— Nunca detectaram um sinal claro de que alguém quisesse se comunicar conosco — acrescento. — Percebe? Sozinhos no universo. Deveriam fazer um filme sobre isso.

Sento-me em um banco.

— Não se pode conversar com você — diz, chateada.

Passo-lhe o sal. O sortudo diretor a terá pegado com a sainha levantada, assim, de pé, com os braços apoiados no fogão, a bunda parada e a calcinha no chão. Começo a me excitar. Paro atrás dela, como se fosse inspecionar o que está fazendo.

— Me deixe! — grunhe quando lhe apalpo o traseiro.

— Não entendo por que em vez de escrever suas ideias tem que adaptar esta porcaria — volto ao banco. — Alguém está fazendo você de boba. Não há dúvida. A menos que seja você quem esteja querendo passar bem. Ou talvez tudo seja uma grande lorota que você vem me contar.

Agora me olha séria, preocupada. Mas não diz nada. Acaba de temperar a carne e se levanta para procurar uma panela na despensa. Nada tão sensual quanto a curva onde inicia seu traseiro. Devia ter mordiscado essas nádegas, ensalivado as coxas, sem hesitar.

Saio da cozinha, subo as escadas, entro no quarto, abro o armário, pego o papelzinho higiênico, cheiro-o uma e outra vez: por instantes o aroma é fugidio, inalcançável.

Então toca o telefone.

Ela corre da cozinha.

— Alô — diz, agitada.

Guardo de novo o papelzinho entre minha roupa de baixo. Sigiloso, evitando o mínimo ruído, me desloco até a beirada das escadas.

— Espere um momento, que vou apagar o fogo — diz. Acomodo-me no degrau para buscar em seus murmúrios.

II

— Descreva o Guillermo — peço-lhe.

Estamos deitados, diante da televisão. Um cara fala com entusiasmo sobre a próxima rodada mundial de beisebol.

Recém a beijei, acariciei seu ventre, como no início de uma trégua. Mas agora ela está alerta de novo.

— Não vá começar outra vez com essa bobagem — adverte.

— Não é bobagem — explico, enquanto beijo suas pálpebras. — Pura curiosidade. Descreva-o...

Mordo seu lábio inferior: sugo-o, pacientemente.

— Não agora — diz. Começa a se excitar. Desabotoo-lhe a blusa. Beijo seus seios, pequenos, quase masculinos. Ri. Afirma que sente muitas cócegas.

— É alto? — pergunto, enquanto ensalivo o caminhozinho de seu umbigo. Tiro-lhe a sainha.

— Bobo...— murmura, contorcendo-se.

— É alto? — insisto.

— Estraga...

Mordo seu púbis, o elástico da calcinha vermelha.

— É alto e meio gordo...

Mordisco seus lábios vaginais, mas sobre o tecido da calcinha.

— Claro ou moreno?

— Pálido...

Agora a ponta de minha língua começa a percorrer suas coxas. Coloco-a de costas. Tiro a calcinha. Ensalivo suas nádegas, mordo-as. Brinco com minha língua em seu ânus. Começa a gemer. Lambo o caminhozinho de sua coluna até a nuca.

— É peludo? Quero dizer: tem o peito peludo? — sussurro em sua orelha.

— Não sei. Nunca vi seu peito... — murmura.

— Confie em mim. Conte...

Chupo sua orelha. Desfaço-me de minhas calças, cueca, camisa. Minha língua desfruta na curva do caminhozinho onde se quebra sua cintura. Belisco seu cone já tremendamente molhado.

— Pega melhor que eu? — pergunto.

— Pare com isso. Não seja tolo... — ofega.

Subo em cima dela. Esfrego o pau na sua bunda. Peço que fique de joelhos, de quatro. Penetro-a e me agarro com força aos seus quadris. A vista do traseiro levantado, atravessado, excita-me ao máximo.

— Agarrou você assim? — murmuro.

Não diz nada. Agitada, devora ar com a boca. Subitamente, saio e fico de pé na cama. Choraminga. Puxo-a pelos cabelos. Aproximo-a de meu pênis palpitante. Suga-o, quase com ferocidade.

— O dele é maior que o meu? — insisto. Parece que não me ouve. Glutona, chupa, suga, dá linguadas, esfrega-o nas bochechas. Imagino que sou um cara alto e meio gordo, pálido, com o peito peludo. Meu prazer se intensifica. Vejo-a diferente, como pode ter sido com ele. Sou o Guillermo, e ela a mulher de um cara que não sabe que agora está me chupando com furor, movendo cada vez mais freneticamente a cabeça, me pedindo que a encha de sêmen. Sinto que vou gozar. Empurro-a para trás. Penso na minha avó, depois na gorda asquerosa que atende na loja da esquina.

Ela está deitada, com as pernas abertas, desejando que a penetre. Um pouco mais relaxado, deito-me sobre ela. Entro devagar em seu buraco escorregadio e começo a me mexer, lenta, delicadamente.

— Quero que me faça um favor... — sopro-lhe ao ouvido.

— Deixe-me fechar as pernas, apertá-lo... — pede. Agora começo a girar meus quadris. Por instantes só a cabeça fica dentro. Ela geme.

— Se me promete fazer o favor, deixo fazer o que quiser — murmuro.

— Que favor?

— Explico depois, quando estiver para gozar. Apenas se trata de falar o que eu pedir...

— Quero apertar suas pernas — repete. — Digo o que quiser. — Concordo em fechar as pernas. — Adoro... — geme.

Imagino que desvirgino uma adolescente; a pressão superexcita as bordas da minha glande.

— Mais rápido!... — grita.

Outra vez sou o cara alto e meio gordo, pálido, com o peito peludo. Mexo-me com mais intensidade.

— Vou gozar — anuncia.— Mais, por favor, não pare!...

Reafirmo os joelhos e arremeto com tudo. O pau que você tem dentro não é o meu, mas um maior, o do Guillermo.

— Agora cumpra sua promessa. Diga: "Mais, Guillermo, mais!..."

Meus movimentos são taxativos, definitivos.

— Não seja tolo... beije-me... estou gozando!...

— "Guillermo, meu amor, me pegue até arrebentar!" Repita! — ordeno.

Mas ela não responde, no turbilhão do espasmo. Então a jogo para um lado da cama. Retorce-se, de repente vazia, incontrolável. Equilibra-se, gesticulando para agarrar meu pau e colocá-lo entre suas pernas. Lutamos até que fico de novo em cima dela. Agora me mexo freneticamente.

— Diga o que eu peço ou saio outra vez... — advirto.

Enrosca suas pernas nas minhas costas. Agarra-se aos meus quadris, revolvendo-se.

— Não pare, por favor!...

Pego-a com as duas mãos pelo pescoço. Meto ao máximo, para destruir as paredes de sua vagina. Uma vez mais está à beira do orgasmo. Sem deixar de me mexer, vou apertando seu pescoço.

— Repita!: "Guillermo, meu amor, é incrível!..." — repreendo-a.

Abre a boca, como se quisesse dizer alguma coisa, mas tão somente procura ar, pois minhas mãos se fecharam com força.

R. M. Waagen, fabricante de verdades

Abdón Ubidia

Por ajuda de um amigo, justo no momento em que mais desesperado estava, chegou aos ouvidos do senhor Kraus a notícia de certos serviços especiais que prestava a Casa Waagen, fabricante de verdades. A próspera e muito bem organizada empresa se ocupava de fornecer, à cada vez mais numerosa clientela, dados, provas, testemunhos, e quanto auxílio fosse necessário para estabelecer, ou melhor, restabelecer as verdades requeridas por ela. Dizem que, em seus inícios, quando o primeiro Waagen a fundara há coisa de cem anos, a empresa não ia além de oferecer auxílios tais como a confecção de discursos para políticos, a provisão de testemunhas falsas em julgamentos de pouca monta e a redação de teses doutorais. Mas os avanços do século XX, o desenvolvimento dos chamados *mass media*, determinaram que a Casa Waagen crescesse de maneira espetacular, comparável apenas a um banco que depois de ter sido, em seus começos, apenas um obscuro escritório de prestamistas terminasse transbordando as fronteiras de sua pátria, as costas do continente, e estendendo tentáculos com sucursais em todas as partes do mundo. Proprietária de cadeias de rádio, imprensa, cinema, televisão, há boatos de que a Casa Waagen manipulou os mais retumbantes escândalos da segunda metade do século. Conhecida e desconhecida ao mesmo tempo, teve que ver com casos como o de Cristine Keller, que, no ano de 1963, custou a lorde Profumo o cargo de ministro da Defesa da rainha da Inglaterra, ou com o encobrimento dos assassinos do presidente Kennedy, cujo rastro, apesar do tempo transcorrido e das minuciosas investigações dos melhores detetives e jornalistas do planeta, perdeu-se para sempre; ou com a morte do papa João Paulo I, o Watergate, obviamente, e (além da reescritura de múltiplos episódios históricos) certamente teve também relação com as milionárias campanhas eleitorais que, com descaradas argúcias e tolas palavras de ordem, outorgaram o poder a uma legião de personagens grotescos.

Afinada com o espírito democrático de um banco, a Casa Waagen se ocupa — simultaneamente — de prestar grandes e pequenos serviços. Foi por esta razão que o senhor Kraus pôde comprovar, na própria carne, a excelência dos mesmos. Numa manhã de fevereiro foi à sucursal que o amigo indicara. Depois de preencher o formulário verde, destinado às questões de alta reserva, foi admitido no escritório de um funcionário que examinou e traduziu, em seguida, as respostas para um código secreto, rasgou finalmente o original e perguntou uma série de detalhes sobre o problema que o acossava. O senhor Kraus explicou longamente sua história. Disse que tinha matado o amante de sua mulher. Disse que tinha cometido o crime de tal maneira que ela fosse declarada culpada. Que o plano completo teria saído segundo o previsto se a casualidade não o estragasse.

Ocorreu que, depois de procurar uma cópia da chave do apartamento onde os amantes se encontravam nas manhãs das segundas e sextas-feiras, esperou pacientemente o momento em que o inimigo estivesse sozinho, aguardando a chegada de sua mulher. O senhor Kraus tinha estado muitas vezes ali antes. Conhecia de cor aquele reduto secreto. Cada canto. Cada detalhe. Cada nova aquisição: uma gravura, um vaso, um abajur; sobretudo aquelas lembranças com as quais ele, periodicamente, mimava a mulher e que desapareciam do seu lar sem explicação possível. Isso o ajudou a afinar seu plano: na presença de amigos e vizinhos, deu de presente a ela um punhal hindu, daqueles de lâmina sinuosa, que havia trazido em uma viagem recente. Ela aceitou, com uma brincadeira, a estranha surpresa. Duas semanas depois, o punhal já não estava na mesinha de sempre. O senhor Kraus se lembrou da famosa cena em que um punhal, que se desloca sozinho, guia o assassino até sua vítima. Certa tarde comprovou que o punhal tinha chegado ao seu destino. Viu-o brilhar sobre uma prateleira com livros de poetas que ele mal conhecia (no cabo de marfim não havia, como se presume, outras marcas além das dos amantes). A sorte estava lançada. Não restava muito que fazer dali em diante. Numa segunda-feira propícia, saiu de casa bem cedo. Dirigiu-se ao apartamento clandestino. Apanhou com as mãos enluvadas o punhal. Escondeu-se no *closet* vazio de um quarto vazio. E esperou. Em um instante, ouviu as passadas decididas do homem. Deixou-o ir ao banheiro, voltar para o quarto, arrumar-se. Então, com uma facilidade que nunca teria imaginado, fez o que devia fazer. Dispunha, pelo menos, de meia hora, tempo que sua mulher demoraria na tarefa que, de última hora, tinha pedido a ela.

Desarrumou as colchas e deixou o apartamento. A partir daí, começaram os problemas. Uma vizinha o viu sair. Depois esbarrou em um inglês na porta do edifício. Para completar, por alguma razão que não conseguiu compreender, sua esposa não compareceu ao encontro previsto. Com isso, seu duplo álibi corria o risco de se desbaratar.

Quando o senhor Kraus se calou, o funcionário da Casa Waagen lhe garantiu que tudo se resolveria da melhor maneira possível. Nos dias seguintes vários fatos aconteceram com uma fatalidade implacável. A vizinha que viu o senhor Kraus sair do apartamento morreu atropelada por um carro fantasma; o inglês foi repatriado embora muitos dissessem que podia ser o assassino; por último, a senhora Kraus foi presa por acusação direta da anciã que a vira fugindo do local do crime. Ao mesmo tempo, nos interrogatórios públicos, houve contradições entre as testemunhas que a defesa apresentou. O que, somado aos depoimentos dos vizinhos que teriam visto a senhora Kraus entrar e sair furtivamente do edifício, em distintas oportunidades, antecipou o que seria a sentença do júri. Só então o senhor Kraus recebeu a visita do funcionário da Casa Waagen. Disse-lhe que o assunto estava concluído. Faltavam apenas dois detalhes: o pagamento dos custos adicionais da operação e a revisão conjunta de recibos, documentos — o formulário em código incluído —, que, segundo as regras da Casa, teriam que ser destruídos nessa mesma noite, pois aquele funcionário, como sempre que completava uma missão delicada, deveria ser transferido para outra cidade.

Inclinados diante da lareira, funcionário e cliente procederam a incinerar o material acumulado na pasta e também as fitas de som e vídeo em que foram gravadas as conversas que, durante o curso da operação, mantiveram em três lugares distintos. A eficiência e a honradez da Casa Waagen eram, portanto, impecáveis.

O senhor Kraus passou a noite na penumbra, olhando para o buraco negro da lareira, transformado então no exato arremedo de um nicho de cemitério. Mas nem tudo morria ali, onde já não restava nenhum rescaldo por arder. Sua vingança perduraria ainda, durante muitos, muitos anos, os que lhe restassem de vida; perduraria no papel de viúvo triste e compreensivo, resignado e piedoso, que cumpriria nas constantes visitas ao cárcere em que sua mulher envelheceria. Cada carícia, cada abraço, cada orgasmo, cada lance de amor, alegria, pena, confidência, seriam assim vingados. E nem sequer toda a vida seria suficiente para saldar aquela caríssima conta.

Esse era o sonho negro do senhor Kraus.

Mas alguma coisa aconteceu que teve que mudar, de repente, seus projetos de existência. Um dia informaram-no de que o julgamento duraria bem menos tempo do que o previsto. A senhora Kraus tinha renunciado a qualquer apelação e se declarara culpada. Durante o reconhecimento dos fatos, com uma frieza que estremeceu os mais experientes detetives, descreveu, passo a passo, sem se esquecer de nenhum detalhe, os pormenores de seu crime, a maneira como o premeditou, sonhou com ele durante muitos meses, as jogadas que preparou, as cerimônias interiores que oficiou com aquele gesto simbólico de assassinar, com o punhal que lhe presenteara o marido, de quem tinha destruído a vida, e a tinha destruído assim, em tantas noites de angústia, de incerteza e desassossego.

A convincente confissão, escrita de próprio punho pela senhora Kraus, terminava com um parágrafo taxativo: pedia para si a pena máxima; caso contrário, ela mesma encontraria a melhor maneira de aplicá-la com suas próprias mãos. Logo depois de ler, incrédulo, o absurdo, o senhor Kraus a visitou pela primeira vez na prisão.

— Sou uma assassina. — Foram as únicas palavras que ela pronunciou. Tinha no rosto uma tênue veladura feita aparentemente de fadiga e abandono. De volta à casa, ao passar em frente ao buraco negro da lareira, o senhor Kraus não conseguiu esquecer aquela espécie de máscara gelada que tinha substituído o rosto de sua esposa. Durante toda a noite procurou as razões prováveis para tentar entender aquele comportamento. Não era crível que, mediante o uso de alguma droga, a Casa Waagen tivesse que ver com isso, pois o funcionário, em seu minucioso relatório, o teria dito. Essa possibilidade ficava descartada. Era mais lógico indagar no fundo coração da senhora Kraus. Assim, ligando os fios, lembrando-se de antigas reações de outros tempos, pensando nela em seus silêncios, em seus furtivos, enigmáticos gestos, o senhor Kraus, enquanto avançava a noite, deu voltas e voltas a três motivações distintas que podiam ser, no pior dos casos, uma única.

A princípio, teria que suspeitar de uma vingança lenta e soterrada, a precisa resposta que anularia, de uma vez por todas, a mais íntima demanda espiritual do senhor Kraus: o ansiado arrependimento definitivo, a súplica final, o pedido de um perdão que ele nunca ia conceder. Em segundo lugar, havia que pensar que, efetivamente, aquele arrependimento já se dera nos termos de um repúdio à lembrança do amante morto e na aceitação de que, no fundo, ela era a única culpada da tragédia; pois, em seu foro íntimo, a senhora Kraus já saberia, de modo inequívoco, embora todas as evidências apresentadas no julgamento indicassem o contrário, que o autor material dos fatos era o senhor Kraus, seu próprio marido, que, além da pobre cantilena da honra, da dignidade, do orgulho, falsas palavras nas quais ninguém crê, especialmente quando tudo está perdido, muito além de qualquer ilusão fácil, teria procedido conforme sua verdade recôndita, aquela que ditavam exclusivamente suas paixões, seu ciúme e seu amor, e seu ódio.

Com o que o papel do marido (convertido assim em vítima em vez de assassino) seria para ela tão importante quanto o da adaga hindu. Porém o mais difícil de admitir para o senhor Kraus era a mais simples e verossímil das três motivações aventadas: que a senhora Kraus tivesse enlouquecido e estivesse convencida da verdade de sua confissão. A fadiga de tantas noites de insônia acabou por vencê-lo. Curiosamente, adormeceu diante da lareira e sonhou com a mesma coisa: que estava dormindo diante da lareira. Ali, no nicho negro, apareceu o rosto, ou melhor, a máscara lívida de sua mulher que lhe pedia ajuda porque algo ou alguém a puxava desde o fundo das trevas. Foi um pesadelo curto, pois um grande estrondo o despertou de repente. Parecia que a casa inteira desabara. Levantou-se e perambulou pelos cômodos. Tudo estava em seu lugar. Definitivamente, aquele estrondo tinha sido parte do pesadelo. E não tinha ocorrido senão em seu cérebro. Tomou um trago. Depois outro. Foi inútil. Algo muito seu tinha se quebrado por dentro. E uma nova luz escura penetrava por essa greta íntima, iluminando com um frio resplendor e de um ângulo distinto o que antes quis ser uma decisão irrevogável. Agora o senhor Kraus sofria seu destino. Não conseguia tirar da cabeça a ideia de que tinha ido longe demais. De que a situação tinha saído de seu controle. E de que agora estava preso na maquinaria que ele mesmo tinha posto em movimento. Nada mais restava da força que o animava. O grande vingador se transformou, de repente, em um pobre homem que queria salvar sua mulher. E nada mais.

No dia seguinte, assim que a sucursal da Casa Waagen abriu suas portas, correu para o escritório do funcionário que se encarregara de seu caso. É óbvio que não o encontrou. Já sabia disso. Então perguntou por ele em cada uma das dependências. Em nenhuma obteve a mais mínima informação. Quando se exasperou e conseguiu falar com um dos subgerentes, este olhou para ele com pena. E disse que ele devia ter se enganado de lugar, que a Casa Waagen nunca se ocupava de assuntos que se afastassem um milímetro do estabelecido nas leis. De um modo muito dissimulado, alheio às imprecações e ameaças do senhor Kraus, o subgerente lhe sugeriu que nunca era demais consultar um psicólogo de vez em quando para aliviar-se dos frequentes estados de estresse, tão característicos das sociedades modernas. E só quando o robusto segurança o tirou arrastado do escritório, e em seguida do edifício, o subgerente conseguiu lhe dizer com outro tom de voz, quase secreto: "A Casa Waagen nunca erra. E por isso não admite reclamações". Palavras bruscas, em aparência, no discurso plano que tinha pronunciado, mas que no fundo só podiam ser entendidas como uma mensagem de duplo sentido para o senhor Kraus.

Até aqui o fundamental da história das relações que o senhor Kraus manteve com a Casa Waagen, fabricante de verdades.

Resta-nos acrescentar o que aconteceu depois de passados muitos anos destes acontecimentos, quando o senhor Kraus, após consultar inutilmente familiares, amigos, advogados, políticos, convenceu-se de que ninguém nunca acreditaria em suas palavras pela simples razão de que não tinha ao seu alcance nenhum meio para provar que eram as verdades de um homem que não temia a prisão nem o castigo, e não os disparates de um ser cegado pela dor e pela angústia.

Um amigo que às vezes o visita nos conta que agora ganhou algumas libras de peso e que cuida de sua saúde de um modo quase maníaco, com múltiplas dietas e exercícios diversos. Em sua organizadíssima vida só existe um detalhe que chama a atenção. Quando começa a noite, senta-se diante da lareira sempre apagada — no inverno prefere usar um aquecedor elétrico — e permanece parado, assim, até o amanhecer. O amigo não consegue explicar esse estranho costume, tão contraditório com respeito aos hábitos diurnos do senhor Kraus.

Mas nós, que o acompanhamos ao longo de sua história, sabemos que sua conduta é coerente. Pois do que cuida durante o dia não é apenas de sua saúde. Porque agora que o tempo passou e o sofrimento e a ofuscação, ou pelo menos seu turbilhão principal, ficaram para trás; agora que inclusive sua mulher, imersa em um limbo mental que a fez esquecer até mesmo os propósitos autodestrutivos de antes, é para ele um ser que está em sua vida, claro, porém não mais colocada dentro e sim ao lado, como uma sombra triste; agora que os arrebatamentos da paixão do ciúme já não são senão formas mortas, formas de uma sabedoria aprazível e cinza, o senhor Kraus, impossibilitado para sempre de restabelecer para seus congêneres — viciados no uso e abuso das palavras e das leis — "a verdade do que na verdade foi a verdade", impossibilitado também de ressuscitá-la na mente confusa de sua mulher, não tem outro remédio a não ser proteger e conservar esta verdade no único lugar em que ainda pode estar, em sua memória, em seu cérebro ainda lúcido, em alguma minúscula fresta do mesmo, convertida em uma ligeira alteração química de alguns poucos neurônios; guardá-la assim enquanto possa guardá-la, enquanto subsista o frágil equilíbrio, enquanto as forças da decomposição e da morte não possam finalmente destruí-la.

Encontro com o assassino

Ronald Flores

Trabalho em um escritório de direitos humanos. Meus companheiros de labuta (tenho certeza de que reconhecerão esta letra) me chamam de "moleque" porque sou o mais jovem entre eles. Meu nome não importa neste momento. Não quero abundar em detalhes. Considero-os imprudentes, indiscretos, imputadores (o mais provável é que queime este caderno quando termine, para apagar a evidência). Tanto dado não é necessário. Além disso, não convém a esta altura. Depois do que aconteceu com Juan por ter apresentado o Informe que nos custou mais de um ano de trabalho: o testemunho da atrocidade. A memória da guerra. A recontagem da crueldade.

A única coisa que me impulsiona a escrever é me acalmar enquanto espero que volte o homem que ligou para o escritório esta tarde. Intuo que ele saiba que eu era o único que havia ficado trabalhando até tarde. Fiz isso apesar das advertências. Se alguma coisa acontece, eximo de culpa os que tantas vezes me recomendaram fazer o contrário (Mario, Carlos, Frank). Mas simplesmente ainda não tinha vontade de voltar para casa; gosto tanto do silêncio destes muros nas desoras, sem que ressoem os telefones nem me atordoem os aulidos do fax ou a música do rádio que as secretárias escutam.

Estava sentado folheando o Informe, como faço uma e outra vez. Jamais vi o que se narra. Sempre estive protegido na cidade, debaixo das anáguas de minha avó. A guerra engoliu meus pais. É a única coisa que sei

Queria saber como, quem e por quê. Por isso concorri a este trabalho. Por isso fui paciente com os que vieram confessar, buscando alguma voz que me devolvesse a imagem da família que nunca tive. Por isso reviso outra e uma vez as páginas do Informe, atrás de alguma pista que possa ter me escapado.

De repente, o telefone tocou. Deixei-o ressoar; ignorei. Mas continuou trinando insistentemente até que me tirou o juízo, de tal forma que senti a campainha em minha cabeça. Levantei e atendi. Tinha certeza de que, do outro lado da linha, seria uma ameaça de morte, um jorro de insultos ou uma respiração que se nega a responder. Foi algo mais.

— Moleque — disse uma voz aterrorizante que não reconheci, mas que depois de tudo pareceu familiar —, espero você em quinze minutos no café que você frequenta. Estarei na mesa do fundo, onde você se senta para escrever. Sei algo que lhe interessa.

Desligou. Congelei, com o fone na mão, fazendo "tuuu". Pensei mil desculpas; temi um encontro com a morte.

Quando me dei conta, estava na rua caminhando em direção ao café; fica a poucos quarteirões do escritório e me agrada. Cruzei a praça. Internei-me no barulho da rua Real. Virei a esquina costumeira.

Ali está o lugar, de porta aberta, o nome do local ilegível numa placa meio caída. Entro na longa escuridão do recinto, parcamente iluminado por poucas lâmpadas. Está, como de costume, vazio. Um bebum conversa com sua sombra numa das mesas. O dono dormita, atrás do balcão, vendo televisão. A mulher pequena e gorducha que faz as vezes de garçonete, sentada num banco, pinta as unhas. Dirijo-me ao fundo, em direção à mesa do canto, que costumo ocupar; desta vez a lâmpada que ilumina essa esquina do lugar não está acesa. Um homem, cujas feições não consigo distinguir, fica de pé; faz um gesto para que eu me sente.

Tenho de fazer uma advertência. Nunca li Aristóteles. Nem Descartes. Mas já matei. Sangue alheio atingiu minhas mãos, minhas noites. Por isso, existo.

— Sei quem matou Juan — é a primeira coisa que me diz.
Sua voz é grave, como se emitida de dentro de um poço.

Minha pele se arrepia, mas mantenho a calma. Frank me advertiu que alguém, cedo ou tarde, se aproximaria de algum de nós com essa frase pendurada na língua. Esta pode ser a ocasião, penso.

Vêm à minha mente as cenas da noite do crime. Juan estendido na entrada de sua casa, com o rosto desfigurado, no meio de uma poça de sangue. Em seguida, fugazes, correm as imagens posteriores: a cena contaminada do crime; o torpe fiscal; a pesquisa inútil; a convicção de Carlos de que nós mesmos devíamos realizar uma investigação verdadeira, paralela, na qual empenhamos os últimos meses sem resultado.

— Quer saber? — pergunta-me a sombra que está diante de mim.

Acedo com um movimento de cabeça. Todo meu corpo se retesa e espero pelo pior. Preparo-me para dar um salto e sair correndo, o que é minha única arma de defesa. A sombra relaxa. Vejo seus dentes e escuto um riso, triste, sóbrio.

— Não devia tê-lo escolhido, mas era mais fácil — diz com um tom derrotado. Acrescenta, para si, em voz alta: — Você é muito moleque.

Ao escutá-lo, me sinto ofendido, mas não posso demonstrar. Mantenho a guarda no alto. Sinto a pressão do piso sob meus pés, o sangue correr por minhas veias, meu coração bater.

— Não vai ser simples assim que vou lhe dizer. Alguma coisa você vai ter que me dar em troca.

Fico olhando-o fixamente à altura que se supõe que estejam seus olhos, em desafio.

— Proponho um trato. Agrado pede agrado, moleque. Se você quer saber, tem que aceitar a condição que eu lhe peço. De acordo?

Não sei o que fazer. Instintivamente penso em sair correndo ou em acertá-lo com a garrafa que está sobre a mesa. Vejo-me perguntando, num tom frio, distante, desapaixonado, profissional, como o que Mario teria usado:

— Em que consiste o trato?

— Simples — responde. — Se lhe digo, você me protege. Me ajuda a sair do país com vida. Isso é tudo. Digo o que você necessita saber e você me brinda com a proteção de que preciso. Você saberá enquanto eu conservo a minha vida.

Fico em dúvida. Parece-me algo inesperado. Sorrio. Ingenuamente digo:

— Aceito.

A sombra ri. Sua gargalhada é um gelo que cai sobre mim, pungente, doloroso. Inclina-se sobre a mesa. Com a luz que chega do balcão, posso ver a ponta de seu nariz. Percebo seu hálito de cerveja. Confessa.

— Fui eu que o matei.

Matei outro. Estava escuro. Sonho que é de noite ou que estou numa caverna, pensei um instante antes de arremeter-lhe o golpe. O sangue que espirrou em meu rosto não me acordou. Isto por que transito não é um sonho, refleti. Vivo. Existo. Minhas mãos estão tingidas de sangue. Mas sei que não é sangue inocente. Durante anos, meditei sobre isso na casa de minha avó. Conjeturava: se meus pais foram assassinados por qualquer um, então posso e devo vingá-los matando quem quer que seja. A parábola me reconforta: quem estiver livre de pecado, que atire a primeira pedra. Ninguém está. O que me leva a pensar que ninguém está a salvo. Ficam as culpas, sobram as pedras.

Estou a ponto de cair da cadeira. Mas não. Conservo a calma. Tento encontrar seus olhos na escuridão.

— Se foi o senhor quem o matou, por que quer falar comigo?

Respira. Responde:

— Suspeitei que de início você não entenderia. Compreendo, como disse, você é muito jovem. Mas tenho que me desafogar. É urgente. Minha vida corre perigo e não temos tempo. Não posso lhe explicar. A única coisa de que preciso agora é que você aceite o trato e me ajude a sair daqui.

Incomoda-me seu tom autoritário e seu desprezo por minha juventude. Instigo:

— E se não ajudo?

Solta um frio "ha" e em seguida:

— É muito tarde para isso.

— Como assim? (assustado).

A sombra se vira sobre seus ombros. O dono vê televisão, a garçonete pinta as unhas, o bebum já não está lá, as ruas impávidas. Diz:

— Se não me ajuda, eu o mato.

Meu nome já não importa, nem o lugar onde nasci. Tampouco, fatalmente, onde morrerei. Dá na mesma. Tenho-o comprovado. Sei que vou morrer, o que muitos ignoram. Mas também sei que posso matar e isso me provoca um obscuro deleite.

Deus, ou o que fosse, não outorgou aos homens o dom de dar vida, mas sim o de ceifá-la. O que é, como tudo o que é divino, uma bênção. Isto não é uma oração: é meu consolo. Sinto-me vivo graças a isso. Mais ainda, quando vejo nos olhos de quem morre quão urgente se torna aquilo que eu conservo: a incerteza, a vida. Morrer, nada é mais rotundo. Esse olhar de angústia é meu alimento.

Engulo saliva. A afirmação foi contundente. Não tenho escapatória. Mas demando uma razão ou algo parecido. Pergunto-lhe, quase balbuciando:

— Por que escolheu a mim?

Escuto, leve, um som metálico. Vejo um feixe de luz sair de baixo da mesa em direção ao teto. A imagem de uma faca vem à minha mente e a associo com o gelo e a morte lenta, desagregando-se. Responde secamente:

— Simples. Ninguém pensaria em você.

Prefiro não continuar perguntando. Pelo menos não enquanto esteja alterado. Não sei o que fazer. O silêncio que há entre ambos se torna cada vez mais profundo. Espera algo de mim e eu não atino o que seja. Com violência, sussurrando, me enfrenta:

— Aceita o trato, moleque?

Não terei tempo de dar um salto, correr e me distanciar o suficiente para não ser alcançado pela lâmina. O sujeito com certeza é mais hábil que eu e está pronto. Não tenho saída. Se tentar fazer isso, o aço partirá minha carne De qualquer forma, estou fodido.

— Não resta opção. Aceito...

Dá um murro na mesa; deixa algumas notas para pagar o consumo.

— Então me escute bem. Vamos sair deste lugar agora mesmo. Que não lhe ocorra fazer uma idiotice. Nada mais caminha a meu lado. Odeio o silêncio, então qualquer coisa que você diga será bem-vinda. No caminho lhe explico.

Levanta-se de súbito, com fúria. A tênue luz que entra da rua me permite vê-lo pela primeira vez. Diz:

— Andando.

Pouco me falta para ir embora de costas. Sou eu, refletido em um rosto que é todos os espelhos.

* * *

Pelo menos é nisso que eu acredito, até que me ponho de pé. É mais alto que eu (ou sou eu mesmo?). Ele não pode ser eu (por que não?). Além disso, é muito mais magro (está enganando a sua vista). Mas o rosto é sumamente convincente. Os mesmos cachos, os óculos, as sobrancelhas, o penteado. Fico espantado. Rio. Rio de mim mesmo.

— Dá para ver que você não tem experiência nisto.

— Não a que o senhor tem.

— Pegue suas coisas, temos que sair antes que seja tarde demais.

Ao passar pelo balcão do café, me despeço do dono traçando-lhe um colar que ganha uma cor vermelha intensa, linda, fulgurante. Antes que grite, faço o mesmo traço na garçonete, que nem sequer tem tempo para me agradecer. É uma pena; morre com um gesto sublime.

O instante se fratura. Isso de matar é uma arte. Provoca deleite e orgulho. Comove, estremece, é instintivo. Aprendi a gozá-lo como se deve lendo as páginas do Informe, já um pouco tarde em minha vida, o que é lamentável.

Sem alterar meus passos, saio à rua e sigo meus caminhos.

Lontananza

David Toscana

As cadeiras, pernas para cima, estavam em cima das mesas. Güero passava sem muita convicção um rodo sujo e seco que revolvia sem remover a terra do chão, enquanto Odilón, sentado atrás do balcão, mais uma noite aborrecido, fazia as contas do fechamento. Separou as notas em dois montes: as de aparência nova e as sujas e enrugadas por tanto manuseio. Pegou algumas das novas e comparou as datas, as assinaturas do diretor-geral, do representante da junta de governo e do caixa; em dois anos tinha mudado três vezes o diretor e sete vezes o da junta. Perguntou-se quem era dom Andrés Quintana Roo e já não teve olhos para distinguir as letras das gravuras do avesso.

— Terminou, Güero?

— Quase.

A doença de Odilón tinha imposto uma maior carga de trabalho sobre Güero, o único de oito irmãos que conservou a cor clara de um antepassado francês. Ele aceitava essa carga em troca de certa esperança.

— Para que serve o dinheiro? — repetiu Odilón sua cantilena de toda vez que jogava as notas na bolsa. As moedas, deixava-as sempre na caixa. — Eu não gosto de batalhar com a féria. — E com batalhar não se referia à questão econômica, mas à dificuldade para recolher as moedas pequenas, de dez e de vinte, com os dedos trêmulos e rígidos. Em troca, gostava das notas porque podia pegá-las suavemente, usando dois ou mais dedos e, no caso de cair alguma, não importava o valor, cairia em silêncio, sem delatar sua dificuldade.

Às vezes Güero se aborrecia com seu trabalho. Não se importava em atender os bebedores, ouvir suas queixas e insultos; aceitava lavar o banheiro e limpar vômitos. Tudo isso estava bem. Um trabalho como qualquer outro, dizia-se. Mas em algumas noites, quando seus amigos entravam no Lontananza, de pura irritação lhe subia o vermelho ao rosto. Sirva-nos, Güero. Rápido, vagabundo. E estalavam os dedos, e era uma gozação atrás da outra a noite toda sem que lhe deixassem um centavo de gorjeta. O pior vinha em sua noite livre. Na frente das moças, na frente de Consuelo, os amigos continuavam as brincadeiras. Güero, traga uma cerveja, um copo, um guardanapo. E, fosse em um salão de baile ou na casa de uma delas, Güero continuava sendo o garçom sempre pronto para atendê-los. Não por muito tempo, pensava.

Odilón levantou a bolsa das notas e a balançou.

— Se eu pudesse comprar seus anos, rapaz. Mas na minha idade a gente só pode aspirar a um bom morrer.

— Não diga isso, senhor — Güero, exasperado, apertou os dentes.

Apenas seis meses antes Odilón tinha outra cantilena: continuam passando os anos e não me dói nem uma unha. De fato começou a repeti-la desde que chegou aos setenta, com algumas variações quanto ao lugar em que não sentia dor: às vezes eram as unhas, às vezes os ossos ou o cabelo. Güero não achava nada de mais que lhe chegasse a doer o cabelo e se irritava ao vê-lo tão forte, carregando um barril de cerveja, subindo uma escada para trocar uma lâmpada, agachando uma e cem vezes para recolher bitucas, tampas de garrafa, rolhas e latas.

— Hoje vendemos pouco.

— É que todos andam muito chateados — Güero sentiu necessidade de dar uma desculpa.

— Na minha época, quanto mais fodido a gente estava, maior era a vontade de um trago.

— São outros tempos, senhor.

— E o que podemos fazer para que seja como antes?

— Não sei, senhor.

Güero guardava seus planos: colocaria uma televisão em cada canto para ver o boxe e o futebol, uma boa mão de pintura, mesas de bilhar, outras marcas de cerveja, as pessoas estavam se cansando de beber só Corona, ar-condicionado e, sobretudo, uma mudança de nome. Compraria um anúncio luminoso que acendesse e apagasse a noite inteira: BAR GÜERO. A palavra cantina era do passado. Ou, melhor ainda: GÜERO'S BAR.

Um dia Odilón caiu no chão, sem chance nem sequer de colocar as mãos. Güero se lembrava da queda como um acontecimento muito lento, como se Odilón fosse uma bola. O grito; os braços procurando onde se apoiar: no balcão, em um banco, em um cliente; a aterrissagem; a cabeça ricocheteando sem fazer um único ruído; o velho no chão, imóvel, incapaz de se levantar. Os que estavam ao redor o levantaram para sentá-lo junto ao balcão e examinar alguns ossos. Não é nada, disse Odilón, e continuou servindo e cobrando e lavando copos. Em seguida se sentiu mal. Digo que não é nada, homem, talvez um enjoo. Contra seu costume decidiu se retirar antes de fechar o bar e, depois de dar a Güero uma série de recomendações, despediu-se dizendo até amanhã.

Não foi nem no dia seguinte nem na semana seguinte que voltou. Demorou quase um mês e chegou transformado em um velho de passos curtos, cada vez mais curtos, e atento ao relógio, porque agora carregava uma caixinha metálica com comprimidos que tinha que tomar a cada quatro, seis, oito ou doze horas para a circulação, a acidez, os gases, as pernas intumescidas. Depois de cada noite, pedia a Güero que o acompanhasse de volta à casa. O garçom aceitava, resignado, servir-lhe de muleta, tomar um rumo oposto ao seu com uma lentidão que o enfastiava, com aquelas mãos em busca de equilíbrio sobre seus ombros e respondendo sim a todas as perguntas de rotina que brotavam diante da falta de conversa: Desligou a jukebox? Fechou bem a torneira da pia? Colocou creolina nos banheiros? E, ao passar em frente à casa de Consuelo, Güero baixava a cabeça, envergonhado, mas ao mesmo tempo tranquilo porque ela sempre se deitava cedo.

— Já terminou, Güero? — repetiu a pergunta.

— Sim, senhor.

Era perto da uma da manhã, muito cedo para fechar numa sexta-feira. Güero foi à adega e começou a apagar as luzes. Não estranhou ouvir que alguém batia na porta. Seguido apareciam tresnoitados dispostos a pagar o que fosse desde que lhes permitissem entrar. Estão batendo, pensou. Diga-lhes que já não é hora. A caminho da porta passou diante de Odilón e quis bloquear os ouvidos para não ouvir:

— Estão batendo. Diga que já não é hora.

Odilón tinha suas frases feitas para cada circunstância. Era fácil antecipar suas palavras cada vez que entrava um cliente, quando quebrava uma garrafa ou quando alguém se negava a pagar a conta; e tanto não saía de seus hábitos que continuava perguntando pela creolina dos banheiros embora nem nas farmácias houvesse maneira de consegui-la. Joguei Cloralex, respondeu Güero das primeiras vezes. Depois se conformou assentindo.

— Está fechado — disse pela portinha a um par de costas em retirada.

Güero moveu os lábios em silêncio. O que desejam tomar? Mas já sabem que a esta hora tudo custa o dobro.

— Vamos, Güero, estou muito cansado.

— Espere um pouquinho, falta apagar uma luz.

De volta à adega pegou uma garrafa de brandy e seguiu reto para o banheiro. Ao girar a tampa ouviu o selo se rasgando. Certamente Odilón já estaria de pé, apoiando-se em cadeiras e mesas para alcançar a saída. Güero se sentou na privada para esperar. O cheiro não era o de uma hora antes, quando começou a limpar. Que custa esticar? Que custa melhorar a pontaria? Felizmente não havia testemunhas nesta parte de seu trabalho. Um pouco à frente, um pouco acima de sua cabeça, observou a barra que Odilón tinha mandado soldar para poder sentar-se e parar sem ajuda de ninguém.

— Apresse-se, por favor.

Güero não se atreveu a beber da garrafa. Colocou-a de cabeça para baixo sobre um mictório e ouviu o borbotar do líquido que escorria.

— Já vou, senhor.

Todo o interior ficou às escuras. Com um forte empurrão Güero fechou a porta estufada. Odilón girou a chave. O vento da rua era uma confusão de ar frio e quente, como se em um lugar próximo estivesse chovendo. Odilón pôs as mãos sobre os ombros do rapaz.

— Vamos.

Por que o desgraçado não compra umas muletas? Por que me mantém brincando de trenzinho? Güero se preocupava porque suas perguntas começavam a ser tão repetitivas quanto as do velho. Desligou a jukebox? Fechou bem a torneira da pia? Colocou creolina nos banheiros? Arrastava um pé, dava outro passo e o rapaz dizia sim, sim, sim, com raiva por sentir o tremor das mãos sobre seus ombros e convencido de que tudo era uma prova. Mas quantas vezes mais terei que passar por ela? Uma prova, sem dúvida, porque Odilón não ia acreditar que tanta lealdade, tanto sacrifício eram pelo salário de cada semana. Você vai ver, Consuelo, como logo vai melhorar. Então, como sempre que tentava imaginar este futuro, seu otimismo se truncava com a imagem do sobrinho de Odilón, algo obscura, desprezível, inquietante. Aquela cara sebosa que retinha toda a poeira do ar. Não é possível; não serve para nada. Quando procurou o tio? Uma série de relâmpagos iluminou o contorno das colinas. A luz permanecia por tão pouco tempo que não se conseguia captar nenhuma cor.

— Está relampejando.

— É o que parece.

E quando chovia e os sapatos se enchiam de uma pasta de lodo que alongava a distância, Odilón dizia:

— Está chovendo.

A casa de Consuelo apareceu tão silenciosa quanto em todas as noites. Güero viu de relance o meneio das cortinas e as borboletinhas ao redor da lâmpada acesa no terraço. Um dia, Consuelo... Não soube continuar a ideia. Começavam a lhe aborrecer seus projetos e talvez ela também.

Mais adiante se acabava a terra da rua para dar lugar ao pavimento. A casa do Odilón estava justo no limite, do lado da terra. Ao fundo se divisava a montadora de televisores, fechada.

— Vão fechando as fábricas, uma por uma, e isso vai levar todos nós à merda.

E o que lhe importa, pensou Güero, mas disse:

— Deus não permita — porque seu patrão achava que colocar Deus em qualquer conversa era coisa de gente bem-nascida.

Subiram os dois degraus até a porta. Odilón estendeu as chaves ao rapaz. E o jovem Miguel? A voz de Consuelo golpeou a cabeça de Güero. Já lhe disse que este não presta para nada. Sim, insistia Consuelo, mas sangue é sangue. Güero nunca passava da porta. Recusava-se a levar Odilón até seu quarto porque no corredor toparia inevitavelmente com o retrato do sobrinho, do tal jovem Miguel, sorridente, desprezível, quase sem olhos.

— Até amanhã, senhor.

— Obrigado, Güero, não sei como lhe pagar isso. A porta se fechou e dois trincos rangeram. Até amanhã, senhor. O eco continuou rondando por um tempo até que a noite acabou por silenciá-lo.

A estratégia da aranha

Sergio Ramírez

> *There was a Red Back on the toilet seat*
> *When I was there last night*
> *I didn't see it in the dark*
> *But, boy, I felt its bite.*

Canção popular australiana

Segundo um artigo do doutor Beverly Clark, publicado no *Journal of the United Medical Association*, o mistério a respeito de uma recente onda de mortes nos Estados Unidos foi resolvido. Se você ainda não soube do que aconteceu, aqui vai:

Três pessoas do sexo masculino de Jacksonville, no norte da Flórida, foram à emergência do Methodist Medical Center em um período de cinco dias, padecendo os mesmos sintomas: febres, calafrios e vômitos, seguidos de colapso e paralisia muscular. Todas elas morreram. Não havia nenhum sinal externo de trauma, mas as autópsias mostraram severa intoxicação do sangue.

Esses homens, de diferentes idades, não se conheciam entre si, nem pareciam ter nada em comum. Descobriram, entretanto, que os três tinham ido ao mesmo restaurante poucos dias antes de contrair os sintomas fatais, o Oliver Garden da Lane Avenue. O Departamento de Saúde ocupou o restaurante e mandou fechá-lo, apesar de este ter todos os certificados sanitários em dia. Os materiais para preparar a comida e a água foram submetidos a exames de laboratório, e também interrogaram os cozinheiros e garçons, sem resultado.

Não descobrindo nada que pudesse implicar o restaurante, as autoridades de Saúde permitiram sua reabertura. Mas dois dias depois um dos garçons foi levado à emergência do Methodist, ao acusar os mesmos sintomas. Informou aos médicos que estivera de férias e só tinha voltado ao restaurante para pegar seu cheque. Nem bebeu nem comeu enquanto permaneceu ali, usou apenas os serviços sanitários. Depois de poucas horas morreu.

O dado a respeito dos serviços sanitários fornecido pela nova vítima, embora banal à primeira vista, convenceu as autoridades a realizar uma inspeção dos mesmos. Depois de uma minuciosa busca, ao levantarem a tampa da privada, descobriram na borda do vaso uma minúscula aranha de cor avermelhada. Levada a laboratório, determinou-se que se tratava de um exemplar macho da *Arachnius gluteus*. Seu veneno é extremamente tóxico, mas pode levar vários dias antes de causar efeitos.

Naquele momento foi crucial determinar as circunstâncias em que essa espécie de aranha, própria dos países asiáticos e estranha ao continente americano, tinha conseguido chegar a Jacksonville. Nenhuma das vítimas identificadas tinha ido à Ásia. Recorreram então aos registros de todos os hospitais da cidade em busca de antecedentes, e conseguiram determinar que três meses antes havia ocorrido outro falecimento por causas muito parecidas, segundo a autópsia, caso que por seu caráter isolado não despertara então maior atenção. Aquela vítima sim tinha estado na Ásia.

Tratava-se de um bem-sucedido advogado de Jacksonville. As indagações deram como resultado que, pouco antes de sua morte, tinha feito uma viagem de negócios a Jacarta, Indonésia e mudado de avião em Singapura para o voo de volta a Nova York. Como este último voo se originou em Bombaim, ordenaram uma inspeção dos banheiros de todos os aviões procedentes da Índia, e em quatro deles foram descobertos ninhos de *Arachnius gluteus*, com enxames de ovinhos.

Ao ser interrogada, a esposa do advogado contribuiu com dois dados importantes: que para celebrar a volta tinham jantado no Oliver Garden; que, sentindo-se mal do estômago enquanto se encontravam no local, a vítima havia feito uso dos serviços sanitários; e que em seguida tinha apresentado o sinal de uma picada avermelhada na nádega direita, do tamanho de uma cabeça de alfinete, causa de muita ardência. Os detetives médicos deduziram que uma aranha fêmea conseguira depositar seus ovos nos genitais da vítima depois de picá-la, e que estes ovinhos foram transportados pela mesma vítima até o vaso do restaurante.

Suspeita-se que a aranha pode estar agora debaixo de qualquer tampa de privada em qualquer banheiro de qualquer lugar público da União Americana, já que os aviões vindos da Ásia podem continuar trazendo *Arachnius gluteus*, assim como seus ovos, apesar das inspeções rotineiras, difíceis em todo caso de realizar.

De modo que, quando visitar os Estados Unidos e for usar o serviço higiênico de qualquer aeronave, aeroporto, estação ferroviária ou de ônibus, loja, ou restaurante, por maior que seja seu apuro, primeiro levante a tampa e examine cuidadosamente para ver se não há aranhas.

Passe, por favor, esta informação às pessoas próximas a você.

Estranha, bela flor matinal

Enrique Jaramillo Levi

Olhar nos olhos da mulher desejada nem sempre é uma decisão sábia. Na verdade nada que tenha que ver com o desejo o é. Porque este não representa apenas uma pulsão do corpo, uma forma de querer entrar na pele alheia e apropriar-se de sua temperatura, de suas próprias ânsias e de seus sucos mais íntimos, mas uma necessidade de se saber ao mando de uma vontade que cedo ou tarde se rende; no controle do gozo de uma egolatria desatada, e só às vezes — quando pulsa o amor sob o aflorar dos impulsos — um genuíno gosto por compartilhar. E eu, sem amá-la ainda, apenas começando a desejá-la, a querer para mim aquele corpo de óbvias sensualidades que parecia estar oferecendo ao mundo, olhei-a nos olhos. Profunda, ansiosamente, em um olhar do qual ela não fugiu. E, já disse, não foi uma decisão sábia, nem sequer um impulso prudente. Porque eu devia ter levado em conta quem era aquela mulher, as advertências dos que já tinham percorrido o caminho que conduzia ao desastre.

Uma semana depois, incapaz de raciocinar, vivíamos juntos. Sem móveis, sem ir ao trabalho, esquecidos de tudo o que não fosse o interminável desabafo da fornicação, fomos um casal sem passado e sem futuro. Sem passado, porque não nos interessava contar casos corriqueiros nem intranscendentes aventuras; sem futuro, porque não tínhamos planos nem necessidade de construir nenhum projeto. A única coisa que importava era nos consumir uma e outra vez nos fragores do prazer, nutrir-nos de nós mesmos até não poder mais. Este foi o delírio daquela época idêntica a si mesma em sua gozosa repetição, em que não fomos conscientes de até que ponto nos havíamos transformado, doentiamente — a imagem é praticamente literal, já que frequentemente preferíamos nos devorar a dentadas, trocando fluidos que incluíam o sangue, a comer os alimentos necessários para subsistir —, em dois obsessivos antropófagos. Até que sucumbi à doença. E, como se uma enorme onda de repente tivesse me golpeado, desmoronei.

Ela, por outro lado, foi se recuperando, de corpo e alma, em um movimento sutil, mas sem dúvida simétrico e simultâneo ao meu progressivo desmoronamento. Vi-a recompor-se, florescer incrivelmente bela e vital na medida em que meu ser adoecia sem remédio, presa de um cansaço terrível e terminal. Em breve fui um despojo, a sombra da lembrança que tinha de mim mesmo, e ela acabou de perder qualquer interesse em minha existência.

No dia em que foi embora não houve despedida possível, como tampouco tínhamos celebrado ao princípio nenhuma boas-vindas. Estava radiante, mais mulher do que daquela vez quando a olhei nos olhos, desejando-a; talvez mais desejável. Mas agora a via apenas desde a lembrança daquele primeiro desejo, porque já não era capaz de desejar.

Nem sequer se deu ao trabalho de olhar minha sombra, sem dúvida porque teria a mente posta naquele que — abstração hoje, realidade amanhã — ia me substituir. Assim era ela, independente, autônoma, autorrenovável. Estranha, bela flor matinal!

A festa no mar

Delfina Acosta

Por uma ou outra razão que ninguém — jamais — poderá decifrar, o poeta Franz Kurtz tinha um ar de miserável ao lhe dar bom dia, e, quando você cruzava com ele, em uma esquina, em frente ao velho mercado municipal das codornas ou à destrambelhada estação da ferrovia sulista, dava-lhe bom-dia como quem diz adeus, e quando você se virava e era ele, enquanto se esforçava em agradá-lo como um simpático macaco de circo, Franz olhava sem compreender qual dos dois tinha a culpa ou que maldito bem lhe havia feito a vida (para você passar tanta vergonha), e quando você abusava no aperto de mãos ele retirava a dele, apagando com a frieza cadavérica dos dedos as castanholas ressonantes de sua calorosa amizade e, finalmente, quando você o surpreendia colado a uma das tantas janelas do ônibus, exibindo sombriamente sua passagem ao guarda da empresa, ele o cumprimentava já sem olhar, como quem joga ao ar o lenço de um espirro, nada mais.

Que desencanto a vida para Franz. E que solidão a dele, sem o direito, sequer, de escolher, porque suas namoradas escapavam para o quarteirão da frente, sempre inalcançáveis com seus vestidos de primavera e seus cabelos trançados com aromas de canela.

Penso que todos os poetas são parecidos a Franz. Franz Kurtz. Ou quase todos. Por isso o governo inventou aquele grande cartaz de mar, como primeira medida de cultura, para romper a desoladora condição histórica de nossa mediterraneidade e reconfortar os intelectuais e os sonhadores como Franz, ávidos de mar.

Grande cartaz de mar, o nosso, com aquelas ondas altas artificiais, aquelas espumas congeladas, aquelas gaivotas perpetuadas em seu voo em direção ao norte e aqueles arrecifes de mentira; grande cartaz paisagista que os poetas contemplavam, melancólicos, sem que os incomodasse o luminoso cartaz de coca-cola que os oficiais do exército ergueram como segunda medida de reconstrução patriótica, grande cartaz de mar, que alguns poetas, afetados pelo sentimentalismo, observavam de sua miserável pensão com telescópios e logo começavam a chorar, repetindo que sim, que era apenas o mar, não importa quanta peregrinação inútil de gaivotas e retorno de papagaios amarelos, não importa quantos golpes desiguais da maré, quanta ilusória caravela ou barca desfazendo-se da casca da pintura, era apenas o mar, o mar, não importa quanta praia de areia coberta pelo profundo sentimento daquelas três valentes palavras: viva a revolução! Que viva a revolução ainda que a vida seguisse seu curso ordinário dentro de um progresso e uma paz sepulcral como nunca tivemos e os poetas recitassem seus poemas contestadores sem que ninguém os ouvisse, salvo o próprio Presidente da República, que também escrevia sonetos sobre o dorso de qualquer convite formal, cultivando o estilo, claro está, de Pablo Neruda: "Posso escrever os versos mais tristes esta noite".

Que viva a revolução, porque o civilismo é levado pelo ar do ócio enquanto no tumulto todo mundo cabe em uma praça, e ainda se encontra um lugarzinho de margaridas onde cair a morrer com a devida glória; mas era apenas o mar, não importa quanto silêncio, quanto caracol como ovo de perdiz, quanta soalheira, quanto anúncio e quanto espelhamento. Naturalmente, o mar que conhecíamos não era o mar de verdade que sim rugia e que trazia e levava a praia com cada golpe das ondas, nosso mar era o mar dos ensinamentos escolares, aprendido de memória através da geografia moderna. Ai, eu dava voltas, você dava voltas, ele dava voltas no globo terrestre, e que duro meter na cabeça tão longa matéria cujo fundamental mistério era a história do almirante Colombo e suas três caravelas, ai, três caravelas chegadas à América por pura inspiração da membrana e, em seguida, imaginem, poder conhecer os detalhes mais curiosos das altas correntes marítimas, os animais recolhidos sob os perdidos cofres dos tesouros que nenhuma empresa teve a sorte de achar e as embarcações marinhas presas pelas plantas musgosas com o último pirata entregue ao prazer de fumar seu cachimbo, alegre na popa, imaginem, poder conhecer as diferentes variedades de sais que em outubro se abriam como girassóis sob a água enquanto o vento da primavera levava, acima, as sombrinhas cubanas, e aquela garapa dos afogados perdidos de suas mães, de suas namoradas, de todo o grupo excursionista, por não saberem nadar ainda que isso parecesse tão fácil a partir do treino em cima da tábua.

Caramba, isso de nadar era toda uma ciência, algo de fazer ou não fazer em um arrebatamento de extremo heroísmo. O que se diz nadar, nadar, todos o faziam e nós não, mas dávamos patadas no ar estendidos sobre as cadeiras e a grandes braçadas avançávamos, ou meio que avançávamos, até que toda a tripulação vinha abaixo no preciso instante em que uma vertigem de fundo, um salpicar de corais e umas explosões herbáceas puxavam as pernas das cadeiras. Aqui e assim como nos veem, temos espírito de mar, talvez porque sobrevivemos, ainda sem crédito estrangeiro, e passamos noites sem dormir, soprando fogueiras diante do grande cartaz do mar, e vem caindo gente ao penhasco entre o alvoroço das crianças e dos cachorros, e vêm escorregando as garotas até o penhasco, entre a pressa e a didática para fritar cebolas ao fogo, cebolas que todos comemos, brindando pelos bons tempos, estes, os tempos das noites estreladas, das boas colheitas, da grande bênção dos campos de milho que ainda se arraigam nos cemitérios, e da prosperidade dos cafezais, e alguém já trouxe seu piano ao ouvir a boa notícia de que a festa é na frente do grande cartaz do mar, de modo que a humilde vendedora de laranjas dança, o agiota italiano dança, e um terceiro lhes dá o compasso, não tem jeito, ninguém sabe quem é, mas dança tão bem, tanto para o lado como para trás, para seu par como para os demais pares, dança tão bem o terceiro, escondido zelosamente dentro de sua grande máscara de índio cambá, que todas queremos comprometê-lo para que dance comigo a próxima música, algum *cielito*, talvez um *merenguetengue*, os passinhos que me ensinaram na tardezinha das azaleias florescidas, quando minha avó se reclinava em sua cadeira de palha, mas, veja que grande susto, cambá, o vento levou sua máscara, Franz Kurtz; quem teria suspeitado, com aquele ar de desgraça que você sempre tinha ao dizer adeus, e com aquela prudência dos tristes com que você se aproximava dos bailes para ver as mulatas mexendo a abóbora; quem teria acreditado, agora é você que levanta a poeira com o sapateado, sentindo que sufoca com o giro da *cumparsita*, e você sabe que já é tarde, que a vidraça de sua fama de poeta triste se rompeu em mil cacos, de modo que você não tem mais remédio a não ser ensopar-se com todos os pedidos musicais que a orquestra conceda. E agora todos entramos no baile, esquecendo as tristes horas que passamos enjaulados nesta pátria miserável, sem mar, sem exército de marinha, sem entardeceres de salitre que golpeiem levemente os jasmins das sacadas, todo mundo metido no último vagão da casa, respirando o vapor crescente dos móveis velhos, dos armários de madeira de mogno e da centenária arca familiar, todo mundo na cozinha, ordenhando a vaca que se colocamos aqui não nos permite caber ali, que se colocamos onde quer que seja não nos deixa passar, porque o recinto ficou pequeno depois da última remodelação da ordenhadeira automática.

E agora o baile fica tão pequeno, um tanto abarrotado porque vieram os revolucionários, imaginem, e os poetas das odes à Virgem dos mandiocais, e veio o próprio Presidente da República com o seu chapéu-panamá e sua camisa de linho azul, e as crianças simplesmente metem as mãos dentro de seus grandes bolsos, compartilhando balas de açúcar queimado e licor. Ai, que animada está a noite; quanto cantar de cigarras subidas ao alto dos eucaliptos, que enredo de sabres na voltinha dos charangos como se o baile fosse a própria guerra, e cumpre-se o pedido de que o presidente defina qual é o melhor par, pelo qual todo mundo faz milagre com suas alpargatas, e tão metidos estamos na quentura da festa que ninguém ouve, que ninguém ouviu o barulho de trem que faz o vento ao descer pelas colinas rochosas, até que alguém grita do campanário que vem o furacão partindo em duas metades o grande cartaz do mar, e os peixes azuis entram dentro dos nossos vestidos, o rasante dos liquens enreda as patas dos cavalos e das mulas; são abertas as jaulas dos caracóis mínimos por força dos caranguejos que arrebentam nas frituras das mazorcas; o mar vem para cima com seu ondeado de xícaras, pratos e potes de porcelana porque o barco paisagista naufraga, e alguém grita que pare a festa, que cale a orquestra, mas não tem jeito, com a água até o pescoço dançamos a *cumparsita*, levados e trazidos pelas ondas, livres para sempre jamais.

Nunca nos divertimos tanto. Essa foi a festa no mar.

Os três toques
das quatro e cinco

Alonso Cueto

Na verdade o pacto estava ali, selado por uma corrente de azares, de ilusões concretas e de adivinhações da vontade. Alcira e Paco não haviam se visto em vinte anos, mas se comunicavam toda sexta às quatro e cinco em ponto, com uma precisão compartilhada do amor.

A história de Paco havia se iniciado pela última vez à meia-noite do dia 24 de dezembro. Essa noite ele havia ido dormir contra a opinião de todos os amigos, tias, sobrinhas e alguns primos que exigiam que compartilhasse com eles o que faziam todos os Natais: comer pedaços de peru e falar sobre os demais parentes. Havia tocado o travesseiro aliviado pela certeza de não ter que inferir a seus familiares os despojos de sua vida recente de quarenta e cinco anos: o mau humor depois da morte de sua esposa Soraya, a tristeza da partida ao estrangeiro de sua filha mais velha, Patricia, a consciência crescente de sua rotina como professor de uma universidade.

Nessa noite, como em tantas outras, havia acordado à solidão de seu abajur de vidros brancos. Mas não havia sido um despertar igual aos outros.

Desta vez havia acordado com a certeza de que Alcira estava deitada a seu lado.

Emergiu das primeiras ilusões da vigília entre os lençóis amassados, martirizado pelo barulho de fogos de artifício vindo da rua. Foi então que lhe pareceu ver a imagem de seus sonhos. Alcira deitada com ele, dormindo na noite de Natal, naquela cama.

O fato de ela não estar ali era o início de sua nova relação com o mundo. A única imagem daquela nova realidade, a de seu corpo na cama sem o de Alcira. Essa imagem o incriminava. O amor a Alcira o avassalava no colchão. O vírus das recordações havia demorado vinte anos em incubar-se e agora irradiava seus raios de dor.

No dia seguinte, 26 de dezembro, decidiu que tinha de procurá-la.

Nessa mesma noite de Natal, Alcira estava cortando um pedaço de peru para sua filha mais nova, Gloria. Os treze anos de Gloria, a franja solta, as pernas de gazela, os olhos fixos, as sobrancelhas finas, a boca sempre próxima a um sorriso.

Alcira havia sido assim naquela idade.

A seu lado, o marido Lucho comia em silêncio.

Lucho era redondo e compacto, usava óculos maciços, cortava o peru com uma faca comprida. Alcira o observou, disse-lhe terminamos isto, passamos pela casa da minha mãe e vamos à casa dos seus pais. Lucho continuou cortando, a ponta afiada em um grande naco de carne, uma cortina breve de sangue que se misturou com o molho das frutas secas.

Nessa noite, ao se deitar, Alcira sentiu a dureza do travesseiro contra o pescoço. Era um Natal inusualmente ventoso e úmido. A janela estalava de fogos artificiais. A seu lado, Lucho já havia dormido e seu corpo era uma jovem locomotiva que emitia um sopro lento. Não era um ronco exatamente; era um sopro que se descarregava entre longas pausas.

Uma noite de Natal, vinte anos antes, Paco lhe havia dito que a amava e ela... havia sorrido para ele e... depois... havia escalado com tanta paixão sua série de omissões e desatinos. E estava ali.

Ambos haviam feito quarenta e cinco anos, e viviam nos antigos extremos de Lima: ele em Chorillos, ela em Monterrico. Graças ao matrimônio com Lucho, Alcira conseguira uma casa maior. Depois da morte de sua esposa, Paco se mudara a um apartamento em frente ao mar. Paco e Alcira eram Leão. Ambos mediam um metro e setenta. Tinham uma inclinação natural pelo otimismo e gostavam de se vestir de preto. Na sala de Alcira, vinte anos antes, haviam ouvido tantas vezes discos de Manzanero, dos Beatles, de Avilés. Não haviam se visto em exatamente vinte anos depois da cena na porta da casa dela. Vinte anos naquele mês, naquela noite, no Natal.

No dia 26 de dezembro, Paco se aproximou do telefone. Lembrava da voz como se ela estivesse lhe sussurrando algo no ouvido. Ouvira falar de seu marido (um engenheiro industrial que trabalhava em uma fábrica de ferramentas), e procurou por ele na lista telefônica. Seu nome. Era ele.

Ligou uma vez. É da casa do engenheiro X? Sim, é a casa dele. É para uma correspondência, disse, e desligou.

Era para uma correspondência.

— Quero almoçar mexilhões frescos. Um pouco de cebola com milho em cima dos mexilhões. E também moluscos — disse a voz de Lucho.

Era o dia seguinte ao Natal, um domingo, um dia de descanso. A música de Clayderman na sala, os Beatles no rádio do carro, a vista do moinho de Agua Dulce. Alcira desceu. Um quilo de mexilhões, e de moluscos. É o que quer almoçar o menino. O menino seu filho, senhora? Não, o menino meu marido.

Paco lembrou a primeira vez, quando haviam combinado de sair, o primeiro dia. A que horas você pode vir me buscar?, ela perguntou. Às quatro, respondeu ele com um sorriso. Bom, então posso demorar um pouco, mas no máximo às quatro e cinco. Morro de vontade de ver você. Às quatro e cinco. Era uma sexta. Nesse sábado voltou a sua casa às duas da tarde e sua mãe lhe perguntou onde estava e ele não acordou até o domingo para ir à missa.

A sexta.

Paco tinha o número na mão. Memorizou-o. Repetiu em voz alta. Olhou-o enquanto contemplava o mar pela janela.

Era segunda. Às nove da manhã. Podia ligar? Discou o número, deixou que tocasse três vezes e desligou. Era suficiente. Saber que por enquanto havia compartilhado o mesmo som com o espaço em que ela vivia. Suficiente. Por enquanto.

Seu filho Pablo se aproximou. O que tem de café da manhã, pai? Sentou-se com ele. Já experimentou queijo com mel no pão? Vou trazer para a mesa.

Agora vamos ver o que você vai fazer nas suas férias, alguma coisa que seja útil. O que é útil? Bom, pintura, música, desenho, dança, algo assim. Tudo isso parece muito inútil, disse Pablo.

De súbito, enquanto as faixas brancas avançavam em direção à parte inferior da janela e se perdiam nas varandas quebradas da sacada, Paco sentiu um golpe de certeza e soube o que devia fazer.

Nessa sexta, às quatro e cinco. Ligaria e desligaria. Na sexta. Às quatro e cinco. Ela saberia que era ele. O vírus das recordações buscava formas de sobreviver, pensou, formas de se plasmar por cima das pressões da saúde da rotina.

Durante a semana visitou os escritórios das três universidades em que dava aulas em período parcial. Ofereceram-lhe um curso de verão numa delas. Também encontrou um curso em uma escola pré-universitária. Um professor de matemática sempre cai bem em lugares assim. Com isso daria pelo menos para pagar os cursos de férias de Pablo e as contas da casa. Na terça e na quarta teve reuniões, na quinta matriculou Pablito. Por fim, chegou a sexta.

Durante a semana saiu para caminhar pelo cais. Depois leu os jornais, tomou duas xícaras de café e um copo de uísque. Almoçou uma salada de atum, ligou para sua mãe.

Às quatro estava junto ao telefone. Tinha um relógio ao lado. Às quatro e cinco ligou. Um, dois, três toques. Desligou. Ficou de pé, acendeu um cigarro e foi olhar o mar.

Quando o primeiro toque estremeceu seu telefone preto, Alcira estava entrando em casa, carregada de duas sacolas de carne e verduras. O rosto de Paco a havia acompanhado durante toda a semana. Yolanda lhe disse que acabavam de desligar. No começo não deu importância, mas depois sentiu vontade de acreditar que era Paco quem havia ligado e teve a convicção de que vinte anos não era um tempo longo demais para as condenações do coração. Era estranho que alguém desligasse tão rápido. Não demorou muito para lembrar a data, o dia e a hora.

Esqueceu a ligação durante os dias subsequentes, mas quando na sexta seguinte, na mesma hora, o telefone voltou a tocar e a parar depois de três toques, soube que a simetria sentimental que repetia a hora de seu primeiro encontro estava sendo manejada pela nostalgia. Na sexta seguinte propôs-se a ficar em casa para atender ao telefone logo que tocasse. Nesse dia, chegou a sua casa às quinze para as quatro. Sua filha Gloria se aproximou do telefone às quatro. O que você vai fazer?, ela disse. Vou ligar para uma amiga. Não tem lição de casa? Mas hoje é sexta, mãe, você não sabe? Desligue rápido, filhinha. O que está acontecendo, mãe? Nada, desligue, por favor. Gloria desligou.

O telefone soou três vezes. Alcira o contemplou e deixou que silenciasse. Não vai atender, mãe? Para isso você pediu que eu desligasse?

Nas sextas seguintes, o telefone continuou tocando. Três vezes às quatro e cinco e em seguida o silêncio. Algumas vezes ela se vestira, se maquiara para escutar os toques; uma tarde sentara-se junto ao telefone sem roupa de baixo.

Até que um dia, sentada junto ao aparelho, ocorreu o que não havia esperado. Houve um quarto toque e um quinto e um sexto. Alcira levantou o fone e escutou.

O grande segredo de Cristóvão Colombo

Luis López Nieves

*Uma chama negra dança na água
negra torre, negro voo, negro bispo.*

Vanessa Droz

Em 11 de outubro de 1492, às nove da noite, Cristóvão subiu no mastro principal da *Santa Maria*, envolveu o braço direito em uma corda grossa para não perder o equilíbrio e cravou a vista no horizonte escuro. Embora não houvesse lua cheia, a lembrança do sol tenaz da tarde ainda flutuava no ar e lhe permitia ver as aprazíveis ondas do mar. Ali permaneceu quarenta e cinco minutos, sem mexer a cabeça nem fechar os olhos. Alguns tripulantes levantavam a vista receosa de vez em quando, mas não tinham certeza se meditava, orava ou examinava uma e outra vez, como era seu costume, o mesmo ponto do horizonte inacabável.

Às quinze para as dez Cristóvão enxugou o suor da testa e desceu até a coberta. Seu rosto não refletia frustração, ira nem cansaço: só muita surpresa e um pouco de inquietação. Colocou a mão distraída sobre o ombro do marinheiro desconfiado que se dispunha a subir no mastro em seu lugar, mas não disse uma palavra. Retornou ao toldo, acendeu com dificuldade uma das poucas velas que restavam, desenrolou sobre a escrivaninha um pequeno mapa antigo e se dedicou a estudá-lo.

Depois de poucos minutos, exatamente às dez da noite, Cristóvão Colombo esfregou os olhos cansados. Repousou o queixo na palma da mão e olhou pela janela. Acreditou ver ao longe, em meio à noite escura, uma luz que subia e baixava como se alguém fizesse gestos com uma tocha. Seu rosto esquentou de repente. Chamou o ajudante de ordens Pedro Gutiérrez, sentou-o ao seu lado e lhe perguntou se via a luz. Gutiérrez se aproximou da janela, botou o corpo até a cintura e respondeu que sim, que a via. Cristóvão Colombo então chamou Rodrigo Sánchez da Segovia e lhe perguntou se via a luz, mas este disse que não. Pouco depois a luz desapareceu e ninguém mais conseguiu vê-la.

Às duas da manhã, sem ter dormido um segundo, o capitão Colombo ainda estudava o mapa com uma lupa. As manchas de suor de suas axilas, que não secaram nos últimos quatro dias, desciam pelas laterais da camisa e subiam até o meio das mangas. O capitão colocou o dedo sobre o mapa e o moveu para a esquerda lentamente; deteve-o no meio do mar, em algum ponto claramente imaginário. Começava a baixá-lo para o sudoeste quando explodiu, de repente, o grito quase histérico de Rodrigo da Triana, vigia da *Pinta*: "Terra! Terra! Terra!"

Dom Cristóvão Colombo parou de respirar: levantou-se e bateu na escrivaninha com o punho. Nesse mesmo instante fez fogo o estrepitoso canhão lombardo da *Pinta*, sinal combinado para quando encontrassem terra. As outras naus dispararam seu próprio canhonaço: as tripulações despertavam e começavam a celebrar. Os sinos da *Nina*, da *Pinta* e da *Santa Maria* repicavam a toda.

Dom Cristóvão Colombo saiu para a coberta e ordenou ao timoneiro que aproximasse a *Santa Maria* da *Pinta*, onde Rodrigo da Triana contava à tripulação como tinha visto terra pela primeira vez e lembrava o capitão Martín Alonso Pinzón sobre a recompensa de dez mil maravedis. A *Nina* se acoplou às outras duas naus, e os marinheiros das três caravelas se uniram sobre a coberta da *Pinta*. Embora fossem duas da manhã e a noite estivesse escura, todos viam com seus próprios olhos que não tinham chegado ao inferno nem ao fim do mundo, mas que estavam em uma praia comum, com areia, árvores e ondas aprazíveis. O almirante dom Cristóvão Colombo ordenou arriar velas e esperar que amanhecesse. Distribuiu instruções de preparar o desembarque e em seguida retornou à *Santa Maria* e se trancou em seu camarote. Tirou do bolso uma pequena chave reluzente que ainda não tinha tido oportunidade de usar em toda a viagem. Com ela abriu um baú médio, de madeira escura e perfumada, que também não tivera motivo para abrir até então. Tirou uma longa túnica de lã preta e a vestiu por cima de sua roupa de capitão. Tirou também umas botas novas, de couro reluzente, que calçou depois de tirar as botas gastas que tinha usado durante toda a viagem. Lavou o rosto em uma bacia de água salgada; depois molhou o cabelo branco e o penteou com os dedos.

Ao abrir a porta do camarote se encontrou frente a frente com os marinheiros das três naus. Quando viram o novo almirante, envolto em lã preta e com botas reluzentes, ficaram de joelhos: alguns choravam de alegria, outros levavam nos rostos o pesar do amotinado arrependido. O almirante dom Cristóvão Colombo olhou para eles sem dizer uma palavra.

— Capitão, perdoe-nos — disse finalmente um marinheiro magro. — Fomos desconfiados.

— Cantemos o salve-rainha — respondeu dom Cristóvão. — Em seguida preparem-se para procurar mantimentos e água.

Poucas horas depois, ao amanhecer, o pequeno bote a remo chegava à praia com o almirante dom Cristóvão Colombo na proa. Acompanhavam-no, entre outros, os capitães Martín Alonso Pinzón e Vicente Yáñez Pinzón. O flamejante vice-rei, com suas botas de couro esplêndido, foi o primeiro a saltar do bote e pisar nas novas terras da rainha da Castela. Maravilhados, os acompanhantes do descobridor seguiam seus passos de perto.

Às nove da manhã as tripulações das três naus tinham tomado banho na praia cristalina e descansavam na areia branca. O almirante do Mar Oceano falava com seus capitães sob a sombra de uma árvore estranha, cujo fruto cheirava a perfume e tinha forma de coração. De repente, cinco índios nus saíram do arvoredo. Quatro eram jovens e robustos; o quinto, muito mais velho, caminhava com a ajuda de uma vara. Os jovens traziam papagaios, fio de algodão em novelos e lanças. Ao ver as criaturas que irrompiam de repente na praia, os marinheiros se alarmaram e correram para procurar suas espadas. Dom Cristóvão Colombo se aproximou com pressa, ordenou a calma entre seus homens e em seguida caminhou lentamente até os índios assustados. Quando parou diante deles, os jovens o olharam com estranheza, mas o velho, apoiado no braço de um dos rapazes, ajoelhou-se com grande esforço. Depois abaixou a cabeça em sinal de respeito e disse a dom Cristóvão Colombo em voz baixa, em uma língua que nenhum espanhol conseguiu compreender:

— Mestre, finalmente retornastes!

O efeito dominó

José Acosta

— **M**inhas pernas, meu deus, onde diabos estão minhas pernas! — Garfio Matías despertou sobressaltado naquela manhã, na penumbra do quarto, depois de descobrir, sob a luz mortiça que emanava do lençol branco, que de fato o vazio percebido abaixo dos joelhos era a falta das pernas. Pelo azedo do paladar e pelo cheiro turvo e alucinante dos soníferos deduziu que a noite em que o deitaram nessa cama, que por certo não era a sua, não tinha sido a noite anterior, mas uma mais longínqua, e ao tentar relembrá-la se produziu um enjoo, como se na memória se amontoassem as sombras.

Fazendo um esforço para voltar a si, deitou-se, levantou devagar o canto inferior do lençol e ficou um tempo parado, contemplando a horrorosa paisagem dos cotos nus, ainda sangrentos, sem notar o arame com que um deles estava envolto acima do joelho.

Uma luz o cegou de repente ao se abrir uma porta que até então estava perdida na escuridão. Um casal entrou. Garfio Matías tentou se fazer notar com um grito e só conseguiu murmurar em um tom suplicante, como pedindo perdão, que ele concebia inalcançável, o nome de quem ele achava e continuou achando até morrer que era seu agressor: Simón, Simón Suárez. Em seguida adormeceu com os olhos abertos como dois escolhos na água escura de seu olhar morto.

* * *

O caso do Simón Suárez ocorreu na noite anterior a que Garfio perseguisse a enfermeira. Nessa noite dormia na casa de sua irmãzinha quando Paco, seu companheiro de maldades, chamou-o pela janela para dizer que tinha um presentinho para ele. Paco o levou de carro até o porão de sua adega. O lugar estava escuro e se ouviam ratos entre as caixas. Os ratos calaram quando acenderam uma lâmpada de luz pobre que pendia do teto manchado de umidade. Bem atrás das caixas, pregado na parede como um Cristo, estava o presentinho — o homem que os tinha delatado à polícia vários anos atrás quando os três assaltaram juntos uma joalheria em Upper Manhattan e razão pela qual Garfio teve que se esconder durante longo tempo até que o caso esfriasse —, o desgraçado, o filho da puta do Simón Suárez. Depois de bater nele até deixá-lo inconsciente, picaram-no vivo com uma serra elétrica e o enfiaram em vários sacos de compras. Na mesma noite o espalharam por toda a extensão do *hardway* do rio Hudson.

No dia seguinte, Garfio Matías se levantou com brios renovados. "Morto o cão, se acabou a raiva", pensou ao abrir a janela e deixar passar a luz do sol que desenhava outra janela sobre a cama, mas vazia, sem edifícios atrás de seu quadrado amarelo. Mandou sua irmãzinha Amarilis buscar uma comida chinesa, e passou a manhã ouvindo La Mega, e brincando com umas peças de dominó. Colocava-as uma atrás da outra, depois derrubava a primeira e se divertia ao ver cair as outras, uma por uma, deixando no ar o som do matraqueio.

Por volta das duas da tarde, depois de se perfumar com óleo de turco, dirigiu-se à esquina para esperar a enfermeira Teresa, que vinha vigiando havia vários dias depois que sua irmãzinha lhe confessara que o marido era um merda.

— O que disse?

— Simón, possivelmente. Deve estar delirando — disse a mulher. — Já amarrou o arame?

— Ahan.

— E quando vamos cortar o outro pedaço?

— Ainda não está pronto para cortar — assegurou a mulher enquanto afundava os dedos no coto gangrenado pelo arame, como se fosse um abacate.

Coberto pelas trevas desconhecidas que se afastavam rapidamente da luz, quietinho sobre a cama fedida a sua própria peste, Garfio Matías sabia que estava sozinho e perdido naquele quarto. Percebeu ao rememorar a tarde em que perseguiu a enfermeira Teresa por toda a quadra, ao sair da casa de sua irmãzinha, onde se escondia. Parou na esquina seguinte e ficou um momento olhando-a com luxúria, comendo com os olhos os quadris deliciosos da enfermeira que, nesse momento, estava casada com um caminhoneiro fortão e impotente, segundo tinha informado sua irmãzinha Amarilis, pois ela tentara com ele uma vez, quando estava com dinheiro curto para pagar o aluguel da casa, e o caminhoneiro caiu fora quando o corpinho da Amarilis o envolveu como uma cobrinha passando a língua até lá embaixo. "Nem para uma rapidinha levanta, Garfio, o cara é um merda." Garfio Matías atravessou a rua esperando que a enfermeira abrisse a porta do edifício. Ela morava no quinto andar. Depois correu até alcançar a cabine do elevador. Paralisou-se nervoso de desejo até que, de repente, com vários tapas, amarrou-a com os braços, abaixando as calças, e ela ficou calma como à espera de uma coisa sempre desejada. Beijou-a, e ela até afastou sua língua com um bufo de égua acalorada e chegou a sussurrar em seu ouvido com voz trêmula, mas decidida: "Faça".

A tarde em que o caminhoneiro Salas encontrou sua mulher gritando de prazer pelas investidas brutais de seu sedutor, Garfio Matías, foi uma tarde sem importância a não ser por um defeito no motor do caminhão que o obrigou a suspender a viagem prevista para entrega de mercadorias, em geral flores e objetos ornamentais, que o ausentaria por uma semana. O calor era extenuante. Saiu da oficina com a camiseta suada e açoitado pelo barulho ensurdecedor e irritante das batidas de ferro que produziam os mecânicos. Tomou um táxi na Amsterdam Avenue e, ao atravessar a ponte da 207, rumo ao seu apartamento no Bronx, lembrou-se de sua prima Manuela, a única mulher que tinha amado realmente e de quem, toda vez que se aproximava de sua quadra, sentia longos ataques de nostalgia que conseguia dissipar com as lembranças. Manuela o tinha iniciado nas artes amorosas. Isso fora na adolescência. Proibido por sua mãe, dona Patricia de la Cruz, uma fanática religiosa, o rapaz não conhecia ainda o prazer secreto da masturbação, e quando esse assunto aparecia mencionado, pela boca de umas amigas que o impacientavam no pátio da igreja, era duramente criticado pela mãe, que se havia encarregado de selar com uma lápide de aço tudo o que se referisse aos temas sexuais, chamando-os "obras de Satanás, o diabo". Mas quando Manuela — uma negrinha doente de lúpus que costumava esconder sob o cheiro do talco aquele outro cheiro fétido das supurações que brotavam junto às aparas de carne morta pelas feridas quase imperceptíveis de sua doença — chegou à casa, o quadro mudou completamente para o rapaz. Escondido de sua mãe, a negrinha se encarregou de treiná-lo atrás das portas, no banheiro do quintal e na escuridão dos armários, em todas as formas e números que tinha aprendido no campo, nas veredas rumorosas do rio e nas altas pastagens. Por essa razão, inconsciente, porém firme, o fedor da carne morta, característico da negrinha, marcou-o por toda sua vida, a tal ponto que lhe era difícil, para não dizer impossível, ter relações com uma mulher sem contar com esse necrofílico fedor afrodisíaco.

Quando o táxi o deixou na frente do edifício, parou por um instante para contemplar a luz do dia que já derrubava a sombra do prédio sobre a rua, e se sentiu estranho e um pouco desorientado a essa hora, porque em geral chegava de noite e saía de madrugada. Tomou o elevador. Quando estava abrindo a porta do apartamento ouviu gemidos que, a princípio, pareciam vir de algum canto do corredor; depois, ao abrir a porta por completo, sentiu-se desconcertado: os gemidos vinham de seu quarto. A primeira coisa que atinou fazer, depois de fechar a porta, foi se valer de uma afiada machadinha que guardava na cozinha, caso o que estivesse acontecendo fosse uma violação, pois tinha ouvido nesses dias a notícia de que um estuprador andava nessa área do Bronx. Machadinha em mãos, trêmulo por causa dos nervos, com a testa pontilhada de suor, foi e afastou devagar a porta do quarto, e ao reconhecer Garfio deitado sobre sua mulher, empalideceu. Todo o quarto se encheu de uma névoa aterradora. O ar ecoava quebrado por gemidos, sussurros, monossílabos que cresciam como árvores sem salvação no deserto de sua consciência. Transcorreu um instante tão breve quanto o tempo que uma gota de suor demorou em escorregar por sua testa até se espatifar na camiseta. Em seguida deu um salto e investiu cortando de um golpe os pés que sobravam na beira da cama. Garfio Matías esperneou surpreso por um longo tempo até que a falta de sangue o estendeu em um canto, envolto na ruína de seu próprio corpo; enquanto a enfermeira, dando gritos, presa de angústia, tentava deter com as próprias mãos a fúria do marido. Pouco depois, exausto e aflito, o caminhoneiro Salas desistiu de tentar picar o rival como uma cenoura. Jogou, já sem fúria, a arma ensanguentada na cama, dirigiu-se ao banheiro e, depois de se lavar, tirou a camiseta ensopada de suor e a trocou no armário por uma camisa xadrez. Saiu deixando atrás de si uma esteira de silêncio. Em vez do elevador, foi pela escada. Cada degrau vencido era como saltar em torno de um abismo por onde cairia para sempre sem possibilidade de volta. Caminhou várias quadras até a lanchonete do chinês, onde, depois de colocar na jukebox a *bachata* "Que eu lhe bata, mas que não me deixe", pediu uma cerveja Presidente. O primeiro gole foi longo e amargo, mas conseguiu esfriar o peito em que seu coração ainda pulsava ansioso por arremeter contra tudo.

A enfermeira Teresa, com uma mistura de medo e compaixão, forneceu os primeiros socorros a Garfio Matías, fazendo um torniquete nas pernas destruídas. A hemorragia parou. Deitou-o como pôde e injetou-lhe um calmante até conseguir clarear as ideias e tomar alguma decisão. Três dias se passaram antes que batessem na porta. A enfermeira, que já tinha comparecido ao hospital, retomando sua rotina diária para não levantar suspeitas, sobressaltou-se de repente. Ao espiar pelo olho mágico se acalmou: alguns homens carregavam seu marido nos ombros. Abriu e pediu que o deitassem no sofá da sala. O caminhoneiro Salas, vomitado, camisa xadrez rasgada, nocauteado pelo álcool, exibia agora no peito uma tatuagem que dizia: "Te amo Teresa". Isso revolveu no mais íntimo da alma da enfermeira aquela fibra de submissão compassiva com que o amara apesar de sua impotência. Banhou-o, passando uma toalha com álcool, colocou bolsas de gelo em sua testa e o fez beber café amargo. Mas o que realmente o fez reagir, depois de alguns dias, foi aquele fedor vago e silencioso que provinha de algum lugar do apartamento. Levantou-se com esforço e ao abrir o armário descobriu, já em estado de decomposição, os pés do Garfio Matías. A mulher chegava nesse instante quando o caminhoneiro, babando, despiu-a de golpe e, jogando-a no sofá, possuiu-a como nunca antes. Ao terminar, o caminhoneiro lhe confessou sua horripilante obsessão pelo fedor dos cadáveres, contando sobre a negrinha de sua adolescência. A enfermeira achou nisso uma saída macabra para o problema, pois o Garfio Matías continuava com vida no quarto. Combinou com o marido ir despedaçando o corpo de seu efêmero amante, e depois de usar o fedor nas noites amorosas ela se encarregaria de deixar os pedaços, com discrição, em uma gaveta vazia do necrotério do hospital. Assim fizeram.

Os primeiros pedaços do pobre Garfio foram parar justamente ao lado da gaveta onde a polícia mantinha congelado, à espera de ser reclamado pelos familiares, o cadáver reunido de Simón Suárez, encontrado em vários sacos de compras nas margens do rio Hudson.

O dezenove

Mario Benedetti

— Capitão Farías?

— Sim.

— Não se lembra de mim?

— Sinceramente, não.

— Não lhe diz nada o número 19?

— Dezenove?

— O prisioneiro 19.

— Ah.

— Lembra agora?

— Eram tantos.

— Nem sempre. No avião éramos poucos.

— Mas você...

— Estou oficialmente morto?

— Eu não disse isso.

— Mas pensa. Para sua informação, lhe digo que não sou um fantasma. Como pode comprovar, estou vivo.

— Não estou entendendo nada.

— É mesmo difícil de entender. E saiba que não vou contar como sobrevivi. Parece impossível, não? Vocês trabalhavam conscienciosamente e com todas as garantias. Mas um voo é um voo, e o mar é o mar. No mundo há vários mares, mas no mar há vários mundos.

— Não me venha com disparates. Isto não pode ser.

— Pode sim.

— A que veio? O que quer?

Farías estava encostado na cerca de seu jardinzinho. O 19 estava de pé, a apenas um metro de distância.

— Nada em especial. Só queria que me visse. Pensei: de repente lhe tiro um peso da consciência. Um morto a menos, o que acha? Embora devam restar alguns outros que ainda não contraíram o vício de ressuscitar.

— É dinheiro o que pretende?

— Não, não é dinheiro.

— Então o que é?

— Conhecer sua família. Por exemplo, sua senhora, que aliás é de Tucumán, como eu. E também as crianças.

— Isso nunca.

— Por que não? Não vou lhes contar nada.

— Ouça, não me force a assumir uma atitude violenta. Não faria bem nem a você nem a mim.

— A mim por quê? Não há nada mais violento que entrar no mar como eu entrei.

— Estou falando que não me obrigue.

— Ninguém o obriga. Isso que fez antes, faz já tantos anos, foi por obrigação, por disciplina ou adesão espontânea?

— Não tenho que dar explicações. Nem a você nem a ninguém.

— Pessoalmente não necessito delas. Fez isso por uma razão não tão estranha: não teve colhões para se negar.

— Que fácil é dizer isso quando os colhões são de outro.

— Ora, ora. Uma boa frase. Reconheço.

O outro relaxou um pouco. Notou isso principalmente na tensão do pescoço.

— Não me vai mandar entrar no seu lar doce lar? Já lhe disse que aos seus não contarei "o nosso", e eu costumo cumprir o que prometo.

Pela primeira vez, Farías o olhou com certa apreensão. Algo viu nos olhos do 19.

— Bem, venha.

— É assim que eu gosto. Não deixo de notar que este seu gesto inclui um pouco de coragem.

De repente, o 19 se viu em uma sala simples, arrumada com modéstia e também com mau gosto.

Farías chamou: "Elvira!" E Elvira apareceu. Uma mulher algo atraente, ainda jovem.

— Este amigo — disse Farías mais ou menos engasgado — é seu conterrâneo.

— Ah, sim? — o olhar da mulher se alegrou um pouco. — É de Tucumán?

— Sim, senhora.

— E de onde se conhecem?

— Bem — disse Farías —, faz muito que não nos víamos.

— Sim, alguns anos — disse o 19.

Conversaram um instante sobre bois perdidos e encontrados. Entraram as crianças. O 19 distribuiu beijos, fez as perguntas rituais.

— Você é casado? — perguntou ela.

— Viúvo.

— Caramba, sinto muito.

— Faz cinco anos que minha mulher faleceu. Afogou-se.

— Que terrível! Na praia?

— Perto de uma praia.

Seguiu-se um silêncio gelado. Farías encontrou uma saída.

— Andem, crianças! Vão fazer os deveres, que já é tarde.

— E você vive sozinho? — perguntou Elvira.

— Sim, claro.

Não lhe perguntou se tinha filhos, temendo que também tivessem morrido.

Com um movimento quase mecânico, só para fazer algo, o 19 balançou com a mão a barra da calça.

— Bem, não quero incomodá-los. Além disso, tenho que estar na Plaza Itália às sete.

Quando o 19 apertou a mão de Elvira, teve uma sensação estranha. Então ela se aproximou mais e o beijou no rosto.

— Sinto muito por sua esposa.

— Vamos! — disse Farías, a ponto de explodir.

— Sim, vamos — apoiou com calma o 19.

O dono da casa o acompanhou até o portão. Ali olhou fixamente para o 19, e de repente, sem que nada houvesse anunciado, irrompeu a chorar. Era um pranto incontinente, convulsivo. O 19 não sabia o que fazer. Esse dilúvio não figurava em seu programa.

De repente o pranto cessou bruscamente, e Farías disse, quase aos gritos, tratando-o por você:

— É um fantasma! Um fantasma! É isso que você é!

O 19 sorriu, compreensivo, disposto a fazer concessões. E também o tratou por você.

— É óbvio, rapaz. Sou um fantasma. Finalmente me convenceu. Agora limpe o ranho e vá chorar no ombro de sua mulherzinha. Mas não lhe diga que sou um fantasma, porque ela não vai acreditar.

O nó do diabo

Eloi Yagüe Jarque

Ela tinha um oceano em seus olhos já cansados de olhar. Viera da costa distante trazendo um cheiro de sementes de açafrão, aroma de laranja, perfume de horta florescida. O tempo faz dessas coisas. Veio porque a trouxeram a estas terras queimadas por um sol implacável como o que calcina seu país no verão. Deixou tudo para trás, até as chaves da grande casa que jogou no mar sem poder evitar uma lágrima. Mas se sobrevivera a três guerras — duas mundiais e uma civil — e a muitos outros avatares, já não tinha nada a temer.

Eu era menino naquele então, mas ainda lembro. Na verdade, nunca a esquecerei. Gostava de entrar no quarto dela, o mais distante da casa e concebido originalmente como área de serviço. Fazia isso quando ela estava na cozinha e o som das panelas e o jorro d'água garantiam que eu podia bisbilhotar sem contratempos nem sobressaltos.

O recinto sempre me parecera um lugar misterioso porque era escuro e a penumbra só se via matizada pela débil chama de um lampião aceso sob uma estampa das almas benditas do Purgatório. Assombrava-me o silêncio imperante no quarto. Os ruídos da cidade quase não chegavam e, com um pequeno esforço, podia imaginar que me encontrava em uma casa de campo.

O ambiente era cheio de odores penetrantes de fricções mentoladas, unguentos alcanforados e remédios diversos que ela guardava na gaveta de seu criado-mudo. Eu gostava de abri-la para tirar algumas coisas que havia ali: um pote de vaselina perfumada, um frasco de passiflorina, que utilizava para acalmar os nervos a cada vez que alguém da casa sofria algum desgosto, uma garrafinha de "Água de Carmem", elixir de uso interno e externo, medicamento de extratos vegetais medicinais e aromáticos. Os nomes de seus componentes me fascinavam: melissa, camomila, erva-luísa, flor de tília, semente de coriandro, casca de laranja, canela Ceilão, angélica de raiz, noz-moscada e hissopo. A lista de suas qualidades era igualmente deslumbrante: estimulante, antiespasmódica, nervina, carminativa, tônico-estomacal, diurética, eupéptica, adstringente, antisséptica, refrescante. Quando aproximava o nariz da garrafa, a delícia do perfume me transportava a outras geografias: a países distantes onde existe neve.

Outra coisa que me chamava poderosamente a atenção era uma caixa retangular de papelão, colocada em uma estante elevada de tal maneira que, para alcançá-la, precisava subir numa cadeira. A caixa estava cheia de fotografias, algumas delas tão antigas que eram de cor sépia e por trás tinham quadrinhos para colocar selos, como se fossem cartões-postais. Em alguma delas reconhecia minha avó quando era jovem. Em outras, minha tia levando minha mãe pela mão quando ela estava começando a andar. Havia fotos de grupos de soldados, correspondentes a diversas épocas. Nas mais velhas eu sabia que estava meu avô, ainda que não o identificasse entre tantos companheiros de armas porque todos pareciam iguais, com os mesmos bigodes em forma de guidão de bicicleta.

Em outras mais recentes distinguia meu pai, bastante calvo e com uniforme de marinheiro, com gorro de prato e tudo. Gostava em especial de uma em que apareciam meu pai e minha mãe namorando, caminhando de mãos dadas pelas alamedas de uma cidade mediterrânea. E daquela em que aparecia eu aos poucos meses, trepado nos braços de Alberto, meu tio inválido. Era estranho saber que todos eles — meu pai, meu avô paterno, meu avô materno, meu tio e até um namorado de minha tia — já estavam mortos. Aos sete anos eu era o único varão em uma família sem homens.

Então ela chamava para almoçar e eu guardava apressadamente todas as fotos, como se estivesse fazendo algo ruim, porque gostava de sentir que levava a cabo ações proibidas ainda que não fosse assim.

À noite, quando terminava minhas lições, ia de novo a seu quarto para assistir televisão com ela. Depois da novela, ela desligava o aparelho e se punha a rezar, de olhos fechados, um rosário de contas pretas e brilhantes. Em algumas ocasiões eu pegava no sono em sua cama ouvindo o suave assobio de seus lábios e o roçar das contas. Às vezes a asma a atacava enquanto ela rezava e de seu peito saía um zunido de afogo que só se acalmava depois que se lhe aplicava o inalador na boca.

Sempre pensei que estava em tratos benignos com forças sobrenaturais. Cada vez que soavam as tubulações da cozinha — e isso acontecia com muita frequência, como em todas as casas velhas — me dizia que era a bruxa dançando sobre o telhado. No começo eu acreditava, mas pouco a pouco fui me acostumando com aqueles ruídos, até que deixaram de me assustar.

Outro enigma era o gato invisível. Ela garantia que debaixo de sua cama morava o fantasma de um felino. Na primeira vez, me agachei para ver se era verdade e me assustei ao ouvir um miado, sem ver o animal em nenhuma parte. Nunca pude me explicar aquilo, mas, por via das dúvidas, abandonei o costume de me esconder debaixo da cama quando mamãe me procurava para que eu fizesse a lição.

Mas o maior mistério protagonizado por minha avó era, sem dúvida, o do nó do diabo. Cada vez que, na casa, algo se perdia — quer fosse de minha mãe, de minha tia, meu ou dela própria — ela pegava um trapo, em geral um velho pano de prato, e dava um nó grosso no meio dizendo que estava amarrando o rabo do diabo. Sem exceção, o objeto extraviado aparecia em poucas horas ou, no mais tardar, no dia seguinte. Assim que era encontrado, ela se apressava em desfazer o nó, explicando que, se não o fazia, o truque podia voltar-se contra nós. Era inevitável que fôssemos muito gratos ao demônio, pois nos ajudara a encontrar uma infinidade de coisas, já que na casa todos vivíamos perdendo chaves, óculos, tesouras, dinheiro e muitas outras coisas que já não lembro. Frequentemente imaginava o pobre Satanás de rabo amarrado e me dava tanta pena que me parecia natural tirar o nó o mais rápido possível.

Não me lembro de uma só vez em que o encanto tenha falhado. Só isso já me bastava para considerá-la, se não uma maga, ao menos uma pessoa dotada de poderes pouco comuns que se manifestavam nessa relação inusual com sua majestade luciferiana. E na casa ela era a única que podia fazê-lo: nas vezes em que minha mãe, minha tia ou eu quisemos repetir o ritual, o sortilégio não deu resultado. Sempre tínhamos que recorrer a ela, que concordava em fazer o nó só depois de nos dar uma bronca por sermos tão descuidados e andarmos deixando as coisas jogadas por aí.

Certa vez saí do colégio bastante preocupado porque o boletim que devia mostrar a mamãe não era bom e eu tinha certeza de que me repreenderia. Lembro que ao chegar em casa tirei tudo o que havia na mochila e fui tomar lanche assistindo ao *Zorro*, que era meu programa favorito. Enquanto o fazia, só pensava em uma forma de explicar a minha mãe a razão dessas notas tão baixas, especialmente em matemática.

Nisso, ela chegou do trabalho e, fazendo um grande esforço, fui a meu quarto para buscar o boletim e mostrá-lo. Mas, por mais que sacudisse a mochila de cabeça para baixo e revolvesse livros e cadernos, não consegui encontrá-lo, não me lembrava de onde estava. De repente minha mãe apareceu no umbral da porta de meu quarto perguntando sobre as notas. Com a velocidade de um raio inventei uma desculpa: disse que ainda não haviam entregado o boletim, que o entregariam no dia seguinte, pelo que assegurara o diretor. Minha mãe mostrou estranhamento, mas não averiguou mais a fundo. Quando foi embora, respirei aliviado.

Com grande dissimulação saí do quarto e me dirigi à cozinha onde estava minha avó preparando o jantar. Fiquei curioseando por um tempo aqui e ali até que ela me perguntou o que acontecia. Soluçando e com os olhos cobertos de lágrimas, contei-lhe o drama do boletim. Ela, ao me ver nesse estado, me consolou apertando-me contra seu avental e acariciando minha cabeça. Quando me acalmara um pouco, olhou-me e com seriedade perguntou:

— E agora, o que faremos?

E respondendo-se a si mesma disse com malícia:

— Já sei: vamos amarrar o rabo do diabo.

Dito e feito, pegou o pano de prato que usava nesses casos e o amarrou, guardando-o na gaveta das toalhas de mesa.

— Não se preocupe — me disse. — Com certeza amanhã aparece, mas não diga a ninguém onde escondi o nó. Vai ser um segredo entre mim e você.

Tranquilizado, pois já considerava o problema resolvido, fui para a cama cedo, como de costume, pois tinha que madrugar para ir ao colégio.

Estranhamente, acordei de madrugada e bastante inquieto. Olhei o despertador: eram quase três da manhã. Lembrei então, de repente, onde havia colocado o boletim. Levantei, acendi a lâmpada e abri na metade o caderno de Moral e Cívica. Lá estava, de fato, a causa de minhas desgraças, ainda que eu não lembrasse em que momento o havia colocado entre as páginas onde copiava os direitos e os deveres dos cidadãos.

Aliviado por completo dessa preocupação, voltei a dormir de imediato, pensando que no dia seguinte executaria a segunda parte de meu plano, entregando o boletim a minha mãe como se nada houvesse ocorrido.

Quando os ruídos me despertaram, uma tênue claridade começava a entrar pela janela de meu quarto. Virei-me de imediato, tapando a cabeça com o travesseiro para continuar dormindo. Ao acordar de novo, tive a sensação de ter dormido mais que de costume. Olhei o relógio: eram mais de nove da manhã. Ninguém havia me chamado para que eu fosse à escola. Alguma coisa estranha estava acontecendo. Lembrei-me então dos ruídos e tive medo. Saí do quarto. A casa estava em completo silêncio. Chamei minha mãe, mas ninguém respondeu. Nesse instante soou a campainha e me dirigi à porta para ver quem a fazia tocar. Ao abri-la, me deparei com um homem magro, vestido de terno preto e sustentando em suas mãos um chapéu cinza de feltro e uma pasta. Parecia sofrer de uma tristeza indizível, acentuada por umas olheiras purpúreas, e estar a ponto de cair no choro quando, estendendo o braço, me ofereceu sua mão. Eu a apertei automaticamente e ele a segurou enquanto recitava:

— Querido menino, soube de sua avozinha, que descanse em paz, e o acompanho em sua dor. Ao mesmo tempo me é grato oferecer-lhe os serviços da prestigiosa empresa que represento, a companhia de pompas fúnebres "Deus quis assim, Sociedade Anônima..."

Soltei sua mão como se fosse uma cobra venenosa. Não peguei o cartão branco que me estendia, bati a porta com toda minha força na cara do intruso. Sentia-me a ponto de chorar sem saber exatamente por quê, pois não chegava a compreender a situação. Com o coração saltando no peito, caminhei até o quarto de minha avó. A porta estava entreaberta e, quando entrei, vi que não havia ninguém. Os lençóis estavam bastante desordenados, como se a cama houvesse sido cenário de uma luta desconhecida, as gavetas abertas e sobre o chão uma trilha de frascos, pastilhas e xaropes derramados. Em cima do criado-mudo repousavam os óculos de moldura redonda, e num copo d'água sua dentadura.

Uma acelerada associação de ideias se produziu em minha mente confusa e de alguma maneira entendi que nunca voltaria a vê-la. Só nesse momento lembrei o nó do diabo e tive uma intuição que me estremeceu. Corri em direção à cozinha e comecei a abrir e fechar gavetas e armários. Em minha alteração, não lembrava onde o havia escondido. De repente lembrei: "A gaveta das toalhas de mesa!". Ao abri-la soube exatamente o que havia acontecido. Minha avó tinha razão ao me dizer: "Nunca deixe feito o nó do diabo depois de ter encontrado o que se perdeu, pois seu poder pode se voltar contra você..."

De fato, o pano de prato estava no mesmo lugar onde só ela e eu sabíamos que estaria seguro. Mas, pelo visto, alguém o havia descoberto. E senti um calafrio ao me dar conta de que o nó havia desaparecido...

Onde está você, Ana Klein?

Ana Teresa Torres

Ana Klein estava sentada em seu consultório ouvindo o jovem das 5h40. Olhou para o relógio disfarçadamente, nunca se sabe em que momento a pessoa pode virar e surpreender o terapeuta na impaciente situação de ver as horas. Suas sessões tinham duração estabelecida em 45 minutos e ainda faltavam uns vinte, a sessão começava a ficar longa. Olhava pela janela e via um céu com evidente ameaça de frio e chuva. Depois do jovem das 5h40 vinha a adolescente das 6h30. Divertida, um tanto insuportável. Em seguida a mulher das 7h20. Muito melancólica e aborrecida. Às 8h10, o homem de negócios. Intenso e viril. E por último, às 9h em ponto, a estudante de psicoterapia. Demandante e medíocre. Resumindo, não importava se chovesse ou fizesse muito frio; às 9h45 seria tarde para sair. Nem tão tarde, haveria lugares abertos e gente na rua. Poderia, pensando bem, ir até o café em que vários colegas costumavam se reunir no final do dia para comentar seus dissabores, mas ficaria cansada demais para voltar depois sozinha, molhando-se sem nenhuma necessidade. O jovem das 5h40 começou a se despedir. Costumava tomar bastante tempo porque sentia extrema necessidade de contar nos últimos minutos tudo o que não tinha sido capaz de dizer no resto da sessão, mas Ana Klein permitia que o fizesse sem se preocupar. Em geral a adolescente das 6h30 chegava tarde. Pensou, entretanto, que às vezes a estudante de psicoterapia levava alguns bolinhos para dividir enquanto discutiam o caso, e este pensamento a alegrou. Então ela poderia pegar uma garrafa de vinho e aquecer umas empanadas, de forma que o assunto jantar ficava resolvido. Às 9h45, cozinhar seria aborrecido, inclusive excessivamente fatigante.

Voltou a olhar para o relógio. Hoje a adolescente perderia a sessão inteira. Seus pais eram pessoas endinheiradas, não dariam maior importância a esse tempo esbanjado. Mesmo assim decidiu que desta vez os informaria de que sua filha frequentemente perdia o tempo sem repô-lo. Não queria perturbar sua ética. Tocaram a campainha, abriu a porta relutantemente. Muitos de seus colegas se enfureciam quando os pacientes chegavam tarde. Ela não. A moça entrou apressadamente e passou os 15 minutos que lhe restavam pedindo desculpas e dando explicações mirabolantes para o atraso. Ana Klein não as considerava, pois eram sempre as mesmas com variantes: surgira uma reunião inesperada no colégio ou os ônibus passavam muito cheios na rua. Lembrou-se de que, quando trabalhava em Caracas, os pacientes desculpavam seus atrasos com a chuva. Diziam: "caiu um pé d'água por lá". Em Buenos Aires nunca tinha ouvido que as pessoas deixassem de fazer as coisas que precisavam fazer por causa da chuva, mas jamais vivera no trópico e ignorava a força da água. Em pouco tempo Ana Klein também compreendeu que a chuva é uma causa importante da impontualidade.

Preparou-se para ouvir a mulher das 7h20. Era a viúva de um milico. Muitas vezes tinha se sentido tentada a lhe dizer: "termine logo seu luto de merda pelo merda do seu marido", mas era óbvio que não podia se dar este gosto. Sentia saudade de Caracas, mas não conseguia deixar de sentir ódio pela interrupção que os milicos tinham produzido em sua vida. Qualquer um poderia compreender, até a mulher das 7h20, se lhe explicasse no que consiste interromper a vida. Na verdade, ela havia interrompido a sua de novo quando voltou para Buenos Aires, mas esta é a característica das interrupções da vida. Uma vez interrompida, sempre interrompida. Voltou à mulher das 7h20. Estava falando agora que a única filha tinha emigrado para o Brasil por causa dos negócios do genro. "Isto foi como uma espécie de interrupção na família", disse, e Ana Klein pensou que as palavras tinham muitos significados.

Examinou o aquecedor que estava debaixo de uma mesa próxima ao divã e comprovou que não estava funcionando bem. Certamente o homem das 8h10 viria de novo com a reclamação de que o consultório estava frio. "Frio como você com a Laura." Era uma vingança simples, e inquestionável, porque o homem se queixava constantemente de que a única coisa que sentia pela amante era um incoercível desejo de penetrá-la. Mais ou menos a mesma coisa que ocorrera com as amantes anteriores e consequentemente com a esposa. Era o paciente de maiores honorários e nunca faltava nem chegava tarde um minuto a uma sessão. Ouviu dele a minuciosa recapitulação da última noite com Laura que tomava quase toda a sessão porque continha todos os detalhes do coito, pré-coito e pós-coito. Teve a impressão de que se produzira uma leve melhora; não quis, no entanto, insistir nisso porque se tratava de uma pessoa com muita ansiedade diante das melhoras. "Parece que você foi menos frio com a Laura ontem", disse ela; "agora sinto o consultório mais quente", disse ele. Ana Klein lhe deu razão e informou que a consulta tinha terminado.

Ansiosamente a estudante irrompeu no consultório. "Cansada?", perguntou-lhe. Era uma moça muito detalhista. "Não tive tempo de passar na confeitaria", disse ainda vermelha pelo frio da noite. Começaram a discutir o caso. A moça lia apressadamente lauda atrás de lauda, e ela ouvia com calma. Fez com que ela sentisse que tinha trabalhado muito bem as sessões. Não as tinha trabalhado mal, tampouco tão bem. Apenas já eram 9h25 e não queria deixá-la com má impressão. Finalmente a estudante foi embora, e examinou a geladeira em que não havia nada comestível. Enrolou o cachecol e fechou o casaco, saiu à rua e entrou no bar da esquina. Pediu o de sempre: um sanduíche e um copo de vinho. Passava ainda muita gente na frente do bar. Um homem entrou de mãos dadas com uma mulher mais jovem. Sentaram-se em uma mesinha diante dela. Olhavam-se nos olhos e se tocavam as mãos, como fazem os apaixonados. Provavelmente estão, pensou. Ficou observando seu rosto, ao ponto que a moça percebeu e pensou mal. Devolveu-lhe o olhar com desafio. Mas não conseguia parar de olhar para ele. Era tão parecido que só podia ser ele. De repente a moça se levantou e se dirigiu ao banheiro. Ela se levantou também e se aproximou da mesa. "Você não vivia em Caracas?" Ele se surpreendeu e respondeu que sim, que seus pais haviam sido exilados, na época dos militares. "E não fazia análise?" "Claro, como bom filho de argentinos. Era o único garoto da turma que ia três vezes por semana ao psicanalista." "Digo quando adulto." "Quando adulto não, graças à psicanálise infantil me libertei dos meus pais", disse com um sorriso. Parecia com vontade de continuar a conversa, mas nisso a namorada retornou do banheiro e saíram do bar. Talvez tenham uma briga por minha culpa, pensou, mas a semelhança era incrível. Embora fosse verdade que tinha transcorrido muito tempo.

Quando Ana e Ernesto Klein chegaram a Caracas se instalaram na casa de uns amigos em Colinas de Bello Monte e depois mudaram para um apartamento em São Bernardino, na praça La Estrella. Era um apartamento de dois quartos, e Ana usava um deles como consultório. Não era muito cômodo que as pessoas atravessassem sua intimidade, mas naquele momento era a única maneira de ter um consultório. Quando Ernesto foi embora, a intimidade diminuiu. Ou seja, desapareceram os sapatos que às vezes ele deixava esquecidos ao lado do sofá, as xícaras de café e os livros esparramados na mesa de jantar. Alguns pacientes notaram a mudança e outros não, mas em nenhum caso Ana aludiu ao assunto. Não soube mais dele, alguém comentou que tinha voltado para a Argentina, mas dava na mesma que tivesse ficado na Venezuela ou reemigrado para os Estados Unidos. Não havia nenhuma razão para continuar mantendo o elo de suas vidas. Muita gente tinha lhe perguntado por que continuava conservando o sobrenome de casada e sempre respondia a mesma coisa: "um nome é o mesmo que outro". E, por outro lado, gostava da ressonância psicanalítica de seu sobrenome, e muitos profissionais já a conheciam dessa maneira. Trocar o nome pelo de casada ou voltar a tirá-lo quando se deixa de ser era como deixar os sapatos na sala, uma maneira de anunciar ao mundo os vaivéns da intimidade. Ernesto não tinha que colocar nem tirar nada pelo fato de dormir ou não com ela.

Nunca deixara de gostar de Caracas. Era uma cidade sem calçadas para caminhar, havia uma única rua com cafés, e nela muitos argentinos procurando imprensa sulina na banca de um deles e atiçando a nostalgia noturna. Mas também era uma cidade próspera, embora fosse estrangeira, não lhe tinha sido difícil construir uma clientela, nem fazer amigos. Achava-os um tanto exagerados em sua maneira de falar, e sempre comentava com as amigas de Buenos Aires sobre o novo-riquismo dos venezuelanos e de como esbanjavam dinheiro a torto e a direito. Relembravam então suas infâncias em Banfield, o frio dos invernos, os longos trens que precisavam pegar para ir à Faculdade, e a escassez com que administravam seus pequenos ganhos de estudantes. A distância, os relatos adquiriam uma espécie de caráter heroico e a repetição era uma maneira de consolidar suas identidades. Afinal tampouco tinha nascido em Buenos Aires e, no entanto, esse era o lugar onde vivia seu coração, sua pertença, sua verdadeira cidade. Outros amigos, na derrota, tinham ido para o México, Canadá, Estados Unidos e, certamente, Europa. Comparados com eles os da Venezuela pareciam exilados de segunda, os que tinham escolhido o país menos estimulante, de menor nível cultural, famoso apenas por seu petróleo. Mas Ana sabia que pessoas vão para onde podem. Sua mãe conseguiu um visto para a Argentina em 1944 e "esse visto valia mais que ouro"; ouvira-a dizer esta frase todos os dias de sua vida, em seu espanhol muito enrolado com o iídiche.

Durante os anos setenta conheci muitos terapeutas sulinos, não me lembro de que Ana Klein estivesse entre eles. Pode ser que a tenha encontrado em algum seminário de psicoterapia ou que alguém a tenha me apresentado rapidamente, mas acho que não. Não teria me esquecido do nome. Aproximou-se de mim como se estivesse me procurando no meio da multidão que passeava pela Feira do Livro e por fim tivesse me encontrado. Saía de uma mesa de poesia, e eu dava voltas esperando que começasse o encontro do qual devia participar. Falou efusivamente, como se estivesse nervoso.

— Você se chama Ana?
— Sim.
— É psicanalista?
— Sim.
— E tinha consultório em San Bernardino?
— Sim.
— Na praça La Estrella?

Tive que responder que não.

— Mas é Ana Klein.

Gostaria de lhe responder que sim.

— Ana Klein era minha analista. Foi para Buenos Aires e me deixou... Deixou-me com um doutor... Mas eu continuo pensando nela. Não sei se teria voltado.

— Acho que não a conheço.

— Era muito parecida com você. Por isso pensei... Gostava muito de poesia. Naquela época eu queria ser escritor.

— Não sou Ana Klein, mas me alegro de tê-lo conhecido — disse.

Ficou me olhando de longe até que foi se perdendo entre as pessoas que davam voltas a esmo. Quando entrei na sala de conferências me virei, mas não o vi mais.

Penso agora que se tivesse dito que sim a todas as suas perguntas — afinal que diferença há entre um consultório na praça La Estrella ou na avenida Agustín Codazzi —, o diálogo teria seguido outros roteiros. Se tinha me confundido com ela com tamanha convicção, era porque não podia diferenciar bem sua imagem, e eu teria podido convencê-lo de que era Ana Klein, sua Ana, a Ana que vivia em seu coração, e simular um reencontro. Dizer-lhe que nunca tinha ido embora, ou que sim, tinha ido, mas a saudade de Caracas me tinha trazido de volta. E atribuir à passagem do tempo as incongruências do meu relato, as lacunas da minha memória e o sentido do que tinha sido nossa relação. E qual tinha sido, na verdade? Se aceitasse o simulacro, teria conhecido os mistérios da mesma, se é que havia. Teria sabido se tínhamos nos amado, ou se eu tinha encenado uma antiga relação para ele, ou se na verdade nada tinha acontecido além do amor de um jovem por uma mulher madura e estrangeira. Mas não sou capaz desse tipo de jogo, e preferi deixá-lo na tristeza de não ter encontrado sua verdadeira Ana Klein.

Quanto a ela, nunca saberá deste encontro, e seria uma grande alegria para ela saber disso em seu consultório de Buenos Aires a aguardar o homem de negócios das 8h10, a viúva do milico das 7h20, e certamente a adolescente das 6h30 terá deixado de esbanjar o dinheiro das sessões, e a estudante de psicoterapia terá tocado a campainha com uma caixinha de biscoitos na mão para lhe dizer que, por sua situação financeira, não poderá continuar com a supervisão. Mas Ana Klein é uma psicanalista com experiência e não se angustiará pelas interrupções.

Sujou

Edyr Augusto

Eu já sacava o cara. A gente fica ali na esquina e vai vendo as figuras da vizinhança. Basta qualquer barulho e eles chegam na janela dos prédios. Fica tudo lá, olhando. Mas parece que tem uma fronteira, sabe? Daqui pra lá e de lá pra cá. Lá pra frente os barões. Aqui pra trás a zona. Mas é que às vezes tá roça mesmo. Ele chegou com o carrão e ficou esperando abrir o portão da garagem. Encostei, disse oi, pedi uma ponta, cigarro, qualquer coisa. Disse que dava chupada, essas porras. Me deu uma banda. A Maricélia disse que podia dar merda, o cara se queixar, sei lá, segurança do edifício. Não deu. Disse que outro dia, tava de noia, rolou discussão e mandaram chamar a polícia por causa do barulho.

Tava na esquina. Ele chegou no carrão e não foi pra garagem. Veio direto. Entra aí. Perguntou o nome. Disse que era mentira, era nome de guerra. Puxei o RG e mostrei. Olha aqui, Sabrina, tá? Veio com umas ondas de que eu era linda, diferente, que me olhava lá do prédio e tal, por que eu tava nessa, essas frescuras. Égua, meu, tu é pastor? Quem tá na vida torta não encontra reta. O pai me jogou fora de casa e ficou com minha filha. Vai fazer o quê? Vai procurar emprego e pedem estudo, experiência, o caralho. Não tenho, não tenho. Caí na vida. Simples assim. Aí me diz que é só uma volta.

Volta? Paga aí qualquer coisa. Melhor que nada. Tempo é dinheiro. Contei pra Maricélia. Tem muito cara estranho, vai ver ele foi pra casa bater uma bronha. Assim, tipo coroa, carrão, roupa boa. Te pagou? Uma ponta. Leva ele logo pra foder e pronto, porra. Olha, ele te viu de noia, cheirando cola. Tô cagando. Me deixa dormir contigo hoje. Vai dar cagada se a velha Chica vir a gente. Porra, só entro no meu quarto se pagar a diária. Toma aqui. Depois tu me pagas.

Na noite seguinte ele voltou. Tu é casado? Tu é gay? Por que essa conversa mole? Vamos pro motel. Fala que não quer transar com a puta e sim com a mulher. Pra ir devagar. Então paga mais. Frescura. Na hora é tudo a mesma coisa. Os caras tão apertados. É só mexer rápido, apertar o pau que eles gozam. Fecha o olho e vem. Não dá nem tempo de lembrar dos caras. Começo a fazer e ele me pede pra ir devagar. Ta bom, tá pagando. Foi bom. Foi legal. Até gozei. De vez em quando é bom. É pra falar se tem namorado? Tenho. O Marcos. Tá preso. Roubo, essas porras. Não sei quando sai. Qualquer dia ele aparece. Eu gosto dele, e daí? Vida torta? Então são dois. Paga. Me deixa ali.

Me fez pensar. Eu sei que sou bonita. As outras são escrotas. Maricélia também é bonita. Mas ela é muito espora com cola, pasta, e aí fica fodida. Prefiro ser puta. Aqui nessa zona eu me acho. Não tem que acordar cedo, obedecer ordem. Não tenho estudo mesmo. Mando na minha vida. Depois, a gente nem lembra a cara dos machos. É só falar mole que eles caem. Parece criança. A gente manda, eles obedecem. E pagam. É ponta, vai de dez, até cinco se estou na roça.

O cara acha que eu então devia estar no Lapinha. Nem fodendo. Já fui lá da Creusa. Tem que conversar, beber, depois vai transar. Paga mais mas não compensa. Perguntou dessas figuras que se vestem de mulher, que pedem pra bater. Sei lá. Uma vez o cara tirou da pasta uma calcinha e um vestido. Coisa mais ridícula. Fiz lá uma onda mas pedi logo pra ele meter o pau e pronto. Prefiro meus trocados aqui. É do meu jeito. Quem sabe o Marcos volta e a gente, sei lá, vai pro interior, prum sítio e se arruma. Meu homem. Meu macho.

A gente briga muito, se dá tapa mesmo, murrão, mas se gosta. Ele vai sair e vai dar certo. Deu mole, pegaram. Deduraram. Bando de filho da puta. Com o Marcos, eu gozo, tá? É isso. Eu gozo. Deixa pra lá que sonho é pra quem tá com a vida ganha.

Três noites depois, de novo. Diz que fica olhando lá de cima. Eu porra, vai dizer agora que fica com ciúme. A foda foi boa. De novo.

Ganhando, então, melhor ainda. E o coroa lá, todo babado. Maricélia, tu tá é com inveja. Olha essa saia aqui. O cara pagou. Fomos lá no shopping e ele mandou escolher. Fui na C&A mesmo porque eu não gosto daquelas butiques frescas. Mandou escolher. Tu queres essa? Leva. Tem mais.

Quem te mandou entrar? Quem te deu a chave? Égua, tá virando perseguição? Agora tu vens no meu quarto? Não tens o que fazer?

Porra, tô dormindo. Depois vai dar a maior cagada comigo se a dona Chica frescar e eu não vou ficar sem esse quarto, tô avisando.

Acordo com esse cara aí, me olhando, me avezando. Tá bom pra ti, agora sai. Dona Chica diz que eu vou pro quarto da frente. Ele pagou? Fique sossegada. É só um coroa leso. Deixa comigo. Arrumo minhas coisas. Levo as fotos da Gabriela, minha filhinha e do Marcos. E também os recortes de revista. Quando o sono não chega eu fico olhando.

Agora virou costume. Todo dia, de tarde, ele vem. Paga o quarto, paga a trepada, paciência. Gosta de conversar. Esse coroa tá fodido na minha mão. Tu não trabalha, não ganha dinheiro? Diz que é engenheiro industrial. Sei lá o que é isso. Deve ganhar. Ele diz que não, mas tem carrão, apartamento, paga o quarto, paga a foda. Vou aumentar o preço. E agora ainda vem a Maricélia dizer que a gente podia dividir o coroa pra ela faturar algum. Hum, fodida, fica na tua. Podem falar. Até a velha Chica não diz nada. O cara paga, porra.

Podem ficar com cara de bilha que eu tô cagando.

Acordo com aquele tapão na cabeça e me encolho. O Marcos chegou. Está puto. Já contaram tudo. E a filha da puta da Chica está lá fora cacarejando. Foi a Maricélia, invejosa, fresca, puta. Mostro a foto dele, digo que é meu homem, que o coroa não é nada, é cliente, paga tudo. Foi preciso tirar a foto da parede, mostrar, mostrar pra ele se acalmar.

E me tomou à força, me comeu, me fodeu com violência, pra matar a sede. Me falou que foi foda. O único descanso na cabeça era pensar em mim. Bater bronha. Dar porrada pra não comerem o cu dele e se fazer respeitar. Foda, cara. Foda. Tá na condicional. Tá com fome. Vamos comer ali no PF do Carlinhos.

Vamos cair fora daqui? Prum sítio, pro interior, sei lá. Diz que tá, mas tem uns acertos pra fazer, dinheiro pra receber, não dedurou ninguém, agora vai descontar. Tu queres sair dessa? Demora um tempo pra dizer, mais tarde. Tenho uns acertos. Maricélia aparece.

Vou só ver e dizer que estava na hora de um dos acertos. Sai de supetão e vai andando forte, pisando duro, já sei, vou atrás tentando demover, levando safanão. Entra na pensão e já se atraca com o coroa no quarto. Ele vai matar o coroa de porrada. Ouvi o barulho.

Um baque surdo. Silêncio. Abro a porta e olho. Está caído no vão entre a cama e o armário. Sai sangue grosso da cabeça. O coroa está lá, cara de leso, afogueado, com medo. Entendi. Me mando. A Chica vem gritando que chamou a polícia. Já ouço a sirene. Corro pelas ruelas. Num relance vejo Maricélia. Filha da puta. Não dá tempo. Depois faço esse acerto. Me mando. Pego ônibus e nem sei pra onde ir. Sujou. Coroa de merda.

Aika Tharina

Raimundo Carrero

Uma coisa inútil aquela de ficar passeando nos matos. Imaginava que só os bobos passeiam entre pedras, plantas, árvores, espinhos, água. Não suportava trabalhar. Não era que não gostasse. Um vagabundo. Nunca pensava nisso — lhe parecia inútil, apenas inútil, assim. Se ocupar com serviços dos outros, suar pelo pão que não comia, fazer fortuna que não era sua, repousar aos domingos, feito dizia o Senhor. O que também era outra inutilidade. Ir à Missa e ouvir o padre ditando as virtudes, às vezes ia, vestia terno só para vestir terno. Os outros vestiam calça e camisa. Fazia muito calor. O calor escorrendo nos braços. As virtudes não prestam; os pecados, também. Fazer alguma coisa, impossível. Não fazer, bobagem. Uma coisa inútil as virtudes e os pecados. Uma coisa inútil a inutilidade.

Não via televisão, nem escutava rádio. Mediocridade demais, afirmava. E nem sempre lia: exigência de reflexão, meditação, atenção. Parado ou deitado, sentado no balanço do terraço, o livro diante dos olhos, quase nunca. Uma coisa inútil aquela. Às vezes ia à cidade, quando conseguia passes emprestados. Colocava o gorro, vestia calça desbotada, botas sujas de lama. Pegava o ônibus na esquina, andava pelas ruas, visitava lojas, atravessava pontes, desfilava com as mãos nos bolsos, no centro da cidade verificava que era uma coisa inútil. Desapreciava. Tentava ficar no quarto sem conversar com ninguém. Evitando os pais, escondendo-se de olhos estranhos, houve um tempo em que gostava de gente, para conversar ou para ver, principalmente para ver. Não gostava de ver gente. Aquelas pessoas suadas, dizendo asneiras, cantando — ora, cantando. As pessoas cantam e são horrorosas. Ver gente era, sem dúvida, uma coisa inútil.

Namorava. Todo o tempo nos abraços, o nervosismo nas mãos, sangue injetado nas veias, cheiros de açucena e bogari, tarde ou manhã ou noite — dia inteiro, possível —, entre seios e ventres femininos, sexo se aventurando nos gemidos. Mas aí vinham as queixas, as reclamações, os conselhos, os cuidados, os comandos. Escondia-se na janela para vê-la passar na rua. Fingiam que nem namoravam, só para espiá-la de longe, pelos cantos dos olhos, no prazer de tê-la depois, ela percebia e fazia que não estava percebendo, os olhos intrigando por cima do ombro, um dia quem sabe os dois zelosos se encontrando.

Acariciava os peitinhos escondidos sob a blusa, as coxas que se mostravam lisas na saia e os joelhos roliços. Ela também gostava, às vezes no sorriso leve: espiava-o pelas frestas das portas: quando trocava de roupa, pelos buracos das fechaduras, no banho, deitado sem roupa no remanso da tarde, também não era nada, ele sonhava, mesmo vendo-a caminhando nos matos, o passeio de mulher no sol posto. Os olhos testemunharam. Ele viu.

Os dois atirados no tronco da árvore, imensa e fria, o chão batido expulsando raízes. Ela se debatia, presos os braços e as mãos. Os joelhos do homem enfincados nas coxas dela, a saia quase levantada. As veias e os músculos cresciam no pescoço, tornavam o busto ainda mais cheio, os ombros repuxados, a pele suada. A boca se contorcendo, torta para a direita e para a esquerda, procurando respiração na garganta, os pulmões tensos. O olho crescendo demais no rosto.

Ele encostou os lábios nos dela. Não encostou, não; forçou, abafou, sem morder. Exigia silêncio. Aquilo se transformou numa batalha de bocas. Densa luta de arranhões. A saia inteira levantada agora. Com o antebraço no pescoço forçou-a a se esparramar toda no chão. A estertorar. Ela ficou vermelha. Roxa. Escura. Tentava espichar a cabeça. Jogá-la para trás.

Sacudia as pernas, os joelhos se tocando, encontrando espaço onde não havia. Ele tomou a saia com a mão esquerda, puxou-a, tentando rasgá-la, impossível. Jogou a veste para cima. Para muito acima. Prendia a perna esquerda dela com o joelho direito. Desnudou-a. Entre os dois corpos ela enfiou o cotovelo e bateu na barriga do homem. Ele pareceu abafar o grito. Abafou. Vergou o corpo. Distendeu a perna. Puxou a calcinha.

As unhas cortaram o ventre. Filetes de sangue escorreram, uma marca arroxeada desceu desde o umbigo. Ela retorceu a face. Prendeu os dentes, espichou os músculos do rosto, abriu os olhos e acreditava: os olhos do namorado estavam ali, de longe. Tossia e urrava. Ele insistia no beijo estrangulado, insistia. Ela procurava combater com o joelho que se soltou. Agitava a perna no ar. A perna lutava sozinha. Calcanhar no chão, fez apoio, ergueu a parte direita do corpo. A bunda inteira à mostra. Também arranhada.

Arrastou as tiras da calcinha, agora suspensa entre as coxas separadas, a perna se mexendo, debatendo-se. Deu um murro no queixo dele, bem no meio do queixo, o murro. Ele sentiu a cabeça no salto, forçou ainda mais os braços, ameaçava estrangulá-la. Ela batida com a mão esquerda nas costas dele, enfraquecida. O sexo inteiro à mostra. Escuro. Salpicado de suor. Tentava protegê-lo com o ventre liso.

Prendeu o lábio inferior nos dentes. As mandíbulas tensas. Sem respiração. Os olhos arregalados, enchendo-se de sangue, empapados de lágrimas, ele atrás da árvore, ela via. Estrias arrebentando-se, as sobrancelhas arqueadas. Os músculos da cara retesados. Sombras adensando-se nos cantos do nariz, espraiando-se no rosto. O sexo despedaçado, invadido. O suor escorrendo na testa vincada. O queixo levantado. A boca aberta. O grito estrangulado no peito.

Foi so um segundo de tempo, quem sabe menos. Catarina apareceu no terreiro. As vestes rasgadas, a face machucada, os cabelos assanhados, possuída de uma dignidade que iluminava a face e os olhos. Caminhava sem pressa, um gesto de quem conhece o destino nos ombros arranhados. De quem desvenda o destino, Camilo conheceu, estava no balanço: voo alto, voo baixo, tocando apenas com a ponta dos pés no chão. Ela parou nos degraus. Passou a mão nos cabelos, ajeitou a saia. Não olhava, não olhava para ele e não baixava a cabeça, talvez quisesse adivinhar um sorriso pelo buraco da fechadura. Um instante só. Empurrou a porta, desapareceu na sala. Deve ter ido ao chuveiro. Precisava de tempo para se recuperar. Então ficou de pé, tentando vê-la através da janela.

Impossível vê-la inteira. As sombras se formavam de um tal encanto que os vultos se entrançavam entre lãs, sumiam. Não havia mais ninguém na casa Ninguém. Ele tentou acompanhá-la. Queria tocá-la e tinha medo. Era possível chorar, os dois juntos. E ela não estava, não estava em lugar algum. Nos quartos, na sala, na cozinha. Uma casa desabitada, parecia. Desabitada e tosca. Puro deserto. Seguiu pelo quintal e vê-la não foi mais do que uma obrigação: sentada no quarto de despejo. Pretendeu respeitar o silêncio árido, o grave silêncio que o vento na copa das árvores ainda tornava mais pesado.

Em vez de entrar, se sentou na porta, no manejo firme e seguro desse silêncio, os pés nos degraus. Não apenas via, agora sabia e sentia: Catarina sem chorar, não tinha um único soluço no peito. Diante da chama do candeeiro, o rosto revelava beleza: a estranha beleza vinda do sangue. Áspera e estranha beleza que se mostra no sofrimento.

Quando o silêncio se aprofundou ainda mais, cavando abismos e gretas para sempre nas entranhas, Camilo tentou compreender o que tudo aquilo significava. Os olhos chamejando no quarto, fera acuada. Sem muito esforço confessou a si mesmo que era melhor deixar o sangue vagar nas veias e no coração. Procurava ruídos e barulhos, alguma coisa que pudesse denunciar a luz. O casarão melancólico. Melancólico e em ruínas.

Encostou-se na parede, a carne machucada. As unhas roçando o joelho. Catava na noite as sombras que tornam os homens ainda mais afoitos. Afinal, o dia começara pálido e gelado, com as marcas que a chuva da madrugada, insistente e fina, deixaram: os caminhos enlameados, a mata molhada, as folhas úmidas. Queria, desejava com sinceridade, que também aquilo fosse uma coisa qualquer.

Não precisou de esforço, as pernas obedeceram: sem erguer o corpo inteiro se aproximou. Sentou-se ao lado de Catarina, beijou seus cabelos, os dedos escorrendo nos fios suados, ela arriou mansa a cabeça no seu ombro. As carnes trêmulas, a inquietação. Ele sentiu que ela só queria confirmar — no clamor das veias, na lentidão da espera, os olhos denunciavam, brilhosos nas chamas do candeeiro — se era verdade que ele havia assistido a tudo. Agora ninguém podia testemunhar. O braço envolvendo o ombro, abafou o beijo, logo. Beijo de esgar, beijo de lábios ofendidos. Os olhos arregalados. Penetrou, pela segunda vez naquele dia sentiu a ofensa. Deitou a cabeça num urro. Ainda que aquilo lhe parecesse uma coisa inútil.

Redemunho

Ronaldo Correia de Brito

— **A** poeira era de um redemunho. Pensei que fossem eles — falou Leonardo Bezerra. A mãe continuou dedilhando o seu piano desafinado, de onde tentava arrancar uma melodia. O vento de outubro, soprando garranchos e folhas secas, aumentava a sujeira e o abandono da casa em ruínas.

— Fico imaginando como transportaram o piano para esse sertão. Dizem que os sulcos na beira do rio Jucá são marcas das rodas do carro de boi. Já passou mais de um século e elas ainda estão ali, atestando a vontade de nossa família. Seu bisavô era um homem de ferro.

Leonardo Bezerra esperou que a mãe completasse o pensamento, falando: — Não era um fraco como você. — Mas ela o perdoou daquela vez. E até chegar a noite pediria algum favor em troca de sua generosidade. Mandaria abrir o baú onde guardava as cinco árvores genealógicas da avó Macrina, com os quatro sobrenomes que asseguravam sua origem nobre. Quando a fragilidade do presente não conseguia mantê-los, apelava para os ancestrais, ricos e poderosos.

— Toque *Gratidão de amor* — pediu Leonardo.

Catarina de Albuquerque Bezerra arrumou o vestido preto até os pés. Retocando os cabelos e pondo em realce o rosário de contas de porcelana e ouro, executou a valsa pedida. Orientava-se por uma partitura escrita com letra trêmula. As mãos sem agilidade desobedeciam à vontade da alma. Os sons arrancados do teclado, na planície de lajedos, chocavam-se contra o vento e os cacarejos das galinhas. A cada nota aguda o piano ameaçava se partir sobre o chão de tijoleira esburacada, conclamando a casa a também desmoronar sobre aqueles dois sobreviventes do estio. Possuído pela dor, Leonardo levantou-se da cadeira em que se abandonara e debruçou-se na janela de arco abatido. Não ouviu o familiar ruído dos cavalos e desanimou com a ideia de que a tropa não chegaria para a muda.

— Essa valsa é minha ou é sua? — perguntou à mãe. — Acho que é sua. Eu nunca sei o que componho. Quem escreve minhas músicas é a senhora. Autor é quem escreve.

Permaneceu um longo tempo em silêncio, o ouvido atento aos barulhos de fora. A mãe, calada, obrigava o filho a ouvir a própria voz, um recitativo que sabia de cor, de tanto escutar-se naquele mundo de ausências.

— Que diferença faz que seja minha ou sua? Vamos morrer de qualquer jeito. Quando a tropa chegar, encontrará dois mortos e uma gaveta cheia de partituras. E aí? O que muda se tiver sido eu ou a senhora o autor?

Catarina Macrina fechou a tampa do piano, com um cuidado extremo, cobrindo-o com uma colcha de seda, bordada a fios dourados. Amava aquele piano mais que tudo na vida e não sobreviveria sem ele. Igual desvelo tinha por seu caderno de música, trancando-o a chave numa gaveta de cômoda. Sentada, soltou os cabelos longos e penteou-os com um pente de chifre de boi. Enrolava nas palmas das mãos, em pequenas bolas, os cabelos que caíam. Deixava o vento transportá-las pela casa, aumentando a sujeira reinante. Não tinha forças para cuidados domésticos, e o filho mal alimentava os cavalos das mudas. Quando Elzira vivia com eles, era diferente.

— Eu refiz a conta do tempo e acho que os sulcos no barreiro do rio Jucá têm perto de cento e vinte anos. Foi a maior cheia de que se tem notícia. O carro de boi atravessou a lama e deixou a marca das rodas. Ele estava muito pesado. Além do piano, transportava um monte de móveis. Tudo vindo da Europa. Seu bisavô gostava de luxo.

Leonardo ouvia em silêncio o relato repetido mil vezes.

— Nunca mais o rio encheu o bastante para apagar as marcas.

Falava para ninguém. O filho tinha ido olhar os cavalos no pasto, perto da casa. Magros de não comer, descumpririam a função de animais de muda, se a tropa chegasse, como era esperado. Água não faltava. A velha barragem de pedra, construída pelo tataravô, com os braços escravos, resistia às secas mais severas. Quando habitavam muitas famílias em volta da casa-grande, ela abastecia as pessoas e os animais, sem esgotar o veio.

Indiferente à seca, Leonardo olhou o céu escancaradamente azul, sem mancha de nuvem que prometesse chuva. As aves de arribação passavam aos bandos e ele não se animava a dar um tiro. Acostumara-se ao minguado comer fornecido pela tropa. Não plantava, nem colhia. Nada tinha de lavra. O criatório da fazenda resumia-se a meia dúzia de galinhas. As terras transformavam-se em pasto.

— Dois cavalos estão com bicheira e não tenho como tratar. Se morrerem a culpa não é minha.

— Pegue as árvores genealógicas e leia a número três para mim.

— Eu já sabia que a senhora ia pedir isso.

Leonardo abriu um baú de cedro, tacheado com as iniciais da família. Tirou uns papéis amarelos e desdobrou-os com cuidado. O mais precioso deles estava forrado a pano, posto em rolo cilíndrico para não se rasgar nas dobras.

— Pedro Cavalcanti de Albuquerque era filho de Manoel Gonçalves de Siqueira, Cavaleiro da Ordem de Cristo, e de D. Isabel Cavalcanti; neto paterno de Pedro Gonçalves Siqueira; neto materno de Antonio Cavalcanti de Albuquerque, fidalgo da casa real, que governou as capitanias do Grão-Pará e Maranhão, pelos anos de 1630; bisneto de Felipe Cavalcanti, fidalgo florentino, e de D. Catarina de Albuquerque, a velha...

— Olhe aí como é que escrevem o Cavalcante, se com "e" ou "i".

— Com "i". Em todos os nomes.

— Meu pai era um desleixado. Morro e não perdoo ele. Registrou todos os filhos com o Cavalcante escrito com "e". Tenho vontade de mandar refazer meu registro antes de morrer.

— Que importância tem isso? Não somos mais nada. Da família só guardamos o piano, uns móveis capengas e essa casa, ameaçando cair.

— Você nunca teve orgulho do seu nome. Foi sempre um morto nas calças. Seu irmão, não. Jamais baixou a cabeça. Pronunciava os nossos sobrenomes como os antepassados, que eram donos desses sertões.

— E está enterrado com todos eles. Morto com vinte e oito anos.

— Leia a árvore cinco, a última que foi encontrada no baú da avó Macrina. Nela está escrita a ascendência de sua mulher, Elzira. Ela tem nas veias o melhor sangue espanhol.

— E me deixou por um cigano sem futuro, que roubava cavalos e galinhas com o seu bando. A senhora mesma me disse que foi com eles que ela fugiu.

— Não quero falar nisso! Você não merecia Elzira. Sempre foi um tolo. Leia!

— Não leio. Estou cansado do seu ranço de nobreza. A senhora nunca tomou meu partido, nem sentiu a minha perda. Até parece que ficou feliz com a minha desgraça.

Os papéis foram atirados ao chão, como os gravetos que o vento trazia. Trespassado pelas lembranças dolorosas, Leonardo correu para o lugar onde a mãe enterrara o irmão, um cemitério de família, junto a um curral abandonado, construído pelos ancestrais. No mármore, vindo de longe, quando a família imperava faustosa no sertão, estavam impressos os nomes de alguns avós. Leonardo desenhara com o seu canivete, em letras toscas, o nome Manoel Bezerra, omitindo dois sobrenomes ilustres, provocando o furor materno.

Catarina Macrina Cavalcante de Albuquerque Bezerra prendera os cabelos em dois cocós altos, com marrafas de casco de tartaruga, desprovidas de alguns dentes. Deixara a comida do filho posta numa tigela de louça, sobre a mesa sem toalha. Sentou-se numa cadeira de balanço, com a palha indiana rota, ameaçando derrubá-la. Desassombrada, ritmava nos pés o vai e vem da cadeira, entregando-se ao torpor do embalo. Antes de se deitar para um sono curto, rezava o terço da tarde. As ave-marias em porcelana, os pai-nossos em ouro, a Salve-Rainha e o Creio-em-Deus-Pai também no metal precioso. Leonardo se perguntou, enquanto mastigava a comida feita com desleixo, em troca de que favores a mãe debulhava aquelas contas. Fechava-se em mutismo nas horas marianas de reza: um terço pela madrugada, outro ao meio-dia e o terceiro ao anoitecer.

Palitando os dentes apodrecidos, Leonardo tentou arrancar a mãe da auréola de santidade em que se protegera.

— Pelo visto, hoje eles também não chegam. Nunca atrasaram tanto. Estou preocupado com os nossos mantimentos. Se eles demorarem mais uma semana, vou atrás de comida na cidade. Está me ouvindo?

A mãe continuava entre os santos, indiferente às questões do corpo.

— Só tenho medo de dar de cara com o bando de ciganos. Soube que eles estão de passagem. Pelo menos numa coisa me igualo aos da família. Sei resolver meus desafetos na faca. Se encontro eles, mato os dois.

Sobressaltada, a mãe abandonou o terço.

— Não faça essa besteira que você vai preso. Quem toma conta de mim?

— A senhora não precisa de ninguém. E eu não sirvo pra nada.

— Deixe esse rancor de macho! Ela foi embora porque quis.

— Não entendo por que seu orgulho ficou tão pouco ferido. A senhora nunca permitiu que eu corresse atrás deles e trouxesse Elzira de volta.

— Mulher tem muitas e você pode arranjar outra.

— Mas nenhuma tem o sangue espanhol.

— Esqueça!

Uma felpa do palito atravessou as gengivas de Leonardo, sangrando-as. Chorara sozinho o abandono da mulher. Ausente numa viagem, só soubera dos traços do cigano, por quem fora trocado, pela descrição da mãe. Usava cavanhaque, brinco de argola, cabelo comprido, preso como o das mulheres, e falava arrastado como seu povo. Eram poucos sinais para reconhecê-lo e castrá-lo. No retorno, também sentiu falta do irmão. Morrera de uma febre repentina, sem esperar que ele voltasse. A mãe o enterrara, sozinha. Leonardo o amava, apesar de sabê-lo preferido. Herdara do pai, pouco nobre, uma brutalidade no querer e um sentimento de derrota.

Amargurado, largou as viagens com os tropeiros, estabelecendo em casa um posto de troca de animais. Quando o mundo já falava por rádios e telefones e os aviões cortavam os céus, os sertões ainda se abasteciam nos lombos de burros e cavalos de carga. Tocara-lhe renunciar a esse mundo que um dia pensara desbravar.

A noite trazia a lembrança de paisagens longínquas, que nunca visitara mas sabia existirem. O coração trancado e a boca seca de qualquer saliva ansiavam distâncias. Escanchado no arco de pedra do curral vazio, Leonardo entoou os mais dolorosos aboios, tentando trazer para o peito uma migalha de alegria.

Os olhos queriam enxergar a poeira levantada pela tropa, na pouca luz do crepúsculo, mas avistavam uma bandeira em tons vermelho, amarelo e preto. Os ouvidos escutavam tinidos de sinos, gritos e acordes de sanfona. Não tinha dúvidas, os ciganos estavam se arranchando a pouco mais de uma légua, dentro de suas terras. Era o bando de sempre. Conhecia-os e tinha medo das suas trapaças e encantamentos. Buscou na boca o que engolir e encontrou secura e fel. O coração acelerado em batidas impulsionou-o para o salto. No chão, sacudindo a poeira das calças sujas, temeu apresentar-se a Elzira naqueles trajes.

A mãe despachara-se da reza e comia devagar. Num quarto sem telhado, anexo à casa, Leonardo Bezerra guardava seus instrumentos de trabalho e uma faca que ganhara do pai, ao completar catorze anos. Colocou-a na cintura, apanhou uma pedra de amolar e sentou-se junto da mãe, na mesa longa, sem toalha. Molhando a pedra com esmero, afiava a faca de cabo trabalhado em osso, removendo a ferrugem da lâmina.

Atenta aos movimentos do filho, Catarina Macrina mastigava a comida.

— Pensei que você tinha dado fim a essa faca.

— Ela estava guardada para quando houvesse precisão.

— E vai haver?

— Vai.

As brasas do fogão consumiam-se até serem nada.

— Essa baixa no tampo da mesa foi feita no tempo em que raspavam rapadura com uma faca peixeira, para adoçar a coalhada. Seu avô tirava quatrocentos litros de leite das vacas e desmanchava em queijo. Hoje, não temos uma xícara para beber.

— As vidas mudam e eu quero dar um rumo novo à minha.

— Não está bom, assim?

— Os ciganos acamparam em nossa terra. Vou buscar Elzira.

Como se tivesse sido mordida por uma cascavel, Catarina Macrina pulou da cadeira.

— Não vá! Não faça isso!

— Vou! Mato ela se não quiser vir.

Catarina sentou de frente para o oratório sem portas, onde mal se adivinhavam as cores de um passado barroco e os detalhes em folhas de ouro. A Conceição, sem coroa ou esplendor, lembrava um fausto que a senhora do solar Cavalcanti de Albuquerque teimava em não esquecer. Procurando um toco de vela entre missais e escapulários, Catarina encontrou um retrato do filho Manoel Bezerra e o contemplou com idolatria. Leonardo também viu o irmão retratado, um rosto orgulhoso e seguro que nunca conseguira ter.

Voltou ao ofício de amolador, esmerando-se em tornar navalha a lâmina estragada pelos anos.

— Não precisa esconder o retrato de mim. Nem seus sentimentos. Eu sempre soube a sua preferência. A senhora não consegue disfarçá-la.

A mãe acendeu a vela, tirou do fundo do santuário um Cristo crucificado. Valia-se dele nos perigos extremos.

— Eu me fazia nas estradas, tocando comboios e gado, já que não dava para o piano, como ele. Nunca aprendi a escrever uma nota. Nunca li suas partituras. Tocava o piano de ouvido, só para ficar perto de vocês dois. Manoel era fino como os Cavalcanti de Albuquerque. Eu era farinha grossa, como os Bezerra de meu pai. Manoel compensava o esforço do bisavô ter mandado buscar um piano tão longe, e uma professora na capital. Eu fora feito para os trabalhos pesados. Cantarolava as minhas valsas e a senhora anotava, sempre com má vontade. Manoel enchia cadernos e mais cadernos de composições.

A faca recuperava o gume.

— Quando eu trouxe Elzira para casa, depois de um ano de viagem, a senhora não acreditou que ela tivesse me aceitado como marido. Era bonita e delicada demais para mim. E tinha o sobrenome Monte, do ilustre visconde que foi dono de metade desse sertão, há mais de duzentos anos.

A friagem da noite chegou. Catarina Macrina envolveu-se num xale bordado, herança de uma tia-avó. Tirara o rosário do pescoço e dera início à sua reza, mais cedo que nos outros dias. Absorta, reparou que os armadores de rede da sala, lavrados em madeira durável, punham em perigo quem fizesse uso deles. Os cupins não os tinham poupado.

— Você precisa consertar os armadores — disse para o filho.

Leonardo colocou a faca na cintura e foi até a porta. Irado, virou-se para a mãe que tentava concentrar-se na reza:

— Dessa vez eu não vou me deixar iludir por seus apelos!

De onde estava, Catarina ouviu o filho selando um cavalo e o galope da partida. Estática, movendo apenas os dedos da mão direita no debulho das contas do rosário, esperou que ele voltasse. Na planície habitada pela caatinga seca e por animais rastejantes, o único ruído era o do silêncio. Prolongava a articulação das ave-marias, e os pai-nossos se arrastavam sem fim. Desejava marcar o tempo da volta do filho, no pulsar das orações. Mas ele tardava, como se nunca mais fosse voltar.

No reino dos céus conclamado por ela, os nomes dos antepassados gloriosos misturavam-se aos dos santos, numa hagiologia profana de conquistadores sem escrúpulos, aureolados de virtudes na sua imaginação de descendente sem lustro.

— Brazia Monteiro se casou com Pedro Cavalcanti de Albuquerque, em 11 de janeiro de 1625, sendo esse fidalgo Cavaleiro da Casa Real e professo na Ordem de Cristo, que na guerra contra os holandeses foi Capitão de Infantaria, e que era filho de Manoel Gonçalves Siqueira, Cavaleiro da Ordem de Cristo e primeiro marido de dona Isabel Cavalcanti, cuja descendência se acha na árvore número 1. Do casamento de Brazia Monteiro e Pedro Cavalcanti de Albuquerque nasceu a filha única dona Úrsula Cavalcanti de Albuquerque...

Chegou a hora do sono. Nem os primeiros cantos do galo arrancaram Catarina da imobilidade, crente de que o poder da sua inércia castraria o braço do filho de qualquer ação. Lembrou-se do piano. Reanimada, levantou a tampa miraculosa, descortinando as teclas de marfim, envelhecidas e sebentas. Acariciava uma por uma, rebanho amoroso de sons, balindo o que lhe vinha à alma. Um esquecimento do presente subia em ondas de enlevo pelos dedos calejados, feitos apenas para a música, sem outra intenção na vida. Que nem sempre era uma sonata. Podendo ser o tropel do cavalo do filho, retornando de sua aventura.

Emoldurado na porta, num tamanho que nunca teve, crescido mais de dois palmos. Os cabelos soltos do chapéu, o rosto manchado de sangue, as mãos sem encontrar bolsos onde se guardar.

— Dona Catarina Macrina Cavalcante de Albuquerque Bezerra, com quem fugiu minha mulher Elzira do Monte?

A velha procurou a cadeira de balanço, onde sentou-se de frente para o filho. Tinha os olhos vidrados de uma morta.

— Com os ciganos — respondeu com frieza. — Você não encontrou ela?

— A senhora está vendo esse sangue no meu corpo? — perguntou mostrando-se. — É sangue daquela raça de malditos. Cortei o pescoço de todos os que encontrei na minha frente e eles negaram conhecer Elzira. Com quem ela fugiu? Me responda! Só a senhora sabe.

— Com os ciganos — insistiu a mãe, como se recitasse o rosário.

Enlouquecido, Leonardo correu para o quarto de ferramentas de onde voltou trazendo um martelo. Por um instante fugaz, os olhos de Catarina piscaram, temendo o desvario do filho. Retomada da mesma paralisia, ela permaneceu sentada na cadeira, o xale antigo protegendo-a do frio que prenunciava a madrugada.

— Dona Catarina Macrina, por que a senhora nunca pranteou seu filho Manoel?

— Com os ciganos — foi a resposta da mãe.

Com o ímpeto de quem rompe com o mundo, Leonardo Bezerra quebrou uma das teclas do piano e atirou-a aos pés da mãe. Repetia a pergunta obsessiva, obtendo a mesma resposta monocórdia, nota única, afinada com a voz de sua dona:

— Com os ciganos.

A cada tecla arrancada e atirada aos pés da mãe, Leonardo percebia o envelhecimento do rosto que se guardara em frescor por tantos anos, escondendo o resto de juventude.

— Mamãe — perguntou Leonardo, chorando, esgotado de toda insistência —, com quem fugiu a única mulher que eu amei na vida, além de você?

O peito rasgava a camisa, na violência dos soluços. As mãos, dormentes do esforço de manejar a faca e o martelo, no exercício de destruir, suplicavam descanso. Restava a última tecla daquele instrumento de cordas, trazido de longe, um mimo em desertos de sertão, onde a música mais alegre é a do vento soprando nos telhados.

— Dona Catarina, me escute e responda! Com quem fugiu minha esposa Elzira? — gritou Leonardo, no derradeiro estertor.

— Com os ciganos — respondeu.

Um esturro de animal ferido ameaçou os alicerces da casa. Com uma força desmedida, Leonardo partiu a tecla do piano e atirou-a no rosto da mãe, esperando assistir a sua morte. Correu para o quarto de ferramentas, voltando com uma enxada. A terra estava seca da estiagem, mas ele cavaria com afinco, revolvendo o mármore da sepultura dos avós. A mãe tivera forças para enterrar seu irmão. Mais forças teria ele para desenterrá-lo, se estivesse ali.

Artérias expostas

André de Leones

Quando criança, eu às vezes tinha a sensação de que alguém ia entrar onde quer que eu estivesse e me encher de porrada. Era uma sensação física, de ameaça real e efetiva, que me fazia morder a mão esquerda, na base do polegar, e tremer descontroladamente. Depois, tendo me *descoberto* como poeta, tentei poematizar essa coisa, sem sucesso. Quando fui pela primeira e última vez à casa de Davi, falei com ele a respeito. Seu conselho foi tão sucinto quanto inútil:

"Escreva sobre outras coisas. Quando menos esperar, estará escrevendo sobre isso e sobre tudo aquilo que realmente importa para você. Escreva... sobre esta visita, por exemplo."

Davi tinha sessenta anos e um número aproximado de livros publicados. Era lido por todas as pessoas que supostamente *importavam* em Goiás, e elas eram bem poucas. Eu o conheci graças à minha tia Solange. Eles foram colegas na faculdade de Direito em meados dos anos setenta, quando pessoas ainda eram presas e torturadas e expulsas do país pelos militares. Ele não terminou o curso, virou hippie ou coisa parecida e passou quase dez anos viajando de Kombi pelo estado com um grupo de teatro mambembe. Anos depois, um dos atores do grupo foi eleito vereador em Goiânia e tratou de empregá-lo. Davi, portanto, tornou-se assessor de um político de pouca expressão. Assim, tinha todo o tempo do mundo para se dedicar à literatura.

Baixo, meio careca, balofo e homossexual que fizera "algumas concessões às criaturas portadoras de bocetas" (palavras da minha tia), falava sempre de maneira inflamada, empostando a voz como o ator de teatro amador que fora durante tanto tempo, como se tudo o que saísse de sua boca fossem versos de qualidade incontestável. Era uma espécie de poeta em tempo integral, o que lhe custara dois casamentos (com mulheres) e inúmeros relacionamentos (com jovens escritores entusiasmados).

Eu estava morando em Goiânia desde o início daquele ano, fazendo cursinho pré-vestibular e matando mais aulas, sobretudo no período vespertino, do que seria aconselhável para um candidato a uma vaga na faculdade de Jornalismo da Federal. Lia o tempo todo e um pouco de tudo, poesia, romances, teatro, e aproveitava as tardes de sexta-feira para visitar a minha tia Solange. Nas tardes de sexta, havia aulas de redação no cursinho e eu não precisava disso.

No apartamento da minha tia, deparei-me com Davi refestelado no sofá com um desses copos de requeijão cheio de uísque falsificado (minha tia jamais serviria bebida decente em um copo decente para ele) em uma das mãos. Eu já tinha lido alguns dos livros dele e o considerava um péssimo escritor. Seus poemas eram um amontoado de porcarias viscosas de um vocabulário ridiculamente difícil, como se obrigar o leitor a recorrer seguidamente ao dicionário fosse distraí-lo da ruindade dos versos. Eu estava longe de publicar o meu primeiro livro, que aliás nem seria de poesia, mas já sabia reconhecer um beletrista boçal sem a menor dificuldade.

Minha tia, filhadaputamente (meio de porre para suportar melhor a visita), me apresentou ao Davi dizendo que eu era um poeta muito melhor do que ele. O pior é que ela nunca tinha sequer passado os olhos por qualquer coisa que eu tivesse escrito. Pior: ela sabia que eu escrevia apenas porque a minha mãe lhe dissera quando da sua última passagem por Silvânia. Quando ela disse a Davi que eu era um poeta muito melhor do que ele, pensei que ele fosse chorar ou me xingar, tamanha a careta que fez.

"Declame algo de sua lavra para que eu possa avaliar a sua produção poética, meu caro."

É claro que, a princípio, eu me recusei, mas ele e a minha tia insistiram tanto que eu acabei *falando* (nem morto que eu sairia por aí *declamando* ou *recitando* o que quer que fosse) os primeiros versos que me vieram à cabeça, versos que, aliás, nem eram meus. Eram de um poema de Eugenio Montale chamado "Os limões". Davi, conforme eu previra, não só o desconhecia como acreditou que o poema fosse da "minha lavra". Depois, quando contei a verdade à minha tia, ela ligou para meia Goiânia a fim de contar o que eu fizera e sacanear o altamente sacaneável Davi, volta e meia tapando o bocal do telefone para me perguntar:

"Como é mesmo o nome do poeta? Montana?"

"Bastante promissor", disse Davi assim que terminei. "É claro que seria interessante retirar algumas, hã, gordurazinhas aqui e ali. Mas, céus, você, sendo tão jovem, já escreve tão magnificamente, não é mesmo?"

"Viu?", resmungou a minha tia. "Eu falei que ele escrevia bem melhor do que você."

"Não me faça rir, Solange", ele retrucou, bastante sério. Em seguida, disse para mim: "Quero que venha à minha casa, meu jovem bardo. Para que possamos conversar acerca da poesia que corre em nossas artérias expostas e que nos torna seres assim tão especiais."

"Davi?"

"Sim, minha querida?"

"O Daniel não é veado, não."

Mesmo não sendo veado, fui à casa de Davi na semana seguinte. Ficava ali mesmo no Universitário, perto da Praça da Bíblia e de onde morava a minha tia. Era uma casa pequena, mas muito bem-cuidada, que ele herdara da mãe. Havia livros por toda parte. Folheei alguns e tive a impressão de que ele os havia comprado e manuseado um pouco e depois posto de lado. Os livros escritos por ele, algo entre vinte e tantos e quarenta e poucos, estavam em destaque na estante, encapados e dispostos em ordem cronológica. Nas paredes, emoldurados, vi certificados e diplomas e algumas medalhas. Davi foi me mostrando tudo enquanto se insinuava. Ele estava de bermuda jeans e camisa social branca, tinha um lenço estranhíssimo, de cor vinho, enrolado no pescoço e um chapéu metido na cabeça. Bebíamos Johnnie Walker falsificado.

Quando ele afinal percebeu que eu não o comeria de jeito nenhum, pude relaxar um pouco. Mas ele, previsivelmente, não gostou nada de ser rejeitado e direcionou a raiva que sentia para uma espécie de discurso que começou a fazer.

Durante cerca de meia hora, Davi destilou veneno contra praticamente *todos* os escritores goianos, vivos ou mortos, veados ou não, e me contou os supostos podres de todos eles. Disse que o poeta Carlos e o contista Marcos abandonaram suas respectivas esposas e alugaram um apartamento no Bueno e já estavam pensando em adotar uma criança; que o presidente da bendita *acadimia*, poeta laureado, nunca escrevera um verso sequer na vida, que na verdade era a mulher dele quem escrevia tudo, e o que ela escrevia nem era grande coisa assim, que os versos dele, Davi, eram muito melhores, sempre foram, e por isso ele era tão odiado e perseguido, e por isso nunca fora admitido na *acadimia*, porque era o melhor e todo mundo sabia disso; que o professor Cláudio se envolvera com uma aluna e desvirginara a moça e os irmãos dela, indignados com a história, pegaram o professor Cláudio e o levaram para fora da cidade e o surraram e o amarraram e lhe comeram o cu e lhe enfiaram uma cenoura no cu e tiraram fotos dele naquela situação e mandaram por e-mail para meio mundo, inclusive para a mulher dele, a poeta e também professora Ione, que só não armou um escândalo porque mantinha um caso há meses com um de seus alunos, trinta anos mais moço e, segundo se dizia, um poeta bastante promissor, embora ele, Davi, duvidasse disso.

Quanto mais bebia, mais falava, e num determinado momento contou como uma poeta goiana, *felizmente* já falecida, se apaixonara por ele e prometera até mesmo abandonar o marido a fim de fugirem juntos para o Chile, mesmo ele tendo deixado muito claro que só queria fodê-la e nada mais. Em seguida, Davi começou a descrever minuciosamente, com a riqueza imagética que faltava à sua poesia, a boceta da poeta morta, e a dizer como, apesar de na época já contar quase sessenta anos, a mulher era asseada e apertadinha, muitíssimo bem-cuidada e depilada e perfumada, e ele fazia isso para ver se conseguia me excitar. Eu tinha bebido quatro ou cinco doses daquele maldito uísque falsificado e, de fato, a descrição minuciosa, mesmo preciosista, da boceta da velha poeta morta me deixou com tesão. Ao perceber o volume em minhas calças, Davi se calou e lentamente se levantou da poltrona e se colocou de joelhos no chão, aos meus pés (eu estava sentado no sofá), e começou a sussurrar:

"Me deixa te chupar! Por favor, me deixa te chupar!"

No momento em que ele fez isso, ajoelhou-se e começou a implorar para que eu o deixasse chupar o meu pau, fui tomado por aquela terrível sensação infantil, de violência iminente. Pior do que isso, a ameaça ganhou um rosto, o rosto de Davi, e eu entrei em pânico, comecei a tremer descontroladamente e a suar e suar. Deixei cair o copo, que se espatifou no chão, e mordi a minha própria mão esquerda, na base do polegar. Vendo isso, Davi imediatamente se calou. Eu sentia como se não tivesse mais sangue correndo em minhas veias e artérias. Assustado, Davi se levantou e deu um passo para trás. O gosto de sangue tomou a minha boca e eu soltei a minha mão.

"Eu não... eu não queria te... assustar...", disse Davi, pequeno, um menino assustado que em nada lembrava o velho devasso que, minutos antes, implorava para me chupar.

Vendo-o tão nervoso e atemorizado, respirei fundo e fui retomando o controle. Já não tremia mais. Ao mesmo tempo, um sorriso estranho surgiu no rosto de Davi. Passado um momento, ele disse:

"É claro que eu não vou contar isso para... para ninguém. Eu nem entendi o que foi que aconteceu. Aliás, o que foi... o que aconteceu?"

Eu me levantei e respirei fundo outra vez, levando as duas mãos ao rosto. Esfreguei os olhos com força e, enquanto fazia isso, ouvi uma risadinha e logo em seguida a voz de Davi dizendo:

"É claro que um boquetinho não ia te fazer mal, meu jovem poeta."

É claro que eu dei um soco bem no meio da cara dele e atirei o seu copo cheio de uísque, que descansava num braço do sofá, na parede onde estavam pendurados os certificados e os diplomas e as medalhas e fui embora batendo a porta com toda a força.

O rapto do fogo

Alberto Mussa

A noite era a de 6 de fevereiro de 1602. O lugar, a ponta do Cururumbabo, na capitania do Porto Seguro, nos termos de uma antiga vila então completamente devastada pelos índios. A cena era composta por dois homens: o único que vinha armado, com duas pistolas de dois tiros, estava num jumento já muito carregado com alforjes; o outro poderia andar a pé naqueles matos, ainda que ficasse cego.

— Essa é a estrada da tapera. Os alugados estão lá.

O homem armado, antes conhecido como Neco Dias, dispensava a advertência. Tinha planejado aquilo há quase vinte anos. Na tapera, além de munição e armas, dois homens esperavam. Era a gente anunciada pelo que viera a pé e poderia até ser cego. Tinham ambos as feições indistintas e seriam facilmente confundidos não fosse o fato de um deles ser destro, e o outro, canhoto.

O homem outrora chamado Neco Dias ajudou a descarregar o jumento, examinou o pequeno arsenal composto de velhos arcabuzes holandeses e — porque tivesse começado a chover — mandou rodar uma cuia de cachaça.

No período em que estiveram na tapera, ocorreram alguns incidentes, que teriam permitido a observadores externos medir a verdadeira extensão do drama que enfrentava a personagem principal.

— Temos quantos, no engenho?

— Meus dois primos.

— É pouco. Não te mandei oferecer dinheiro?

— Arriscado. A bugrada gosta do paulista.

O efeito dessa última declaração sobre o antigo Neco Dias foi brutal. E talvez tenha influído na reação violenta que constituiu o segundo incidente, quando ele se levantou e foi remexer nos alforjes.

— O preço de vocês.

E espalhou umas moedas pelo chão, como quem dá milho a pintos. Um dos capangas (acho que o destro) agradeceu:

— Deus te acrescente, seu Neco.

No mesmo instante, tinha uma pistola de dois tiros diante do rosto; e teria morrido, não fosse a intervenção do que poderia até ser cego.

— Ele não vai dizer de novo. Eu garanto — e olhou duro para o companheiro.

O terceiro incidente começou quando tratavam do assalto.

— O que vai exatamente acontecer na casa-grande?

— Vou obrigar o paulista a receber o pagamento da dívida.

— E vai deixar aquele homem vivo, depois de tudo?

— O que significa *tudo*?

Não tiveram coragem de dar a resposta. Como fosse hora de descerem a várzea e invadirem o engenho, dividiram as armas.

No caminho, correriam vários riscos. A região era infestada de cobras. Uma onça havia sido vista por ali, naqueles dias. Também podiam ser surpreendidos pelos homens do paulista, se tivesse havido alguma traição — o que não era improvável. E mesmo o destro ou o canhoto — que certamente notaram o peso dos metais que iam dentro dos alforjes — poderiam optar pela solução mais óbvia.

Mas aquele que talvez voltasse a ser chamado Neco Dias parecia não ter feito uma avaliação concreta do problema. E foi ele quem provocou o último incidente, quando deixavam a tapera.

— E dona Maria Eugênia, como está?

— Bem, senhor — hesitaram.

— Vou levá-las para os Cariris. Ela e a menina.

Um dos homens tossiu. Os urutaus não paravam de piar.

antes

No tempo em que se chamava Neco Dias, obtivera aquelas glebas com o prestígio e o dote de dona Maria Eugênia, desposada na capela do Mosteiro de São Bento, no Rio de Janeiro. Insistira com o negócio dos currais, no princípio, mas os pastos da capitania estavam infestados de uma certa erva que levava o gado à morte.

Neco Dias, como todos os curraleiros que o antecederam e advertiram, perdeu o rebanho. E montou, a muito custo, um engenho de açúcar. Foi quando conheceu o paulista.

Era um homem alto, barbudo e sujo, nascido pelas bandas de Piratininga, que vivia metido no sertão apresando os negros da terra. Foi desse homem que recebeu os escravos, para pagar depois, com o lucro do açúcar. Mas o Neco Dias de então desconhecia aquela gente. O engenho foi praticamente destruído por uma horda de índios bravos. A família dos senhores escapou de uma chacina cruel; mas os selvagens fugiram das senzalas.

O paulista condescendeu, na ocasião, dando prazo além do contratado. Mas fez o inadimplente assinar uma cláusula em que se comprometia a entregar tudo que de seu houvesse, caso não honrasse a dívida.

E foi aí que o primitivo Neco Dias se encrencou de vez. No temor de não cumprir o compromisso, tomou emprestado, investiu em pretos de Angola, roubados na Bahia, e despertou na madrugada de 6 de fevereiro de 1582, entre o cantar do galo e os estampidos dos mosquetes, diante de um bando encabeçado pelo ávido paulista.

Acuado, empunhando uma pistola simples de dois tiros por detrás da mesa de jantar, o homem que deixaria de ser Neco Dias viu os canos das espingardas descansarem nas janelas do salão da casa-grande.

depois

Foi fácil entrar. Passaram pelo chiqueiro e pelo estábulo. Um dos primos do que viera a pé tinha dado um jeito nos cachorros. Quando chegaram na cacimba, ele já estava lá. O diálogo foi rápido. Acertaram descer até a casa-grande pelo caminho que dava na frente dela. O outro primo ficaria do lado de fora, vigiando o barracão onde os caboclos dormiam, com ordem de dar o alarma caso se notasse por ali algum movimento equívoco. O que viera a pé despertaria o paulista, chamando baixo pela janela do quarto. Quando este viesse abrir a porta do salão, toparia mais três homens, além daquele que fora Neco Dias.

Mas este último não estava muito convicto da firmeza do plano. Poderia haver disparos oriundos do barracão, que atingissem pessoas na casa-grande, especialmente se estivessem nos quartos.

— Em qual dos cômodos estão dona Maria Eugênia e a menina?

O que viera a pé e poderia até ser cego cuspiu bem devagar antes de responder.

— Dormem todas três no mesmo quarto, senhor.

O homem que logo seria Neco Dias contraiu a face num esgar.

— Repita isso.

— É um capricho do paulista, senhor. No quarto grande dormem ele, a índia que ele trouxe do sertão, dona Maria Eugênia e a menina, que já é bem moça.

Ninguém falou mais nada. Instantes depois, era o paulista quem abria assustado uma das folhas da porta do salão e encarava o homem que há vinte anos já não era Neco Dias.

antes

Nunca esquecera aquela cena no salão: o paulista escarafunchando a mobília, mexendo nas canastras, revistando os baús; e ele, impotente, indefeso, infamado, na alça de mira dos bandidos.

— Chamem dona Maria Eugênia. Quero que ela seja testemunha das contas que venho acertar com seu Neco Dias.

Demorou a vir, orgulhosa, com a menina pela mão. O paulista se abancou no cadeirão de pau.

— Seu Neco Dias, vence hoje, agora, nesse instante, a dívida de que sou seu credor. Acordei com muita vontade de contar dinheiro.

— Meu marido precisa de prazo. Somos gente direita. Mande essa negrada baixar as armas.

O paulista assentiu; e se levantou de supetão.

— Baixo as armas; mas não dou prazo. Meu trato com seu Neco Dias é simples: fico com a casa, a mobília, as galinhas, as cabras, os porcos, os cachorros, o barracão, a senzala, a moenda, o monjolo, as armas todas, a munição e tudo o que restar no paiol, a carroça, os arreios e as selas, as mulas, os escravos, os cavalos, a cana plantada e a colhida, e o que mais houver nos limites desta sesmaria.

Neco Dias emudeceu de vez. A menina olhava, espantadinha. Foi dona Maria Eugênia quem falou:

— Pois bem, arranjarei nossas pertenças e iremos embora, ainda que seja a pé. Mas há de haver tribunais em Portugal.

O paulista riu um riso grosso.

— O único que tem pertenças aqui sou eu. A dona deve saber ler (disse, puxando um papel). Fico com "tudo que de seu houver o devedor".

Até os homens do bando, gente avezada no trato de índios bravos, pareciam constrangidos. Dona Maria Eugênia, ereta como uma tábua, leu. Estava escrito aquilo, mais ou menos. Mas não era um documento legalmente válido. Não continha assinaturas. Embaixo, em cada canto, havia apenas duas manchas.

— Esse sangue é seu, Neco?

A resposta era desnecessária. O paulista deu largas passadas ao redor da mesa, arriando pesado os tacões no piso.

— Já é tempo de tomar posse do que é meu. Neco Dias, a pistola.

Neco Dias, que teve todas as oportunidades de atirar depois que os homens baixaram os arcabuzes, pôs a arma sobre a mesa.

— Agora, a roupa do corpo.

Neco Dias teve um esboço de reação, mas ficou nisso. Dona Maria Eugênia virou o rosto da menina.

— Não ouse ordenar uma tal baixeza às mulheres — disse, depositando a última peça, também sobre a mesa de jantar. O paulista riu um riso mais grosso ainda.

— Não será preciso. Elas ficam. Tudo que de seu houver o devedor. Uma é *sua* filha; outra, *sua* mulher.

Neco Dias não foi capaz de quebrar o silêncio. Dona Maria Eugênia tinha uma expressão indefinível. Foi o paulista quem falou:

— Pode ir embora, Neco Dias.

E ele foi, nu, a pé, com medo de olhar para trás e virar uma estátua de sal. O paulista pôs a cara na janela.

— E se alguém lhe chamar de Neco Dias, não responda. O *seu* nome agora é meu também.

O homem que acabava de deixar de ser Neco Dias escorregou nuns cascalhos soltos do caminho. O paulista tinha saído até o terreiro.

— Ô caboclo! Mande a mucama trazer uma tina d'água fresca. Vou dar um banho em dona Maria Eugênia.

depois

O homem que estava prestes a se tornar Neco Dias obrigou o paulista a recostar no cadeirão de pau, ainda aquele de há vinte anos, posto no mesmo lugar. Com um gesto desdenhoso, lançou-lhe o alforje aos pés. As fisionomias mal se distinguiam na claridade tênue de apenas duas meias velas de sebo.

— Pese você mesmo quantas onças há de ouro. Minha dívida está paga.

O paulista não parecia comovido pela proximidade do metal.

— Esse resgate nunca fez parte do trato. Não tenho obrigação de devolver nada. Não tenho compromisso de aceitar o seu dinheiro. Você não passa agora de um ladrão. Não lido com gente dessa laia.

O homem que se apressava em ser de novo Neco Dias fez menção de retrucar; mas, um tanto inconscientemente, deu com os olhos no corredor que conduzia aos quartos, onde deviam estar guardadas as mulheres.

— E dona Maria Eugênia? E a menina?

O paulista aliviou a cara má, por pouco não sorrindo.

— Bem; todas três.

— Aceite o pagamento. Permito que saia a cavalo, com suas armas, acompanhado dos seus capangas e da índia.

Tinha quase um olhar de súplica. O outro, no entanto, era impassível.

— Anda logo com isso. Quero minha mulher e minha filha de volta. Já.

Disse e suspendeu o alforje, dando com ele no colo do paulista. Mas este sequer o encarou, fingindo preocupação com a correia gasta da alparcata.

— Aceite o pagamento enquanto estou disposto a conversar. Poderia resolver tudo isso a pólvora.

O tom ameaçador não produziu nenhum efeito.

— Pois faça isso. Mas não estranhe o comportamento delas, quando passar daquela porta.

Uma nuvem de maus pressentimentos toldou a face do homem que seria Neco Dias. Aproximando-se, nervoso, falou para não ser ouvido dos demais, pondo o cano da espingarda contra a testa do paulista.

— O que você fez com elas, infeliz?

O paulista riu o mais grosso de seus risos.

— Nada que um homem não faça.

Aquele que necessitava ser urgentemente Neco Dias recuou, perturbado. Uma ideia súbita e terrível lhe ocorrera.

— Você as fez parir, miserável?

O outro se endireitou no cadeirão, olhando bem de frente dessa vez.

— Por onde eu gosto, não há como.

A partir desse momento, a história do homem que voltara para ser Neco Dias se confunde com a lenda.

Antes que houvesse qualquer espécie de alarma, dois tiros vindos do fundo do corredor estouraram no salão e ao menos um deles atingiu o que poderia até ser cego, mortalmente.

Colhido de surpresa, o que pensava que seria Neco Dias não pôde evitar um golpe violento do paulista, vibrado com o alforje, nem impedir que este fugisse, dobrado sobre si mesmo, pelo corredor.

O canhoto — o único que permanecera no salão — afirmou ter conseguido acertá-lo na perna, mas não pôde fazer frente aos disparos letais do corredor, que passavam sobre a cabeça do paulista.

Enquanto isso, o destro e um dos primos contornavam a casa-grande, tentando surpreender o foco de resistência pelas costas. Mas foram contidos pela caboclada que vinha atirando desde o barracão.

O outro primo do que viera a pé e poderia até ser cego disse mais tarde que não dera o sinal combinado porque julgara ter percebido apenas o vulto de dona Maria Eugênia ir e vir pelos fundos da casa-grande, não tendo por que suspeitar de uma dama a quem o marido viera resgatar da ignomínia.

O canhoto jurava, por sua vez, contra o descrédito de todos, ter visto o espectro de três mulheres arrastando um homem manco na direção da mata.

As terras do engenho, devolutas desde então, acabaram reintegradas ao imenso patrimônio fundiário dos sucessores do duque de Aveiro, pois o homem chamado Neco Dias jamais atendeu aos editais que lhe cobravam os dízimos.

O paulista e as três mulheres passaram a viver como índios nômades, núcleo de uma horda que cresceu, com a captura de outras fêmeas.

Como agredissem os colonos, roubando armas e mantimentos, foram duramente combatidos. Todavia, dizem que o paulista só morreu de velho. E não deixou descendentes.

A solução

Luiz Ruffato

Hélia vigiava aflita a entrada da seção. Todos já tinham sido rendidos, *e a Júlia que não chega! que ódio! que ódio!* O avental de pano cru enrolado na mão direita, várias vezes levara a unha do fura-bolo à boca para roer, mas lembrava do esmalte, do esmalte vermelho, não queria lascar, tinha que durar até sábado... O ronco rouco dos teares redemunhava em seus ouvidos, *onde foi parar aquela vaca? vaca! piranha! ai vou acabar perdendo o ônibus!* A zanga fumegava nos espasmos de suas pálpebras, *desgraçada! ah lá vem ela cara lambida como se o mundo fosse dela!*, arrancou o lenço da cabeça, passou pela companheira, nem oi disse, envenenou-a com a peçonha de seus olhos, Júlia tentou se desculpar, falou qualquer coisa, nem ouviu, o ruído ronceiro das máquinas esgarçou sua voz. No banheiro, Hélia penteou os cabelos curtos, noturnos, e espanou os fiapos de algodão que se agarravam na blusa de fustão azul e na minissaia branca. No pátio vazio, seu corpo arrupiou com o bafo quente, *porcaria! vou acabar constipando de novo.* Bateu o cartão de ponto e, *droga!*, lá vem aquela vontade de chorar, *manteiga-derretida!* O cata-níquel já passara e agora nem carona de bicicleta conseguiria mais. O negócio era ir andando até em casa, lençóis de nuvens brancas quarando ao sol das dez e vinte, fevereiro, *ah! o clube do remo deve de estar lotado ai meu deus quem me dera! mas quem sou eu? bem que podia me aparecer um moço louro bem forte olhos azuis montado numa vespa prateada "Oi, meu anjo, pra onde você está indo?, Ah, é meu caminho, Sobe aí, eu te levo, Segura bem pra não cair, heim!", que besteira! vou ter é que gastar a sola do tamanco novinho nesse paralelepípedo pegando fogo ai meu deus como estou cheia disso tudo! como estou cheia!*

Mergulhou as mãos na baciazinha verde, temperada com água de sabão em pó, e apoiou o pé esquerdo no colo da Toninha, sentada numa banqueta, e ela começou a futicar a cutícula do dedão com uma espátula, Ai, toma cuidado, não vai me tirar bife, heim!, Aqui, ó, esse aqui, beterraba, É, de novo sim, adoro a cor, cai bem em mim, você não acha?, então? E o Maripá, Hélia?, perguntou a Márcia. O Plínio?, fez-se de desentendida, Não, Toninha, que isso!, assim você me machuca, cruz-credo! Ah, Marcinha, você sabe, né?, quero nada com ele não... Ah, ele é superbacana, Hélia, disse a Toninha. Bacana? Não tem nem onde cair morto! É, mas é gente boa, disse a Márcia. Um tipão!, completou a Toninha. Além do quê, ele parece estar gamado por você, emendou. Hélia riu. Sabe como é que ele chama janela?, Jinela. Jinela? E Toninha e Márcia abriram-se numa estrondosa gargalhada. Ele fala assim pra mãe, Fecha a jinela, dona Zulmira, que já lá vem uma tribuzana! Tribuzana? E as amigas riram estrepitosamente. É, é assim que ele chama chuva de trovoada, tribuzana. E conga? Sabem como é que ele chama conga? Tiburço. Ah, vai, Hélia... Estou falando, uai! E calaram-se. Toninha esgrimia o pau de laranjeira para tirar os excessos de esmalte das unhas dos pés da Hélia. Márcia debruçou-se no parapeito da janela, *Tiburço... Essa é boa!* Então, os sons do beco, sábado à tarde, insinuaram-se quarto adentro: meninos de cócoras jogando bilosca; meninas brincando de queimada; a Bibica atrás do Marquinho, Marquinho! Ô Marquinho! Ah, se eu pego esse safado!; a música irradiada da casa da dona Olga; as corredeiras do rio Pomba; a conversa da Zazá com a Hilda, recolhendo a roupa do varal. No fundo eu tenho pena dele, disse a Hélia. O quê?, virou-se a Márcia. Toninha apartou os pés da Hélia de seu colo e disse, Pode tirar as mãos do molho. Pena, pena mesmo, vocês acreditam? Ele não tem um ofício... Sabe fazer nada... Os bicos que arruma, torra comprando roupa... perfume... dando presente pros outros... Ele é um bobo... um bobo alegre... Zunga passa sob a janela, falando alto. E eu... eu quero é casar com um homem... assim... bem rico... alguém que me tire... que me leve embora daqui... desse buraco... Ah, isso eu também quero, disse a Márcia. Quem não quer?, disse a Toninha, concluindo, O difícil é conseguir. Pois eu vou arrumar, vocês vão ver! Estou cansada... Cansada de morar nessa casa... nessa bagunça... nem um quarto só pra mim eu tenho... E estou de saco cheio da fábrica... acordar cedo... aguentar o Jacy... Jacy é aquele contramestre?, perguntou a Márcia. É, aquele metido a galã... Galã?, assanhou-se a Toninha, mas Hélia ignorou-a, Vou conquistar um homem rico, bem rico, disse, elevando os olhos para os picumãs enrodilhados nas telhas enegrecidas.

À noite saiu com o Maripá. De mãos dadas, em silêncio, deram três voltas pela praça Rui Barbosa, pararam para ver os cartazes dos filmes no Cine Edgard, compraram pipoca, sentaram-se num banco, de frente para o Bar Elite. Hélia respirou fundo, disse, Plínio, tenho uma coisa pra te falar... mas não quero que você fique magoado comigo não... mas... não quero te iludir... você é tão bom... tão legal... Ele amassou o pacote vazio, Você quer terminar? É... olha... eu só tenho quinze anos... você tem vinte... é cedo pra namorar firme... quem sabe a gente... mais tarde... quem sabe não se encontra depois... a vida dá muitas voltas... a gente pode até casar... quem sabe? acontece... tem uma conhecida da mãe que... Maripá levantou-se, encarou-a, disse, Deixa de conversa fiada, Hélia!, eu sei o que acontece. Você não gosta de mim porque eu sou pobre. Não sirvo pra você... ninguém serve... Tem problema não. Não tem mesmo! Eu sinto é por você. Tenho pena. Só vou te falar uma coisa, Hélia: quem muito lambisca, acaba não comendo. Você pensa que é mais do que é. Mas não é não, Hélia. Não é mesmo! Cuidado pra vida não te decepcionar, cuidado! Virou as costas, jogou a bolinha de papel na rua, com raiva, e sumiu na multidão. A Toninha e a Márcia aproximaram-se, excitadas, Nós vimos! Nós vimos! E riam que riam. Conta!, conta como foi! Ah, disse Hélia, ele ficou uma arara, disse assim (e ficou de pé, para imitá-lo melhor): Quem muito lambisca, acaba comendo pouco. Lambisca? E as três desmaiaram-se numa gargalhada. E ele falou assim, que eu quero ser mais do que eu sou e que... Isso é verdade, disse a Toninha. O que que é verdade?, perguntou a Hélia. Uai, esse negócio... todo mundo acha você metida. Todo mundo quem, Toninha?, perguntou a Hélia, fula. Ué, todo mundo. Lá no beco... Ô Toninha, vamos parar?, ralhou a Márcia. Está bem, está bem, não está mais aqui quem falou...

Lambisca... Agora, quinta-feira, já não achava mais aquele fora tão engraçado assim. Coitado! Era um rapaz... bem-intencionado... *Só isso...*

Esquece... Foi o primeiro entre os... ah!, tinha perdido a conta... mas foi o primeiro a querer, sinceramente, conhecer os "sogros", que apreciaram bastante o moço de espáduas largas, cara quadrada, mãos trabalhadeiras, falante, cativoso, despachado, que comoveu-se deverasmente ao saber que o pai tinha ponto na praça Rui Barbosa, Então, seu Marlindo, que coisa!, comi muita pipoca do senhor lá!, e que a mãe lavava e passava para fora, dona Zulmira, vou arrumar umas lavagens de roupa pra senhora, deixa estar! Implicaram mesmo foi com o cabelo comprido dele, pretinho, pretinho, cacheado, Corta não, tão bonito! Mas, não, não gostava daquilo, daquela camaradagem... Queria esquecer que tinha família, pais bocós, *ah, se pudesse enterrar o passado! "Não, minha mãe morreu no parto, coitada, e meu pai quando eu tinha uns seis anos... Fui criada por uma parenta distante, muito rica..."* Sim, era vergonha o que sentia, vergonha... Por isso, quando vinha da rua com um namorado, dava um jeito de se despedir antes de se aproximarem do Beco do Zé Pinto, Pode deixar, meu bem, já estou praticamente em casa, um pulinho, Não, é melhor você me deixar aqui mesmo, você não conhece meu pai, ele é uma fera, se pegar a gente junto... nossa senhora!, vai ser um fuzuê! Se sonhassem que morava naquele correio de casas de parede-meia, tristes, perto do rio... E se caísse a cortina e descobrissem que a mãe era uma... lavadeira... e ainda por cima analfabeta... e que o pai não passava de um... biscateiro... Deus me livre e guarde!

E definhou, *dois meses? uma eternidade!* Acabou? Muito entrão, ele, mãe. Mas, Hélia, você também não para com ninguém, ninguém serve pra... Ih, mãe, vai começar? Me deixa... Dois meses aturando aquele... caipira ciumento. Acabou, melhor assim, acabou, acabou! Virou as costas, jogou a bolinha de papel na rua, com raiva, sumiu na multidão... Coitado! Mas... foi melhor assim... Não ia mesmo dar certo. Para que enrolar? Se desse corda praquele namoro... Não, ele nunca iria entender... Se firmasse, o que aconteceria? Ia ter que continuar aguentando o desaforado do Jacy, que por tudo e por nada vinha berrar no seu ouvido, que vira e mexe vinha com aquela conversinha fiada, nhenhenhém que só uma besta quadrada não percebia, e ela tinha que se fingir de burra, porque precisa do emprego, fim do mês o pai contava com o envelope pardo, Também, pra que que você se expõe assim, com essa minissaia?, implicava a Miriam, a colega de seção.

Desgraçado! Ele é casado, que resolvesse o problema em casa, ora! Mas não: olho vivo nos teares, cuidado com a lançadeira, cuidado com a espula, cuidado para não arrebentar a auréola, cuidado, cuidado, cuidado!

Domingo à tarde, esparramadas sobre duas camas de solteiro encostadas uma à outra, cobertas por uma grande colcha de chenile rosa, Toninha, Márcia e Hélia conversam. E o Lalado?, Hélia perguntou. Lalado? Não te contei não? Nós terminamos, respondeu a Márcia. Terminaram? Terminamos. Márcia enfiou a mão no sutiã e de lá tirou um cigarro todo amassado, acendendo-o em seguida. Ei, desde quando você fuma?, perguntou a Toninha, assustada. Peguei do maço do pai, você não vai me dedar não, né, Toninha? Eu? Eu não!, mas se ele entra aqui agora... Ele não vai entrar não, Toninha... Mas... e se a mãe sentir o cheiro? Ih, Toninha, para, disse Márcia, baforando a fumaça em seu rosto. Por que que vocês terminaram, Márcia?, perguntou a Hélia, deitada de bruços na cama. Por que? E tragou o cigarro. Porque ele é um... ele é um estúpido! Imagine que terça-feira o burrão foi me pegar depois do serão na porta da fábrica, vim na garupeira, pegada nas costas dele, aí, quando chegamos, desci, ele encostou a bicicleta no meio-fio e veio me agarrando, me imprensando contra a parede da garagem do seu Zé Pinto, tentando me beijar na boca, à força, e eu deixando, aí ele pôs a mão no meu peito, eu falei, Tira a mão daí, ô Lalado, está pensando que eu sou dessas, é? E sabe o que o bestalhão fez? Pediu desculpa... foi embora! As três riram às lágrimas. Márcia levantou-se, abriu o guarda-roupa, pegou um frasco de Van Ess e borrifou pelo quarto. Toninha abriu uma Grande Hotel. Hélia aproximou-se do espelho, passou as mãos pelos cabelos, mediu-se de frente, de costas, de lado. Vocês me acham feia? Feia? Deixa de ser boba, Hélia, disse a Márcia. A Toninha enfiou o nariz na fotonovela. Hélia sentou-se na cama, Às vezes acho que nunca vou conseguir... É tudo tão difícil! Conseguir o quê, Hélia?, perguntou a Márcia. Sair... sair desse beco... dessa vida... Toninha, você... você não pensa em um dia sair desse... desse buraco não? Toninha jogou a revista no chão, com violência, Merda, você gosta de ser chata, heim!

Quase onze horas e Hélia ainda estava em frente à Estação. O suor banhava seu rosto, seus pés, seus sovacos, colava sua roupa à pele pegajosa.

Caminha devagar, os armarinhos vazios, os caixeiros à porta, encostados nos cavaletes, carroças estacionadas no outro lado do passeio, o cheiro forte de mijo e de bosta dos cavalos, moscas voejando, raros carros e ônibus circulam pela rua pacientes, bicicletas sonolentas, um casal atrasa-se olhando uma vitrina, o sol carpe o leito do trem, alcança a Rua do Comércio, passos arrastados, surda, muda, cruza com um grupo de meninas vindas do Colégio das Irmãs, camisetas malha branca, saias azul-marinho plissadas abaixo do joelho, meias brancas, sapatos pretos, cabelos amansados em fitas de cetim, ostentando uma agressiva felicidade, invejou-as, nem a viram, *piranhas! horrorosas!* E veio de novo aquele ameaço de choro, apertou o passo, queria chegar logo, mas... onde? Não, não queria ir para casa, descer as escadas do beco, entrar na cozinha, o prato esmaltado quentando num cantinho do fogão de lenha, a mesa de compensado verde-escura coberta por uma toalha de plástico creme, as panelas pretas penduradas na prateleira, mosquitos dançando no ar, a mãe esfregando roupas no tanque, olhos sem cor, pele queimada de muitos sóis, Demorou, minha filha, Aconteceu alguma coisa?, ligar o rádio, almoçar sem vontade, tomar um gole de café requentado, deitar na cama, mastigar os minutos à espera da hora de voltar para a fábrica, pegar o ônibus, apear, conversar rapidamente com uma ou outra colega, ouvir o apito, bater o cartão de ponto, e se enterrar novamente no ar úmido da tecelagem, todos os dias, todos os meses, todos os anos, até o fim dos tempos... Não, não queria voltar para casa. Passou pela praça Rui Barbosa, cruzou a rua da Cadeia, penetrou na boca da Ponte Nova.

A Márcia ainda insistiu, A gente vai à missa, dá umas voltas na fonte luminosa, se estiver ruim vamos paquerar na praça Rui Barbosa, depois voltamos pra casa, mas a Hélia não quis, Eu não... sair com a Toninha? De jeito nenhum, aquela interesseira... Sararã! A Márcia tentou convencê-la, Deixa disso, a Toninha gosta de você, mas a Hélia bateu o pé. Preferiu ficar sozinha em casa. O pai no culto, a mãe na vizinhança, o caçula, Luzimar, jogando bola ou brincando de pique-salve... A escuridão alojou-se pé ante pé em seu quarto. Girou o bocal da lâmpada e explodiu luz em seu rosto. Caminhou até o guarda-roupa, repassou os cabides, uma, duas, três vezes, deteve-se no tubinho vermelho de popelina, laço na frente, quase um palmo acima do joelho, que tinha feito no curso de corte e costura da dona Marta, e que quase nunca usava, Uma indecência!, diziam os pais. Colocou a sandália preta, o brinco de pressão de florzinhas vermelhas, passou batom, pó de arroz, com a mão em concha espalhou Sândalus pela nuca, sovacos, braços, pernas, cabelos. Tirou da caixinha preta o anel folheado com uma solitária pérola, presente de um dos namorados, e o cordão com um crucifixo de ouro, que o pai encontrara no chão, perto da Prefeitura. Apagou a luz. Hélia está numa festa de debutantes no Clube Social. Caminha devagar, polinizando as mesas com sua graça e simpatia, deixando para trás olhares prenhes de inveja e de cobiça. Sussurros. Quem é essa moça? Nossa, como é linda! Flutua, dos pés à cabeça coberta de admiração. Um rapaz alto, louro, olhos azuis levanta-se, puxa uma cadeira, convida-a para sentar-se, Obrigada. Meu deus, quem é você? De que reino você fugiu? Enlevada, ouve um berro, Vou te matar, desgraçada!, e gritos, gritos histéricos, e barulho de vasilhas desabando no chão, um tapa, outro tapa, a mulher se desvencilha, corre para fora, as crianças choram, Larga a mãe, pai! Larga!, *É o Zé Bundinha, minha nossa senhora!*, o coração disparado, as pernas bambas, ele a alcança, Acudam, Acudam, que ele está me matando! Larga a mãe, pai, larga ela! Para, Zé Bundinha, para! Chama a polícia! Para, Zé Bundinha! Chama a polícia!, ele vai matar a dona Fátima! Hélia espia pela janela-veneziana. O Zito Pereira consegue imobilizar o Zé Bundinha numa chave de braço, ambos caem contra a cerca de bambu, o Zé Pinto aparece, revólver na mão, Que que houve, aí, que que houve?, as mulheres espantam-se, recomeçam os gritos e o choro, Pelo amor de deus, seu Zé Pinto, não carece disso não, Eu já falei que não quero bagunça por aqui, não falei? Hélia desliza o corpo sobre o sofá de vinil vermelho. Quieta, encolhe as pernas, abraça-as e encaixa o queixo no vão dos joelhos. Aos poucos, as vozes se dissipam, o silêncio reconquista cada saliência do beco. Levanta-se, acende a luz do quarto, com os pés lança a sandália preta na parede, arranca com raiva o brinco de pressão de florzinhas vermelhas, o anel folheado com uma solitária pérola, e o cordão com um crucifixo de ouro, e atira tudo, de qualquer jeito, dentro do guarda-roupa, puxa com fúria o tubinho vermelho, de popelina, laço na frente, quase um palmo acima do joelho, e joga-o sobre a cama do irmão. Veste a camisola branca, deita-se de bruços, o travesseiro cobrindo a cabeça. E então um tremor abala seu peito, uma enchente, há muito contida, espalha-se selvagem, explodindo numa convulsão em seu corpo macerado.

No meio da Ponte Nova, parou. Debruçou-se na amureta e ficou observando as águas barrentas do rio Pomba que, lá na frente, quase na curva da Vila Teresa, recebem a soda e a tinta do rio Meia-Pataca. Na margem esquerda, o fundo dos quintais das casas da rua do Pomba, imundos de pé-de-galinha, marmelada-de-cachorro, capim-gordura, assa-peixe, vassoura, capim-angola, que rastejam por entre mangueiras, abacateiros, ingazeiros, abieiros, goiabeiras, amoreiras, pés de carambola. Na margem direita, mato, mato, mato. A Casa de Saúde. Ao fundo, a Pedreira, CASAS PERNAMBU-CANAS no alto pichado. As águas barrentas. Dois barcos cheios de areia. E as águas barrentas. Se olhasse para trás, não tinha coragem, veria moças e rapazes queimando nas piscinas do Clube do Remo. O sol quente torrando sua cabeça, *não nunca vai aparecer um príncipe encantado...* Os olhos fixos nos redemunhos que se formam no meio do rio. O barulho líquido. Os redemunhos. A água barrenta. O sol na cabeça, *não nunca vou conseguir sair desse inferno...* Os carros passam. Os ônibus. As bicicletas. Os redemunhos. A água. O sol, *melhor melhor talvez quem sabe morrer acaba tudo acaba.* Vem, Hélia, vem... *descansar o fim.* Vem, Hélia... Vem comigo... Vem... E ela então sentiu-se zonza, zonza, e uma mão grande e calejada pousou em seu ombro, Vem comigo, vem, você está passando mal?, Heim? E Hélia ouviu longe longe a voz do Maripá e ele, amuletando-a, amparou-a e foram andando devagar, bem devagar, em direção ao beco.

No bar do Alziro

Marçal Aquino

Diabos, um cara sensível. Capaz de chorar ouvindo as *Variações* de Antonio Adolfo ao piano na manhã de um domingo seco. Sempre disposto a escutar as mesmas histórias do Rubão ou do Ruy: o primeiro lamentando o casamento da filha caçula com um contrabandista que a polícia matou em Ponta Porã; o outro queixando-se de que a ex-mulher anda saindo com um garotão vinte anos mais moço do Instituto Agronômico.

Um sujeito decente, puxa vida. Que nunca negou seu perdão — mesmo para gente que o andou difamando no episódio da viúva Ferretti. Tão decente que foi o primeiro a procurar o Robson para esclarecer o assunto. (E a gente sabendo como o Robson é: por muito menos deu um tiro num barbudo de Três Lagoas; imagine então num caso em que sua mãe estava envolvida e era alvo de fofocas.)

Mas, caramba, indivíduo misterioso: ninguém conseguiu descobrir por onde ele andou nos seis meses em que esteve desaparecido da cidade. E também nunca explicou como conseguiu dinheiro para aquele carro do ano e para as rodadas intermináveis de cerveja e pinga aqui e no bar do Danilo Alemão quando voltou.

Homem de poucas palavras. É só lembrar o forrobodó que armaram no velório do Zuca por causa das dívidas. E ele esperando acabar o tumulto e todo mundo desabafar e só então opinando que aquilo era assim mesmo, mortos não respondem por jogos perdidos em vida.

Um solitário. Falavam que a Grace andava com ele, mas esse papo acabou quando ela foi embora com o André Ratão. Comentaram também que foi ele o homem surpreendido naquela madrugada chuvosa na cama da Gina. Mas todo mundo — até o doutor Heitor, que voltou mais cedo da pescaria e deu um flagrante na mulher — sabe que o sujeito lá era o Valdir. E o próprio doutor Heitor chegou a falar que resolveu deixar pra lá, porque não tinha graça fazer alguma coisa contra um aleijado como o Valdir.

Pessoa estranha, sem dúvida. Com chuva ou sol, ele sempre estava vestido com um dos dois paletós que tinha, o cinza ou o azul. Costumava isolar-se no rancho e passar semanas lá, sem que ninguém tivesse qualquer notícia dele. Marião, que certa vez estava pescando por aquelas bandas, contou que o viu sentado perto da casa, quieto, como se estivesse pensando. Só que isso durante horas. Marião disse que passou de manhã e, à tarde, quando voltou da pescaria, ele estava no mesmo lugar. Chegaram a falar que estava escrevendo um livro contando sua vida e toda a verdade, mas isso era uma das histórias — todos sabiam que ele mal assinava o nome.

Cara corajoso. Uma vez, no Grande Hotel, o Seixas estava sozinho e teve problemas com dois argentinos que estavam hospedados com duas putas há vários dias e quiseram engrossar na hora de pagar a conta. O pessoal aumenta muito as coisas, mas o certo é que ele chegou junto e quebrou uma cadeira nas costas de um dos argentinos, o que tinha puxado uma faca. Deve ser verdade, porque o Seixas nunca cobrou um tostão pelos anos que ele morou no hotel.

Sujeito mais leal é difícil. Quando o velho Lobato ficou doente, isso uns dois anos antes de morrer, ele foi um dos primeiros que se prontificou a ajudá-lo, inclusive pagando os remédios do próprio bolso. Tudo porque o velho Lobato o empregou na tipografia na época em que o negócio com o restaurante deu pra trás e ele ficou endividado. E quando a Neusinha apareceu grávida do dono da boate Cream, ele foi o único que teve peito para enfrentar o pai dela, que queria botar a menina para fora de casa. Ela está aí hoje, bem casada com o Casemiro, dona de casa respeitada e mãe de um menino estrábico, mas esperto que só vendo. Está certo que vira e mexe comentam que o Casemiro é impotente, mas isso já é uma conversa velha.

Amigo fiel em qualquer situação. Foi um dos poucos a manter a amizade com o Anísio Motorista depois que se descobriu que ele tinha um caso com aquele travesti, como era mesmo o nome dele?, da casa da Rute. Dizem até que foi ele quem deu o dinheiro para o Anísio pagar a operação do amante na capital. Impossível confirmar isso porque o Anísio se mudou já tem uns dez anos. Está amigado com o travesti até hoje, é o que falam.

Criatura solidária. Basta lembrar o episódio da Ana Crespa, por causa de quem o Benjamim tomou formicida. E todo mundo culpando a garota, querendo expulsá-la da cidade e tal. O Frajola e o Nico, exaltados, acusando a Ana no velório do Benjamim, chegaram a começar um abaixo-assinado para que ela deixasse a cidade. Que o Benjamim era bom, trabalhador, e dizendo que ela não prestava e provocou a tragédia. Na certa esquecidos de que, três anos antes, o Benjamim desencaminhou a filha mais velha do seu Moacir e ela acabou na zona em Cambuí. Disso ninguém falava no velório, só queriam o couro da Aninha. E ele firme, defendendo a moça. E chamando no braço o primeiro que se metesse a besta de incomodá-la.

Um grande canalha, diz Zé Tenório, voltando a essa história e afirmando que ele e a Ana eram amantes nesse tempo. Mas Zé não bate bem da cabeça desde o tempo em que provocou aquele incêndio na prefeitura para encobrir as mutretas do Leopoldo. Só que não deu muito certo e o fogo queimou tudo, menos os papéis que comprometiam o ex-prefeito. De lá pra cá, o Zé Tenório ficou meio doido e não diz coisa com coisa.

Um aproveitador. Essa é a opinião das irmãs Andrade, por conta da inundação de 71. Elas não perdem a oportunidade de dizer que foi ele quem sumiu com as imagens barrocas e as pratarias da igreja, fingindo que estava ajudando a salvar as peças da enchente.

Mas isso são histórias. E é fácil enxergar um excesso aqui, outro ali, e ter uma ideia precisa desse homem. Difícil é entender o que ele fez com a mulher. Contam que andou com aquela navalha até o fim da vida.

Ainda hoje sou capaz de vê-lo aqui mesmo nesta mesa do bar do Alziro. Quieto, bebendo suas cervejas. Um homem sem nada de especial. Sempre com a barba por fazer e com um de seus paletós — o cinza ou o azul. Meu pai.

Hereditário

Amilcar Bettega

Meu pai morreu triste. Não posso afirmar que tenha vivido sempre assim, mas morreu muito triste. Nós o enterramos num agradável fim de tarde de primavera. Depois fui dormir.

Das poucas coisas que meu pai deixou, a mim coube uma pequena caixa recoberta por um veludo puído, dessas onde se guardavam os anéis de diamantes, pulseiras ou coisas assim. Mas na minha caixa havia uma esfera. Não era bem uma esfera, mas uma coisa meio molenga, menor do que um ovo, maleável e transparente: uma geleia. Eu resolvi chamá-la de geleia.

Logo que a segurei na mão, senti-me como se nunca tivesse estado longe dela, como se ela fosse coisa minha havia muito tempo. A geleia se deixava moldar e eu conseguia dar-lhe formas que a mim próprio surpreendiam. Sentir sua superfície delicadamente fria, sua massa cedendo à pressão dos meus dedos, era muito, muito bom. No fundo era isso: ela era dessas coisas boas de pegar.

Lembro uma vez em que meu pai tentou falar comigo a respeito daquela caixa. Ele já estava abrindo a caixa para mim, mas alguma coisa aconteceu à minha volta, acho que era um primo que chegava de viagem, e acabei não prestando atenção no que meu pai queria falar. Depois ainda o vi algumas vezes com a caixa na mão. Confesso que cheguei mesmo a fingir que não via ele cruzar acintosamente diante de mim, passando a caixa de uma para a outra mão. Era muito engraçado! Havia momentos em que ele até se tornava ridículo fazendo uns sinais com a cabeça, umas mímicas, que eu também fingia não entender, só para me divertir. Com o tempo, acho que ele desistiu. Eu também fui cuidando de outras coisas.

Agora que a recebi, não consigo me separar dela. Não, não é "força de expressão", como dizem. A geleia, de fato, não larga as minhas mãos. Tudo bem, é bom ficar experimentando sua textura nos dedos, mas, sinceramente, há momentos em que desejo me livrar dela.

Tentei sim, várias vezes. A primeira ideia foi jogá-la no rio. Trouxe-a bem fechada na mão e caminhei até o meio da ponte. Espichei o braço ao máximo e abri a mão com a palma voltada para baixo. Mas quem disse que a geleia caía? E nem adiantou sacudir a mão ou raspar com o canivete. O fogo? Também não deu resultado, o máximo que consegui foi chamuscar a ponta dos dedos. Ela continuava grudada em mim.

Não é que me incomodasse tanto a geleia sempre comigo, mas eu ficava um pouco embaraçado por causa das pessoas. Não queria que me vissem sempre com uma geleia grudada na mão. Era o caso de dar um risinho amarelo, dizer "foi meu pai que deixou pra mim", mas e depois? Teria de sair depressa para que não percebessem que eu não conseguia me desvencilhar daquilo. A coisa de fato me chateava. O resultado foi que acabei me escondendo. Escolhi um quarto que já ninguém usava, no porão (ainda vivíamos na mesma casa), e fui para lá. Ficamos muito tempo, eu e a geleia, naquele quarto. Eu passava a maior parte do tempo deitado e não nego que era até divertido ouvir as pessoas lá em cima perguntando por mim, querendo saber por onde eu andava. Foi uma época em que nossa afinidade parece ter aumentado, a minha e a da geleia. Tanto que passei a não prestar mais atenção nas vozes que vinham lá de cima. Até que chegou o dia em que eu não mais as escutava, nem se quisesse, foi quando percebi que não havia mais vozes na casa. "Sozinho, então?", me perguntei.

Foi nesse dia que resolvi mostrar a geleia para as pessoas.

Não foi fácil. Como é que eu explicaria uma situação daquelas? Cheguei a imaginar algumas histórias que nem vale a pena lembrar. Mas decidi ir em frente. Diria apenas "esta geleia, o meu pai deixou pra mim". E acrescentaria, em tom bastante natural, "ela não sai mais de mim, veja", e balançaria a mão com força para provar que estava falando a verdade.

Comecei com a primeira pessoa que cruzou comigo na rua. Perguntei se ela tinha um tempinho, sentamos num banco e comecei a explicar minha situação. Foi com surpresa que percebi que ela não via a geleia na minha mão. Não queria passar por louco, desviei o assunto, me despedi e fui embora. Tentei mais algumas vezes, até concluir que ninguém via a geleia grudada em mim. Somente eu a via. Não só via: eu sentia ela muito agarrada a mim. Claro que a situação tinha agora suas vantagens. Eu não precisava dissimular a existência da geleia diante dos outros. Mas ao mesmo tempo isso dava certa condição de irreversibilidade àquilo tudo. Não sei se me entendem, mas o fato de que ninguém mais percebia a existência da geleia em mim era o mesmo que dizer que ela jamais me deixaria.

Foi aí que comecei a pensar com mais força no meu pai. Naquelas vezes em que ele tentou chamar a minha atenção para esse assunto da geleia. Com pouca habilidade, lá isso é um fato, mas agora eu via com clareza que aquela situação o incomodava bastante. Não sei se ele tentou falar com outras pessoas, até pode ser que sim e é bem provável que também não tenham dado bola para ele. Mas comigo ele podia ter insistido mais. Hoje eu penso que ele tinha de ter insistido. Talvez ele não soubesse bem o que sentia ou talvez tivesse vergonha de me falar abertamente. No fundo, era só dizer: "sabe, é uma coisa que não sai, uma espécie de geleia", e eu entenderia. Tenho certeza de que entenderia. Talvez fosse até o caso de ele usar de alguma autoridade e dizer "escuta aqui, escuta bem o que vou te dizer".

Mas em vez disso, ele morreu. E me deixou a geleia.

Tenho pena do meu pai por ter morrido tão triste. Mas não há mais nada a fazer. Se há alguma coisa contra a qual não se pode fazer nada é a morte, não é? Eu vou vivendo. A geleia já não se gruda mais em minhas mãos ou nos braços ou no meu rosto, como no começo. Ela está em mim. Simplesmente ela está. Sinto-a quando respiro, ou falo, ou durmo. Se me incomoda? Não vou dizer que não. Tem tempos em que chega até a me doer. Uma dor morna, por dentro. Dá uma vontade horrível de fazer uma besteira, mas eu sei que ninguém ia me entender. Eu diria "é a geleia", e era bem capaz de rirem da minha cara. E eu nem poderia dizer "vejam, então, seus idiotas, aqui está ela". Aí percebo que não tenho muito a fazer e vou me acalmando. Respiro fundo, digo para mim mesmo "é a geleia", e a coisa vai passando.

Olhos azuis

Miguel Sanches Neto

Raspou as camadas de tinta das paredes antigas e pintou tudo de azul. Mudar a cor da sala era uma maneira de tomar posse daquele lugar, mas servia também para enganar a solidão.

José estava em Lisboa terminando o doutorado, embora fosse ela, sem amigos ou parentes na cidade, a estrangeira. Uma intrusa naquela casa construída pelos bisavós do marido. Podia sentir a presença de cada um dos ex-moradores do casarão colonial, para onde não queria ter vindo depois do casamento, mas sem coragem de contrariar o marido, tão ligado à velha casa da infância.

Para que fosse mais sua, imaginou muitos filhos correndo pelos cômodos, só que esse não era o desejo de José, que queria apenas a criança que Maria trazia no ventre — para continuar o nome da família.

Mesmo assim, estava animada. Teria companhia e talvez deixasse de se sentir uma estranha. Por isso pintou a sala. Para receber festivamente o filho, anúncio de novos dias.

A casa mantém vivo o formalismo da família de José. Maria, acostumada à vida alegre do interior, estranhou este mundo sem prazer, de homens religiosos. Pintar a sala foi um pequeno ato de revolta. Colocou um vaso de flores na mesa e saiu à procura de outro enfeite.

No sótão, perdeu horas mexendo em velharias empoeiradas. Já não tinha esperança de encontrar nada quando descobriu um quadro virado para a parede — retrato a óleo de um jovem loiro de olhos azuis. Por um instante, teve a impressão de estar diante de algo vivo, tão intenso o brilho dos olhos.

Desceu o retrato e, depois de limpar a tela e a moldura, pendurou-o no centro da principal parede da sala. Desde o primeiro momento, viu-se atraída por aquele homem. Gastava parte dos dias sentada na poltrona, contemplando seu rosto, que dava à casa uma jovialidade desconhecida.

A sala virou seu lugar predileto — só ali se sentia bem. Tinha a sensação de estar fazendo algo proibido, mas isso punha um pouco de emoção em sua vida. Ela e o quadro contrariavam a sisudez dos antigos habitantes do casarão, cujos retratos ficavam na biblioteca, lembrando que a melancolia de José era hereditária.

Aqueles olhos azuis não pertenciam a nenhum antepassado do marido.

Ela então se lembrou de uma história que este lhe contara ainda no tempo do namoro.

A avó de José ficou viúva muito cedo e nunca mais se casou. Sua vida foi rezar, fazer penitência e cuidar dos filhos e netos. Aos 80 anos veio a esclerose e passou a falar da falta de um homem de verdade.

Do nada, o retrato apareceu na parede de seu quarto, no mesmo prego onde antes ficava o crucifixo. Numa manhã, chamou o neto, apontou o quadro e disse que aquele era quem tinha dado alegria a ela, única paixão de sua vida, e que agora podia dormir todas as noites pensando nele.

José trazia o nome do avô e achou um desrespeito à sua memória. Nunca mais voltou ao quarto da velha. Mas, à noite, ouvia certos gemidos e não adiantava esconder a cabeça sob o travesseiro.

Com certeza, não iria gostar de ver o quadro na sala, mas Maria precisava impor, ao menos uma vez, seu desejo.

Foi depois de recordar tal história que teve vontade de dormir no antigo quarto da avó, abandonado desde sua morte. E logo achou uma justificativa: o quarto de casal era grande demais.

O cômodo ainda tinha os mesmos móveis e isso lhe causou um pouco de receio. Mas depois da primeira noite já estava acostumada.

Durante o dia, passava as horas vazias contemplando o retrato, imaginando-o de corpo inteiro. À noite, sonhava com ele. Dormiam juntos e faziam amor apesar da gravidez adiantada. E o silêncio da casa de paredes largas era povoado por gemidos.

Ela enfim experimentava o prazer.

José chegou sem avisar um mês antes do nascimento do filho. As malas ficaram na sala, ele beijou Maria sem maior interesse e foi retirando o retrato da parede. No lugar, colocou uma foto envelhecida do avô. E a casa voltou a ser triste, o marido lendo na biblioteca, quase sem falar com ela.

Maria perdia-se pelo quintal, observando nuvens ou experimentando a tranquilidade de um céu azul. A solidão crescia, ocupando todos os espaços. Seu filho, que também crescia, herdaria horizontes apertados, fortalecendo uma tradição casmurra.

Ficou imaginando se a avó de José tivesse engravidado do amante. Teria sido rompida toda essa melancolia?

Entre momentos de desespero e outros de simples resignação, suportou o resto da gravidez. E a criança nasceu loira e de olhos azuis.

Assim que voltaram do hospital, mãe e filho passaram a dormir no quarto da avó, por imposição do marido, que agora já não pode sair de casa sem se sentir envergonhado e nem suportar o olhar lascivo do menino.

Que, indiferente a tudo, cresce alegre e sadio.

Uma coisa é triste

Frank Martinus Arion

Uma coisa é triste e causa lamento
Sempre em volta da terra, uma névoa inconstante
E leve envolve o corpo: é a alternância
Entre ser e não ser, e que cada elemento,
Alma e flor, leva até aquele reino,
Branco e silencioso e parecido com a morte.

Não sei por que me lembrei com tanta clareza justamente destes versos, do grande poema "Maio" de Gorter, naquela tarde outonal, enquanto caminhava pelo calçadão de Scheveningen.

Encontrava-me na Holanda há pouco tempo, era o meu primeiro outono e não conseguia absolutamente entender este fenômeno. Mas quem pode, se conheceu Scheveningen pela primeira vez na plena efervescência da vida estival, acreditar nos próprios olhos quando, caminhando pelo calçadão, de repente vazio, lança o olhar sobre a praia tranquila e deserta...

Da primeira vez que vim aqui, havia uma onda de calor e não me lembro de ter visto alguma vez nas Antilhas tantas pessoas juntas como naquele momento em Scheveningen, nem no dia da Festa da Rainha.

Também achava que a Holanda não era tão ruim. Nem chovia todos os dias, como tinham previsto, e não fazia absolutamente frio. Achava o país até bonito: Amsterdã com os canais e os monumentos sobre os quais tinha lido muito, as novas flores que vim a conhecer, os lugares charmosos para onde me levaram.

Aí que de repente chegou o outono e mudava tudo: diante dos meus olhos vi acontecer na realidade o milagre que até então conhecia somente de romances e histórias. E não era em absoluto uma realidade muito agradável. Ela me pegou de surpresa, me deixou melancólico.

Você é das Antilhas holandesas, pensava eu. É por isso que não entende, é por isso que se pergunta para onde foram todos aqueles turistas que há um mês ainda chegaram aqui em massa, procurando distração na água do mar; e é por isso que não entende por que aqueles estrangeiros e turistas da Europa, que circulavam tão entusiasmados pela cidade, agora também foram embora, junto com os milhares de crianças que todos os dias iam à praia e tomavam banho e pulavam e brincavam na areia, enquanto a agitação reinava soberana no calçadão, e os hotéis ganhavam muito dinheiro, visto que o verão, principalmente no final, tinha sido tão generoso.

Você acabou de chegar aqui. Espere. Em alguns meses terá outra opinião, terá aceitado este país e, quem sabe, até se sentirá em casa.

Mas será que sou um estranho aqui, me perguntei em seguida: o mar de Scheveningen, embora mais cinzento que o do Caribe, no fundo não é o mesmo mar que o da Baía de Piscadera, da baía de St. Michiel e de todas as minhas outras baías; o mar não é o mesmo em todos os lugares, não importa se há mais sol, ou se o país e as pessoas são diferentes, isso não tem importância... ainda assim o mar e o sol não são os mesmos?

É a alternância entre ser e não ser... Enquanto prosseguia por aquele longo calçadão, uma parte da saudade, que eu certamente sentia como antilhano recém-chegado na Holanda, evanesceu e foi substituída por um estranho sentimento de pena. Eu tinha pena daquela praia que ficava ali tão sozinha e tão abandonada. Achava este fato inacreditável e também trágico.

As barracas de madeira da praia já tinham sido desmontadas e as lojinhas ao longo do calçadão, onde durante o verão inteiro comprava-se e vendia-se de tudo, tinham fechado as portas.

De uma forma tola, infantil, sentia pena das pessoas que agora não viriam mais para Scheveningen, mas deveriam viajar para a Riviera Francesa, em busca do sol, de distração e talvez de felicidade. Mas será que a felicidade não fica parada em lugar nenhum, perguntei-me, e olhei para o mar sereno, que balançava calado.

Tinha sido bem acolhido na Holanda, mas, mesmo assim, enquanto caminhava sozinho para lá e para cá naquela praia, comecei a me sentir um estranho e a ficar angustiado. Pois seria possível que as pessoas tivessem o mesmo fim do país e do mar? As pessoas ainda poderiam ser gentis e rir, agora que era outono? E, se não sorrissem, não pareceriam seres introvertidos, incompreensíveis e quase hostis?

Agora ia ser mais difícil ainda entender as pessoas daqui, visto que o período durante o qual na Holanda começa o outono, nas Antilhas é um período de festa: é o fim da seca, agora vem a chuva! Sobre a terra, que talvez esteja queimada demais pelo sol, agora a água desce generosamente. As nêsperas amadurecem, as mangas amadurecem e os tamarindos amadurecem nas plantações. As pessoas se tornam mais coloridas e alegres. Não somente reanimam-se, como também ficam mais esperançosas, visto que há mais vida; e o mar e a terra e a grama participam também. O mar fica mais agitado e mais azul, a terra fica de uma cor marrom mais profunda, a grama cresce rapidamente e esbanja cheiros e cores. O mercado ganha mais sons, se torna mais pitoresco, pois as melancias, os pepinos e as abóboras agora são maduros e são levados para a cidade em grandes cestas. E mais tarde, por volta de novembro e dezembro, as pessoas começam a pintar as casas por fora e por dentro, pois o Natal aproxima-se e o ano-novo vem logo depois. E tudo se renova: o ar, o céu, as colinas, sim, tudo floresce mais rápido: olha para o gracioso hibisco com a sua grinalda vermelha, que flerta com a *barba di jonkuman*, que com as suas numerosas flores vermelhas atrai milhões de borboletas. E fresca e renovada é a velha árvore Kibrahacha, plantada nas encostas das colinas como um buquê amarelo, e as angélicas e os amores-agarradinhos elevam-se alegres em amarelo e bailam acima da grama verdíssima. E no meio de tudo isso há os sons, pois as festas da colheita já vão começar. O milho foi plantado, cresceu rápido graças à chuva, amadureceu e é colhido. Venham, amigos e conhecidos, a safra deve ser colhida! E amigos e conhecidos do proprietário de um terreno de milho convidam seus irmãos, suas irmãs e seus vizinhos para no domingo da Festa da Colheita colherem juntos a safra. Maçarocas de milho são distribuídas e divididas. O chapi, o wiri e a corneta ressoam no meio deste desfile entusiasta de pessoas exultantes que dançam: *Ate ko tei ka, ate ko tei ka, ate ko tei ka...*

Como é diferente aqui na Holanda: árvores e arbustos já estão perdendo as folhas. Dizem que estas árvores e os arbustos voltam a florescer na primavera, mas será que é verdade? Eu caminhava pelo calçadão, ponderando sobre essas coisas durante uma hora inteira, e no fundo do meu coração havia ainda a esperança que talvez tudo ainda fosse mudar, de que o outono que eu estava vivendo se mostrasse somente o outono romântico dos livros, e não a morte real da natureza. Eu esperava e imaginava que de repente tudo resultasse numa brincadeira de breve duração: que as pessoas fossem invadir a praia de novo e que as crianças voltassem a brincar na areia, construindo castelos e cavando buracos. Assim eu poderia de novo caminhar, sorrindo no meio de todas aquelas pessoas; assim não teria mais que sentir-me sozinho e perdido.

Mas não aconteceu nada, nada daquilo tudo; era como se a areia branca e silenciosa e o mar, que de repente tinha ficado muito pálido, estivessem morrendo de verdade...

O velho pescador, que encontrei durante a minha caminhada, fitava silenciosamente a vasta distância. Seu olhar estava fixado em um ponto invisível. Parecia quase um rito sagrado, o jeito como aquele homem observava o afastar-se do verão. Por algum motivo me sentia ligado a ele. Na verdade, não acreditava que aquele velho pescador estava triste pelo fato de que com a chegada do outono as pessoas iam despir-se do manto de alegria estival, iam perder o seu bom humor, como as árvores tinham perdido suas folhas e o calçadão seus convidados. Ele pode ter ficado até feliz. Muitas vezes os velhos pescadores são assim: consideram o mar sua propriedade pessoal. É por este motivo que eles geralmente andam sozinhos, longe do tumulto das pessoas.

Todavia me posicionei ao lado dele. E ele me aceitou sem sequer virar o olhar para mim. Murmurando para si mesmo, mais do que para mim, disse: "Chegou o momento..."

Não perguntei o que quis dizer. Entendi. E pela primeira vez naquela tarde não me senti mais tão sozinho. "Chegou o momento..." Talvez falasse dos pássaros, que em bandos foram embora, voando por cima das nossas cabeças, ou também das pessoas, que partiram exatamente como os pássaros.

Suas palavras eram familiares, pois lembraram-me o poema melancólico do poeta antilhano Joseph Sickman Corsen:

Ta pakiko mi no sa
ma esta tristu mi ta bira
tur atardi ku mi mira
solo baha den laman

(A razão não conheço
mas a tristeza me invade
cada noite que vejo
o sol afundar-se no mar)

Sickman Corsen e Herman Gorter, pensava eu, nasceram tão longe um do outro, morreram tão longe um do outro, mas não são no fundo a mesma pessoa, como este pescador e eu também somos um só, como o outono holandês não é outro senão o crepúsculo antilhano?

De repente a minha saudade evanesceu, comecei a entender por que as pessoas tinham ido embora, por que as crianças não brincaram mais. Pois o dia tinha se transformado em noite, a alternância tinha-se cumprido...

"É bonito aqui", disse para o velho pescador, e sentia como minhas próprias palavras me confortavam.

"Sim", respondeu o velho pescador, "mas daqui a algum tempo será mais bonito ainda; começará o período das tempestades. Aí você tem que voltar para cá: pois o mar, que agora fica ali tão calmo, virá até o calçadão, às vezes passa até por cima do calçadão. Sim, tem que voltar aqui mais tarde no ano, quando os ventos do oeste deslocam-se... e aí você é varrido do calçadão".

Deve ser bonito, eu pensava, e com certeza voltarei aqui. Virei escutar o mar, como costumo escutar o mar nas Antilhas, e será igual; só que ali há rochas, rochas irregulares, contra as quais o mar choca-se para rebentar-se em seguida em gotas que lembram os grãos de pólen levados terra adentro pelos ventos alísios.

Estarei aqui, como muitas vezes estive em Boca Tabla: ali o mar vem cavando uma caverna na costa, e todas aquelas ondas, que se perseguem e penetram fino ao seio da terra, fazem esta ribombar e tremer sob os pés.

'Voltarei aqui', disse para o velho pescador.

Só então ele se virou para mim, com o olhar gentil, mas surpreendido, como se lhe custasse acreditar que eu não fazia parte das pessoas que tinham abandonado a praia e o mar. "Mas vai ter que vestir roupa mais quente", murmurava, e se ele tivesse sido mais jovem, eu teria colocado a minha mão no seu ombro, pois para mim ele era um amigo que fizera a Holanda tornar-se amiga.

Fiquei conversando com ele bastante tempo, ouvindo as suas histórias sobre o píer, que estendia-se por muitos metros mar adentro, mas que durante a guerra foi destruído, suas histórias sobre o Scheveningen antigo, que vim a conhecer depois no Panorama Mesdag.

"Vai ter que vestir roupa mais quente", disse ele como um pai cuidadoso, quando por fim me despedi dele. "Aqui vai fazer muito mais frio do que no seu país, um frio pungente até, com aqueles ventos do oeste, mas também ficará muito mais bonito..."

Sentirei falta do sol, pensava naquela tarde, ao voltar para casa. E talvez tudo se torne de verdade tão sombrio e frio como as pessoas e os livros me disseram. Mesmo assim... o velho pescador com as suas palavras concisas — "Chegou o momento" — tinha estabelecido um vínculo entre dois poetas, e por conseguinte também entre dois idiomas e dois países. Mas o feitio poético do pescador ia além. Deixava claro que a beleza não morre, mas retorna. Não se trata da alternância entre ser e não ser, mas da alternância entre ser e ser diferente. É isso que se deve entender para se sentir em todos os lugares, talvez não em casa, mas em todo caso não um completo estranho.

Viagem

Ellen Ombre

Na véspera da minha viagem para Benin questiono-me desesperada o que vou fazer naquele país distante. A minha insegurança cresce quando a moça da agência de viagens liga informando que a data de partida foi alterada. Parece que o avião no qual ia viajar foi suprimido. Inicialmente, esta mesma senhorita, quando exprimi a minha intenção de viajar para Benin, tinha se mostrado surpresa e havia perguntado com uma prudente convicção na voz: "Não quis dizer Belize, ou talvez Belém?", demonstrando o seu conhecimento de nomes de lugares distantes que começam com a letra B. "A democratização do turismo em Benin aparentemente ainda não foi implantada", desculpou-se logo em seguida, visto que no mapa do mundo que ela mostrou para me fazer desistir de uma viagem para um lugar inexistente, via-se que Benin, espremido entre Togo e Nigéria, existia de verdade.

Inicialmente experimento um leve alívio por a viagem ter sido adiada, mas pensar que minha angústia terá um prolongamento ainda maior é insuportável.

Em casa brigo com as pessoas mais queridas, com a secreta esperança de que alguém tenha suficiente juízo para me proibir de partir. Mas logo em seguida penso que pode ser um alívio me ver temporariamente livre da condenação de ter marido, filhos e uma vida familiar, e poder sair em liberdade condicional. Mas é autoengano. Os projetos de viagem se tornam realidade, o meu desejo de viajar é substituído por desânimo e medo de voar.

De um passado distante surge uma história que meu pai contava, quando era criança, para servir de exemplo. Eu estava sentada numa pequena banqueta aos pés dele. Ele segurava um cigarro entre dois dedos que tragava com breves intervalos. O maço verde da marca Four Aces estava ao alcance da mão em cima da mesinha de canto e ele, envolto na fumaça do cigarro, contava a história do desastre em Meerzorg e do garoto que sobrevivia, por ser guiado por um espírito benigno.

Um time de jovens jogadores de futebol de Paramaribo tinha um jogo em Mariënburg, uma plantação situada do outro lado do rio Suriname. Quando Balthus Korenaar chegou em Waterkant, a maioria dos garotos já estava na balsa, amarrada ao cais. "Todos a bordo, homens. Vamos remar, nós mesmos, até o outro lado", gritou um deles, e o restante dos garotos pulou na balsa, com exceção do menino Korenaar. Algo o deteve, um espírito benigno, um guia de vida, que lhe impediu de embarcar. Ficou parado na margem do rio em Waterkant e viu seus companheiros se distanciarem lentamente, remando, vaiando-o e gritando que ele era como o Mr. Milquetoast. Estava arrependido e envergonhado pela falta de coragem, mas era tarde demais, tinha perdido a balsa. Escrutava a água e via a balsa ficando cada vez menor. Mas naquele instante... Não pôde acreditar nos seus olhos! De repente o barco parecia um remoinho, as vozes dos garotos ecoaram sobre a água em um único grito de socorro e em seguida desapareciam todos como um só em um turbilhão, a pouca distância de Meerzorg.

"Jamais fique decepcionada se algo não se realizar. Você nunca sabe se vai servir para alguma coisa e de qual desgraça possa ter sido poupada. Nunca se deixe levar pela intrepidez", assim meu pai concluía a sua história.

Resolvo viajar com outra companhia aérea, para assim driblar os presságios. Saio de viagem com o coração pesado, levando a lembrança da minha infância para outros trópicos.

Usman, que viaja no mesmo avião, a caminho da sua cidade natal, Kano, é comerciante de arte africana antiga. "As peças mais bonitas você não encontra na própria África, mas nos principais museus dos Estados Unidos e da Europa. A arte é um comércio, quem oferece mais, leva a peça. É simples assim", explica. Ele quer saber de onde sou. Lamenta não saber onde fica o Suriname, mas se desculpa e afirma que não importa de onde a pessoa é, se, como eu, tem uma aparência tão internacional. "A diáspora dos africanos no mundo é algo interessante, não é?" Sem esperar a minha resposta, continua: "Naturalmente eram os condenados e em parte os prisioneiros de guerra que foram vendidos como escravos." Usman acredita saber tudo. Determina que o pessoal de bordo não tem preconceito contra os passageiros negros, que são a maioria e que estão espreitados nas poltronas com os seus turbantes e boubous coloridos. Ele estala os dedos e a aeromoça se aproxima de nós. Ele pede um whisky com soda e gelo, ajusta a gravata, faz um movimento com a cabeça como um pássaro que aproveita o sol e remove um fiapo invisível do seu traje azul-escuro.

"Se cuide", diz ele ao deixar o avião em Kano. "E se um dia estiver em Nigéria, não deixe de visitar a minha família." Ao se despedir, coloca um cartão de visita em minhas mãos.

Anoitece quando aterramos sãos e salvos em Lomé, a capital do país vizinho de Benin, Togo. O cheiro é familiar. Reconheço o cheiro do calor.

As flores do frangipani desabrocharam, as flores do hibisco já se fecharam. Pela primeira vez desde o Suriname me encontro novamente em um lugar onde prevalecem as pessoas de cor negra e me surpreendo dirigindo a palavra ao funcionário da alfândega em neerlandês, enganada pelo ambiente tropical que reconheço do meu país natal, onde as autoridades falam neerlandês.

Aqui e ali a estrada de Lomé a Cotonou lembra a estrada para Zanderij, como a conhecia vinte e cinco anos atrás. Lá, ao lado da rua, os negros marrons vendiam frutas e entalhes em madeira. No começo dos anos setenta, quatro chefes supremos dos negros marrons do interior do Suriname fizeram a travessia para a África Ocidental a fim de visitar seus países de origem. Silvia de Groot os acompanhou e depois escreveu sobre esta experiência. Trouxe o livro comigo nesta viagem.

Viajamos ao encontro da escuridão e logo lá fora não se vê praticamente mais nada, exceto de vez em quando um candeeiro, e na claridade as sombras pelas quais passamos. Em Gran Popo o ônibus passa a fronteira entre Togo e Benin sem obstáculos. "Estamos perto da capital", soa lenta e cansada a voz do motorista. Envolta por uma cadeia de luzes brilha Cotonou, como um presépio na noite.

Quem quiser viajar da cidade portuária e capital, Cotonou, para o interior depende da única rodovia nacional que, a partir de Abomé, com buracos e sulcos como numa enorme tábua de lavar roupa, oferece ao viajante a cada metro um pequeno obstáculo. A estrada nos leva para trás no tempo: à medida que a viagem progride, vão rareando as novas casas unifamiliares em concreto, com seus tetos de chapas onduladas, e aqui e ali aparecem cabanas com tetos de palha. Assim parece mais com a paisagem que o viajante imaginava. O meu destino é Papane, um povoado no mato. Ali, no interior de Benin, me encontro com Maurice de Saint Nazaire, um empreiteiro de Parahou.

"O intelectual desta região", assim foi descrito. Mas ele minimizou: "Não quer dizer nada." Estendi a mão e ele estendeu a dele, hesitante. No segundo encontro fiz uma leve reverência e ele também. Tinha visto outros fazerem assim e assimilara o costume. Uma tarde, no final de sua jornada, travamos uma conversa. Ele, um nagô, se mostrou um homem devoto, um católico confesso, mas nunca havia recebido a hóstia. Maurice estava casado com uma primeira, uma segunda e uma terceira esposas. Estava sentado na minha frente, eu que pertenço à omnirraça do Suriname, uma desconhecida, mas também aparentada, mãe e esposa, mas mesmo assim viajando sozinha. O meu francês era limitado e ainda falho depois do curso intensivo, o dele pomposo, lembrando a época colonial.

Levemente desamparada pela minha falta de fluidez, não pude contribuir muito à conversa.

O sol se pôs, as raposas voadoras procuraram um lugar entre as grandes folhas redondas das tecas. A noite se anunciou através dos sons noturnos. O cricrilar dos grilos, o som bitonal dos gafanhotos e o coaxo dos sapos e das rãs formaram um coro de fundo. Maurice falava, eu escutava a sua história.

"Crianças também morrem. Isso pode deixar uma pessoa muito triste, mas às vezes acontece. Quanto mais jovens, mais chances há de virem a falecer, porque somente uma desigualdade separa o nascimento da morte. Quando uma criança faz quatro, cinco anos, você pode ficar aliviado. O perigo de morte passou e foi adiado para mais tarde. Porém, é preciso ficar atento e de olho nos filhos. Baixar a guarda pode ser fatal. Muitas famílias foram confrontadas com a morte por causa de uma criança, também a minha família.

A minha mãe quis ficar com um dos meus filhos homens. Escolheu a terceira criança que nasceu, o filho da minha segunda esposa.

Mais tarde me perguntei por que teve que ser justamente aquela criança, mas é uma pergunta inútil. Enquanto tudo corre bem, os acontecimentos da vida são lógicos. Somente quando somos atingidos por uma desgraça questionamos.

É comum crianças serem cedidas para outras pessoas. Nem todo mundo pode se permitir uma família grande. Ter muitos filhos é uma riqueza, confere prestígio ao homem. Todas aquelas crianças precisam ser mantidas. De que serve um terreno grande se o homem não pode cultivá-lo, porque nunca chove e as sementes morrem antes de germinar? O que faz o morador de um povoado onde não há escolas se quer muito que ao menos um dos filhos aprenda a ler e a escrever? Neste caso cede-se um filho, no interesse dele. Você procura uma família que possa acolhê-lo.

Se tiver sorte, ele fica com um parente ou conhecido. De outra forma fica na casa de um desconhecido na base da reciprocidade; a criança ganha um teto, efetuando vários trabalhos, coletando água, ajudando no campo, e fazendo mil outras coisas.

Agradeço a Deus por ter tido a chance de estudar. Os frades me educaram. Li seus livros e comi sua comida. Lourdes, o rio Sena, o Louvre e Luís XIV são nomes que tenho gravados na memória. Racine. Gostaria de poder conseguir mais um livro deste grande autor. Nunca senti saudades do meu povoado, mas também nunca cedi a esses sentimentos, porque não havia tempo para a ociosidade. Eu era um predileto no meu povoado e como filho dos frades tinha uma grande responsabilidade. A minha família ganhou prestígio... Mas desviei-me de minha história. Eu devia muito a minha mãe por tudo que ela tinha me dado e posso dizer com toda razão que era um sacrifício ceder-lhe o meu filho. A mãe dele e eu adiamos o máximo possível, mas no final tinha que acontecer. Quatro, cinco anos seria uma idade melhor, acostumam-se mais rapidamente a viver em outro lugar. Meu filho tinha mais de seis anos.

Não lhe contamos nada. Sua mãe e um dos outros filhos nos acompanharam, para que ele não ficasse desconfiado.

Dias antes da viagem a criança estava quieta e fechada, como se pressentisse algo. Eu tinha combinado tudo com antecedência com o motorista do táxi-brousse, o táxi do mato, e aquele sábado de manhã ele de fato parou do lado da rua que leva ao nosso povoado. O povoado da minha mãe fica a duas horas de viagem, perto de Save. No começo da tarde chegamos a Save.

A tarde passou devagar, não parecia terminar nunca. O menino não quis sair do nosso lado. Aquela noite eu dormia ao lado dele e o abraçava.

A lua ainda estava no céu quando sua mãe, seu irmão e eu partimos furtivamente, deixando o menino no sono profundo dos inconscientes.

Depois fui informado de que ele tentava fugir. Todas as vezes foi levado de volta à avó. Recusava-se a comer ou beber. Seis semanas depois de o abandonarmos ali, recebemos a notícia da sua morte."

Maurice segura o chapéu com as duas mãos e mastiga as próprias maxilas. Com um olhar perdido e cansado tenta forjar um sorriso. Não há muito a acrescentar à sua história. De repente levanta-se, pega uma lanterna e diz: "Boa-noite" e desaparece na escuridão.

Mizik

Ernest Pépin

Era um velho.

Todo mundo chamava-o de Mizik devido à mania que ele tinha de tirar religiosamente seu tambor do estojo nas noites de sábado e tocá-lo até que sua mulher, cansada de ouvir os disparates que ele emitia, obrigasse-o, à força de invectivas e recriminações, a colocar o instrumento debaixo de uma cama e seu velho corpo em cima.

A bem da verdade, ele não tinha nenhuma razão especial para comentar o assunto. Nunca falava de si mesmo. Contentava-se apenas em escutar os rumores da terra que ainda revolviam seu velho coração.

Entretanto, era lá que ele vivia, nos contrafortes da montanha, tolerado pelos outros moradores e, sobretudo, pela mulher, Verna, que tinha o apelido de Verna-Tambor para distingui-la da outra, Verna-Branca, cuja beleza apaziguava as velhas almas dos arredores e até na cidade, ao que parece.

Não! Se fosse inevitável tocar no assunto, teria sido preciso pesquisar junto às fontes, atalhos, árvores e cães vadios, pois eles o conheciam melhor do que ninguém e, principalmente, melhor do que sua velha mulher.

Eis o que eles diriam ao excêntrico que tivesse tido o mau gosto de se interessar por aquele velho tronco que era Mizik.

"... *Mizik não tem idade. Lembra-se apenas que estava na casa dos vinte anos quando o governo implantou a coleta dos impostos. E, se Mizik se lembra disso, é porque, quando os coletores ambulantes se aproximavam, as pessoas corriam com todas as suas pernas para se esconderem como negros fugidos nos canaviais."*

Mizik ainda ria disso como de uma boa e velha piada. Isso provava que tinha sido jovem em outros tempos. Mas ninguém podia imaginá-lo de outra forma senão como tal.

Um velho chapéu de palha encardido pelos anos, sempre enfiado na cabeça e que lembrava um velho linguado defumado esquecido no fundo da bodega de um energúmeno falido.

Um rosto, meu Deus, que rosto!

Um rosto todo reto saído das plantações dos tempos antigos da escravidão. Todo amarfanhado, calejado pelo brilho do sol e da fome, rachado como uma boa e velha terra sedenta e agitado por um constante tremor de parkinsoniano. Cravados naquele rosto onde se refletia toda a história de uma terra ingrata e rebelde, olhos, com um quê de suínos, em que reluziam tições de astúcia. Toda a infância de Mizik concentrara-se nesses olhos. Entretanto, para além da infância, eles contemplavam uma nesga do futuro que ninguém se dava ao trabalho de detectar.

Eis por que gritava intempestivamente: Bando de ignaros! Não veem que estão sendo enganados!!! Vocês se agarram como macacos às guitarras elétricas, aos fliperamas, à televisão — esse flagelo do capeta — e deixam o negro apodrecer em vocês! Acordem!

Os moços riam ao ouvi-lo vociferar assim entre dois litros de rum. O velho ainda está bêbado... Tudo que ele quer é que permaneçamos na idade do tambor... Ei, Pépé, chega de divagações, vamos à lua hoje e você não pode nada contra isso!

Tenho duas luas bem coladinhas, respondia Mizik, e cuspia no chão.

No boteco do lugarejo, outros velhos cuja idade estava na cara interpelavam-no:

"Ei, Mizik, deixe os moços em paz! Você já teve sua época... O bom Deus já é muito misericordioso de conservá-lo na terra, você devia agradecer em vez de desperdiçar o que lhe resta de vida enchendo o saco de todo mundo."

Por trás do tempo, há outros tempos, e o tempo de depois ainda não foi alcançado, pensava Mizik silenciosamente, escutando seu velho tambor bater de indignação dentro do peito.

Você sabe o que eu quero, resmungou para o dono. Sirva-me, ora bolas!

O outro obedecia sem sequer olhar para ele, como se uma mosca lhe tivesse pedido uma bebida.

Mizik deixava-se ficar por ali observando o tempo caretear por trás de todas as máscaras e suspirava: Que circo!

Todos estavam acostumados a não lhe dar ouvidos e ninguém gostava de perder uma partida de dominó para escutar as declarações sem pé nem cabeça de um Mizik com o cérebro rachado pelo tambor.

Ah, neste ponto, seu cérebro estava realmente rachado pelo tambor.

Todos os sábados, retirava o tambor de debaixo da cama murmurando palavras que sua mulher qualificava de encapetadas. Ele lhe falava com delicadeza e respeito, enquanto abria o estojo improvisado que ele mesmo costurara reciclando velhos sacos de aniagem.

Quanta delicadeza e respeito! Tinham que ouvi-lo...

"Ah, minha mulherzinha! Vens de longe. Vens da Guiné e do Congo... Nem o barulho do mar conseguiu silenciá-la. És o coração vivo do nosso grand écart e o cavalo do Grande Retorno. É pela tua voz que a floresta fala, que ela ri e chora. As colinas te conhecem e veneram assim como a cidade te detesta e abandona. Tua madeira é viva, a pele é viva e a vida brota de ti como de um rio mágico. Ninguém, ninguém a não ser eu irá tocar-te enquanto eu estiver aqui pois ninguém te merece. Principalmente os jovens. Perdoe-os! Eles não sabem... Eles não sabem mais!"

Ao dizer isso, sua voz ficava agridoce, sugerindo que o veriam chorar. Mas não havia ninguém para vê-lo.

Sua mulher, Verna-Tambor, perdida num vestido medonho, a cintura asfixiada numa faixa desbotada que datava do tempo em que era amarradora nos canaviais, cuidava de seus afazeres, contrariada ao ver chegar o que chamava de crise de seu marido.

— Se pelo menos teu tambor fizesse chover — ralhava ela, e dava uma boa talagada de rum para melhor elaborar suas ruminações.

Um fio de fumaça saía da lareira e parecia subir para um céu qualquer. Os morcegos desenhavam vastas curvas em torno do barraco vacilante e sujo e nos arredores a juventude se embonecava para ir à discoteca. Pairava no ar toda a melancolia de um crepúsculo que conhecera os negreiros, os negros fugidos castrados, os estupros, as roupas esfarrapadas e o aroma dopante dos cachimbos das velhas na beira do caminho. Tudo isso rondava por ali, como os bichos-papões das velhas lendas abolidas pela eletricidade. Tudo isso flutuava, invisível, dando às árvores ares de crucifixo. Toda a densidade dos tempos antigos atravessava o crepúsculo como uma alma à procura de um corpo, e nem a juventude sabia por que a essa hora ela se tornava tão pesada que exigia toda a pujança dos "efeitos sonoros", toda a vulgaridade das canções, toda a expressão do desejo sobre a carne para se diluir.

Mizik comungava com tudo isso percorrendo a trilha que o levava até sua árvore fetiche: o mogno.

Visto de longe, era possível tomá-lo por uma planta trepadeira arrastando sua vida abjeta. A calça escorregava ligeiramente em torno de sua magreza e revelava uma velha cueca. Os pés estufavam velhos tamancos de borracha e as mãos apertavam ciosamente o tambor. Montava no tambor sob o mogno e lá paria toda a música que habitava o seu velho corpo.

Primeiro, dava umas batidinhas secas para estudar a sonoridade da pele. Em seguida, experimentava alguns rufares para encontrar a posição das mãos. A palma para os sons surdos — dum-dum —, o dorso para os agudos — black-black —, o flanco para os crocs — tek-tek — e a ponta dos dedos para acompanhar a música. Por fim, testava a variedade dos ângulos de ataque para fazer o instrumento cantar melhor.

Desde as primeiras batidas, toda a vizinhança sabia que a alma de Mizik ia desabafar. E ninguém compreendia como, a despeito de seus tremores, a despeito do rum, ele conseguia tirar som tão puro da pele esticada.

O tambor obedecia-lhe. Adestrara-o fazia tempos.

Quando tudo explodia dentro dele, ele cantava e sua voz lançava a música para os céus como uma pandorga engolida por um ciclone.

As notas turbilhonavam, subiam, desciam, investiam contra um mal invisível. As vísceras do tambor rugiam, roncavam, sob o ditado de seus dedos, e logo ele formava um corpo único com seu tambor. Metamorfoseava-se, sob o cedro, em homem-tambor. Nada mais existia e a música imprimia fulgores de relâmpago em seu corpo. Homem-tambor vergado por recordações que renovavam o tempo. Então vinha o milagre.

Sua pele voltava a ficar lisa, seus reumatismos evaporavam, o ar tremia e a árvore se esgarçava como se pedindo socorro às estrelas.

Homem-tambor, e jovem, tão jovem!

Homem-tambor, retrocedia no tempo, não dando pelota para todos aqueles jovens que passavam troçando ou o interpelavam de forma sarcástica — Ei, Mizik, pare de fazer barulho!

E Mizik, à guisa de desprezo pelo desafio daquela insolência, escorregava seus dedos sobre a pele do tambor. Tirava então uma espécie de gemido — vru-vru. Cantava até rachar a voz e, enquanto cantava, recordava-se. Vru-vru.

Dos finzinhos de sábado na praça do mercado, das tardes de pagamento — vru-vru. Da época em que havia cana e locomotivas. Vru-vru e mestres percussionistas — vru-vru. Havia um torneio de batucada. Tum-tum! E ele, Mizik, deixava loucas as mulheres mais sestrosas, as mais frágeis, as mais quentes. Blak! Ora, Verna, você esqueceu? Claro, Verna esquecera como os outros. Esquecera tantas coisas bonitas aquela Verna... As *doucelettes*,* a pinga de fruta-pão, o *donkit*,** o *mabi*,*** as serenatas, os serões, as lendas... Guardava apenas a vaga lembrança de algumas noites de amor que se haviam evaporado, deixando seu corpo seco como o de um arenque defumado.

De uns anos para cá, Verna buscava reencontrar dentro de si as sensações daquelas noites, mas em vão vasculhava seu velho sangue, não havia sinal delas. Então, odiava todas aquelas mulheres que tinham abaixado sua crista aproveitando-se despudoradamente do seu homem e odiava aquele homem que desperdiçara a melhor parte de si mesmo com outras e principalmente odiava o tambor que fora a causa de tudo. "Se pelo menos teu tambor fizesse chover!" Imergia-se em seu velho corpo de mulher e bebia o rancor dos tempos idos.

Entretanto, sentia confusamente que o tempo desandava, e não compreendia por quê. Queimava seus lábios com o rum para não amaldiçoar o passado e o presente, a fim de legar às jovens mulheres um tempo novo, recém-saído de suas coxas, de seus seios e de seus corações. O coração que ela perdera no caminho.

Arrebatado! Ele, por sua vez, continuava agarrado ao seu tambor. Ah, egoísta!

---

* Doucelette: espécie de cocada típica da Martinica. (*N. do T.*)
** Donkit: sanduíche feito com massa de sonho recheada de peixe ou frango. (*N. do T.*)
*** Mabi: refresco de fruta típico do Caribe. (*N. do T.*)

Mizik não estava mais presente. Dispersara-se pelas estrelas, dissolvido na seiva do cedro, misturado com o mar. Ganhara mãos suplementares para esfregar, percutir, surrar a pele, e seu coração assumia a forma de todos os morros de sua ilha e a noite bebia sua música áspera, engendrando milhares de cantos de insetos. As folhas farfalhavam de prazer. Talvez Deus compartilhasse sua alegria, talvez Deus o ouvisse, quem sabe Deus não desceria à terra para aplaudi-lo?

Ao longe, a discoteca emitia sons de sintetizadores e guitarras elétricas. Muito lentamente, após um belo voo planado, Mizik retornava à terra. Vruvru, massageava o tambor pela última vez e entrava para dormir.

Verna já roncava há muito tempo, pois não chovera. Não chovia quase nunca e não seria surpresa ver o capinzal arder ao sol. Desafortunadamente, nunca acontecia nada espetacular nesse lugarejo perdido do outro lado da ilha. Os coqueiros lembravam hélices imobilizadas, os morros exibiam sua pelagem obsessivamente pastada pelos carneiros, as pessoas altercavam-se, amavam-se e morriam em meio a uma indiferença generalizada regada por um bom rum. Assim que podia, a mocidade zarpava daquela toca de caranguejo desde que a fábrica entregara a alma.

Um dia, um táxi parou no acostamento da estrada não longe do barraco de Mizik. Dois homens saíram dele. Pegaram a trilha.

Um deles vestia um terno azul-petróleo riscado com listras finas cinzentas. Óculos de aro de ouro arredondavam sua fisionomia de funcionário. A pele preta do outro contrastava com sua cabeça branca e grisalha, apesar de as sobrancelhas sugerirem ainda ser moço. Vestia igualmente um terno azul importado do Senegal.

"*Hello, tio Réache!*", chamou, a caminho do barraco.

Mizik foi ao seu encontro. Na realidade, era a primeira vez que o chamavam pelo nome. Em todo caso, cavalheiros daquele naipe não podiam descobrir a pobreza de sua moradia. Reuniram-se todos à sombra do mogno.

O que queriam homens tão importantes?

Mizik fitava-os com um sorriso encabulado.

"*Hello, tio Réache! É você mesmo?*"

"*Sim, sou eu para servi-lo!*"

"Veja bem, estamos organizando um festival de percussão do qual participarão todos os países do Caribe. Teremos Barbados, Jamaica, Haiti, República Dominicana etc.

O ministro da Cultura do seu país nos disse que você foi o único que salvaguardou a tradição. Portanto, viemos pessoalmente convidá-lo para participar do nosso festival, a ser realizado dentro de três meses. Claro, todas as despesas são por nossa conta."

Mizik não acreditava nos seus ouvidos... Sua desconfiança aumentava. Tudo aquilo parecia-lhe insólito, irreal.

Quem eram aqueles homens?

De que país vinham?

Como sabiam da sua existência?

Do que falavam?

As perguntas atropelavam-se no seu velho crânio.

Sua mulher, que o seguira, mantinha-se a uma distância respeitável, embora ao alcance de suas vozes.

O motorista do táxi, até então silencioso, avançou e repetiu as explicações.

"Esses senhores de Guadalupe estiveram com o ministro da Cultura, que lhes deu o seu nome. Ao entrarem no meu táxi, de tanto perguntarem descobriram que eu tinha o mesmo nome. Então, ajudado assim pela sorte, me pediram para trazê-los até aqui e aqui estão eles!"

Mizik estava tonto com tudo o que ouvira. Aquilo era demais para ele! Atirou-se nos braços da delegação e sumiu sem dizer palavra. Quando reapareceu, trazia nas mãos um acordeão surpreendente. Parecia um brinquedo de criança. Era um velho acordeão vindo de Londres. Começou a tocar uma melodia folclórica como nos bons e velhos tempos. Tocava, dançava e cantava. A música falava por ele: *"Bem-aventurados os que não esqueceram suas raízes. Obrigado, é Deus que os envia!"*

Os forasteiros, por sua vez, acompanhavam a música batendo palmas e repetindo em coro algumas estrofes. No mesmo instante formou-se uma aglomeração ao redor deles e a vizinhança ficou toda prosa ao descobrir que vinham de tão longe para convocar um dos seus.

O acordeão contava uma história sem letra que unia todo mundo.

Em seguida, Mizik foi pegar seu tambor. Tocou como um possesso. A delegação, os curiosos, os parentes, os vizinhos estavam todos comovidos com a aula do mestre-percussionista. Todos o aplaudiram. Ele terminou com notas que significavam *"Deem-me uma bebida!"*.

Foram até o boteco do lugarejo e dessa vez todas as partidas de dominó se interromperam. O dono serviu-o com deferência e os jovens perguntaram: Mizik, como você aprendeu a tocar?

Mizik esvaziou um copo, e contou.

As semanas seguintes passaram-se em preparativos. Só se falava disso. Mizik ia representar o país em outras plagas, em Guadalupe! Verna-Tambor era a única a não compartilhar da alegria generalizada. Aquele preto velho Mizik mais uma vez fazia uma das suas... Quer dizer que ia continuar a lhe passar a perna... Ela que aturara e tolerara ao longo da sua vida de merda todas as torpezas geradas por aquele maldito tambor... Realmente, *chyen marre sé pou lapidê!*

Mas *cok a te sé pour bat!* Ela ia lutar e veriam o tipo de mulher que ela era, Verna-Tambor!

Concebeu o plano de entrar naquela viagem, e, com um pouco de sorte, seria bem-sucedida.

Para isso, precisava amaciar Mizik e convencê-lo. Mas precisava jogar com prudência, não assustá-lo, não contrariá-lo, pois Mizik era um osso duro de roer.

Em primeiro lugar, começou por dar um trato no velho barraco a fim de lhe dar um aspecto de limpeza. Claro, isso não bastava, mas a velha Verna sentia-se toda revigorada, toda *djok* diante da ideia de vencer sua luta. Começou a remendar os velhos farrapos de Mizik a pretexto de que um homem que ia viajar devia mostrar-se apresentável. Cada ponto da agulha redobrava sua determinação. Acreditava naquela viagem. Precisava dela. De tempos em tempos, no fim do dia, quando Mizik guardava seu instrumento, ela tateava o terreno.

Quando ela era jovem, uma vidente pressagiara que um dia transporia as águas e de uns tempos para cá ela sonhava só com barcos! Na realidade, um único marujo, um ex-amante, fizera-lhe vislumbrar a esperança de uma viagem à Inglaterra. Investira naquilo e só o que viajara fora... sua foto.

Mizik ignorava aquele balbucio e seu rosto impassível não traía qualquer tipo de cumplicidade. Verna era seu rochedo, era desse jeito e ponto final. Era seu carrasco e sua besta de carga, e não havia nada a acrescentar.

Juntos, haviam descido as corredeiras da vida e aproximava-se o momento em que iam separar-se como o galho podre cai da árvore. Quem partiria primeiro? Ninguém sabia, e estava bem assim.

Verna não esmorecia. Terminaria por vencê-lo!!!

Foi, progressivamente, melhorando seus pratos, depois lançou-se num autêntico festim gastronômico. Mizik não acreditava em seus olhos.

Tudo de que ele gostava, ensopado de cabrito, suflês, depois feijão vermelho e carne de porco, ragu de fruta-pão, caranguejos, caía na sua boca, deixando-o aturdido de volúpia. Refogados e aromas de pimenta arpoavam-no assim que dava meio-dia. E aquilo se espalhava pela vizinhança, capturando no laço dos eflúvios o apetite de todos.

Mas o que está acontecendo?, perguntavam-se os homens. Verna-Tambor pressagia seu fim para entregar-se a tais depravações culinárias.

As mulheres julgavam-se agredidas, melindradas em seu amor-próprio de cozinheiras. Ah, Verna-Tambor queria dar uma de extravagante! Queria guerra! Pois bem, teria uma! E mais rápido que o sopro do vento! Travou-se então a memorável guerra das cozinheiras, que tantas saudades deixou!

Mandaram vir da cidade as últimas novidades culinárias. Foram catar nos bosques os melhores condimentos silvestres. Conspiraram para espalhar poeira não longe do forno de Verna-Tambor a fim de estragar o sabor de sua comida. Formou-se uma coalizão para organizar a reação. Logo o vilarejo não passou de um concerto de eflúvios, de uma sinfonia de aromas, de um imenso jardim de especiarias. Foi então que Violetta teve a genial ideia de rechear os suflês com lagostins e Euphrasie concebeu e cozinhou um purê de inhame flambado ao rum. Eugénia experimentou um ponche com uvas ribeirinhas. Um pato grelhado ao alho acompanhado de jerimum fez sua estreia. De modo que os homens abandonavam a birosca. No máximo contentavam-se em entornar uma pinga na goela antes de se escafederem para degustar a *nouvelle cuisine*. Desnecessário dizer que se empenharam com afinco para abastecer as companheiras. Um súbito vigor apoderou-se dos braços, e a caça, a pesca e as tarrafas de caranguejos ganharam um impulso fora do comum. Na calada da noite, viram-se todos intimados a encarar o desafio e fazer a propaganda.

193

Nossas mulheres enlouqueceram, diziam-se. Como era uma loucura repleta de benefícios, jogaram o jogo.

Verna-Bela sentiu a coroa do vilarejo vacilar sobre sua graciosa cabeça. Visitava uma aqui outra ali à cata de uma ideia para explorar, mas todas desconfiavam. Em sua presença, ninguém falava de comida ou de receita. As conversas morriam e evaporavam. Algumas banais sobrenadavam num charco de silêncio. Não havia nada a pescar naquelas águas. Temporariamente, fez-se aliada de Verna-Tambor. O que têm essas mulheres para sentirem inveja de um borrão! Quer saber! Caímos muito de uns tempos para cá! Verna-Tambor escutava distraidamente, sacudia a cabeça e mandava goela abaixo uma talagada de rum ao mesmo tempo que descamava seu peixe ou descascava seus inhames. Quanto a mim, não me meto, quem frequenta vira-lata pega pulgas. Uma mulher como eu, que já conheceu os melhores restaurantes da cidade! Elas fazem um carnaval para no fim servirem uma gororoba!

Entretanto, foi Verna-Tambor que, à sua revelia, soprou a solução. Ah, se eu tivesse uns dólares teria feito um grande banquete para lhes calar o bico...

Verna-Bela não falou nada, fingiu estar atrasada, deu uma mãozinha para sua comadre e foi para casa burilar a ideia.

Afinal de contas era a única em todo o vilarejo a dispor de uma varanda espaçosa. Dinheiro? Os amantes estão aí para isso! Era preciso agir rápido, pois tudo que se arrasta, suja.

Fingiu-se doente e mandou avisar que iria consultar seu médico na cidade, depois, vestida nos trinques, embarcou no ônibus moribundo que rastejava de morro em morro até a cidade.

Lá, depois de mil adulações, extorquiu sem problemas um troco consistente do seu médico favorito, despediu-se depois de dois beijos melosos e cheios de promessas e foi fazer o mercado e o supermercado. Ao retornar, anunciou que oferecia um banquete no sábado seguinte em homenagem a Mizik.

A novidade pegou a todos de calças curtas. Mizik aprovou. As vizinhas aquiesceram mais por curiosidade que por vontade. Os homens aplaudiram e Verna-Tambor alegou um grande cansaço para recusar o convite. Desnecessário dizer, o banquete foi um sucesso.

Marinadas, linguiças, patês de caranguejo, ouriços-do-mar escaldados e mariscos sucederam-se enfeitiçando as mais recalcitrantes. Leitão, asas de peru acompanhadas de tomates e bolinhos de batata suscitaram aplausos. Quando chegou o momento do pudim e do sorvete de maracujá, o entusiasmo atingiu o ápice. Mas a apoteose foi a *pièce montée* de chocolate representando um tambor sobre o qual estampava-se com todas as letras o nome de Mizik.

Soube-se então que Verna-Bela não tinha rival neste mundo.

O rum, as piadas, o vinho francês corriam a rodo. As risadas espocavam como fogos de artifício e iam perturbar o sono compulsório de Verna-Tambor.

No fim da refeição, após algumas partidas de dominó, Mizik fez questão de agradecer à rainha com seu tambor.

Fogo! Os dedos de Mizik voavam todos inflamando a pele de cabrito. Formou-se um coro do qual tomaram parte alguns jovens e Kafé deixou seu trompete delirar. Fogo! Verna-Bela abriu a roda e se lançou num *kaladja* dos mais lascivos. Fogo! Fogo! Fogo!

Nesse ínterim, Verna-Tambor se roía por dentro. Seu assunto não progredia. Mizik, diversas vezes solicitado após toda uma série de abordagens das mais habilidosas, não dizia absolutamente nada quanto às suas intenções. Ora, o preto velho estava desconfiado. O principal era não lhe dar ensejo de dizer não, pois ele nunca voltava atrás quando negava alguma coisa. Um grande não seria definitivo.

Só restava uma alternativa: René, o mandingueiro...

Todo mundo conhecia sua casa, pintada de um azul de dar inveja a céu e mar. Mas tinha que ir lá discretamente, na calada da noite.

Aproveitou-se de um momento em que Mizik estava encarapitado nos cumes de seu tambor e se eclipsou.

O sininho da cancela avisou René de que havia uma visita. Instantaneamente fingiu estar em transe, comunicando-se com os espíritos.

Com os olhos esbugalhados, tartamudeava enquanto grandes arrepios sacudiam sua carcaça. Paciente e respeitosamente, Verna-Tambor esperou que ele voltasse a si.

René tinha um olhar hipnótico. Escrutou sua cliente para adivinhar o motivo de sua visita. Procedia por eliminação. Saúde não era, pois Verna, a despeito da erosão do tempo que a tornara seca e nodosa e do rum que queimara seus lábios, ainda era bem forte. Dinheiro não era, uma vez que vivia com pouco. Amor também não, pois já passara da idade. Aquilo só podia estar ligado à perspectiva da partida de Mizik...

Um grande problema te aflige, disse ele após as saudações. A viagem do seu marido a preocupa e você gostaria de acompanhá-lo.

Verna sentiu-se acanhada, como se a tivessem despido abruptamente.

Sim, confessou, mas o velho teimoso não está disposto a me levar depois de tudo que fiz por ele!

Um probleminha à toa para René!

Terá que fazer o que lhe digo. Tudo que lhe digo. Verna balançou a cabeça em sinal de assentimento.

É o seguinte, terei que realizar uma pequena cerimônia. Vou precisar de uma galinha preta cevada, uma caixa de velas, uma garrafa de água benta, uns fios de cabelo de Mizik e uma de suas roupas preferidas. Claro, você virá acompanhada de uma moça, pois seu caso é realmente espinhoso.

Verna-Tambor pagou e marcaram um encontro para dali a dois dias à meia-noite.

Não convém subestimar a vontade de uma mulher, nem sua força, nem sua coragem. Verna desdobrou tesouros de diplomacia para convencer sua jovem sobrinha, Artémise, uma folgazã de vinte anos, a acompanhá-la a uma cerimônia de graças e bênção.

René marcara o encontro na clareira da mata, antro de feitiçaria. Dispusera ali velas protegidas por cabaças, uma caveira, uma pequena bacia cheia d'água, bem como um incensório.

Após ter invocado os espíritos, mandou Verna-Tambor passar sete vezes por cima da bacia, depois sacrificou a galinha preta cevada, recolheu seu sangue e o deu de beber a Verna e à sobrinha. Por fim, declarou que, para agradar aos espíritos, era necessário fazer-lhes a oferenda do amor. Após uma prece cabalística, retirou-se para longe dos olhos de Verna-Tambor para consumar a oferenda na companhia da jovem sobrinha.

Mergulhada no estupor, Verna só tomou contato com a realidade quando viu à sua frente o casal formado por René e Artémise. Esta última radiosa, como haviam ficado Verna e tantas outras anos atrás. Com efeito, o velho matreiro misturava um coquetel de afrodisíacos na beberagem.

Tomaram o caminho de volta cada um sonhando com os respectivos objetivos. Verna sentia-se consolada e confiante nas virtudes da cerimônia. O velho golpista planejava atrair com mais frequência Artémise, a qual, por sua vez, tentava entender por que sentira tanto prazer.

Nos dias seguintes, por recomendação de René, Verna-Tambor misturou pedaços de galinha preta cevada em todos os pratos de Mizik e sugeriu-lhe cortar seus cabelos já pensando na viagem. Foi quando voltou à carga. Mizik, você acha direito me deixar aqui sozinha enquanto vai tocar em Guadalupe? Eu também gostaria de conhecer o país. Será nossa última viagem...

Esperou ansiosamente a resposta do velho. Este pigarreou como fazia sempre que tinha que tomar uma decisão. Contentou-se em dizer: a última, não, Verna, a última, não! A última pertence a Deus.

À noite, comunicou a Verna que a costureira queria falar com ela.

Angustiada, Verna foi até a casa de Yayane. O que esta quereria dela? Depois de muitos mistérios e subentendidos, Yayane desfraldou um vestido diante dela. Era um tomara-que-caia típico, de festa, branco e bordado. Uma maravilha!

Eis o que Mizik me encomendou para sua viagem... Verna não pôde conter as lágrimas...

Chegou o grande dia. Mizik, todo desengonçado dentro de um terno, agarrado a seu tambor, e Verna, orgulhosa e triunfante em seu tomara-que-caia, encaminharam-se para o aeroporto acompanhados do ministro da Cultura, que lhes fazia as últimas recomendações.

Infelizmente seria preciso despachar o tambor no bagageiro do avião e Mizik só se tranquilizou quando recuperou seu instrumento no aeroporto do Raizet.

O Cavalheiro de cabeça branca e o Cavalheiro de óculos estavam lá para recebê-los. Olá, tio Réache! E você, tia Verna? Fizeram boa viagem? Algumas turbulências haviam atenuado a soberba de Verna, mas ela queria estar à altura. Portanto, dissimulou. Excelente viagem, vou bem, obrigada!!! O hotel, a visita a Guadalupe, a comida de Guadalupe, tudo era um deslumbre para eles.

Verna falava pouco, mas bebia tudo com seus olhos lustrados pela emoção. Mizik, por sua vez, adaptava-se facilmente a tudo e seduzia com seu temperamento jovial. Gostava de piadas e era louco por trocadilhos. E depois, quanta consideração por ele e pelo tambor!!!

Foi levado às rádios e à televisão, onde lhe fizeram uma pergunta atrás da outra. E desde quando? E como? E por quê? Viu-se obrigado a admitir, para sua grande vergonha, que os jovens de seu país não se interessavam nem um pouco pelo tambor e que se preocupavam mais com guitarras elétricas e discotecas.

Pôde ver sua foto no jornal local e até Verna nesse dia sentiu-se tão importante quanto a rainha da Inglaterra. Nunca, pensou, Verna-Bela com todos os seus bons modos poderia obter um triunfo daqueles. E era só um aperitivo. A hora do verdadeiro triunfo ainda estava por vir.

Mizik subiu ao palco. A luz dos holofotes cegou-o. Uma espécie de vertigem apoderou-se dele. Homens azafamavam-se, armando um microfone, ajustando a mesa de mixagem e ajudando-o a se instalar.

Ele deu um tempo e pensou com força em seu mogno.

"Senhoras e senhores, no âmbito do Festag 86, temos o prazer de lhes apresentar o último rei das batucadas de Montserrat: Mizik!!! Aplaudam!!! Aplaudam!!!"

O Fort Fleur d'Épée vibrou.

Mizik fitou o público, pensou nos jovens que troçavam dele, acariciou seu tambor e começou.

O primeiro som rasgou a noite. Tum! Tu-Tum! Os especialistas, os amantes do *lewos* souberam imediatamente que estavam diante de um mestre da percussão. Em seguida Mizik voltou a mergulhar mentalmente nos tempos antigos. Reviu-se ainda jovem, fazendo corpo com seu tambor, e decolou.

Uma onda de admiração percorreu a plateia. A voz rouca de Mizik casava-se com o tambor e penetrava nas vísceras dos espectadores.

Mizik batia, percutia, esfregava, ritmava com os pés. Os sons esvoaçavam no ar como bolas de fogo, arrastando os outros músicos para a apoteose. O *syak*, o *chacha*, o *ti-bois*, cada um dos demais tambores contribuía com seu grão de sal para o festim de Mizik.

O delírio tomou conta do público quando Mizik, *a cappella*, executou uma melodia com o tambor. Escolhera a célebre *Ban mwen on ti bo doudou!*

Os sons saíam em cascatas, em torrentes, em ciclones. Às vezes julgava-se ouvir um contrabaixo, outras vezes um violino, e ele conseguiu a façanha até de imitar um trompete.

Que doideira! Os espectadores repetiam em coro as respostas, liderados pelo apresentador.

Voyé monté! Baye la vwa! Nou ka mandé lé répondè ayayaye!

Foi então que uma mulher rasta pulou para o palco e deu asas a seu corpo. Flutuava, pulava, requebrava as cadeiras, rebolava a bunda, saia ao vento como um belo navio. Que doideira!

Mi coup'zépon mi!

Todo mundo comungou numa histeria coletiva. Formaram-se grupos de dançarinos. Verna-Tambor quedava-se petrificada. Parecia ver Mizik pela primeira vez. As gotas de suor que brotavam de seu rosto eram na realidade gotas de êxtase. Tum-Tutum! Black! Os fragmentos encadeavam-se e o Fort Fleur d'Epée transpirava uma atmosfera de temporal e de trovoada. A dançarina rasta divertia-se em complicar o jogo para desorientar Mizik. Voou subitamente nos ares. Mizik acompanhou sua descida com um rufar que parou justamente no momento em que ela tocou o solo. Ele traduzia cada um de seus gestos num som apropriado, dando-se ao luxo de arremessar e agarrar o chapéu entre duas batidas. Possuído pelo tambor, fez deslizá-lo sobre o palco e foi atrás dele batucando.

Que doideira! Onde estavam os jovens para verem aquilo?

Tum-Tumblack black!

Uma ovação poderosa, longa e entusiasmada saudou o fim do espetáculo.

Titubeando, Mizik veio saudar a multidão. Inclinou-se uma, duas vezes, então caiu como que fulminado.

"O coração entregou os pontos", concluiria o médico de plantão.

Verna continha sua dor por trás de uma máscara de grande dignidade. Era preciso estar à altura, dissera o ministro.

Toda a imprensa local acompanhou o caso, as autoridades cercavam Verna de mil solicitudes e foi como uma sonâmbula que ela regressou ao seu barraco.

As circunstâncias de sua morte espalharam-se com a mesma rapidez de uma leiteira no fogo.

Os jovens da aldeia formaram uma comissão e lançaram um apelo no rádio.

Não podemos deixar Mizik partir desse jeito. Era um grande sujeito. Carregou em suas mãos de camponês a chama do tambor. Convidamos todos os artistas a virem prestar-lhe uma homenagem esta noite. A que ele não teve em vida...

Tulipas e papoulas

Sylvain Trudel

Nosso querido e simpático vizinho, Maurice Gagnon, é um verdadeiro moinho de palavras, com a ressalva de que não fala senão do passado, e, ainda por cima, apenas do seu, seu passado exclusivo, fechado por sarças, cardos e papoulas, um tempo privado do qual ele é extremamente cioso, como se a história sagrada de sua vida fosse a mulher mais linda do mundo.

É evidentemente muito perigoso recapitular a vida de um homem em ralas fórmulas lapidares e, como se não bastasse, cometer essa iniquidade à sua revelia; portanto, abominando tais deslealdades, calarei praticamente tudo que sei ou julgo saber, exceto esta verdade manifesta: Maurice Gagnon adora discorrer sobre uma guerra, denominada pudicamente a Segunda, que faz o sangue circular em suas veias. Em 1940, fato atestado e arquivado, o jovem Gagnon pertencia ao primeiro destacamento de pilotos canadenses enviado à Inglaterra. Cinco anos mais tarde, retornou ao país como herói, uma bela holandesa pendurada no braço. Fotos e recortes de jornal são testemunhas, bem como certidões nos registros de estado civil. Hoje, esse veterano condecorado, coberto de honrarias, ex-canhoneiro de Lancaster, envelhecido mas sólido como um boi, passa dias felizes com a mulher em seu gracioso chalé da periferia. Têm bens imóveis, mais cinco filhos inteligentes — o mais velho é farmacêutico e a caçula, médica anestesista; outro é jornalista político e seu crânio um tanto calvo aparece periodicamente na televisão ao sabor de nossas guerrinhas intestinas e tempestades em copo d'água. Netos, entre doze e treze; alguns bisnetos. Tulipas, prímulas, peônias, rosas e lilases enfeitam seus canteiros. Balanços e bebedouros de beija-flores estão pendurados nos galhos de suas árvores, e as mais vivas lembranças da guerra de Maurice Gagnon são ter pulverizado uma barragem sobre o Eder, afundado o couraçado *Tirpitz* na Noruega, despejado sobre Dresden, uma noite de fevereiro, tornados de fósforo — e pousado drasticamente nas charnecas da Holanda, onde conheceu a jovem camponesa que viria a ser sua mulher, Sijbilla, a qual sobreviveu ao último inverno da guerra comendo bulbos de tulipas e confeccionou seu vestido de noiva com lona de paraquedas.

Ousado mas carola, meu vizinho, na guerra, nunca se aventurava no céu sem sua medalha de Bernadette Soubirous* presa em sua metralhadora, em sua torrinha. Em seu bólido santificado, flutuava em meio às estrelas, Cristo pregado sob seu bombardeiro cruciforme. O sangue do Messias pingava dos estigmas no firmamento, explodia em rosários e fogo sobre as terras do além-Reno, enquanto santa Bernadette velava por Maurice Gagnon e sua tripulação, desviando os obuses antiaéreos e os tiros da perseguição noturna.

Encerrada há meio século, a guerra continua a troar no coração do meu vizinho e dos veteranos da confraria do fogo. Ardente e luminosa, é um odre de ambrosia, dir-se-ia, um fogo grego que queima mesmo em contato com a alma. A propósito, Maurice Gagnon costuma receber seus velhos companheiros de armas — entre eles o ex-soldado de infantaria Paul Tourangeau, que enfiou o pé numa mina em Courselles-sur-Mer e cujos ossos quebrados das costas, mal consolidados, acarretaram uma degenerescência das vértebras e formaram uma espécie de gibosidade, o que o fez dizer que trouxe da Europa, nas costas, uma trincheira da Normandia. Sentados em torno da piscina de águas turquesa, Maurice e seus colegas regam suas insígnias com os scotchs duplos da imortalidade, ruminam sua glória, seus combates épicos e convulsões fraternais, citam até os aforismos de Stálin — *A guerra é o cio da terra* —, choram os monumentos barrocos, o palácio do Zwinger e os manuscritos de Bach perdidos na fornalha de Dresden.

---

* Bernadette Soubirous (1844-79): francesa que afirmou ter visto Nossa Senhora na gruta de Lourdes, sendo posteriormente canonizada. (*N. do T.*)

Um belo dia de verão, faz alguns anos, quando Maurice Gagnon soube que meu filho não batizaria seu rebento, veio me explicar, bem no meio das minhas mudas de tomates, que a unção batismal transforma todo cristão em padre, profeta e rei ao mesmo tempo. "Não deseja isso para seus netinhos?" Apesar de sua fronte preocupada, dei de ombros para mostrar minha impotência perante o universo, então Maurice quase me disse outra coisa de talvez mais incisivo, mas virara-se bruscamente, sua fé em suspenso, para voltar ao regaço de sua máquina de cortar grama.

Num outro dia, num inverno, enquanto contemplávamos nossos carros enregelados, meu vizinho me disse: "Bombardeei a Alemanha como se tivesse bombardeado meu próprio câncer com cobalto." Desde então, Maurice Gagnon e seus colegas ganham a guerra todos os domingos, mas nunca falam das mensagens obscenas nem dos desenhos pornográficos que às vezes gravavam em suas bombas abençoadas por revelações anglicanas. Em contrapartida, evocam a memória de Grand Slam como a de uma criança-prodígio, e, embora suas prosopopeias sejam enternecedoras, Grand Slam era de longe a maior bomba da época, um trambolho de dez toneladas que eles eram os únicos capazes de carregar pelos céus.

Mês passado, nossos vizinhos foram em peregrinação ao velho continente, onde visitaram os Países Baixos, Groningue e Hoogeveen, mas também Lourdes, sua basílica, sua gruta, as piscinas de seus santuários. Sijbilla e Maurice fizeram a gentileza de nos enviar um cartão-postal — nele, vemos em procissão coreográfica paraplégicos e inválidos de cadeiras de rodas dispostos em forma de cruz —, depois trouxeram de lá um monte de bugigangas — medalhões da Aparição, garrafinhas de água milagrosa, uma caixinha de música cujo mecanismo toca a *Ave Maria* —, santinhos e ídolos em louvor de Bernadette Soubirous. E não é que de uns dias para cá produziram-se acontecimentos extraordinários na casa dos Gagnon, nos confins do subúrbio modorrento? As estatuetas choram e os ícones exsudam. Fala-se de santos óleos, de um prodigioso azeite de sangue. A notícia espalhou-se como um rastilho de pólvora e excitou os crentes.

De pé na sacada envidraçada da sala, contemplo a centena de carros estacionados de viés nas ruas, até sobre os gramados, depois sondo a maré humana, mística, que se espreme às portas do chalé vizinho. Recolhidas, entoando hinos em voz baixa, rezando, as pessoas não arredam pé diante da casa predestinada. Por sorte, o tempo é clemente para um 11 de novembro; um sol caramelado incendeia os vidros das fachadas sob rastros escarlates. Teremos um verão indiano? Seja como for, Maurice Gagnon destinará os óbolos aos amputados de guerra e às Irmãs de Caridade "por graça recebida". Quanto a mim, espero minha mulher, que se maquia na penteadeira. Preparamo-nos para ir engrossar o número dos devotos e curiosos. Introduzo um filme de película na câmera, certifico-me de que tenho dinheiro na carteira, depois retoco o nó da gravata e espeto a papoula da Lembrança* na lapela do meu paletó.

"Em que está pensando?"

Sobressalto diante da voz flautada de minha mulher surgida atrás de mim e espeto o dedo. Hesito um pouco e, sem me voltar, respondo que não estou pensando em nada. Ela sabe que minto, e sabe que sei o que ela pensa de mim nesse instante, mas não insisto e giro nos calcanhares. Ouço seus passos se afastando, abafados pelo carpete, e chupo a gota vermelha salgada que brotou na ponta do meu dedo. Na realidade, penso que, se o medo de falhar talvez possa justificar minha inércia básica e o fracasso geral da minha vida, aqueles que se abstêm eternamente não têm mais presença no real do que os mortos — e num gesto desencantado viro a câmera para o meu rosto, na ponta do braço, então fecho os olhos, trinco os dentes, prendo a respiração e, com um gosto de sangue na língua, aperto o disparador para me fotografar a mim mesmo e me imortalizar o melhor que posso.

---

* "Papoula da Lembrança": flor de plástico que os canadenses prendem na lapela de seus paletós no dia 11 de novembro, a fim de homenagear seus ex-combatentes. (*N. do T.*)

Natividade

André Paradis

Com o fruto de suas entranhas bem encaixado na concavidade do braço esquerdo, exatamente no lugar onde a enfermeira instalara-o dez minutos antes, a bolsa de couro falso que ela ganhara no bingo do cinema pendurada na ponta dos dedos da mão direita, levíssima, tão leve que ela nem sabia mais o que continha, mas entrara com ela e era tudo que possuía, assim desequilibrada, Marie-Josèphe observava o mundo. Não havia nada para ver nele. Mas afinal os olhos precisavam pousar em alguma coisa, e o céu por si só brilhava demais para pupilas que saíam da penumbra do hospital.

Não havia nada para ver e, não obstante, estava ali, diante dela. Impossível escamotear. Atrás, havia o portão, com a guarita que servia de alojamento para o vigia antes que o mencionado vigia fosse assassinado uma noite, e que permanecera com as portas abertas e ferrolhos quebrados para que se visse bem que ali não se escondia mais ninguém e que não havia mais nada para depredar ou roubar. Marie-Josèphe não queria nem saber da existência daquela ruína. Saía do hospital da mesma forma que aquele pedaço de carne saíra dela, pelo visto, e agora estava fora de questão, para ambos, voltar para lá de onde vinham. Fim de papo, página virada.

Um vago indício de cãibra na coxa direita, sua coxa mais frágil, impeliu-a para a frente. Ainda não cogitava para onde, mas Marie-Josèphe, que, a despeito do que pensavam e tinham dito, a maioria com desfaçatez, a parteira, a enfermeira, as atendentes e todo o bando, não era completamente idiota, em todo caso não mais que a mencionada parteira e, tudo bem pesado, menos que as mencionadas atendentes, sentia o problema crescer, como cresce uma nuvem de tempestade acima de Tonnegrande no fim da estação das chuvas, grossa massa negra estufada percorrida por relâmpagos. Por ora ainda era possível, sem grandes riscos, adiar esse estudo aprofundado para mais tarde. Deu uma olhada pouco interessada na coisinha, desesperadamente vermelha e com os olhos ainda fechados, ainda sem sofrer, e se lembrou que o residente dissera rindo que normalmente eles tinham nome, e que ela faria bem em providenciar-lhe um. Como fazer para dar um nome a alguma coisa que ela não tinha, por enquanto, nenhuma necessidade ou vontade de chamar era um problema adicional. Quantos problemas. Mas ele podia esperar um pouco pelo nome. Não era esta uma escolha a ser delegada àqueles que um dia viessem a chamar por ele? No fim das contas, isso era mais do interesse deles do que dela. Melhor andar. Deu alguns passos, e foi o momento que a linguiça escolheu para abrir os olhos, fechá-los, reabri-los, franzir o que lhe servia de nariz, arredondar a boca e deixar escapar um ruído para sempre destituído de sentido. Marie-Josèphe sentiu vontade de abandoná-lo e sair correndo como, quando criança, fugia diante de ratos ou sapos. Por sinal, ele parecia mesmo um sapo. Alguma coisa refreou-a, que não tinha nada a ver com o amor materno. Mas não havia senão o amor materno para manter os sapos vivos. Prova disso...

Deviam ser umas dez da manhã, uma vez que é a hora em que despacham do hospital as moças que é inútil mandar passar no guichê. Quando entrou, tinha um relógio no pulso. Claro, foi roubada, mas isso não incomodava. A hora também não tinha nenhuma importância. Mais pertinente era que já fazia calor, embora fosse a estação das chuvas, mas, justamente, não chovia, e é quando não chove durante a estação das chuvas que faz mais calor, todo mundo sabe disso. Além do mais, não chovia já fazia um tempo, pois havia poeira na rua e não havia água nos buracos do calçamento. E tampouco nuvens no céu, enfim nuvens de respeito. Nada senão cachinhos brancos. Como ela não tinha capa, era melhor assim. E o moleque (moleque, puxa! é verdade!) também não tinha capa. De toda forma, com o futuro que ele tinha...

Ele voltara a fechar os olhos, e Marie-Josèphe se indagou se não era porque acabava de pensar nele pela primeira vez, pelo menos era o que lhe dizia sua memória, como a uma pessoa, que, tranquilizada por esse elo franzino que a prendia ao mundo dos humanos, houvesse adormecido. Por que não? No sol, ele parecia um pouco menos vermelho, o que também não era mal; vermelho não é uma cor normal para um negrinho depois do terceiro dia. E, como olhava para ele, teve a impressão de que ele se tornava um pouco mais preto. Cor é uma coisa que vai e volta... Talvez estivesse apenas queimado de sol...

Assim emaranhada nas contingências da vida, Marie-Josèphe caminhava pela rua. Carros ultrapassavam-na, cruzavam por ela, resvalavam-lhe. Uma garrafa de cerveja surgida de uma janela silvou a alguns centímetros do pedaço de carne marrom, junto com um palavrão anônimo, e não visando ninguém em particular, tão somente uma respiração.

E eis que, de tanto caminhar desse jeito em direção a lugar nenhum, chegara ao entroncamento da estrada da Madeleine, e portanto à primeira das opções que teria de fazer: iria para a direita ou para a esquerda? Seu estado de espírito impelia-a a seguir em linha reta, mas isso era impossível, uma vala cheia de detritos, e provavelmente pululando de lagartos, sanguessugas e cobras d'água e margeando uma sebe eriçada de espinhos, impedia isso. À direita, a civilização urbana, à esquerda, a selvageria rural, ou vice-versa, à direita, a selvageria rural, à esquerda, o vazio e o nada... Em nome de que era preciso escolher? O cansaço apoderou-se de seu espírito e expandiu-se para os seus membros. Mais uma vez, a linguiça abriu os olhos e emitiu um som. Logo teria fome. "E eu também", disse consigo Marie-Josèphe, que disso concebeu uma vaga simpatia pelo Sem-Nome. Foi um cara de carro que escolheu. Parou na altura de Marie-Josèphe e, sem tirar o cigarro da boca, mão esquerda na braguilha, propôs-lhe, num tom que julgava lúbrico, uma voltinha pelo campo. De modo que ela foi para o outro lado, para a direita. De toda forma, nunca na vida estivera fora da cidade, naquele lugar inimaginável cheio de ervas urticantes e depósitos de lixo, com horizontes verde-escuro vivos, que, olhando bem, víamos em movimento. Era filha do cimento, do telhado de zinco, das calçadas enlameadas e das escolas pútridas dos bairros do sul. Tinha sido lá que nascera, que crescera, tinha sido lá que vivera, e o Sem-Pai faria como ela. Se Deus lhe dispensasse vida, e Deus sabia que ela não o ajudaria no que era incumbência d'Ele, dar a vida, confiscá-la e todas essas coisas. No máximo, permitiria que o fizesse, sem tentar obstruir Sua vontade. Aliás, Ele já se servira dela para dar uma vida que ninguém lhe pedira. Bom, é verdade, Ele não tinha sido o único a se servir dela.

Com aquele calor, não era nem o momento nem o lugar, nem, acima de tudo, a circunstância apropriada para filosofar. Só a rua levava a algum lugar. A Caiena. Ao centro da cidade. Àquela rua com sua calçada de vinte centímetros de largura, sobre a qual carros davam um jeito de estacionar, de modo que para andar era preciso descer no asfalto e tornar-se alvo dos compridos caixões brancos climatizados com vidros escuros fechados, acerca dos quais se indagava se eram ocupados por seres humanos e se iam de fato a algum lugar. Marie-Josèphe detestava andar, sobretudo ao longo de uma rua, pois sentia grudados em sua bunda os olhares de todos os homens acuados-refestelados em seus carros, e o peso desses olhares enxovalhava-a. Novamente quase atirou o Sem-Nome como repasto para os cães: afinal tinha sido um deles, um daqueles machos tão bem dissimulados por trás do para-brisa escuro depois de óculos mais opacos que a noite, que lhe inoculara aquela coisa, por que não a herdariam?

Um sopro de ar mais frio fez com que erguesse a cabeça. O céu cobrira-se com aquelas nuvens que, nascidas de um canto de céu azul, são capazes de, num piscar de olhos, transformar toda uma paisagem num dilúvio ceifado pelo escuro e o vento. E o horizonte da rua já se turvava com aquele vapor de chuva que as primeiras gotas levantam sobre a poeira das calçadas incandescentes, e depois virão as pústulas intumescidas inchar a olho nu as valas fedorentas até fazê-las transbordar uma água escura e podre sobre a qual flutuarão garrafas vazias e sacos de plástico. Uma gota grossa como o conteúdo de uma mamadeira caiu sobre o rosto da coisa que paralisava seu braço esquerdo, e o líquido respingou-lhe o nariz e o queixo fazendo como que uma bolha de baba. Efeito do céu cinzento ou outra coisa qualquer, ele estava nitidamente mais escuro do que há quinze minutos. Antes que tivesse tempo de considerar mais detidamente, Marie-Josèphe viu-se no centro de um violento aguaceiro, com rajadas de vento e esguichos de água espirrados das rodas dos carros, e um desses esguichos nojentos proveniente da sarjeta conspurcou a criança, que estremeceu. "Pronto, está batizado, meu velho", ela pensou, e, pela segunda vez, sentiu por ele uma espécie de simpatia envergonhada. Chegou inclusive a limpar a boca do Sem-Nome com uma franja de sua própria manga de brim grosso azulado fornecido pela beneficência hospitalar e que haviam se esquecido de lhe pedir de volta na sua saída; pois ele pode pegar qualquer coisa nessa água, e, já que tinha uma mãe por enquanto, melhor aproveitar.

Em todo caso, uma vez que um chinês tivera a ideia de instalar um toldo sobre a fachada de sua birosca, por que não se proteger, poderia fazer uma pausa... E até mesmo sentar-se ao lado dos haitianos no parapeito da vitrine, como se tivesse uma cerveja ou uma Coca para beber. Bem que gostaria de aliviar seu braço daquele fardo, mas sabia que, se o pusesse no chão à sua frente, haveria alguém para se espantar, e não lhe apetecia atrair os olhares. Nisso, o objeto abriu um olho, depois, quase em seguida, o outro, e Marie-Josèphe viu-se diante dos olhos abertos de seu filho, possivelmente pela primeira vez. Eram mais cinzentos que castanhos, mas de um cinza bem escuro, como o céu logo antes do temporal do meio-dia. Ela estremeceu, era um cinza realmente gélido. E depois, como estava olhando para ele, era curioso esse interesse repentino que demonstrava por ele, ocorreu-lhe que não tinha nenhuma prova de que aquele espirro de gente fosse de fato do sexo masculino. Nunca tivera a menor vontade de examiná-lo, muito menos no lugar revelador, nunca; e eis que de repente, diante da ideia de que carregava nos braços um organismo vivo que talvez tivesse um pênis entre as pernas, um pênis que um dia, se permitissem que chegasse até lá, penetraria num ventre de mulher para nele refazer o mundo, foi tomada por uma violenta náusea, e, com um gesto brusco e instintivo, depositou a trouxa na lixeira do chinês, sobre uma camada de garrafas vazias e embalagens de plástico. Ufa! E, como a chuva passara, retomou seu caminho até a rotatória seguinte, o braço aliviado.

Evidentemente, um dos haitianos correu atrás dela com a trouxa; como se ela tivesse podido esquecer involuntariamente um troço daqueles. Haitianos cagões. Sem dizer nada, e muito menos obrigado, mas dando de ombros, atochou novamente o objeto na concavidade do cotovelo esquerdo. Haveria outras latas de lixo.

Foi depois da rotatória das três estátuas que ela começou realmente a se sentir em casa, a despeito da fadiga que lancinava suas pernas. Seu braço esquerdo parecia-lhe bloqueado; aproximava-se o momento de uma decisão. Ainda mais que tinha fome, e sede. Sempre essas necessidades chãs.

Deviam restar-lhe duas moedas de dez francos escondidas num cantinho da bolsa, ia ser obrigada a sacrificar uma, já previa. Como seu olhar triscava a cavidade de seu braço, o rosto que ali se achava deteve-a. A última vez que olhara para ele, ele era nitidamente preto, e eis que agora os olhos olhavam para ela, isso era certo, com pupilas pretas brilhando atrás de pálpebras esticadas, foscas e na verdade amareladas, olhos todo repuxados. E seus cabelos... curioso, nunca os vira daquele jeito, já compridos, completamente escorridos e pretos. Como eram uma hora antes, ela não se lembrava efetivamente, mas teria jurado que eram diferentes. Bizarro. Em todo caso, se ali havia um problema, decidiu ignorá-lo.

Atravessou a ponte Berland num passo cada vez mais cansado, virou a esquerda ao longo da enseada e decidiu parar no primeiro chinês para comer alguma coisa. E justamente, havia na entrada da birosca uma velha chinesa, num velho vestido cinza apertado num cinto preto sob um avental azul puído, sentada num banquinho, imóvel como ficam as velhas chinesas diante das biroscas, exceto pelo pé direito, cujos dedos com unhas compridas coçavam a panturrilha esquerda. Semicerrava os olhos, provavelmente sonhando um sonho de velha chinesa naufragada ao longo do canal Laussat, tão longe... Alguma coisa em seu rosto perturbou Marie-Josèphe, que se debruçou para depositar a trouxa toda mole no colo da velha, que o pegou sem dizer palavra, como se tivesse passado a manhã esperando aquele encontro anunciado. Não havia dúvida, os dois rostos, as órbitas oculares, os cabelos, era mais que um traço hereditário. A velha sorriu, esbugalhou os olhos, observando a criança, depois Marie-Josèphe. Mas esta já entrara na loja e esticava o braço esquerdo em frente à geladeira de refrigerantes, dando-se ao luxo de fingir perguntar-se o que iria beber. Uma Coca, naturalmente. E, digamos, um sanduíche de presunto, não, uma barra de chocolate era melhor. Ora, mas um sanduíche contém mais em volume. Eis o que se chama ser racional. E ela se maravilhou com o que se tornara. Um jovem chinês preparou seu sanduíche em silêncio, num pão dormido amarelo e enrugado. Bastava comê-lo, e a mais clara de sua penúltima moeda de dez francos não passaria mais senão de uma lembrança.

Havia outro banquinho capenga num canto escuro da loja, e Marie-Josèphe sentou-se para se alimentar. Comeu sem pensar em nada, as pernas voluptuosamente esticadas, bebendo um gole de Coca entre duas mastigadas de pão e presunto insípido, gozando da liberdade recuperada de seu braço esquerdo.

No fundo, era até simpático aquele pirralho, depois que ela saíra do hospital ele não dissera nada. Se, além de tudo, tivesse começado a vagir... Claro, precisava lhe dar alguma coisa para beber. Mas o conforto daquele banquinho, o frescor sombrio daquela loja depois da longa caminhada da manhã, o estômago enfim saciado a impediram de se levantar, a despeito de uma vontade de mijar cada vez mais premente. A velha decerto percebeu o desvario do seu espírito, pois, enquanto Marie-Josèphe comia, ela entrou na birosca num passo arrastado com a trouxa nos braços e a depositou com precaução no colo de sua mãe (sua mãe!) dizendo uma frase comprida que Marie-Josèphe não escutou. A chinesa não parecia zangada, ao contrário, sorria, e repetiu várias vezes o mesmo grupo de palavras com uma satisfação evidente. O Sem-Nome parecia escutar, as pupilas bem visíveis no fundo de seus olhos repuxados, e seus lábios se amarfanhavam num esboço de sorriso. Na penumbra, sua tez era castanho-clara, bem clara. Mas, afinal de contas, era seu primeiro, e talvez todos os pirralhos mudassem assim de cor ao sabor das sombras e das horas do dia; eles ainda não sabem. Entretanto, não era apenas uma questão de cor da pele ou dos olhos. Havia os cabelos também, e depois a forma do nariz, e o queixo...

Suspirou. As coisas fugiam ao seu controle. Levantou sua camiseta úmida de suor e leite, agradecendo aos céus por lhe haverem roubado também seu sutiã no hospital, e enfiou o bico do peito na boca do peixe. Ele tinha fome. Ela observou-o mamando e ponderou, pensando bem, que seria melhor ele ter um nome. Quando trocasse sua fralda, veria se devia dar-lhe um nome esnobe ou um mais vulgar. Fralda? Que fralda?

Era talvez o leite que perdia a cor, mas, à medida que ele bebia, sua pele clareava, o bonito castanho-claro instalado num segundo plano de amarelo-escuro tornava-se cor-de-rosa, e ele soltou um pequeno suspiro de contentamento antes de abrir os olhos, e, naturalmente, seus olhos também tinham mudado de cor, voltaram ao cinza, mas um cinza bem claro, e seus cabelos agora eram castanhos e formavam uma penugem no lugar dos verdadeiros cabelos pretos de meia hora antes. Marie-Josèphe ruminou que era melhor aceitar aquelas esquisitices. A velha chinesa não arredara pé, e observava a cena com um enternecimento de circunstância. Marie-Josèphe se perguntou se ela notara a mudança. Uma freguesa entrou na loja e passeou dois olhos indiferentes pelas velhas prateleiras cheias de latas de feijoada enferrujadas, antes de observar o grupo maternal. Então aproximou-se, e Marie-Josèphe reconheceu-a, era uma índia de Saint-Laurent que trabalhava na venda de um sírio não longe do mercado. A índia olhou para o Faminto, depois para sua ama de leite, e, se alguma coisa lhe pareceu espantosa, nada deixou transparecer. Disse duas ou três palavras à chinesa numa língua que os ouvidos de Marie-Josèphe acharam estranha, mas que tinham entonações familiares, e a velha respondeu-lhe no mesmo tom, e Marie-Josèphe, subitamente, sentiu-se *bem*, o que não lhe acontecia desde...

O bebê largou o seio e sorriu gostosamente, os olhos arregalados. Parecia feliz. Sua tez agora era completamente anônima e indefinível, e, de repente, aconteceu uma coisa que pegou Marie-Josèphe de surpresa. Enquanto outras mulheres entravam na birosca e se aglomeravam em torno da criança como atraídas por um ímã, ela percebeu que pensava, depois que dizia bem alto: *"Não é bonita minha filha?"*

E das mulheres em círculo ergueu-se um coro de aprovação.

Passagem só de ida

Dany Laferrière

Desembarquei uma manhã do verão de 76, em plena euforia olímpica, numa Montreal tensa. Os agentes de imigração tentavam detectar terroristas na multidão dos forasteiros. Alguns países africanos acabavam de boicotar os jogos de Montreal devido à presença da África do Sul. E, no próprio avião, circulava o boato de que o boicote africano fazia com que negros não fossem recebidos calorosamente em Montreal. As pessoas não fazem ideia da quantidade de boatos que circula num avião vindo do Terceiro Mundo. Como será que fazem esses falsos turistas vindos dos países mais pobres do planeta para, sem deixar o avião nem receber outras informações senão as referentes à meteorologia, conhecerem de maneira tão detalhada o estado de espírito dos agentes de imigração do Canadá? Alguém no avião observou que não éramos objeto daquelas medidas de expulsão pela simples razão de que, mesmo sendo tão pretos quanto eles, nem por isso somos africanos, mas haitianos. Convém informar isso imediatamente às autoridades canadenses antes de sermos escorraçados em virtude dessa similitude de cor. Nesse caso, será racismo, interveio uma mulher. Alguém acrescentou que, a rigor, era compreensível a atitude, na verdade brutal, dos agentes canadenses para com os africanos que boicotaram os jogos (ainda que estes tivessem uma boa razão para fazê-lo), mas estender isso aos haitianos que não obstante participavam com uma forte delegação de três atletas acompanhados por doze funcionários só podia ser puro racismo. Será que temos de lhes ensinar que o Haiti não é a África? Nem todos os negros são negros (e isso apesar de a palavra negro significar simplesmente homem no Haiti). E os haitianos que conquistaram sua independência contra a França napoleônica a ferro e sangue naquele 1º de janeiro de 1804 continuam a recusar serem confundidos com esses africanos que só obtiveram sua independência recentemente, nos anos 60. Bom, no Haiti, é assim, a fibra patriótica nunca está longe. E uma fagulha pode atear fogo à pólvora. Não foi à toa que um amigo haitiano, descrevendo mais tarde a diferença entre o Quebec e o Haiti, houve por bem dizer que, se no Quebec o sangue cheira a água-de-colônia, no Haiti é a água-de-colônia que tem cheiro de sangue. Acho que estávamos quase aterrissando quando um homem atrás de mim aventou a hipótese de que, precisamente, num tal caso (o boicote dos jogos olímpicos de Montreal por causa da presença da África do Sul) devemos nos alinhar do lado de nossos irmãos africanos. Todos os haitianos no avião aplaudiram e prometeram recusar dali a pouco o visto de entrada no Canadá a fim de protestar contra a participação da África do Sul naqueles jogos de Montreal. Naturalmente, todos sabem que as coisas não se darão assim na realidade.

Correu tudo de uma maneira curiosamente fácil para mim com o agente de imigração. As perguntas de praxe. Eu aprendera bem a lição. Um amigo que já morara no Canadá tinha me inteirado do protocolo: a única coisa que os agentes de imigração detestam é que não respondam diretamente às perguntas. Ao passo que no Haiti é uma tremenda falta de educação responder com simplicidade a uma pergunta qualquer. É imperativo fazer alguma digressão, caso contrário seu interlocutor recebe a resposta como uma bofetada. Quando me perguntaram meu nome, enquanto o agente segurava nas mãos meu passaporte, onde meu nome se esparramava com todas as letras, não pensei, como meu predecessor, que o agente de imigração não sabia ler, nem sequer que me tomava por um idiota. Pensei simplesmente que os canadenses (na época, no Haiti, o Quebec não existia, só conhecíamos o Canadá, que para nós era um país exclusivamente francófono) são muito diferentes dos haitianos. Eis outra boa razão para viajar. O agente de imigração compreendeu rapidamente que eu estava disposto a colaborar. Para ele, um homem do Terceiro Mundo que responde diretamente a perguntas aparentemente banais (nome e endereço, por exemplo) sem tentar nenhuma explicação suplementar, ora, esse homem já fez metade do caminho para essa sonhada integração na cultura de acolhida. A ideia é transformar o mais rápido possível esses imigrantes em bons canadensezinhos, que teriam rapidamente ingurgitado os usos e costumes do país. O agente sorriu para mim enquanto devolvia meu passaporte. Pronto, estou na alfândega. E essa mulher enorme na minha frente, em acirrada discussão com o cara da alfândega. O cara da alfândega: A senhora declarou essas mangas, madame? A mulher gorda: Onde estão as mangas?... Mas não são mangas!... O cara da alfândega: Mas, madame, vejo mangas aqui... A mulher gorda: Não são mangas... Estou lhe dizendo, senhor agente, porque fui eu que plantei a mangueira. E hoje de manhã, logo antes de correr para o aeroporto, fui eu mesma colher essas mangas... O cara da alfândega: Compreendo tudo isso, madame, mas essas mangas... A mulher gorda: Por que insiste em chamar de mangas... Acabo de lhe explicar que não são mangas no sentido que o senhor entende... O cara da alfândega faz um gesto cansado com a mão para dizer que joga a toalha. E a mulher gorda, com um magnífico sorriso, empurra na direção da saída seu carrinho abarrotado de malas pesadas.

Ela venceu, mas até quando o Canadá aceitará essa estranha maneira de ver a vida? Mangas acerca das quais devemos dizer que não são mangas. Claro, há outro debate a respeito do lugar do indivíduo na sociedade. Mas no sul (ou no Terceiro Mundo), o ser humano parece ainda mais importante que as leis, embora os tontons-macoute* os tomem frequentemente por patos selvagens. É por isso que lá existe essa dificuldade de obedecer à Constituição. Cada cidadão pretende ser tratado num plano pessoal, e o que ele tem a dizer em sua defesa parece-lhe sempre valer mais que qualquer regulamento. Ao passo que no norte as instituições existem precisamente para impedir que o cidadão possa julgar-se uma criatura singular. Somos todos iguais. Apenas a harmonia coletiva prevalece. No Haiti, reina a anarquia. E, apesar da terrível ditadura que as esmaga, as pessoas acreditam piamente que sua organização social é preferível ao que encontramos nos países ocidentais. No Haiti tudo é centrado no indivíduo. Tanto de forma negativa (a ditadura) quanto de forma positiva (irão acreditar piamen-

---

* Tontons-macoute: termo que designa, no Haiti, o grupo de paramilitares criado em consequência de um atentado contra o ex-presidente François Duvallier em 1958. Adquiriram depois a reputação de torturadores e mercenários. (*N. do T.*)

te naquele que insiste que uma manga não é uma manga). Por quê? Ora, porque no fim das contas um ser humano nos parece mais importante que uma manga. Essa maneira de ver o mundo pode eventualmente mergulhar um interlocutor desavisado numa certa confusão. Muito cedo achei que devia me submeter, pelo menos intelectualmente, se não quisesse perder a cabeça. No meu caso: fingir aceitar uma cultura, tentando ao mesmo tempo dinamitá-la de tudo que é jeito. Mas ninguém consegue manter-se muito tempo nessa posição.

Vejo-me na cidade. Em Montreal. As pessoas estão na festa. Os jogos olímpicos representam para essa cidade o acontecimento mais importante (ao mesmo tempo social e esportivo) desde a exposição universal de 1967. Estou encantado por desembarcar numa cidade em plena efervescência. A alegria manifesta que leio nos rostos dos montrealenses me arranca um pouco do drama haitiano. Estamos em pleno verão. As garotas usam saias curtíssimas, o que me deixa com os nervos à flor da pele. Os jovens beijam-se na boca na rua. É muita novidade. Para falar a verdade, é tudo novidade para mim. E mesmo hoje, vinte e cinco anos mais tarde, ainda me vejo estarrecido diante dessa mudança. Eu acabava de deixar um país fechadíssimo no plano sexual, duríssimo no plano político, terrível no plano social (a fome, a saúde, a educação) para cair de paraquedas na Montreal de 1976. A primeira coisa que me impressionou foi a ausência de tontons-macoutes, isto é, dos canalhas armados pelo Estado. Nunca vou me esquecer da primeira vez que assisti a uma altercação entre um policial e um jovem hippie. O jovem hippie, agressivo, quase insultante (na realidade, apenas defendia seus direitos), enquanto o policial mantinha a calma o tempo todo. O policial acabou indo embora sem conseguir liberar o banco do parque no qual o rapaz estava deitado. Eu não entendia aquele país onde um jovem pilantra (no Haiti um cara vestido daquele jeito só pode ser pilantra) podia pôr em xeque a polícia. No fim, o jovem hippie sorridente me fez um sinal que eu não sabia se era o V da vitória de Churchill ou o famoso sinal de paz dos hippies. Era para me dizer que vencera o dragão ou para me receber fraternalmente em seu território?

Duas semanas mais tarde, eu caminhava tranquilamente por uma ruazinha sombreada quando um carro parou bruscamente atrás de mim. Interpelam-me com rudeza, volto-me e vejo dois revólveres apontados na minha direção. No instante seguinte, eu estava imprensado no capô de uma viatura de polícia, com as pernas abertas. Levei uma geral. Minha situação parecia bastante complicada em virtude de eu não entender o que eles diziam. Falavam com um forte sotaque *joual*.* Bom, digo comigo, o único comportamento a adotar perante um policial, e isso em qualquer lugar do mundo, é o silêncio. E cabeça baixa. Eis a primeira grande lição que aprendi instintivamente na América do Norte. Um dos policiais entrou na viatura enquanto o outro continuava a apontar o revólver para a minha cara. Abaixou-o logo depois, me comunicando que eu estava liberado. Fez isso num tom realmente agressivo, como se parecesse desolado por ter que deixar um criminoso daqueles solto pelo mundo. Dei alguns passos antes de me voltar para encará-los. Sei que era temerário da minha parte, mas eu não podia aceitar que aquilo terminasse daquela maneira. Por que os senhores me interpelaram?, perguntei num tom educado. Os dois policiais lançaram-me um olhar perplexo. Como não me mexi, um deles me disse: Estamos procurando um negro. E o outro acrescentou: Não banque o espertinho com a gente!

Eu não compreendia exatamente a palavra "espertinho", mas sabia que ele queria deixar claro para mim que, ao fazer aquela pergunta, eu transpusera uma fronteira. Passei os dois episódios no pente fino durante um dia inteiro a fim de compreender, além do racismo, o que os diferenciava um do outro. Com o jovem hippie, aconteceu de dia e num parque público muito bem frequentado. Talvez os policiais que trabalhavam de dia, no bairro latino, fossem diferentes dos que operam à noite nas ruas escuras. Ou, se são os mesmos, têm atribuições distintas. Portanto, o mesmo hippie, à noite, numa ruazinha escura com dois policiais à procura de um criminoso, teria tido um comportamento diferente daquele que exibira no parque (teria se mostrado menos seguro acerca de seus direitos). Outro aspecto me chamou a atenção: a questão do sotaque. Eu não entendera direito o que diziam os policiais. Claro, eu adotara o comportamento universalmente aceito perante um policial: o silêncio. Mas isso não será suficiente o tempo todo. Preciso mergulhar imediatamente na cultura quebequense para não apenas compreender o que dizem à minha volta, como também decodificar

---

* *Joual*: linguajar francês praticado na zona urbana de Montreal. (*N. do T.*)

com rapidez os gestos, sinais, todos os não ditos dessa nova sociedade. Caso contrário, sou um homem em perigo.

Foi um amigo que fiz no Jeunesse Canada Monde (organismo internacional que promove o intercâmbio cultural de jovens do norte e do sul), Paul, que me fez descobrir o bairro rico de Montreal. Seus pais são simpáticos. O pai é um pequista (membro do Partido Quebequense que defende a independência do Quebec) radical. A mãe só se interessa pela família. Família típica. Foi nessa casa que aprendi tudo a respeito da política no Quebec. Eu achava que as pessoas daqui não conheciam a discussão política. Que o chefe de Estado era um bom pai, católico, que dirigia o país como se fosse sua família. Compreendi rapidamente que era muito mais complexo do que parecia. Não se fiem nesse rosto inocente, nesse perfume rural, nem nessa espécie de honestidade camponesa (no início, eu achava que os quebequenses não sabiam sequer mentir) que paira no ar. Chegando aqui temos a impressão de que é um país sem passado. Pois bem, não, eles também têm um homem forte que dominou suas consciências: Duplessis. Se Duvalier reinou no Haiti recorrendo ao vodu e jogando com o medo ancestral das pessoas, Duplessis, por sua vez, apostou no apoio da igreja católica. Duvalier jogou muito com o nacionalismo para permanecer no poder. Duplessis, também. Bom, felizmente Duplessis não teve tontons-macoutes à sua disposição. A diferença está na estratégia utilizada por cada um desses dois povos para sair desse período de "grande escuridão". Os haitianos, obcecados pela história, não quiseram enxergar a questão senão no plano político. Os quebequenses promoveram uma revolução pacífica baseada na educação e na laicização dos poderes públicos. E na cultura também. Acabaram escancarando as janelas. Ar puro foi tragado para dentro de casa. Os haitianos ainda patinham na lama da cauda do cometa ditatorial.

Esta manhã vejo-me sentado diante do pai do meu amigo Paul, para o café da manhã. Paul ainda curava o porre da véspera. Quem diria! Quem diria! Quem poderia imaginar uma coisa dessas... Claude Ryan pedindo em seu editorial do *Devoir* que votem no Partido Quebequense. Como *Le Devoir* é o grande jornal intelectual do Quebec e Ryan uma espécie de arcebispo que fazia seu sermão diário no jornal — artigo longo e denso, sempre bem documentado, num estilo sóbrio e eficiente, o que irritava seus adversários pequistas. Explicaram-me que *Le Devoir* é no Quebec o que

Le Monde é na França. O pai de Paul me passa febrilmente o jornal. Um longo e copioso editorial recheado de nuances e circunlóquios para dizer que ele contesta inclusive a existência do partido para o qual hoje pede votos (o triunfo do espírito voltairiano). No Haiti, só se pensa em eliminar fisicamente seu adversário político. Aqui, se julgarem ser a coisa racional a fazer, pedem votos para ele. A razão. No Haiti, um adversário político é um inimigo. A paixão. Imagine!, em todo caso não vou cair na fórmula de Senghor que afirma que, "se a razão é helênica, a emoção é negra". Qual é a importância desse editorial?, termino perguntando. Enorme. Quando seu pior inimigo alinha-se do seu lado, não existe propaganda melhor... E o que vai acontecer quando o Partido Quebequense chegar ao poder? Vão finalmente fazer a pergunta. Que pergunta? Vão finalmente perguntar aos quebequenses se eles querem viver num país independente ou permanecer uma província. Ah, bom, no Haiti fizemos uma guerra nacional para declarar nossa independência. Eu nunca tinha pensado que um país pudesse tornar-se independente simplesmente fazendo uma pergunta a seus habitantes: vocês querem ser independentes? Ele me observa um tanto inquieto. Eu acabava de estragar o prazer que lhe proporcionara o editorial do *Devoir*. Mal-entendido? Pois eu estava pasmo de admiração diante do trabalho de fôlego realizado pelo povo quebequense. Continuo a preferir a calma manhã quebequense ao sangrento crepúsculo haitiano.

Passei a noite de sexta com os amigos de Paul. Instalamo-nos numa pequena ilha. Com algumas caixas de cerveja Molson, maconha e um pouco de música. Caras e garotas. Levei um certo tempo para compreender que a finalidade primordial da noite para os caras não era trepar com as garotas. O principal era conversar. A respeito dos surrealistas. Dos poetas: Breton, Éluard. Dos pintores: Dalí sobretudo. Eu não entendia. O pai completamente obcecado pelas eleições vindouras. O filho encharcado de surrealismo. Qual é o elo? Tentei fumar um pouco. Em vão. Aquilo não me diz nada. Em primeiro lugar: efeito zero. Dizem-me que é a primeira vez, não acontece assim de repente. É preciso esperar. Esperei. Nada. Então, comecei a olhar para as garotas e a prestar muito menos atenção à discussão sobre a diferença entre Dalí e Picasso. Rapidamente detectei uma garota alta que também parecia não fazer muito caso de Dalí. Fui me sentar ao seu lado. Ela é delicada e gentil. Peguei sua mão, assim sem mais nem menos. Fingi ler a linha do seu coração. Num dado momento, ela se debruçou para me beijar. Meu corpo inteiro tremia. Estava friozinho, meados de novembro. Beijamo-nos longamente. Meu primeiro beijo quebequense. Gosto do cheiro dela. Fizemos uma fogueira, e seus cabelos cheiravam a fumaça. E também àquele cheiro que eu não sabia determinar. O cheiro do outro. Também devo ter um cheiro particular. Sotaque ou cheiro. Ninguém escapa a isso. Nenhum perfume pode disfarçar seu cheiro íntimo. Ela começou a me acariciar. Eu me sentia um pouco encabulado na frente dos outros que nos observavam. Seu irmão parece zangado, eu lhe disse. Não é meu irmão, é meu *chum*. Você quer dizer seu namorado. Se preferir, ela me disse me beijando como se fosse me devorar a boca. Eu abria os olhos e via o sujeito sempre me olhando. O que deu em você? Não consigo com esse cara na minha frente. Tudo bem, ela me disse, me arrastando para o outro lado da ilha. Eu tinha a impressão de ser uma presa. Sensação desconhecida para um rapaz no Caribe, a não ser que seja com uma turista rica e já de certa idade. Aprendi muitas coisas numa única noite. E com a mesma garota.

Num táxi haitiano. Montreal. 16 de novembro de 76 (o dia seguinte à vitória do Partido Quebequense). O motorista vira-se para mim. Você é haitiano? Sou. Viu as eleições ontem?, Que beleza! O Partido Quebequense finalmente chegou ao poder. Há quanto tempo está aqui? ele me pergunta num tom assaz brutal. Cinco meses. Ok. Vou lhe dizer uma coisa. Este país pertence aos haitianos. Estamos em toda parte. Nas escolas, nos hospitais e não apenas como doentes, nas fábricas, em tudo que é canto. Com o táxi, controlamos a rua de dia e de noite. Sabemos exatamente o que acontece na política antes de todo mundo. Semana passada, peguei o primeiro-ministro Bourassa duas vezes no meu táxi. E conversamos demoradamente. O sr. Bourassa compreendeu que não convinha minimizar a importância dos haitianos aqui no Quebec. Mas compreendeu tarde demais. Meu cunhado, mês passado, pegou Trudeau. Trudeau é matreiro. Nunca sabemos o que está pensando. Se vocês são tão poderosos, eu lhe digo, por que não ocupam um posto importante no governo em vez de trabalharem no táxi? Os que detêm o poder de fato não devem nunca se mostrar, ele me responde incisivamente. Você viu a comunidade italiana. Alardeou sua força e, hoje, nem se ouve falar dela. O táxi encosta no meio-fio. Ainda tenho sua risada carnívora nos ouvidos.

As pessoas do norte acham que o inverno, sobretudo a neve, constitui o acontecimento capital da viagem. Não deixa de valer a pena. Mas é o movimento na escala social que me fascina. Podemos passar, desavisadamente como no meu caso, do invejável status de intelectual pequeno-burguês em Porto Príncipe ao de operário em Montreal. E não se trata de um emprego de verão como acontece com os jovens estudantes norte-americanos. O primeiro dia em que me vi diante de uma máquina, precisei de um longo momento para compreender o que se passava comigo. No Haiti, a situação econômica talvez seja mais desastrosa, mas eu tinha um status social. Meu pai era jornalista, foi por um breve período prefeito de Porto Príncipe, subsecretário de Estado e, como se não bastasse, diplomata. Minha mãe, arquivista. Meus avós viviam confortavelmente em Petit-Goâve. E aqui estou eu diante dessa máquina concebida para me pulverizar (quase perdi um braço no primeiro dia), na presença de todas essas pessoas que julgam que isso era a melhor coisa que me podia acontecer. Para eles, minha condição nunca foi melhor. Passei a tarde no banheiro da fábrica refletindo na minha nova condição. Operário, imigrante e negro. Que sorte! O fundo do porão. Voltei para casa. Apaguei tudo. Sentei no meio da sala, no escuro. Pela primeira vez na vida, não refletia sobre um problema político, literário ou filosófico, mas sim sobre o que acontecia na vida cotidiana. A vida de verdade, como dizem no Quebec. A questão não era o que eu viria a ser, mas sim o que eu pretendia fazer de mim mesmo. Minha vida se achava pela primeira vez nas minhas mãos. Era ao mesmo tempo enlouquecedor e excitante. Eu estava sozinho naquela cidade. O tronco da árvore genealógica. Ninguém antes de mim, e ainda sem descendência. Aqui, não sou mais um filho, mas ainda não sou um pai. Eu sozinho. A árvore irá vergar-se na direção que eu lhe imprimir. Os novos colegas quebequenses com quem eu passava as noites nos bares vinham em sua maioria daquelas cidadezinhas chiques da periferia que cercam Montreal. Na verdade, não se afastavam muito do ninho familiar. De tempos em tempos, quando a coisa degringolava para eles, deixávamos de vê-los durante uma ou duas semanas e ficávamos sabendo que tinham ido tratar da saúde na casa da família (em Repentigny, Sainte

Thérèse, Saint-Marc ou Joliette). Quanto a mim, não tinha ninguém atrás de mim. Nem rede embaixo. E foi o que me salvou.

Estamos em perigo neste momento. Se deixarmos, os quebequenses vão nos tomar este país. Você acha que o verdadeiro poder nunca deve mostrar o rosto. Aqui é diferente... Temos que agir. Pegue meu cartão. Telefone para mim. À noite temos uma reunião no subsolo da igreja Notre-Dame. Eis a grande diferença entre os haitianos e os quebequenses. Os quebequenses pensam política unicamente em termos de independência. Ao passo que os haitianos só pensam no poder. Todo motorista de táxi haitiano acredita piamente que, se quisesse de verdade, poderia ser primeiro-ministro do Quebec. Enquanto espera para ser presidente do Haiti. O poder no Quebec é apenas um meio de fazer passar o tempo algo entediante do exílio.

Eu tinha um colega senegalês que aparecia lá em casa todo início da primavera. Não sabíamos onde ele passara o inverno. O inverno é o período da intimidade profunda. As pessoas nascidas aqui talvez saibam como enfrentá-lo, havendo inclusive quem goste. Os que o detestam fogem para o sul. Não posso imaginar o sul (lá onde faz calor) como um balneário, eu teria a impressão de perder todo senso da origem. Eu venho do sul. O sul nunca poderá ser sinônimo de prazer para mim. O sul não canta na minha cabeça. Lugar grave. O frio me apavora. Soube por acaso que meu colega costumava passar o inverno num hospital psiquiátrico. Volta e meia punha-se nu no meio da neve e a polícia vinha recolhê-lo. Dava uma de árvore. O homem é uma árvore sem folhas que anda. Ele nunca disse uma palavra a respeito de suas temporadas no hospital. Outro colega, este, haitiano, passava o inverno na prisão, em Waterloo. Parece que tratam bem o pessoal por lá. Ele soube disso por acaso. Foi preso um dia por causa das multas de contravenção que não pagara. E na prisão um alto barbudo contou-lhe que havia uma cadeiazinha magnífica onde ele costumava passar o inverno sem que enchessem muito o saco dele. Sem gastar um tostão. Tudo por conta do Estado. Um dia, numa época em que estava liso, meu amigo fez uma tentativa (mas por favor não me perguntem como fazer para ir para lá, eu nem sabia que podíamos escolher nossa prisão) e desde então passa o inverno lá lendo Dostoiévski. É louco pelo Fiódor. Quando moramos na cidade e não possuímos um chalé nas Laurêntidas, os únicos lugares realmente propícios ao repouso e à reflexão são as prisões e os hospitais. Mas temos que cair num lugar bacana, tipo Waterloo.

Não soube exatamente quando deixei de gostar de sapoti. Até no Haiti encontramos cada vez menos. Lembro-me dessa viagem através do país (Haiti) com o escritor Jean-Claude Charles, na verdade radicado em Paris, ele. Logo depois da fuga de Jean-Claude Duvalier. Procurávamos freneticamente um pé de sapoti. O gosto dessa fruta literalmente me obcecava. Charles achava esquisita minha obsessão, mas a levava a sério. Todo indivíduo procura um cheiro ou sabor desaparecido de seu meio ambiente emocional. Para mim, era o sapoti. Perguntávamos em todo canto por onde passávamos se não havia ali um pé de sapoti. Os camponeses sorriam e sacudiam negativamente a cabeça. Sem o gosto do sapoti, eu tinha a impressão de que o Haiti se afastava sensivelmente de mim. A ironia é que, quando eu morava no Haiti, o sapoti não me interessava especialmente. Sem mais nem menos, não importa quando, tampouco onde, um sabor (ou melhor, a nostalgia de um sabor) pode surgir assim das profundezas da infância. Isso nunca aconteceu enquanto estive em Montreal. Na época, de dia eu deambulava por Montreal, enquanto à noite percorria Porto Príncipe. Mas, quando estou em Porto Príncipe, passo minhas noites em Montreal. Hoje, estou em Miami, mas nunca sonhei com essa cidade. Na realidade, tenho um sonho estranhíssimo: vejo-me em Montreal, na rua Saint-Denis, enquanto as cores e cheiros ainda são de Porto Príncipe. Quando estou numa cidade, moro nela; quando não estou mais, é ela que mora em mim. Como todas as crianças, consigo estar em, pelo menos, dois lugares ao mesmo tempo.

Meu pai e o soldado confederado

Zee Edgell

Como era naqueles tempos? Bem, naqueles tempos nós vivíamos na roça, perto da lagoa Manatee, no meio do nada. Pelo menos é assim que eu vejo aqueles tempos agora. Tínhamos um laguinho, árvores frutíferas, abacaxi, coco, banana, essas coisas. A gente plantava também, isto é, meu pai plantava. Sim, acho que era um lugar tranquilo, a não ser pelas cobras e coisas assim, até que os soldados confederados chegaram. Mas eu prefiro viver aqui no Belize Town Hotel. Quando chega um navio, as pessoas conversam, perguntam coisas, puxam assunto, assim como o senhor está fazendo agora. Eu fico sabendo do que está acontecendo lá fora, como soube do fim da guerra nos Estados Unidos. Nem sempre eu gosto dos hóspedes, mas é assim mesmo, ficam uns pelos outros e eu vou levando.

Eu tenho um quarto na ala dos empregados que dá para a Duck Lane, nos fundos do hotel. É pequeno e barulhento, e quente também, na estação das chuvas, mas eu ainda prefiro isto aqui ao lugar onde morava com meu pai quando era menina. Ele já morreu, é claro, que Deus o tenha. Morreu antes mesmo de meu avô. O certo era meu avô ir primeiro, de tanto que ele apanhou na vida e coisa e tal quando era escravo, antes de meu pai nascer. Estava sempre se queixando de uma ou outra mazela. É claro que ele não podia trabalhar na plantação, mas meu pai também não parecia se importar com isso.

Sempre que eu perguntava a meu pai por que vovô não nos ajudava um pouco mais, meu pai dizia: "As mãos dele estão gastas de tanto aplainar toras de mogno junto ao riacho em Haulover." Outras vezes meu pai dizia: "Deixe ele ficar quieto se é isso que ele quer. Ele deve estar pensando no irmão que foi enforcado, cortado em pedaços e depois queimado."

É claro que as respostas de meu pai não eram sempre as mesmas. Às vezes ele dizia que vovô estava pensando no amigo dele que tinha sido vendido e levado para outro lugar rio abaixo, ou sobre minha avó, aleijada pelo chicote, e que depois trabalhou até morrer na cozinha de alguém. Eu não entendia bem essas histórias, mas decidi naquela época mesmo que, se algum dia eu tivesse filhos, não contaria a eles essas histórias. Elas me davam pesadelos. Às vezes eram tão tristes que eu chorava até parar de enxergar. Quando acontecia isso, meu pai dizia: "Você é uma boba chorona, mas também o que é que eu podia esperar de uma filha menina?" Ele nunca admitiu, mas acho que meu pai gostaria que eu tivesse nascido menino.

Minha mãe? Ah, essa morreu poucos dias depois de eu nascer. Foi enterrada lá mesmo na roça. Eu sempre penso em voltar um dia a Manatee, a Gale's Point, e procurar o túmulo dela, mas acabo não indo. Isso é estranho, concordo com o senhor, até porque não tenho ninguém que me prenda aqui. Não tenho mais. Mas é que todos os túmulos lá estão cobertos de capim alto e de outros matos.

Mas isso aconteceu há muito tempo e eu não penso muito nessas coisas mais. Não que eu seja velha; faz pouco tempo, mas o senhor me entende, não? Essas lembranças me vêm à cabeça até quando não estou pensando em meu pai, como ontem mesmo. Lá estava eu na cozinha preparando as bandejas para o café dos hóspedes, quando, sem pensar em nada, olhei pela janela, e em vez dos prédios velhos de sempre, lá estava meu pai de pé à porta de nossa casa no roçado, olhando em direção à trilha onde o confederado estava, com uma arma na mão.

Nossa casa era quase um casebre, mas é claro que naqueles tempos eu não pensava assim. Era a minha casa, a única que eu conhecia e pronto. Também não tinha nenhuma casa bonita por aquelas bandas, a não ser a casa do soldado confederado, que ficava numa propriedade de mais de quatro mil hectares, dizia meu avô. Mas eu nunca tinha visto a tal casa e, além do mais, eu não acreditava muito nas coisas que meu avô dizia. Onde eu dormia? Perto da cozinha tinha um sofá. Era lá que eu dormia. Meu pai e meu avô dormiam em redes no quarto. A casa? Não há muito o que falar dela. Tinha chão de terra batida e telhado de palha. Eu não gostava do telhado de palha porque cobras e escorpiões podiam se esconder lá e às vezes se escondiam mesmo, mas em outras casas. Não na nossa, porque meu pai, até morrer, sempre cuidava para não dar bicho na palha.

Eu varria o chão da casa e o quintal em volta dela e meu avô, quando se dispunha a ajudar, o que era raro, como já disse, cuidava de não deixar o mato crescer ao redor do roçado onde ficava nossa casa. A gente não era desleixado como certas pessoas que eu conheço. A gente pegava peixe na lagoa, caçava, cozinhava, capinava e plantava a terra, lavava a roupa, coisas assim. Isso ocupava todo o dia e parte da noite também.

Dinheiro? Meu avô não ligava pra dinheiro, mas às vezes meu pai trabalhava para famílias que vieram da guerra na América e que tentavam fazer plantações, como o soldado confederado de quem falei. A maioria deles não conseguiu nada aqui, mas isso eu nem precisava dizer ao senhor. Pelo que eu entendia, eles foram ficando cada dia mais cheios de ódio ao verem que seus esforços não davam em nada aqui, por mais que tentassem.

Tudo neste país parecia deixar aquela gente com muita raiva. Mas, como meu avô dizia, "Eles eram donos de escravos na terra deles, e nenhum parente meu vai ser escravo de novo". Eu não entendia meu avô quando ele dizia essas coisas. Afinal de contas, um dólar era um dólar e havia muitas coisas que nós precisávamos comprar na cidade de Belize. Nossas roupas eram esfarrapadas e remendadas do jeito que desse, e quando tínhamos um pouco de dinheiro, às vezes eu era capaz de convencer meu pai a comprar algum pano para que eu fizesse roupas para nós.

Meu pai e vovô nunca se afastavam muito da casa e, a não ser em raras ocasiões, nem iam até as vilas mais próximas. Solidão? Eu não pensava nisso naqueles tempos. Mas deve ter sido muito solitário lá. Deve ter sido por isso que eu fiquei alegre, a princípio, quando as famílias confederadas começaram a se estabelecer na nossa área. As pessoas chamavam todos os homens confederados de soldados, ainda que eles nem sempre usassem farda. Mas mesmo quando muita terra a nossa volta foi comprada por duas ou três famílias confederadas, eu nunca tive muito contato com elas. Aquela gente não era muito sociável. Logo tomavam do cajado, dos cristais falsos e de armas de fogo quando achavam que alguém olhava para eles de mau jeito. Pelo menos era isso que meu avô falava, mas meu avô era um sujeito brigão e se aborrecia facilmente, por isso eu não acreditava muito na maior parte do que ele dizia. Estas são algumas das coisas que fizeram meu coração bater tão depressa no dia em que eu vi o soldado confederado entrando no nosso roçado.

É claro que àquela altura eu já estava quase acostumada a ver as caras brancas dos soldados confederados a distância, mas ainda não tinha visto nenhum deles de perto. Como era o soldado? Bem, ele não era muito alto e não estava usando farda, que eu me lembre. Os cantos de sua boca voltavam-se para baixo no meio de uma barba grisalha. Ele vestia jaqueta, uma camisa branca de colarinho pequeno e uma gravata preta fininha... se me lembro bem. E um bom par de calças, naturalmente. Mas como já disse, nós chamávamos todos aqueles homens de soldados, porque a maioria dizia que era. Seja como for, a cara dele era de quem sentia algum fedor na nossa clareira, e ele apertou os olhos quando viu meu pai. A direção do sol? Bem, talvez ele estivesse de frente para o sol, que lá é sempre bem forte. E quente demais também, na minha opinião. Mas não creio, apesar de isso ter se passado, como já disse, há muitos anos.

Não, não me lembro em que dia foi, nem em que mês nem em que ano. Naqueles tempos, lá na roça, o dia e o ano em que estávamos não tinha importância. Pelo menos era isso que eu achava. Meu pai e meu avô geralmente sabiam quando a estação estava para mudar só de olhar para o céu e para as árvores, molhar a ponta de um dedo e sentir o sopro da brisa. Sabiam de tudo: quando a estação da chuva ia começar, ou a da seca, a que horas do dia ou da noite certos peixes estariam na lagoa, ou quando era a melhor época para cortar certas árvores ou o que plantar em cada época. Coisas assim.

Então, como eu ia dizendo, eu estava voltando do poço com dois baldes de água, um em cada mão, quando vi meu pai, primeiro com cara de susto e logo em seguida, de raiva, desaparecer dentro de casa e voltar com uma espingarda nas mãos, os olhos grudados no soldado ali parado no início da trilha que atravessa o mato alto. Meu pai tinha a cabeça meio virada de lado, como se esperasse ouvir alguma coisa. Deixei os baldes no chão e entrei em casa pela porta de trás.

Não sei quantos anos eu tinha, mas ainda era o que as pessoas chamam de menina. Não tinha idade para ser chamada de moça, ou coisa assim. Meu pai fazia com que eu me vestisse como menino, e meu cabelo era cortado rente, porque não havia mulher por perto para me fazer tranças. Na verdade, eu raramente me lembrava de que era menina, até porque eu era alta para a minha idade e forte.

Mas às vezes eu me lembrava, porque meu pai não me deixava carregar coisas muito pesadas e eu não podia andar sozinha pelas trilhas da mata ou por volta da lagoa, como de vez em quando me dava vontade de fazer. Tentei uma vez. Mas meu pai me deu uma surra tão grande que eu nunca mais tive coragem de ir sozinha além do roçado até ele e meu avô morrerem. Se meu pai não tivesse pegado aquela doença que ia apodrecendo a pessoa, que eu não desejaria para meu pior inimigo, o senhor pode crer, acho que eu ainda estaria por lá, mesmo bem depois de chegar à idade que o povo chama de idade de casar.

Nesse hotel? Bem, já faz uns cinco anos que eu estou aqui, na esperança de me casar com um homem forte como meu pai. Há muitos homens nesta cidade, pelo menos é o que as pessoas me dizem. Minhas duas amigas às vezes me mostram um ou outro. Mas nunca encontrei um que se comparasse a meu pai. Viver só com ele e com meu avô dia sim e outro também, como vivi muitos anos, não era nada fácil, o senhor pode acreditar, porque eles não gostavam de muita conversa. Sim, é claro, quando eu era menina talvez me sentisse solitária, como o senhor diz. Acho que devo ter sido mesmo. Às vezes ele e meu avô, quando este não estava deprimido com suas recordações, até deixavam que eu falasse à vontade, sem dizerem muito, apenas balançando as cabeças ou resmungando uma coisa ou outra, até acharem que já tinham ouvido demais. Aí me mandavam fazer um trabalho, como tirar as castanhas dos cajus ou fazer doce, se tivéssemos um pouco de açúcar em casa. Coisas assim. Eu ia, mas me sentindo magoada, rejeitada, ou com algum outro sentimento ruim. Às vezes ainda me sinto assim. Tolice, não?

Quando isso acontecia, eu fazia juras secretas a mim mesma de ficar muito tempo sem falar com eles. Nada além do necessário. Às vezes até conseguia, sabe? Mas depois de algum tempo, lá estavam eles de novo, meu pai e meu avô, sentados nos banquinhos de três pernas e fumando cachimbo, os dois, a olharem para mim como se eu tivesse dito uma coisa que eles não tinham ouvido, e antes que eu me desse conta, lá estava eu falando de novo até que tudo se repetisse novamente.

Bem, como já disse, eu vivia com dois homens fortes que estavam sempre calados, com suas lembranças ruins de que eu pouco sabia. Os homens que conheci até agora não são como meu pai e meu avô, e quando sou eu mesma, o que não dá para evitar depois de um tempo, acho que às vezes digo ou até faço coisas que não agradam aos homens. Talvez seja minha voz ou minha aparência. Coisas assim.

Seja como for, arrumei este emprego e agora estou bem comigo mesma, a não ser quando chega a estação quente como agora, e eu estou lavando mangas para colocar na fruteira da sala de jantar, ou quando alguém me faz pensar nessas coisas como o senhor fez agora, perguntando sobre a lagoa Manatee e sobre a terra que tínhamos lá no interior. Aí eu me lembro do pomar na beira do nosso roçado, com os galhos se vergando de tanta fruta verde nesta época do ano.

No dia em que o soldado confederado entrou na nossa clareira, eu vinha chegando com os baldes de água e olhando para aquelas árvores enormes, procurando uma manga que tivesse começado a amadurecer. Sempre gostei de manga um pouco verde. Por isso é que deve ter sido na época das mangas aquele dia em que deixei os baldes no chão, passei correndo por meu pai e fui para junto do meu avô, que dormia em um catre junto à janela. Disse a ele o que estava acontecendo lá fora. Ele se sentou e entreabriu a janela.

O que aconteceu em seguida? Bem, a essa altura meu pai e o soldado confederado já estavam diante um do outro no roçado. Começaram falando baixo, mas logo estavam aos gritos um com o outro e meu avô se juntou à discussão gritando pela janela: "É isso mesmo! Fala mesmo!" Meu pai não queria trabalhar para o soldado confederado todos os dias, em todas as estações, porque tinha sua própria terra para cuidar, e tinha a gente também para cuidar, como já disse.

Meu pai disse ao soldado confederado que não ia trabalhar todo dia do nascer ao pôr do sol por aquele salário de fome que ele pagava. Disse ao soldado confederado tudo o que quis dizer sobre os maus-tratos que tinha recebido dele. O senhor pode nem acreditar, mas o meu pai falava igualzinho a meu avô, até na voz. Que mais? Bem, o bate-boca passou de mau a pior, porque quando meu pai deu as costas a ele e começou a voltar para a casa, o soldado confederado pareceu ter quase enlouquecido.

Ele fez pontaria e disparou, mas o tiro falhou, e, se não tivesse falhado, alguém ali teria morrido. Meu pai conseguiu tomar a arma e botou o soldado para correr do nosso roçado. Ele saiu gritando um montão de coisas e continuou gritando até a voz dele sumir no meio do mato. O que foi que ele gritou? Bem, faz tanto tempo que nem me lembro, mas era alguma coisa sobre dar um coco e um punhado de arroz a um nativo ser bastante para ele não querer mais trabalhar; sobre meu pai ser preguiçoso e falso, ser um irresponsável, uma porção de coisas que não eram verdade. Eu era testemunha do quanto meu pai trabalhava, como já disse. Acho que a maioria daqueles soldados já se foi de lá.

Saíram umas notícias no jornal muito tempo atrás, me contaram, sobre a maneira como eles tratavam a gente da terra como nós.

Se eu quero vender a terra? Bem, isso agora já não é mais comigo, sabe? Desculpe se o senhor desperdiçou seu tempo ouvindo tudo isso. Mas o senhor procurou a pessoa errada se quer comprar aquela terra. Meu pai não deixou a terra para mim, sabe? Não quis deixar, e pronto. Deixou para um sobrinho-neto dele. Posso dar o nome, se o senhor quiser. Um bom sujeito, muito grato a meu pai pelo presente inesperado, como ele diz. Vez por outra ele me manda uma coisinha. No primeiro ano ele trouxe uma canoa cheia de mangas da lagoa Manatee para vender aqui na cidade de Belize, e me deu parte do lucro. Meu primo não anda bem ultimamente, portanto é possível que aceite vender a terra, apesar de ter filhos. O senhor só precisa ir à lagoa Manatee e perguntar por ele. Boa tarde para o senhor também. Prazer em conhecê-lo, viu?

Peso

Margaret Atwood

Estou ficando mais pesada. Não digo mais gorda, apenas mais pesada. Isso não aparece na balança: tecnicamente não mudei. Minhas roupas ainda cabem em mim, portanto não se trata de tamanho, ou disso que dizem sobre a gordura ir tomando o lugar dos músculos. O peso a mais que sinto está na energia que queimo para me deslocar pelo mundo: nas calçadas, nas escadas, a andar o dia todo. É a pressão que sinto nos pés. É a densidade das células, como se eu tivesse bebido metais pesados. Nada que se possa medir, embora não deixe de haver os montinhos de carne flácida que precisam ser enrijecidos, triturados, trabalhados. *Trabalhados*. Parece-me que há coisas demais a serem trabalhadas.

Às vezes acho que não chegarei ao fim do dia. Um mal súbito, um acidente de automóvel. Terei um ataque cardíaco. Saltarei de uma janela.

É nisto que estou pensando enquanto olho para este homem. É um homem rico, mas isso eu nem precisava dizer: se ele não fosse rico, nenhum de nós dois estaria aqui. Ele tem dinheiro em excesso, e eu estou tentando tirar algum dele. Não para mim, eu vou bem, obrigada. É para o que antigamente chamávamos de caridade e agora todos chamam de boa causa. Para ser mais precisa, trata-se de um abrigo para mulheres que sofrem violência. Molly's Place, chama-se. O nome é uma homenagem a uma advogada que foi assassinada com o tira-pregos de um martelo pelo marido. Ele era o tipo de homem que sabia manejar ferramentas. Tinha até uma bancada de marceneiro no sótão. Torno de mão, torno de bancada, serra elétrica, todas essas coisas.

Eu me pergunto se este outro homem, sentado com tanta cautela do outro lado da mesa, a minha frente, terá também uma bancada de marceneiro no sótão. As mãos dele dizem que não. Nada de calosidades ou pequenas cicatrizes. Não vou lhe falar do martelo, nem dos braços e pernas escondidos aqui e ali por toda a província, em bueiros, em moitas, como ovos de Páscoa ou pistas de alguma grotesca caça ao tesouro. Sei como são impressionáveis os homens do tipo deste. Sangue de verdade, sangue que clama por você do chão onde foi derramado.

Já vencemos a etapa de escolher o que pedir ao garçom, etapa que requereu de ambos o lamentável processo de procurar os óculos a fim de passar os olhos pelo cardápio caprichosamente elaborado. Temos pelo menos uma coisa em comum: nossas vistas estão piorando. Agora eu sorrio para ele e brinco muito levemente com a haste delgada do meu copo, e minto com absoluta convicção. Não sei fazer bem esse tipo de coisa, digo. Entrei nisso a contragosto porque acho difícil dizer não. Faço isso por uma amiga. Isso é verdade: Molly era minha amiga.

Ele sorri e relaxa. *Bom*, ele estará pensando. *Ela não é dessas mulheres decididas, do tipo que faz preleções e repreende a torto e a direito, que abre a porta do carro sem esperar que a abram para ela*. Ele acertou. Não é mesmo esse o meu estilo. Mas ele poderia ter chegado a esta conclusão observando meus sapatos: mulheres como aquelas não calçam sapatos como estes. Em suma, não sou *estridente*, e seu instinto ao me convidar para almoçar estava justificado.

Este homem tem um prenome, naturalmente. Chama-se Charles. Ele já disse "Me chame de Charles". Quem saberá dizer que outros deleites me aguardam? "Chuck", talvez, mais adiante, ou "Charlie". *Charlie, my Darling*... a música me vem à mente. Acho que vou parar em Charles mesmo.

Chegam os antepastos. Sopa de alho-poró para ele e uma salada para mim. Endívia com maçãs e nozes e um leve molho como véu. *Véu*. Tem alguma noiva por aqui? O garçom é do tipo ator-desempregado, porém todo o seu charme e sua graça são desperdiçados com Charles, que nem sequer responde quando ele lhe deseja uma boa refeição.

— Tim-tim — diz Charles erguendo a taça. Ele já tinha dito isso. Mau começo. E se eu chegar ao fim deste almoço sem conseguir falar sobre o que interessa?

Charles está prestes a contar uma piada. Os sintomas estão todos aí: um leve enrubescimento, um movimento involuntário do músculo do maxilar, um brilho maroto nos olhos.

— Você sabe o que é marrom e branco e fica bem em um advogado?

Já conheço a piada.

— Desisto. O que é?

— Um pit bull.

— Ah, que horror. Você é terrível.

Charles se permite um pequeno semicírculo de sorriso e depois acrescenta, como que se desculpando:

— Não me refiro a advogadas mulheres, naturalmente.

— Eu já não exerço mais a advocacia. Trabalho na área de negócios, lembra-se? — Mas talvez ele estivesse se referindo a Molly.

Molly teria achado essa piada engraçada? Provavelmente sim. Muito tempo atrás, certamente teria. Quando estudávamos na faculdade de direito, nos esforçando como loucas porque sabíamos que precisávamos ser duas vezes melhores do que os homens para afinal ganharmos menos do que eles ganham, costumávamos sair juntas nos intervalos para tomar café e nos matar de rir inventando significados tolos para palavras que os rapazes usavam ao se referirem a nós. Ou a mulheres, em geral, mas nós sabíamos que era de nós que eles zombavam.

— *Estridente.* Marca de palitos embebidos em remédio para tratar doenças das gengivas.

— É isso mesmo! E *estrídula*? É um pássaro do sexo feminino e bico muito fino, natural da costa da...

— Califórnia? Pois é. E *histérica*?

— Essa eu sei! É uma flor arredondada de perfume enjoativo que nasce em uma trepadeira, em geral encontrada nas mansões sulinas. E *enxerida*?

— Enxerida... Esta é pesada. Trata-se de um termo chulo pertinente à anatomia feminina, usado por um bêbado passando uma cantada, não?

— Pensei que fosse uma almofada de veludo grande, recheada de algo macio...

— Cor-de-rosa ou lilás...

— Usada para a pessoa se deitar no chão enquanto...

— Enquanto assiste a uma novela da tarde — completei eu, insatisfeita. Devia haver um significado melhor para *enxerida*.

Molly era enxerida. Ou, em outras palavras, ela se interessava por tudo. E decidida, também. Quando decidia fazer algo, nada era capaz de impedi-la, apesar do jeito de garotinha levada que lhe davam a pequena estatura, os olhos grandes, a franja caída na testa e o queixo desafiador que ela erguia quando ficava zangada. Ela não vinha de uma família organizada e chegou aonde chegou usando seu cérebro privilegiado. Tampouco eu vim de uma família organizada e foi também com esforço próprio que me tornei advogada. Mas nossas origens desestruturadas nos afetaram de maneiras distintas. Eu, por exemplo, sempre fiz questão de ter tudo organizado e tinha fobia a sujeira. Molly tinha um gato chamado Gatinho, achado na rua, é claro. Levavam os dois uma vida de miséria e alegria. Ou talvez não fosse miséria: desordem. Eu seria incapaz de viver daquela maneira, mas nela tal estilo de vida me agradava. Ela fazia coisas que eu não me permitia fazer. Eu me divertia por terceirização.

Molly e eu sonhávamos alto, então. Íamos mudar as coisas. Íamos quebrar a tradição machista no campo do direito. Usar de estratagemas para explodir a rede impenetrável daqueles chauvinistas, mostrar que mulheres eram capazes de batalhar, o que quer que fosse isso. Íamos mudar o sistema vigente, conseguir condições equânimes de divórcio, lutar pela igualdade de salários. Queríamos justiça e jogo limpo. Achávamos que era para isso que existiam leis.

Não nos faltava coragem, mas começamos pela extremidade errada. Não sabíamos que seria necessário começar pelos juízes.

Mas Molly não tinha raiva de homens. Ela beijava muitos sapos. Achava que qualquer sapo poderia ser transformado em príncipe se fosse suficientemente beijado... por ela. Eu era diferente. Sabia que um sapo era um sapo e jamais deixaria de sê-lo. O que havia a fazer era achar o mais agradável dentre os sapos e apreciar o que ele tivesse de melhor. Mas era preciso estar sempre atenta.

Eu chamava isso de concessão. Molly chamava de cinismo.

Do outro lado da mesa, Charles está tomando outra taça de vinho. Acho que está chegando à conclusão de que tenho espírito esportivo. Este é um atributo necessário a uma mulher à qual se está pensando em propor o que antigamente era chamado de "*affaire* ilícito". Sim, porque, na verdade, não é outro o objetivo deste almoço. É uma entrevista mútua para preencher vagas em aberto. Eu poderia ter feito meu pedido de doação no escritório de Charles e tê-lo visto rejeitado lá mesmo, com delicadeza, mas sem perda de tempo. Poderíamos ter mantido a formalidade.

Charles é bonito, do jeito que homens bem tratados costumam ser, mas se você o visse numa esquina, com a barba por fazer e pedindo esmolas, talvez não pensasse assim. Homens dessa categoria parecem ter todos a mesma idade. Eles anseiam por aparentá-la quando têm vinte e cinco anos, portanto a imitam; e depois que passam dessa idade, tentam imitá-la novamente. O peso da autoridade é o que eles desejam, bem como juventude suficiente para dela usufruir. Referem-se a esse período de suas vidas como o "ponto ideal", assim como querem seus bifes. Todos têm mesmo algo de carnudo em sua aparência. Uma firmeza bovina. Todos praticam algum esporte: começam pelo *squash*, progridem para o tênis e acabam jogando golfe. O esporte os mantém em forma. Noventa quilos de carne de primeira. Disso eu sei.

Tudo isso acondicionado em um terno azul-marinho com riscas finas e uma gravata sóbria onde se veem discretos desenhos. Esta que vejo tem cavalos.

— Você gosta de cavalos. Charles?

— Como?

— Sua gravata.

— Ah, não. Nenhum gosto especial. Presente de minha esposa.

Estou deixando qualquer outra menção ao Molly's Place para depois da sobremesa — nunca faça uma jogada de fôlego até então, diz a etiqueta dos negócios. Deixe que o sujeito engula alguma proteína antes — ainda que tudo me leve a crer que Charles esteja preocupado com o peso e nós dois acabemos optando por *espressos* duplos. Enquanto isso, ouço o que Charles vai dizendo em resposta às perguntas adequadas que faço. As regras vão sendo estabelecidas sem alarde: já duas menções à esposa, uma ao filho que está na universidade e outra à filha adolescente. Família estável é a mensagem. Combina com a gravata de cavalos.

É a esposa que mais me interessa, naturalmente. Se homens como Charles não tivessem esposas, precisariam inventá-las. São muito úteis a eles para afastar outras mulheres quando elas chegam perto demais. Se eu fosse um homem, era isso o que faria: inventaria uma esposa juntando um pedacinho daqui e outro dali de várias mulheres — uma aliança comprada de segunda mão, uma foto ou duas afanadas do álbum de alguém, uma historinha sentimental de três minutos inventada sobre filhos. Pode-se fingir telefonemas para si mesmo, mandar cartões-postais para si mesmo, das Bermudas, ou melhor ainda, de Tortuga. Mas homens como Charles não são perfeitos em seus fingimentos. Seus instintos assassinos estão dirigidos para outra parte. Acabam se enrolando nas próprias mentiras e se traindo nos movimentos rápidos dos olhos. No fundo, são sinceros por incompetência.

Eu, por outro lado, tenho uma mente diabólica e pouco sentimento de culpa. Minha culpa tem a ver com outras coisas.

Até já suspeito como será a aparência da mulher dele: bronzeada demais, malhada demais, com olhos enrugados e alertas e tendões demais à mostra no pescoço. Vejo essas esposas, matilhas delas, ou em parelhas ou em duplas, sempre trotando pelo clube em suas roupinhas brancas de tênis. Convencidas, mas sobressaltadas. Elas sabem que este é um país polígamo em tudo e por tudo, ainda que não assumidamente. Eu as deixo nervosas.

Mas elas deveriam me ser gratas por ajudá-las. Quem mais tem tempo e *know-how* para amaciar os egos de homens como Charles, ouvir suas piadas, mentir-lhes acerca de suas proezas sexuais? Cuidar desses homens é uma arte em vias de extinção, como fazer colchas de retalhos ou rosas de tricô emendadas para enfeitar o mantel acima da lareira. As esposas são ocupadas demais para essas coisas e as mulheres mais jovens nem saberiam como fazê-las. Eu sei. Aprendi na escola antiga, que não é a mesma onde se aprende a dar gravatas.

Às vezes, quando ganho mais um relógio ou um broche feio (eles nunca dão anéis; quando quero um, eu mesma o compro), quando sou descartada num fim de semana em favor de filhos ou da casa de praia em Georgian Bay, penso nas coisas que eu poderia revelar e me sinto poderosa. Penso em um breve bilhete cáustico, em uma pequena mensagem vingativa deixada na caixa de correio da esposa em questão, mencionando verruguinhas estrategicamente localizadas, apelidos, hábitos pervertidos do cão da família. Provas de conhecimento.

Mas se eu fizesse isso, perderia o poder. O conhecimento é poder apenas enquanto não for revelado.

Uma nova para você, Molly: *menopausa*. Uma pausa enquanto se repensa os homens.

Finalmente chegam os pratos principais, com um sorriso cheio de dentes e um olhar maroto do garçom. Scallopini de vitela para Charles, que certamente não viu as fotografias sórdidas de bezerros sendo retirados dos úteros das vacas. Frutos do mar *en brochette* para mim. Penso: Agora ele vai erguer a taça e dizer "tim-tim" novamente e em seguida fará algum comentário sobre as virtudes afrodisíacas dos frutos do mar. A esta altura já tomou vinho suficiente para dizer isso. Em seguida perguntará por que não sou casada.

— Tim-tim — diz Charles. — Alguma ostra aí?

— Não — digo eu. — Nem umazinha.

— Pena. São boas para as necessidades.

Fale por si, penso. Ele mastiga uma ou duas vezes, pensativo.

— Me explica por que você nunca se casou, uma mulher atraente como você.

Encolho minhas ombreiras. Que devo dizer-lhe? A história do noivo morto, tomada de empréstimo à tia-avó de uma amiga? Não. Isso remete demais à Primeira Guerra Mundial. Devo dizer "Sou exigente demais"? Isso pode assustá-lo: se sou difícil de satisfazer, como poderá ele satisfazer-me?

Na verdade, não sei mesmo por quê. Talvez eu esperasse por um grande romance. Talvez quisesse um Amor Verdadeiro, que não deixasse um gosto amargo depois. Talvez eu preferisse manter abertas minhas opções. Naquela época eu achava que qualquer coisa poderia acontecer.

— Já fui casada uma vez — digo eu triste, arrependida. Espero passar a ideia de ter feito uma coisa certa que não tinha dado certo. Algum idiota tinha me decepcionado de maneira terrível demais para que eu falasse sobre ele.

Charles está livre para pensar que não teria sido tão idiota.

Há algo que corta o assunto quando a pessoa diz que já foi casada uma vez. É como dizer que já morreu uma vez. Isso os deixa mudos.

É engraçado que tenha sido Molly a que se casou. Tudo levava a crer que seria eu. Era eu que queria ter dois filhos, uma garagem para dois carros, uma mesa de jantar antiga com uma jarra cor-de-rosa no centro. Bem, a mesa, pelo menos, eu tenho. Maridos de outras mulheres se sentam à minha mesa, e eu lhes preparo omeletes, enquanto eles, disfarçando, consultam seus relógios. Mas se eles dão a menor indicação de que pretendem divorciar-se delas, eu os ponho porta afora tão depressa que eles nem se lembram onde deixaram as cuecas. Nunca desejei compromissos. Ou nunca desejei correr o risco. Dá no mesmo.

Houve um tempo em que minhas amigas casadas invejavam minha solteirice, ou pelo menos diziam isso. Eu me divertia, fazia o que me dava na telha, e elas não. Recentemente, porém, vêm reformulando seus pontos de vista. Dizem-me que devo viajar, já que tenho liberdade para isso. Dão-me folhetos com fotos de palmeiras. O que têm em mente é um cruzeiro ensolarado, um romance a bordo de um navio, uma aventura. Eu não conseguiria imaginar coisa pior: presa em um navio superaquecido com um bando de mulheres enrugadas, todas em busca de aventuras também. Então eu enfio os folhetos atrás do forninho elétrico, tão conveniente para jantares "solo", onde qualquer dia desses vão pegar fogo.

Tenho aventuras suficientes sem precisar sair daqui. Já estou até ficando cansada.

Vinte anos atrás eu acabava de sair da faculdade de direito. Mais vinte anos e estarei aposentada. Estaremos então no século XXI, se alguém aí estiver fazendo as contas. Uma vez por mês, acordo no meio da noite coberta de suor, tomada de pânico. Tenho medo, não porque haja alguém no meu quarto, no escuro, na minha cama, mas porque não há. Tenho medo do vazio que jaz na cama a meu lado como um cadáver.

Penso: Como será no futuro? Estarei só. Quem irá me visitar no asilo de velhos? Penso no próximo homem como um cavalo velho deve pensar em relação a um obstáculo a saltar. Vou me desesperar? Serei ainda capaz? Será que eu deveria me casar? Será que essa alternativa ainda existe?

Durante o dia fico bem. Levo uma vida nada monótona. Tenho, é claro, uma carreira profissional. É algo que estou sempre a polir, que mantenho reluzente como latão antigo. Faço acréscimos a ela como se fosse uma coleção de selos. Ela me escora e me põe para cima: uma carreira é como um sutiã com arame por dentro. Há dias em que a odeio.

— Sobremesa? — pergunta Charles.

— Você vai querer?

Charles dá uns tapinhas de leve à altura do diafragma.

— Estou tentando evitar — diz.

— Tomemos apenas um *espresso* duplo — digo. Dou à minha proposta a entonação de uma deliciosa conspiração.

Espresso duplo. Uma tortura diabólica inventada pela inquisição espanhola para a qual são necessários um saco de pregos, uma calçadeira de prata e dois padres de cento e trinta quilos.

Molly, eu a decepcionei. Desisti cedo demais. Não aguentei a pressão. Eu queria segurança. Talvez tenha decidido que a maneira mais rápida de melhorar a vida das mulheres fosse melhorando a minha.

Molly seguiu adiante. Perdeu aquele jeito de menina; sua voz adquiriu uma certa aspereza depois que ela passou a fumar um cigarro atrás do outro. Seus cabelos perderam o brilho e sua pele ficou sem viço, mas ela não prestava atenção a essas coisas. Começou a me falar insistentemente sobre minha falta de seriedade e também sobre minhas roupas, com as quais, na sua opinião, eu gastava demais. Pôs-se a usar palavras como *patriarcado*. Comecei a achá-la estridente.

— Molly — disse eu —, por que você não desiste? Você está batendo com a cabeça numa parede. — Senti-me uma traidora por dizer isso. Mas também teria me sentido traidora se não dissesse, porque Molly estava se acabando. E por ninharias. O tipo de mulheres cujas causas ela defendia nunca tinha dinheiro algum.

— Estamos fazendo progresso — disse ela. Seu rosto estava ficando emaciado como o de uma missionária. — Nós estamos conseguindo alguma coisa.

— *Nós* quem? — perguntei. — Não vejo muitas outras pessoas ajudando você nisso.

— Tem gente que ajuda — disse ela vagamente. — Alguns ajudam. Fazem o que podem, como podem. De grão em grão...

— Grão de quê? — perguntei. Eu sabia, mas já estava ficando irritada. Ela tentava me fazer sentir culpada. — Pare de tentar virar santa, Molly. Tudo tem um limite.

Isso foi antes de ela se casar com Curtis.

— Agora — diz Charles —, cartas na mesa, não?

— Isso — digo eu. — Bem, já lhe expliquei o básico. No seu escritório.

— Sim — diz ele. — E como eu lhe disse, a companhia já lançou suas doações de caridade no orçamento deste ano.

— Mas poderia fazer uma exceção — digo eu. — Poderia fazer a doação por conta do orçamento do próximo ano.

— Poderíamos, se... Bem, na verdade a questão é que gostamos sempre de pensar que haverá algum tipo de retorno para o que doamos. Nada de muito especial. Apenas a certeza de que estamos nos associando a boas causas. Com coração e rins, não há problema.

— E o que há de errado com mulheres vítimas de espancamento?

— Bem, é que a logomarca da companhia apareceria ao lado dessas mulheres espancadas.

— Você quer dizer que poderiam pensar que a companhia estivesse patrocinando o espancamento?

— Para ser franco, sim — diz Charles.

É uma negociação. Concorde sempre e em seguida ataque por um flanco diferente.

— Bem, seu argumento merece consideração — digo.

Mulheres espancadas. Posso ver estas palavras em néon, como um anúncio de borracharia de beira de estrada. *Troque por novas.* Algumas nem podem mais ser recauchutadas. Piada péssima. Molly teria achado graça? Teria. Não, não teria. Ou teria?

Molly tinha trinta anos quando se casou com Curtis. Ele não foi o primeiro homem com quem ela viveu. Sempre me pergunto por que ela se casou com ele. Por que ele? É possível que ela estivesse cansada de tentar acertar.

242

Ainda assim, foi uma escolha estranha. Ele era extremamente dependente dela. Não suportava estar longe dela. Teria sido isso que a atraiu? Provavelmente não. Molly julgava-se capaz de dar jeito em tudo que precisasse de conserto. Às vezes até consertava, mas Curtis já não tinha mais conserto. Para ele o mundo já não tinha mais conserto e era normal que assim o fosse. Talvez por isso tentasse destruir Molly: para torná-la normal. Como não foi capaz de fazê-lo de uma forma, ele o fez de outra.

A princípio ele era suficientemente plausível. Era advogado e usava os ternos corretos. Eu poderia dizer que sabia, desde o início, que havia algo de errado com ele, mas não estaria dizendo a verdade. Eu não sabia. Não gostei muito dele, mas não sabia.

Por algum tempo depois do casamento tive pouco contato com Molly. Ela estava sempre ocupada fazendo uma coisa ou outra com Curtis, e depois vieram os filhos. Um menino e uma menina, exatamente o que eu sempre desejara para mim. Às vezes parecia-me que Molly estava vivendo a vida que eu poderia ter vivido, se não fosse a cautela e um certo enfado. No fundo, no fundo, não gosto das pequenas marcas de sujeira da banheira dos outros. Esta é a vantagem dos homens casados: outra pessoa cuida da limpeza.

— Está tudo a contento? — pergunta o garçom pela quarta vez. Charles não responde. Talvez nem ouça. Ele é do tipo de pessoa para quem garçons são uma espécie de criados-mudos que deveriam permanecer mudos.

— Maravilhoso — digo.

— Por que essas mulheres que sofrem espancamento não procuram um bom advogado e resolvem logo o problema delas? — pergunta Charles. Ele realmente não entende. Não adianta dizer-lhe que elas não têm como pagar advogados. Isso não passa pela sua cabeça.

— Charles — digo —, alguns dos caras que espancam mulheres *são* bons advogados.

— Nenhum dos que conheço — diz Charles.

— Não tenha tanta certeza — digo. — Mas saiba que aceitamos doações de pessoas físicas também, é claro.

— Como? — pergunta Charles, que não havia prestado atenção.

— Não só de pessoas jurídicas. Bill Henry, da ConFrax, doou dois mil dólares. — Bill Henry foi obrigado a doar. Conheço bem a marca de nascença que ele tem na nádega direita. Em forma de coelho. Sei como é seu jeito de roncar.

— Ah — diz Charles, apanhado de surpresa. Mas não se dá por vencido. — Veja bem, eu gosto de colocar meu dinheiro onde sei que será bem aproveitado. Essas mulheres, você tenta ajudá-las mas elas voltam logo em seguida para os homens e continuam a apanhar. Já me disseram isso.

A mim também já disseram isso. Que são viciadas em apanhar e nunca se dão por satisfeitas.

— Então doe seu dinheiro para a Fundação Pró-Cardíaco — digo — e aqueles ingratos com três pontes de safena mais cedo ou mais tarde vão bater as botas. Nunca se dão por satisfeitos.

— *Touché* — diz Charles. Ah, que maravilha. Ele sabe alguma coisa de francês. Não é um idiota total como outros. — O que você me diz se eu convidá-la para jantar na, digamos — ele consulta sua pequena agenda, igual à que todos eles carregam no bolso interno do paletó — quarta-feira? Então você será capaz de me convencer.

— Charles — digo —, isso não é justo. Eu adoraria jantar com você, mas não que isso fosse o preço de sua doação. Faça primeiro a doação e depois poderemos conversar sobre o jantar com a consciência limpa.

Charles gosta da ideia de consciência limpa. Dá um sorriso e pega o talão de cheques. Não vai querer fazer por menos do que Bill Henry. Não a essa altura do jogo.

Molly foi me procurar no meu escritório. Não telefonou antes. Isso foi logo depois de eu ter deixado meu último emprego de lacaia em uma grande firma para montar meu próprio escritório de advocacia. Agora tinha meus próprios lacaios e estava tendo dificuldades com o café. Uma mulher não gosta de servir café a outra. E nem os homens.

— Molly, o que houve? — perguntei. — Aceita um café?

— Já estou tão à flor da pele que não suportaria mais café — disse ela. Dava para se notar. Havia olheiras do tamanho de fatias de limão abaixo de seus olhos.

— É o Curtis — disse ela. — Posso dormir esta noite na sua casa? Se eu precisar?

— O que foi que ele fez? — perguntei.

— Nada — disse ela. — Nada, ainda. O problema não é o que ele fez, e sim quem ele é. Ele está a ponto de enlouquecer.

— Como assim?

— Algum tempo atrás ele começou a dizer que eu estava tendo um caso no trabalho. Pensava que eu o estivesse traindo com o Maurice, da sala em frente à minha.

— O Maurice! — exclamei. Maurice havia sido colega nosso na faculdade. — Mas o Maurice é gay!

— A lógica está fora dessa história. Depois ele começou a dizer que eu ia deixá-lo.

— E você ia?

— Não, eu não ia. Mas agora já não sei. Agora acho que vou. Ele está me levando a isso.

— Ele é paranoico — disse eu.

— *Paranoico.* — disse Molly. "Câmera grande angular para captar imagens de maníacos." Molly apoiou a cabeça nos braços cruzados sobre a mesa e pôs-se a rir sem parar.

— Vá dormir lá em casa hoje à noite — disse eu. — Não pense duas vezes, vá.

— Eu não quero apressar as coisas — disse Molly. — Talvez a situação melhore e tudo se acerte. Talvez eu consiga convencê-lo a procurar um médico. Ele anda muito estressado. E preciso pensar também nas crianças. Ele é um bom pai.

Vítima, disseram os jornais. Molly não era uma vítima. Ela sabia como se defender. Ela era uma pessoa cheia de esperança. Foi a esperança que a matou.

Telefonei para ela no outro dia. Eu pensava que ela fosse dormir na minha casa, mas ela não foi. Nem telefonou.

Curtis atendeu. Disse que Molly tinha viajado.

Perguntei-lhe quando ela estaria de volta. Ele disse que não tinha a menor ideia. Em seguida, pôs-se a chorar.

— Ela me deixou — disse ele.

Ainda bem, pensei. Então ela decidiu mesmo deixá-lo.

Somente uma semana depois seus braços e suas pernas começaram a aparecer.

Ele a matou enquanto ela dormia. Pelo menos isso. Ela morreu sem saber. Não sei se é verdade, mas foi isso que ele disse quando conseguiu se lembrar do que havia feito. No início ele alegou amnésia.

Esquartejamento. O ato de esquecer o que se passou no quarto.

Tento não pensar em Molly assim. Tento lembrar-me dela inteira, íntegra.

Charles está me acompanhando até a porta. Passamos por uma sequência de toalhas brancas iguais bem esticadas e presas nos cantos por pelo menos quatro cotovelos de risca de giz. Penso no *Titanic* minutos antes do *iceberg*: poder e prestígio exibindo-se nos salões, nenhuma preocupação com coisa alguma. Que sabem eles dos que trabalham lá embaixo para que o navio siga adiante? Passe reto, e passe-me o vinho do Porto.

Sorrio à direita, sorrio à esquerda. Vejo alguns rostos conhecidos cujas manchas de nascença também conheço. Charles segura meu cotovelo de maneira discreta, mas como proprietário. Um toque leve de mão pesada.

Eu já não creio mais que qualquer coisa possa acontecer. Já não quero mais pensar assim. Acontecer refere-se a algo pelo qual você espera, não algo que você faça, e *qualquer coisa* é uma categoria grande demais. É improvável que eu seja assassinada por esse homem, por exemplo; é também improvável que eu me case com ele. Neste exato momento, não sei sequer se vou jantar com ele na quarta-feira. Ocorre-me que não preciso fazer isso se não quiser. Algumas opções, pelo menos, permanecem em aberto. Basta este pensamento para que meus pés já doam menos.

Hoje é sexta-feira. Amanhã de manhã vou fazer *jogging* no cemitério para fortalecer as partes internas e externas das coxas. Lá é um dos poucos lugares onde ainda se pode correr sem ser atropelado nesta cidade. Não será no cemitério onde Molly foi enterrada, ou seja, onde os pedaços dela que puderam encontrar estão enterrados. Mas isso não tem importância. Vou escolher um túmulo onde possa alongar as pernas e fingir que é o dela.

Molly, direi, nós nem sempre vemos as coisas da mesma maneira e sei que você não aprovaria meus métodos, mas eu faço o que posso. No fundo, dinheiro é dinheiro e põe comida na mesa.

No fundo, dirá ela. O fundo é a parte mais baixa à qual uma pessoa pode chegar. Quando chega lá, é lá mesmo que ela fica. A não ser que decida subir.

Vou me curvar, vou tocar o chão com as mãos ou chegar até onde puder sem ruptura. Vou colocar uma coroa de dinheiro invisível sobre seu túmulo.

Reunião

Richard Ford

Quando vi Mack Bolger, ele estava ao pé da escadaria de mármore por onde passam os viajantes que entram e saem do saguão principal da Grand Central Station. Foi antes do Natal do ano passado, quando o frio não chegou e a umidade que se instalou parecia afugentar o clima natalino.

Eu atravessava a estação para cortar caminho, como costumo fazer quando vou para casa saindo da editora, que fica na Forty-first Street. Na verdade, eu estava a caminho do Billy's, onde encontraria um amigo. Eram quatro horas da tarde de uma sexta-feira, e na grande estação havia multidões de cidadãos indo e vindo, pessoas carregadas de bagagem e belos embrulhos, gritando despedidas e boas-vindas, acenando os braços, abraçando-se, segurando-se as mãos umas das outras com grande prazer. Havia também os que simplesmente ficavam ali parados, como Mack Bolger, com o olhar perdido na multidão, como se as pessoas que os devessem esperar não tivessem ido, por algum motivo. Mack é um homem atraente que parece ver as coisas do alto de sua grande estatura. Usava uma longa capa de gabardine oliva bem talhada — uma capa cara, pensei, certamente italiana. Seus sapatos marrons eram bem engraxados; a bainha de sua calça cobria-os na altura exata. E como não usava chapéu, parecia ainda mais alto do que era — um metro e noventa, talvez. Tinha as mãos nos bolsos da capa e erguia ligeiramente o queixo bem barbeado, como homens de meia-idade costumam fazer, como se esperasse estar bastante visível ali. Seus cabelos já rareavam um pouco na frente, mas exibiam um corte cuidadoso. Estava bronzeado, o que fazia com que seu rosto quadrado e sua testa proeminente parecessem pesados, como se, de certa forma, o homem que eu via não fosse Mack Bolger e sim uma bela efígie ali colocada precisamente para chamar minha atenção.

Durante algum tempo, um ano e meio antes, eu tive um caso amoroso com a esposa de Bolger, Beth Bolger. Por estranho que pareça — porque para nova-iorquinos tudo que se passa fora de Nova York parece estranho e irreal — nosso caso se passou na cidade de St. Louis, aquela desprezível abstração em tijolinhos vermelhos que não é oeste nem meio-oeste, tampouco sul ou norte; é uma cidade perdida no meio de tudo isso, creio eu. Sempre achei interessante o fato de ser ela a cidade da infância de T. S. Eliot, bem como, apenas 85 anos antes disso, o ponto inicial da expansão do país em direção ao oeste. É um lugar, a meu ver, de onde se deve manter sempre distância.

O romance entre mim e Beth Bolger não merece o tempo que se perderia para descrevê-lo. Visto de qualquer distância que não aquela onde eu me encontrava — próximo demais —, o que houve foi um caso banal de adultério, algo vivido com certa emoção a princípio mas que depois de algum tempo, depois de atravessarmos várias vezes o continente e de causar infelicidade, constrangimento e corações partidos ao maior número possível de pessoas, tornou-se algo frustrante e ignóbil e, por fim, quase que desastroso para aquelas mesmas pessoas. Porque se trata da verdade e porque servirá para tornar mais complexo o aviltante dilema de Mack Bolger e, ainda, para lançar sobre ele uma luz mais simpática, direi que a certa altura ele foi forçado a me confrontar (e a Beth também) em um quarto de hotel em St. Louis — um velho hotelzinho agradável chamado Mayfair, onde levei alguns tapas e em seguida fui atirado numa rua deserta do centro da cidade, numa tarde úmida de um domingo de outono, sem a menor ideia do que fazer e acabando por esperar várias horas no aeroporto de St. Louis pelo voo da meia-noite para Nova York. Além da minha dignidade, deixei por lá e nunca mais vi um lenço Hermès de seda marrom com franjas, presente de minha mãe no Natal de 1971, que ela achava a coisa mais linda do mundo, presente ideal para um jovem editor em início de carreira. Ainda bem que lhe foi poupado saber que eu o havia perdido e em que circunstâncias.

Nunca mais vi Beth Bolger desde então, a não ser em um desagradável encontro para um drinque no bairro dos teatros na primavera passada. Foi um encontro nervoso e desconfortável que, por algum motivo, achamos necessário e depois do qual me afastei descendo a Forty-seventh Street, sentindo que a vida era uma trapalhada sem sentido, enquanto Beth ia ao teatro para assistir a *The Iceman Cometh*, então em cartaz. Não nos vimos mais depois daquela despedida e, como já disse, o que houve entre nós não merece o tempo que tomaria para descrevê-lo.

Mas quando vi Mack Bolger ali de pé, naquela entrada da Grand Central lotada de gente festiva, cheia de decorações natalinas, chamou-me a atenção sua figura solitária, de olhar perdido, tão longe do meio-oeste. Fui tomado por um impulso súbito e estranho. Tive vontade de atravessar aquele mar de viajantes e de ir direto falar com ele como se fala com um conhecido qualquer em um encontro inesperado mas nem por isso desagradável, sem qualquer intenção de dizer-lhe algo especial ou dar início a alguma ação específica (como esclarecer uma história, por exemplo, ou reparar algum malfeito), mas simplesmente para criar um evento onde antes não havia. Apenas um momento sem outras dimensões, sem reverberações, um contato sem importância em qualquer outro sentido. A vida tem poucos desses momentos, uma vez que sua maior parte é consumida pelo previsível e pelo compulsório.

Eu sabia algumas coisas a respeito de Mack Bolger, de sua vida desde nosso encontro um pouco violento no Mayfair. Beth comprazeu-se em me informar durante nosso lastimável drinque de despedida no Espalier Bar em abril. Nosso — dela e meu — caso amoroso foi, naturalmente, apenas um componente a mais no longo processo de desvalorização e declínio do seu casamento com Mack. Isso sempre estivera claro para mim. Tinham dois filhos, e Mack tentara, a todo custo, evitar que o casamento se desintegrasse por causa das crianças e do futuro delas. Beth era fotógrafa especializada em retratos. Trabalhava em casa, mas ansiava por se entrosar fora do mundinho da University City. Ansiava da pior forma possível, por isso vivia basicamente insatisfeita com tudo. Depois da minha súbita partida, ela saiu de casa, alugou um apartamento próximo ao Gateway Arch e, por algum tempo, teve um amante bem mais jovem do que ela. Mack, por sua vez, em meio a toda essa convulsão, deixou seu emprego como executivo de uma grande firma de agronegócios e pensou em estudar para ser ministro religioso, pensou em partir em uma jornada missionária para o Senegal ou a Guiana Francesa e acabou por contentar-se com uma jovem amante. Um dos filhos foi preso por furto em uma loja, o outro conseguiu se matricular na Brown University. Foram vários meses de discussões que atravessavam a noite, algumas ásperas, outras tranquilas e reveladoras, outras, ainda, eivadas de escárnio de ambos os lados. Isso se repetiu até que tudo que pudesse ser dito, expressado e ameaçado tivesse sido dito, expressado e ameaçado. Adveio então uma trégua não explícita que lhes permitiu voltar a viver em sua casa, cada um com seus próprios interesses e compromissos, fazer separadamente novos amigos, jantar juntos vez por outra, ir à ópera juntos e, de quando em vez, até dormir juntos. Mas havia pouca esperança (por parte de Beth, certamente) de que as coisas viessem a ficar melhores do que estavam quando tomamos nosso último drinque sem prazer e ela foi assistir à peça de O'Neill. Imaginei, naquela ocasião, que Beth fosse se encontrar com outra pessoa naquela noite, alguém de Nova York em quem ela estivesse interessada, e não dei a menor importância a isso.

— É bem estranho, não? — disse Beth passando o dedo longo e muito branco pela borda de sua taça de Kir Royale, olhando fixamente não para mim mas para a borda da taça, onde o líquido rosado quase que transbordava. — Nós fomos tão íntimos por um tempo. — Seus olhos se ergueram para mim e ela sorriu quase como uma menina. — Você e eu, quero dizer. Agora eu sinto como se estivesse contando tudo isso a um velho amigo. Ou a meu irmão.

Beth é uma mulher alta, pálida, de ossatura grande e cabelos louro-cinzentos que fuma cigarros e costuma ter uma mecha de cabelos caída sobre os olhos como uma *glamour girl* da Hollywood dos anos 40. Isso pode ser atraente embora dê a impressão de que ela esteja espionando as próprias conversas.

— Bem — disse eu —, não há problema algum se é assim que você se sente. — Retribuí seu sorriso por cima da mesinha de tampo preto e arredondado do bar. Não havia mesmo problema algum. Eu tinha continuado a levar minha vida de antes. Quando olhava para trás, nada do que havíamos feito, exceto o que fizemos na cama, me trazia boas recordações. O que estava feito, estava feito. Não se poderia desfazer. Não creio que o passado possa ser consertado, apenas superado. — Às vezes a amizade é só o que procuramos nesse tipo de relacionamento — disse eu. Mas, na verdade, não acredito nisso.

— Mack é como um cachorro, sabe? — disse Beth afastando a mecha dos olhos. Era nele que ela pensava. — Dou um chute nele, e ele volta trazendo coisas para me agradar. É patético. Ele anda muito interessado em sexo tântrico ultimamente, seja lá o que isso for. Você tem ideia do que seja isso?

— Não estou gostando nada de ouvir essas coisas — disse eu, um tanto rudemente, embora fosse verdade. — A mim isso parece cruel.

— Você está com medo de que eu diga coisas assim a seu respeito, Johnny. — Ela sorriu e tocou a ponta molhada do dedo nos lábios. Lábios maravilhosos, diga-se.

— Medo — disse eu. — Medo não é bem a palavra.

— Então, que seja a palavra que for. — Beth desviou o olhar e fez um sinal para que o garçom trouxesse a conta. Sempre ficava desconcertada quando alguém discordava do que ela dizia. Isso a assustava.

Mas isso foi tudo. Já disse que nosso encontro não foi prazeroso.

Os olhos cinza pálidos de Mack Bolger captaram-me bem antes do que eu esperava. Só havíamos nos visto duas vezes. Uma delas foi em um coquetel elegante oferecido por um autor que eu tinha ido a St. Louis para encontrar, e conseguir dele um livro para a nossa editora. Foi lá que conheci Beth Bolger. A outra vez foi no Mayfair Hotel, quando avancei sem jeito sobre ele, e ele me jogou contra a parede com um tapa no rosto dado com as costas da mão. Uma pessoa talvez não se esqueça de uma cara na qual deu um tapa. Isso se torna uma referência para identificação. Eu, por exemplo, acho difícil reconhecer pessoas fora do seu contexto, e o contexto de Mack Bolger era St. Louis. Mas ele era uma exceção, é claro.

Mack fixou o olhar em mim e depois desviou-o, como se, preocupado, procurasse alguém na multidão. Depois seus olhos me encontraram novamente, quando eu já estava mais perto. Seu rosto grande e bronzeado assumiu uma expressão fria que não continha surpresa, como se ele soubesse que eu estaria ali na estação e como se alguma forma de comunicação já houvesse se estabelecido entre nós. Vi em seu rosto uma surpreendente expressão de resignação. Uma resignação que parecia aplicar-se a mim, ali, às situações que a vida impinge às pessoas, a si mesmo. Resignação era, de fato, algo que tínhamos em comum, ainda que nem um nem outro tivesse expressado isso com palavras. Assim, pois, quando cheguei junto dele o que senti, inesperadamente, foi simpatia — por ter de me ver agora. Se pudesse, eu teria me afastado dali sem que ele me visse. Não lhe teria imposto a minha presença. Mas me aproximei.

— Acabo de vê-lo — disse eu. Estava ainda a quase três metros dele e as palavras saíram antes que eu me desse conta. Minha voz não é alta e o anúncio anasalado da chegada do trem de Poughkeepsie na plataforma 34 deve ter abafado o que eu disse.

— Você tem em mente alguma coisa especial para me dizer? — perguntou Mack Bolger. Seus olhos percorreram novamente o saguão abaulado onde a multidão natalina carregada de embrulhos se movia em todas as direções. Ocorreu-me naquele instante — como um choque — que ele estivesse esperando por Beth, e que a qualquer momento estaríamos os três ali juntos, quase como estivemos em St. Louis. Meu coração deu duas batidas descompassadas e então pareceu ter parado completamente por um segundo. — Como está seu rosto? — perguntou Mack sem emoção, sem desviar os olhos da multidão. — Não o machuquei muito, machuquei?

— Não — disse eu.

— Você deixou crescer um bigode. — Os olhos dele não se voltaram para mim.

— Pois é — disse eu. Tinha me esquecido completamente do bigode. Por algum motivo, senti-me envergonhado, como se aquilo me fizesse parecer ridículo.

— Muito bem — disse Mack Bolger. Seu tom de voz era o de quem se dirigia a alguém numa fila qualquer, alguém que ele nunca mais veria. A voz dele tinha um pequeno cicio nos *s*. Pena, pois isso lhe tirava um pouco da dramaticidade. Eu não havia notado isso antes, no curto tempo em que trocamos palavras exaltadas.

Mack olhou para mim, mãos enfiadas na elegante capa italiana de pesados botões escuros de osso e lapela larga. Elegante demais para ele, pensei, para o homem sólido que ele era. Mack e eu tínhamos aproximadamente a mesma altura, mas ele era mais corpulento do que eu e parecia me olhar de cima para baixo — talvez me desse essa impressão pelo jeito de manter o queixo erguido. Era quase que o oposto da maneira como Beth me olhava, pensei.

— Eu moro aqui agora — disse Mack sem parecer se dirigir a mim. Notei que ele tinha pestanas longas e escuras, quase que femininas, e que suas orelhas eram pequenas e bem torneadas, o que seu novo corte de cabelos realçava. Devia ter uns quarenta anos — mais novo do que eu agora — e tinha a aparência de oficial do exército. Um major. Lembrei-me de uma carta que Beth havia me mostrado, de Mack para ela, na qual lia-se "quero beijar você toda. Quero muito mesmo. Todo o meu amor, Macklin". Beth revirara os olhos ao mostrar-me a carta. Em outra ocasião, ela falou com Mack por telefone enquanto estávamos na cama nus, ela e eu. Nesse dia, também, ela revirara os olhos incessantemente ao ouvir o que ele dizia — algo, suponho, sobre dificuldades que ele estava tendo no trabalho. Certa vez até iniciamos uma relação sexual enquanto ela falava com ele. Eu podia ouvir sua voz distante e agitada saindo do fone. Mas isso fazia parte do passado. Tudo que Beth e eu fizemos era parte de um passado que se fora para sempre. Só o que restava era aquilo — uma série de momentos na grande estação ferroviária, momentos que, apesar de tudo, pareciam corretos, quase clássicos. Era como se aquele contato ali fosse só o que importava, como se tudo que o precedera tivesse sido apenas uma preliminar.

— Você comprou uma casa aqui? — perguntei, e logo senti um vazio descomunal se abrir dentro de mim. Não tinha o menor cabimento eu perguntar aquilo.

Os olhos de Mack moveram-se em minha direção, e sua expressão impassível que me parecera significar determinada coisa — resignação — começou a significar algo diferente. Sei disso porque uma pequena covinha de expressão surgiu-lhe no queixo.

— Comprei — disse ele continuando a olhar-me.

As pessoas passavam por nós abrindo caminho com os ombros e empurrando. Senti o perfume forte e doce de uma mulher que passou sob meu nariz. A música começou no saguão, tornando o momento ainda mais sufocante e barulhento: "Noite feliz, noite de amor..."

— Comprei — repetiu Mack Bolger, enfaticamente, cuspindo a palavra por entre seus belos dentes brancos e perfeitos. Ele havia crescido em uma fazenda em Nebraska, estudado em uma pequena universidade em Minnesota graças a uma bolsa de estudos por ele jogar futebol. Fez depois um bom MBA em Wharton. Toda a experiência que adquirira ao longo da vida expressava-se agora em uma forma de autocontrole e de dignidade. Era estranho que alguém chamasse aquele homem ali de cachorro. Na verdade, era um homem extremamente admirável. — Comprei um apartamento no Upper East Side — disse ele, piscando os olhos rapidamente. — Mudei-me para lá em setembro. Tenho um novo emprego. Moro sozinho. Beth não está aqui. Está em Paris, sentindo-se péssima — pelo menos espero que esteja. Estamos nos divorciando. Estou esperando minha filha, que está vindo do colégio interno. Está certo assim? Isso satisfaz sua curiosidade?

— Sim — disse eu. — Claro. — Mack não estava irritado. Ao contrário, parecia sentir uma coisa que nada tem a ver com irritação: exaustão. Havia chegado ao ponto em que as palavras que a pessoa diz são as únicas verdadeiras que ela *consegue* dizer. Quanto a mim, não creio que jamais tenha me sentido dessa maneira. Para mim sempre havia uma alternativa.

— Entendeu bem? — O imponente sobrolho de atleta de Mack Bolger franziu-se, como se ele estivesse estudando uma criatura incompreensível, uma anomalia de alguma espécie que ele não compreendia. O que talvez eu seja mesmo.

— Sim — disse eu. — Sinto muito.

— Então tá... — disse ele, parecendo constrangido. Mack Bolger olhou novamente para aquele mar de cabeças e rostos como se percebesse a aproximação de alguém.

Olhei também para onde ele parecia estar olhando. Não vi pessoa alguma vindo em nossa direção. Nem Beth nem a filha. Ninguém. Quem sabe, pensei, seja tudo mentira? Talvez nada disso esteja acontecendo; talvez este homem não seja Mack Bolger e eu esteja sonhando.

— Você não tem algum outro lugar para ir agora? — perguntou Mack. Seu rosto grande, atraente e bronzeado parecia exausto. A voz era de quem implorava. Certa vez Beth havia dito que Mack e eu éramos muito parecidos. Pura fantasia dela. Sem olhar para mim, ele voltou a me falar. — Vai ser muito difícil para mim apresentá-lo à minha filha. Certamente você pode imaginar isso.

— Sim — disse eu, olhando à minha volta novamente, e vendo, dessa vez, uma lourinha bonita parada a poucos passos de distância de nós. Segurava pelas alças uma mochila de nylon vermelha. Algo a mantinha ali parada. Provavelmente o pai lhe havia feito um sinal para que não se aproximasse de nós. — É claro — disse eu. E ao falar levei, por algum motivo, o rosto da menina a se abrir em um sorriso. Um sorriso que reconheci.

— Nada aconteceu aqui — disse Mack inesperadamente a mim embora estivesse olhando para a filha. Do bolso de sua capa, ele tirara uma minúscula caixinha branca amarrada com um laço vermelho.

— Como? — Não entendi bem o que ele dissera. As pessoas giravam, cada vez mais barulhentas, à nossa volta. A música parecia ter ficado mais alta. Eu já estava de partida, mas ocorreu-me a possibilidade de não o ter ouvido direito. — Não ouvi o que você disse — disse eu, sorrindo de maneira involuntária.

— Nada aconteceu aqui hoje — repetiu Mack Bolger. — Não vá embora daqui pensando que aconteceu alguma coisa. Alguma coisa entre mim e você. *Nada* aconteceu. Lamento um dia tê-lo conhecido, é só. Lamento até ter encostado em você. Sua presença me dá vergonha. — Aquele cicio ao pronunciar os *s* em nada ajudava aquelas palavras graves.

— Bem... — disse eu —... tudo bem. Eu compreendo.

— Compreende? — perguntou ele. — Que bom. — E então Mack simplesmente se afastou em direção à menina loura que continuava parada a sorrir. — Ora, ora, ora... — foi dizendo ele — ... que menina mais linda!

Segui caminho para o Billy's e de lá fui para um outro programa que me ajudaria a passar aquela noite. Minha ideia tinha sido um erro, é claro. A ideia de criar um evento sem reverberações do passado não dera certo. Foi um erro que não voltarei a cometer. Nada daquilo valeu a pena. Nova York é uma cidade grande, bem maior do que, digamos, St. Louis. Tenho certeza de que nunca voltarei a vê-lo.

Minha vida de cão

Jonathan Safran Foer

Nos últimos vinte anos, os parques da cidade de Nova York sem áreas específicas para cães têm permitido que esses animais circulem sem coleira das 9 da noite às 9 da manhã. Devido a queixas recentes da Associação Cívica do Juniper Park no bairro do Queens, a questão foi trazida de novo à baila. No dia 5 de dezembro, o Departamento de Saúde submeterá o futuro dos cães sem coleira a votação.

Retrievers em elevadores, lulus-da-pomerânia em trens urbanos, mastins atravessando a ponte do Brooklyn... é fácil esquecer, para início de conversa, quão estranho é o fato de cães viverem em Nova York. Provavelmente não seria possível imaginar um lugar no mundo menos adequado para cães viverem, entretanto 1,4 milhão deles encontram-se entre nós. Por que motivo nós os mantemos em nossos apartamentos e em nossas casas, algo que sempre implica despesas e inconveniências? Será mesmo possível, em uma cidade como esta, oferecer vida adequada a um cão? E o que é uma "vida adequada" para um cão? A votação do Departamento de Saúde terá outras implicações que não a mais óbvia?

Adotei George (uma dogue alemã com labrador, com pit bull, com galgo, com ridgback, tudo junto e misturado — chamemos de Brooklyn de pelo curto) porque achei que seria divertido. Ela acabou sendo uma complicação na minha vida a maior parte do tempo.

George sobe nas visitas, come os brinquedos do meu filho (e vez por outra tenta comer o próprio), tem obsessão por esquilos, atira-se em cima de skatistas e de judeus ortodoxos, tem o dom de passar por entre as lentes das câmeras e o que está sendo fotografado, encosta o traseiro na pessoa menos interessada nisso, desenterra o que acabou de ser plantado, arranha o que acabou de ser comprado, lambe o que está prestes a ser servido e às vezes se alivia no lado errado da porta da frente. A cabeça dela está descansando no meu pé enquanto escrevo isto. Eu a amo.

Nossos muitos esforços — para nos comunicarmos, para descobrirmos e acomodarmos os desejos um do outro, ou simplesmente para coexistirmos — forçam-me a interagir com algo, ou melhor, com um outro ser totalmente diferente. George só é capaz de reagir a um punhado de palavras, mas nosso relacionamento se dá quase que inteiramente fora do mundo das palavras. Ela parece ter pensamentos e emoções, desejos e medos. Às vezes acho que posso compreendê-los; com mais frequência, não. Ela é um mistério para mim. Devo ser um para ela também.

É claro que nosso relacionamento nem sempre exige esforço. Minha caminhada matinal com George é, com frequência, o ponto alto do meu dia — é quando tenho meus melhores pensamentos, quando mais aprecio a natureza e a cidade, e, em um sentido mais profundo, a vida. Nossa hora juntos é, de certa forma, um pouco de compensação que me dou pelo ônus da civilização: terno e gravata, e-mails, dinheiro, boas maneiras, paredes e luz artificial. É até mesmo uma espécie de compensação pelo uso da linguagem. Por que nos enche o coração de felicidade o ato de observar um cão ser cão? E por que isso faz com que a gente se sinta, no melhor sentido da palavra, humano?

São crianças, com frequência, que querem ter cães. Em um estudo recente, quando solicitadas a citar os 10 "indivíduos" mais importantes de suas vidas, crianças entre 7 e 10 anos incluíram uma média de dois animais de estimação. Em outro estudo, 42 por cento das crianças de cinco anos de idade mencionaram espontaneamente seus animais de estimação em resposta à pergunta "Quem você procura quando está triste, zangado, feliz ou quando quer contar um segredo?". Quase todos os livros infantis na livraria que frequento têm animais como protagonistas. Mas a alguns passos de distância, quase todos os livros de culinária incluem receitas para o cozimento de animais. Haverá um exemplo mais claro do nosso relacionamento paradoxal com o mundo não humano?

Ao longo de nossas vidas, passamos de um relacionamento afetuoso com animais (aprendendo a ser responsáveis por eles, acariciando-os e confiando neles) para um relacionamento cruel (praticamente todos os animais destinados ao abate neste país são criados em espaços mínimos — passam a vida confinados a tomar antibióticos e outras drogas).

Como se explica isso? O nosso afeto é substituído pela crueldade? Não creio. Acho que é porque quanto mais velhos ficamos, menos contato temos com animais. E nada abre mais o caminho para a indiferença e o esquecimento do que a distância. Neste sentido, cães e gatos têm tido muita sorte: são os únicos animais com os quais temos contato próximo diariamente.

Em geral os pais e os estudiosos do comportamento humano consideram benéfico o companheirismo entre crianças e animais. Mas não é necessário ser criança para aprender coisas com um animal de estimação. São exatamente as minhas frustrações com George e as inconveniências que ela cria o que me leva a buscar meios de conciliar, a pensar nas concessões que temos que fazer quando compartilhamos o espaço com outros seres.

Os argumentos de ordem prática contra a permissão de portar cães sem coleira são facilmente refutáveis. Não é necessário ser um estudioso do comportamento animal para saber que, quanto mais um cão for capaz de exercitar sua natureza de cão — correr, brincar, socializar com outros cães —, mais feliz ele será. Cães felizes, assim como pessoas felizes, tendem a não ser agressivos. Nos anos em que foi permitido aos cães correr livremente nos parques, as queixas relativas a agressões caninas caíram 90 por cento. Mas há um outro argumento não tão fácil de se contra-argumentar: algumas pessoas simplesmente não querem ser incomodadas por cães. Dar espaço aos cães implica, necessariamente, reduzir o espaço dos humanos.

Esta última questão vem sendo, há muito tempo e de diversas formas, objeto de discussão. Vemo-nos, volta e meia, diante da realidade — chamada de problema por alguns — de ter que compartilhar espaço com outras coisas vivas, sejam elas cães, árvores, peixes ou pinguins. Cães no parque são exemplos atuais de algo que às vezes é abstrato demais ou distante demais de nós para merecer nossa consideração.

A própria existência de parques é uma resposta a esta questão: os nova-iorquinos de antigamente tiveram antevisão suficiente para reconhecer que, se não alocássemos lugares para a natureza em nossa cidade, não haveria natureza. Segundo uma estimativa recente, a área do Central Park valeria mais de 500 bilhões de dólares em termos imobiliários. O que significa dizer que abrimos mão de meio trilhão de dólares em favor de árvores ou grama. Mas não pensamos nisso como um transtorno. Pensamos como uma forma de equilíbrio entre cidade e natureza.

Viver em um planeta que não pode se expandir requer concessões, e embora não sejamos os únicos seres envolvidos, somos os únicos capazes de negociar. Nunca exigimos tanto e nunca tivemos tão pouco. Nunca tivemos tão pouco ar e água limpos, tão poucos peixes e árvores frondosas. Quando não ignoramos simplesmente a situação, ficamos a esperar uma solução tecnológica que desfaça nossa destruição, ao mesmo tempo que continuamos a viver sem nos dispormos a abrir mão de coisa alguma. Quem sabe se os jardins zoológicos não serão capazes de substituir animais selvagens em seus habitats naturais? Quem sabe se não podemos recriar a Amazônia em outro lugar? Quem sabe se um dia não seremos capazes de criar, por meio da engenharia genética, cães que não queiram correr livremente?

Quem sabe? Mas será que tais coisas no futuro farão de nós seres mais humanos, no melhor sentido desta palavra?

Há mais de três anos levo George ao Prospect Park duas vezes por dia, mas sua maneira de correr é ainda uma revelação para mim. Sem esforço algum, cheia de alegria, ela corre mais depressa do que o mais rápido ser humano do planeta correria. Mais depressa ainda do que os outros cães no parque, creio até. É bem possível que George seja o mais rápido animal terrestre de Brooklyn. Uma ou duas vezes toda manhã, sem qualquer motivo identificável, ela se lança em uma corrida a toda velocidade. Outros donos de cães não podem deixar de apreciá-la. Vez por outra alguém a aplaude e a incita a correr mais. É de cair o queixo.

O Distopianista, pensando em seu rival, é interrompido por uma batida na porta

Jonathan Lethem

O Distopianista destruiu o mundo mais uma vez naquela manhã, antes de dar qualquer telefonema ou checar seus e-mails, antes mesmo do café. Destruiu-o com repolhos. Os dedos rabiscantes do Distopianista forcejaram anotações sobre a página: um protagonista, alguém, *um bem-intencionado geneticista, de cabelos desgrenhados*, havia produzido um novo tipo de repolho a ser utilizado como dispositivo de segurança: o *"repolho air-bag"*. O repolho air-bag mimetizava aqueles repolhos decorativos plantados ao lado das estradas para soletrar o nome das cidades, ou arranjados por cor — vermelho, branco e aquele esquisito, iridescente repolho índigo — para compor bandeiras americanas. Tinha a aparência de qualquer outro repolho. Mas, sob a superfície, havia uma rede de rotas de câmaras de gás, *vastas rotas infláveis*, cheias de ar pressurizado. Assim, *com o tapinha mais sutil*, não, mais que um tapinha, senão vândalos os ativariam só por diversão, certo, *dado um sério golpe como a colisão de um carro a cinquenta quilômetros por hora ou mais*, as cabeças dos repolhos air-bag instantaneamente se inflariam, valendo-se do ar do sistema de raízes para absorver o impacto da batida, salvando vidas, *prevenindo custosas perdas materiais*. Apenas...

O Distopianista se afastou de sua escrivaninha, e espremeu os olhos para ver através da cortina a rua banhada pelo sol. Ônibus escolares se enfileiravam em seu quarteirão toda manhã, como imensas embalagens de suco de laranja derramando a vitamina humana da loucura juvenil, aquele caos de vozes zombeteiras e longas sombras serpenteantes sob a luz matinal. O Distopianista estava faminto e queria o café da manhã. Ainda não sabia como, mal empregados, os repolhos de segurança foderiam o mundo. Não poderia dizer que *mortificante cadeia de circunstâncias* levava da *inócua novidade genética* a mais um *regime totalitário esmagador.* Não sabia que luz os repolhos jogavam sobre a *urgência de morte nas sociedades humanas.* Ele resolveria, no entanto. Esse era seu trabalho. Na primeira segunda-feira de cada mês o Distopianista arranjava uma ideia: a *fumaça de veneno verde* ou o *download fractal desumanizador* ou a *novidade arquitetônica alienante* que abririam caminho para mais uma realidade arruinada ou oprimida. Na terça começava a fazer suas extrapolações, e tinha o resto do mês para acertar tudo. Hoje era segunda, então os repolhos eram suficientes.

O Distopianista deslocou-se até a cozinha, serviu-se uma segunda xícara de café e colocou fatias de pão dentro da torradeira. A manchete da seção Metro do *Times* falava da captura de um renomado vilão, um assassino viciado que havia esmagado a cabeça de um pedestre com um paralelepípedo. O Distopianista lia o jornal enquanto friccionava na torrada nacos de geleia de gengibre, a faca precipitando uma pequena onda de manteiga sobre a substância cristalizada. Leu com atenção até o fim da matéria, tirando prazer da história.

O Distopianista odiava intimidadores. Tentou se imaginar parado de óculos escuros, dedilhando transgressores para que formassem uma fila, não conseguiu. Tentou se imaginar parado sob a luz forte, a cabeça recolhida em tristeza arrogante, esperando para ser dedilhado, mas isso era ainda mais impossível. Fixou os olhos na foto do homem apreendido, e inesperadamente o Distopianista se viu tendo pensamentos de vingança, de ódio, em relação a seu rival.

Antes o Distopianista havia tido todo o campo distópico para si. Só existiam ele e os Utopianistas. O Distopianista adorava ler as histórias dos Utopianistas, seus enredos turvos e esperançosos, publicados em revistas como *Expectante* e *Encorajadora.* Rotineiramente o Distopianista as adquiria assim que chegavam nas bancas e as pervertia no dia seguinte em seu próprio trabalho, surrupiando os temas dos Utopianistas como uma obscura inspiração. Mesmo as capas lustrosas com ilustrações gritantes das revistas serviam de combustível. O Distopianista as arrancava da lombada das revistas e as afixava sobre sua escrivaninha, em seguida erguendo sua caneta como a foice da Morte e arremetendo às ruínas aqueles enlevados mundos inúteis.

Os Utopianistas eram homens mais velhos que entraram no ramo vindos das ciências ou da academia: Professor isto ou aquilo, como burgueses holandeses tirados de caixas de charutos. O Distopianista fora publicado como um rato entre eles, um roedor despejando fezes em seus projetos a-nunca-serem-realizados. Gostava desse papel. De vez em nunca o Distopianista aceitava aparecer em público ao lado dos Utopianistas, em uma banca na universidade ou em uma conferência. Eles adoravam se reunir, *os bobos*, em saguões iluminados com lâmpadas fluorescentes atrás de mesas decoradas com jarras suadas de água gelada. Estavam sempre ávidos para louvá-lo em público ao considerá-lo um dos seus. O Distopianista os ignorava, recusando até a água de suas jarras. Interpretava diretamente para os membros do público que vinham vê-lo, que compartilhavam seu pouco apreço pelos Utopianistas. O Distopianista sempre conseguia identificar seus leitores por seus pesados casacos pretos, sua acne, seus cabelos sebosos e arrebitados, seus fones de ouvido descansando nos ombros, conduzindo a walkmans secretos nos bolsos dos casacos.

O rival do Distopianista era um Utopianista, mas não era como os outros.

O Distopianista conhecia seu rival, o homem que em privado ele chamava de *o Horrível*, desde que eram crianças como aquelas que corriam pelo pátio da escola ali embaixo. *Lá em cima do piano*, haviam cantado juntos, ambos tremendo de medo de serem *o escolhido*, de terem que tomar o copo de *veneno*. Não eram bem amigos, mas o Distopianista e o Horrível haviam sido perseguidos juntos pelos meninos mais velhos, isolados por suas qualidades de *nerds*, forçados a aliar seus ressentimentos. Com aborrecida resignação haviam trocado Wacky Packages e feito as lições de álgebra, oferecido um ao outro barras de Juicy Fruit e quadrados de Now-N-Later, forjando a dose de consolo de um perdedor.

Então foram separados depois do ensino fundamental, e o Distopianista esqueceu seu desconfortável colega.

Fazia quase um ano agora desde que o Horrível Utopianista fora publicado. O Distopianista voltara para casa com o último número de *Confortante*, esperando as risadas habituais, e em vez disso acabara atacado pela primeira história do Horrível Utopianista. O Distopianista não reconheceu o rival pelo nome, mas soube instantaneamente que seria um rival.

O truque do Horrível Utopianista era escrever num estilo *nominalmente* utópico. Suas fantasias eram quase tão críveis quanto a experiência cotidiana, mas banhadas numa radiação de glória. Reluziam de esperança. As histórias dos outros Utopianistas eram, em comparação, brincadeiras de criança. As histórias do Horrível Utopianista não eram fracas ou ideológicas. Ele havia inventado uma *estética* da utopia.

Justo. Se tivesse parado nesse polido e bem observado sonho da vida humana, o Horrível Utopianista não teria sido nenhuma ameaça. Claro, que se dane, que haja um gênio entre os Utopianistas, tanto melhor. Isso aumentava o nível. O Distopianista tomou o brilho mimético do Horrível como estímulo de inspiração: Olhe melhor! Torne real!

Mas o Horrível Utopianista não jogava limpo. Não parou no utopianismo, não. Aventurou-se no terreno do Distopianista, transgrediu os limites. Ao desenhar um mundo tão sutilmente transformado, tão levemente *acotovelado* no ideal, as ficções do Horrível devolviam uma sombra ao cotidiano. Induziam um desespero de inadequação no real. Virando a última página de uma das histórias do Horrível Utopianista, o leitor sentia uma pontada mortal de deslizar de volta a sua vida cotidiana, algo que se mostrara mórbido, opressor, injusto.

Essa era a arte impiedosa do Horrível: *suas utopias inscreviam a realidade em si na mais persuasiva distopia imaginável*. Nos momentos mais fracos do Distopianista ele sabia que, em comparação, suas próprias histórias eram artificiais e extravagantes, sua obscuridade forçada.

Foi seis semanas atrás que *Vivificante* publicou a fotografia do Horrível, e o Distopianista identificou seu conhecido de infância.

O Horrível Utopianista nunca apareceu em público. Não havia nenhum clamor para que aparecesse. Na verdade, ele nem era muito estimado entre os Utopianistas, uma ironia que irritava o Distopianista. Era como se o Horrível não se importasse em ver sua obra enterrada nas insípidas revistas utópicas. Ele não parecia desejar um reconhecimento de qualquer tipo, que dirá o posto de oposicionista conseguido a duras penas que o Distopianista prezava tanto. Era quase como se as histórias do Horrível, apresentadas em público, fossem na verdade mensagens privadas de reprimenda de um homem a outro. Às vezes o Distopianista se perguntava se ele não seria de fato o *único* leitor do Horrível Utopianista, e o único que ele queria.

Os repolhos eram inúteis, o Distopianista via agora.

Olhando pela janela por sobre o último sopro de vapor de seu café os ruidosos ônibus escolares coloridos a lápis, de repente ele entendeu a grossa implausibilidade: um repolho que se inflasse rapidamente *nunca deteria o poder de alterar a trajetória fatal* de um *veículo adernado cheio de vidas jovens.* Um repolho pode deter um Hyundai, talvez um Volvo. Nunca um ônibus escolar. De qualquer forma, os repolhos como imagem não tinham nenhuma implicação, nenhum *alcance.* Não diziam nada sobre a humanidade. Eram, enfim, algo completamente idiota e tolo. Virou o resto do café, com raiva.

Tinha que ir mais fundo, encontrar algo ressonante, algo que rastejasse sob a pele da realidade e de dentro rendesse sua monstruosidade. Foi até a pia, começou a lavar a xícara. Um pequeno monte de sedimentos se estabelecera no fundo e agora, sob o jato de água fria, os grãos se erguiam e se espalhavam e dançavam, um modelo do caos. O Distopianista reconstituiu sua semente de inspiração: um *desastrado geneticista bem-intencionado,* bom. Bom o bastante. O geneticista tinha que topar com algo melhor, contudo.

Um dia, quando o Distopianista e o Horrível Utopianista estavam na sexta série da Escola 293, encolhendo-se juntos num canto do pátio para evitar esportes e brigas e garotas em um hábil recolhimento de múltiplos propósitos, chegaram a uma ilha segura de interesse mútuo: revistas em quadrinhos, da Marvel, que ninguém que lia entendia que não tinham nada de "inhos", sendo na verdade mortais, arrebatadores de tão sérios. A Marvel construía mundos de esplêndida complexidade, cheios de vilões antigos assustadores e heróis atormentados, em histórias ricas e infindáveis. Ali no pátio, protegidos atrás do jogo da amarelinha habitual das meninas, o Distopianista declarou seu personagem favorito: o Doutor Destino, antagonista do Quarteto Fantástico. O Doutor Destino usava uma capa verde-escura e se guarnecia sob uma máscara e uma armadura metálicas. Era um rei obscuro que, de seu castelo sinuoso, governava uma cidade de servos miseráveis. Um monstro inconteste, imperial. O Horrível Utopianista murmurou seu consentimento. De fato, o Doutor Destino era espetacular, uma escolha honrável. O Distopianista esperou que o Horrível Utopianista declarasse seu favorito.

— Raio Negro — disse o Horrível Utopianista.

O Distopianista ficou confuso. Raio Negro não era herói nem vilão. Raio Negro era membro de um grupo à parte de personagens mutantes conhecidos como Desumanos, sendo o mais nobre entre eles. Era o líder, mas nunca falava. Seu único poder *demonstrado* era voar, mas o essencial em Raio Negro era o poder que ele se privava de usar: o discurso. O som de sua voz era cataclísmico, uma arma inutilizável, como uma bomba atômica. Se Raio Negro alguma vez pronunciasse uma única sílaba o mundo se partiria em dois. Raio Negro foi líder em ausência durante a maior parte do tempo: tinha uma tendência a se exilar da cena, a vagar por montanhas distantes contemplando... O quê? Sua maldição? As coisas que diria se pudesse falar com segurança?

Aquela era uma escolha inquietante, anunciada em meio aos gritos ferinos do pátio escolar. O Distopianista mudou de assunto, e nunca voltou a falar sobre as revistas da Marvel com o Horrível Utopianista. Sozinho atrás da porta trancada de seu quarto, o Distopianista passou a estudar o comportamento de Raio Negro, procurando pistas do que podia atrair seu colega no personagem. Talvez a resposta estivesse em algum outro enredo do universo da Marvel, um em que Raio Negro dispensasse a compenetração para funcionar como herói ou vilão irrefreável. Se era isso, o Distopianista nunca encontrou a edição em questão.

Suicídio, o Distopianista concluiu agora. O geneticista devia estar estudando o suicídio, tentando isolá-lo como fator do genoma humano. "O Código Sylvia Plath" podia ser o título da história. O geneticista podia estar tentando *reproduzi-lo em uma espécie não humana.* Certo, bom. Gerar suicídios em animais, produzir uma criatura com o impulso de tirar a própria vida. Isso tinha a relevância que o Distopianista buscava. Que animais? Algo pungente e patético, algo puro. Ovelhas. *A Ovelha Sylvia Plath*, era isso.

Uma variação de ovelha havia sido produzida para o estudo do suicídio. A Ovelha Sylvia Plath tinha que ser mantida sob estrita vigilância, como um prisioneiro despido dos implementos temerários, dos cadarços, do cinto. E a Ovelha Plath escapa, certo, é claro, *uma criatura ao estilo Frankenstein sempre escapa*, mas a virada é que a Ovelha Plath só é perigosa para si mesma. *E daí?* Que dano há em uma única ovelha que, silenciosa, discretamente se apaga? *Mas a Ovelha Plath*, dedos rabiscantes apressando-se agora, o

Distopianista estava tinindo, *a ovelha Plath calha de ter o dom de comunicar seu desespero*. Como os macacos daquela ilha, que aprenderam uns com os outros a lavar moluscos, ou abri-los com cocos, seja o que for o que os macacos aprenderam, pesquisar depois, *a Ovelha Plath evocava o suicídio em outras criaturas*, acima e abaixo na cadeia alimentar. Não humanos, mas qualquer outra coisa que cruzasse seu caminho. Gatos, cachorros, vacas, besouros, moluscos. Cada criatura difundia o suicídio a outra, a cinco ou seis outras, *antes de encontrar um promontório de onde saltar para a morte*. A espécie humana se veria incapaz de reverter a demência, a epidemia de suicídios entre as espécies não humanas do planeta.

Beleza! Certo! Que o maldito Raio Negro abra sua boca e cante uma ária: ainda assim não será capaz de parar a Ovelha Plath em sua *corrente mortífera de desespero!*

Súbito o Distopianista teve uma visão da Ovelha Plath seguindo seu caminho no pano de fundo de uma das histórias do Horrível. Passaria despercebida a princípio, um detalhe bucólico. Desembrulhando seu gélido presente de *suicídio animal global* só depois de ser tomada por inteiramente inofensiva, mais uma das pequenas pepitas de desespero que o Horrível inocuamente contrabandeava em suas utopias. A Ovelha Plath era uma bala da mais pura intenção distópica. O Distopianista queria dispará-la na direção do Horrível Utopianista. Talvez mandasse essa história para *Encorajadora*.

Melhor ainda, seria legal se pudesse mandar a própria Ovelha Plath à porta do escritório do Horrível. *Aqui está seu trágico Raio Negro mudo, seu canalha!* Toque seu focinho sombrio, seque seus úmidos olhos vítreos, gotejantes de remela. Tente convencê-la a descer do parapeito, se conseguir tirar coragem de suas convicções ostensivamente róseas. Explique à Ovelha Sylvia Plath por que vale a pena viver a vida. Ou então, fracassando nesse empenho, deixe a ovelha convencê-lo a segui-la até a beira, e caiam. Você e a ovelha, camarada, deem um salto.

Ouviu-se uma batida na porta.

O Distopianista foi até a porta e abriu. Parada no corredor estava uma ovelha. O Distopianista conferiu o relógio — 9h55. Não tinha certeza por que lhe importava o horário, mas importava. Considerou-o tranquilizador. O dia ainda se estendia à sua frente; teria bastante tempo para retomar o trabalho depois dessa interrupção. Ainda ouvia as vozes das crianças vindo da rua e vazando pela janela da frente. As crianças que agora chegavam estavam atrasadas para a escola. Sempre havia centenas atrasadas. Perguntou-se se a ovelha teria aguardado com as crianças até que o guarda de trânsito acenasse para que seguissem. Perguntou-se se a ovelha teria atravessado no sinal verde, ou com imprudência teria desafiado o trânsito a matá-la.

Persuadira-se de que a ovelha era muda. Foi um choque, então, quando ela falou.

— Posso entrar? — disse a ovelha.

— Claro, pode — disse o Distopianista, tateando as palavras. Deveria oferecer-lhe o sofá, ou uma bebida ou coisa parecida? A ovelha entrou no apartamento apenas o bastante para permitir que a porta se fechasse atrás dela, em seguida ficando em silêncio, trabalhando sua graciosa mandíbula para cima e para baixo, e pestanejando. Seus olhos não estavam nem um pouco úmidos.

— Então — disse a ovelha, assentindo com a cabeça e olhando para a escrivaninha do Distopianista, a bagunça de bloquinhos amarelos, os lápis apontados reunidos no porta-lápis, a máquina de escrever. — É aqui que a mágica acontece. — O tom da ovelha era patentemente sarcástico.

— Não costuma ser *mágica* — disse o Distopianista, arrependendo-se de imediato da observação.

— Ah, eu não diria isso — disse a ovelha, aparentemente serena. — Você tem algumas coisas sobre as quais responder.

— Essa é a razão para isto tudo? — perguntou o Distopianista. — Algum tipo de avaliação?

— Avaliação? — A ovelha pestanejou como se estivesse confusa. — Quem disse qualquer coisa de avaliação?

— Esqueça — disse o Distopianista. Não queria colocar palavras na boca da ovelha. Não agora. Deixaria que representasse a si mesma, e tentaria ser paciente.

Mas a ovelha não falou nada, apenas perpetrou seus pequenos e hesitantes passos pelo carpete, avançando muito pouco na sala. O Distopianista se perguntou se a ovelha não estaria vasculhando pontas afiadas na mobília, à procura de oportunidades para se machucar batendo com grande força contra as extremidades rígidas.

— Você está... muito deprimida? — perguntou o Distopianista.

A ovelha refletiu sobre a questão por um instante.

— Já tive dias melhores, vamos dizer assim.

Encerrando o pensamento, ergueu os olhos para perscrutá-lo, olhos ainda secos. O Distopianista devolveu o olhar, em seguida desviando o rosto. Um terrível pensamento lhe ocorreu: a ovelha podia estar esperando que *ele* a aliviasse de sua vida.

O silêncio era grave. O Distopianista considerou outra possibilidade. Teria seu rival vindo até ele de forma disfarçada?

Limpou a garganta antes de falar:

— Você não seria, ahn, o Horrível, por acaso? — O Distopianista teria ficado terrivelmente encabulado se a ovelha não soubesse de que ele estava falando.

A ovelha soltou um ruído ofegante, solene, como *Hurrrrhh*. Depois disse:

— Sou *horrível*, sim. Mas dificilmente sou a única.

— Quem? — arriscou o Distopianista.

— Dê uma olhada no espelho, amigo.

— O que você quer dizer? — O Distopianista estava enfezado, agora. Se a ovelha pensava que ele seria manipulado em direção ao suicídio estava muito enganada.

— Só isto: quantas ovelhas têm que morrer para aliviar seus ressentimentos infantis? — Agora a ovelha assumia um estranho tom falso, falso como o de um comerciante. — *Eles riram quando eu me sentei ao Distopiano! Mas quando comecei a tocar...*

— Muito engraçado.

— A gente tenta, a gente tenta. Olhe, você poderia ao menos me oferecer um prato d'água ou coisa parecida? Tive que subir de escada; não conseguia alcançar o botão do elevador.

Silenciado, o Distopianista se apressou até a cozinha e encheu uma tigela baixa com água da torneira. Em seguida, pensando duas vezes, despejou na pia e substituiu por água mineral de uma garrafa tirada da geladeira. Quando a depositou, a ovelha lambeu com gratidão, com firmeza, enfim parecendo para o Distopianista um animal.

— Certo — lambeu os beiços. — É isto, Doutor Destino. Vou indo. Perdoe a intrusão, da próxima vez eu ligo. Só queria, você sabe, dar uma olhada em você.

O Distopianista não conseguiu se conter:

— Você não quer morrer?

— Hoje não — foi a resposta simples da ovelha.

Com cautela o Distopianista deu a volta na ovelha para abrir-lhe a porta, e a ovelha trotou para fora. O Distopianista a seguiu pelo corredor e chamou o elevador. Quando a porta se abriu, o Distopianista se inclinou e apertou o botão do térreo.

— Obrigada — disse a ovelha. — São as pequenas coisas que valem.

O Distopianista tentou pensar em uma despedida apropriada, mas não conseguiu antes que a porta do elevador se fechasse. A ovelha estava de frente para o fundo do elevador, outro exemplo de sua parca noção de etiqueta.

Ainda assim, a visita da ovelha não era o pior que o Distopianista poderia imaginar. Ela podia tê-lo atacado, ou tentado se ferir com alguma de suas facas de cozinha. O Distopianista ainda tinha orgulho da Ovelha Plath, e estava contente de tê-la conhecido, mesmo que a Ovelha Plath não tivesse orgulho dele. Além disso, o episódio inteiro só tinha custado ao Distopianista uma hora e pouco de seu tempo. Ele estava de volta ao trabalho, avidamente escrevinhando implicações, extrapolações, outras quedas ilustrativas, muito antes de as crianças uivantes reocuparem o pátio para o intervalo do almoço.

O atirador de facas

Steven Millhauser

Quando soubemos que Hensch, o atirador de facas, pararia em nossa cidade para uma única apresentação às oito horas da noite de sábado, ficamos confusos, sem saber exatamente que emoção a notícia nos causaria. Hensch, o atirador de facas! Tínhamos vontade de bater palmas de alegria, de sair por aí sorrindo e comentando, na expectativa da emoção? Ou nossa vontade era a de apertar os lábios em sinal de ostensiva e severa desaprovação? Assim confusas eram as emoções que Hensch provocava. Isso porque, se Hensch era, reconhecidamente, um mestre de sua arte, dessa arte difícil com um quê de mau gosto sobre a qual sabemos quase nada, por outro lado era também verdade que em torno de seu nome corriam rumores inquietantes que faziam com que nos sentíssemos culpados por não lhes ter dado atenção suficiente quando eles apareciam, de tempos em tempos, na seção de entretenimento do jornal de domingo.

Hensch, o atirador de facas! É claro que conhecíamos seu nome. Todos conhecíamos aquele nome como se conhece o nome de um famoso jogador de xadrez ou de um grande mágico. O que não conseguíamos saber ao certo era o que ele de fato fazia em suas apresentações. Nós nos lembrávamos, vagamente, de que sua habilidade no arremesso de facas era reconhecida havia um bom tempo, porém foi só depois de ele mudar completamente as regras do jogo que passaram a levá-lo a sério. Ele ultrapassou de maneira desafiadora — de maneira inconsequente, para alguns — uma linha jamais ultrapassada por atiradores de facas, e assim criou para si uma fama alicerçada em algo infame. Alguns de nós acreditávamos nos lembrar de ter lido que no início de sua carreira ele havia ferido gravemente um assistente seu; depois de seis meses desaparecido, retornara à cena com seu novo número. Foi então que Hensch introduziu na inocente arte de atirar facas a ideia do ferimento artístico, a marca de sangue que era também a marca do mestre. Tínhamos até mesmo ouvido dizer que entre seus seguidores havia muitos jovens, moças principalmente, que ansiavam por ser feridas pelo mestre e por carregar no corpo, com orgulho, sua cicatriz. Se rumores dessa natureza nos deixavam perturbados, se impediam que celebrássemos a chegada de Hensch com inocente deleite, éramos forçados a reconhecer, por outro lado, que sem tais apelos dúbios provavelmente não iríamos assistir ao espetáculo, uma vez que a arte de atirar facas, apesar de seu aparente perigo, é, de fato, uma arte inofensiva, uma arte fora de moda — pouco mais do que uma diversão um tanto estranha e antiquada nestes novos tempos. Os únicos atiradores de facas que qualquer um de nós já havia visto eram os que se apresentavam entre os números principais dos circos ou em mafuás ao lado de outras atrações bizarras como a mulher gorda e o esqueleto humano. Imagino que isso tenha levado Hensch a buscar uma saída. Pois não era ele, à sua maneira, um artista? Por isso nós admirávamos sua ousadia, ainda que deplorássemos seu método e o desprezássemos por ter abraçado uma arte tão vulgar. Nós nos indagamos sobre a veracidade do que se dizia a seu respeito. Tentávamos nos lembrar do que realmente sabíamos, nos interrogávamos sem cessar. Alguns de nós sonhávamos com ele: ora como um exibicionista sem classe, usando calças de xadrez e um chapéu vermelho, ora como um militar severo, de botas lustrosas. Os panfletos promocionais mostravam apenas uma faca segura por uma mão enluvada. É de surpreender que estivéssemos confusos quanto às nossas emoções?

Às oito horas precisamente, Hensch entrou no palco: um homem seco, que não sorria, usando um fraque. Sua entrada nos surpreendeu. Apesar de a maioria de nós já estarmos ali sentados desde sete e meia, ainda havia pessoas chegando, caminhando pelos corredores da plateia, passando com dificuldade por joelhos enviesados e fazendo assentos ranger. De fato, estávamos tão acostumados com atrasos de espetáculos devido a retardatários que já tomávamos por certo que uma apresentação marcada para começar às 8h começaria às 8h10 ou até mesmo às 8h15. Quando Hensch caminhou com passos firmes até o centro do palco — um homem de cabelos negros com uma calva no alto da cabeça e a aparência de quem não estava ali para brincadeiras — ficamos sem saber se o admirávamos por sua suprema indiferença aos nossos ruídos para nos acomodarmos, ou se não gostávamos dele por intolerância a um mínimo atraso. Ele se dirigiu rapidamente a uma mesa que havia no centro do palco sobre a qual encontrava-se uma caixa de mogno. Hensch parou atrás da mesa e abriu a caixa, e pudemos ver o brilho das facas. Neste exato momento uma mulher com um vestido branco, solto e esvoaçante, surge por trás da divisória e para diante dela. Seus cabelos de um louro pálido estavam bem esticados e presos na nuca. A mulher tinha nas mãos um vaso de prata.

Enquanto os retardatários sussurravam pedindo passagem aos que já estavam sentados, roçando pernas em joelhos e casacos até ocuparem, sorrateiros e culpados, os seus assentos, a mulher, de frente para nós, enfiou a mão no vaso de prata e de lá tirou um aro branco, do tamanho aproximado de um prato de jantar. Ela o ergueu e exibiu-o dos dois lados como que para nossa inspeção, enquanto Hensch tirava da caixa meia dúzia de facas. Em seguida, com um passo, ele se colocou ao lado da mesa. Com a mão esquerda, segurava seis facas como se fossem um leque, com as pontas voltadas para cima. As facas tinham pouco mais de trinta centímetros e o formato das lâminas era o de um losango alongado. Ali de pé, a um lado do palco, Hensch era um homem sem expressão alguma no rosto, imóvel. Tinha o olhar vago e levemente entediado de um menino que crescera demais, a segurar com uma das mãos um presente estranho, aguardando pacientemente que alguém abrisse uma porta.

Com um movimento delicado, a moça de vestes brancas atirou o aro para o alto em frente à divisória de madeira negra. Num piscar de olhos, uma faca enterrou-se profundamente na madeira macia, nela fixando o aro, que ficou balançando no cabo. Antes que pudéssemos decidir se deveríamos ou não aplaudir, a mulher lançou um outro aro branco. Hensch ergueu o braço e, em um único movimento rápido e suave, deixou o segundo aro balançando no cabo da segunda faca. Depois que o terceiro aro lançado para cima pôs-se a balançar subitamente no cabo de uma faca, a mulher tirou do vaso e ergueu para que víssemos bem um aro menor, do tamanho de um pires. Lançou-o. Hensch ergueu uma faca e prendeu o aro voador na madeira. Em seguida ela atirou dois pequenos aros, um logo após o outro, que Hensch prendeu na madeira com dois rápidos movimentos: o primeiro, na trajetória de subida, e o segundo, na de descida, perto do meio da divisória.

Vimos Hensch pegar mais três facas e segurá-las com a mão esquerda à maneira de um leque. Ele então ficou imóvel, a olhar para sua assistente com absoluta concentração — costas retas e a outra mão pendendo ao lado do corpo. Quando ela lançou ao ar três pequenos aros, um logo em seguida ao outro, vimos seu corpo se retesar, esperamos pelo tunc-tunc-tunc das facas na madeira, mas ele permaneceu imóvel, sem desviar da mulher o olhar severo. Os aros bateram no chão, quicaram levemente e rolaram como grandes moedas atravessando o palco. Teria ele desaprovado o lançamento? Sentimos um impulso de olhar para outro lado, de fingir que não tínhamos notado. Com grande destreza a assistente recolheu os aros e reassumiu sua posição junto à divisória negra. Tivemos a impressão de que ela respirou fundo antes de lançar novamente os aros. Desta vez Hensch atirou suas três facas com extraordinária velocidade, e subitamente vimos os três aros balançando na divisória. Ela fez um gesto aberto apontando um braço para Hensch, que permaneceu imóvel; nós explodimos em vigoroso aplauso.

Novamente a mulher vestida de branco tirou alguma coisa de seu vaso de prata e dessa vez tinha entre o polegar e o indicador algo que até mesmo nós que estávamos sentados nas primeiras filas fomos incapazes de identificar de imediato. Ela deu alguns passos até a frente do palco, e muitos de nós reconhecemos então entre seus dedos, cor de laranja e negra, uma borboleta. A mulher então voltou a seu lugar junto à divisória olhou para Hensch, que já havia escolhido sua faca. Com um gesto suave, ela lançou ao ar a borboleta. Explodimos em aplausos quando a faca atravessou a borboleta, prendendo-a à madeira, onde ela pôde ser vista batendo as asas, indefesa, pelos que estavam nas primeiras filas.

Aquilo era algo que jamais tínhamos visto ou nem sequer imaginado que pudéssemos ver. Algo que seria lembrado para sempre. Enquanto aplaudíamos, tentávamos nos recordar dos atiradores de facas de nossa infância, do cheiro de serragem e de algodão-doce, da mulher cintilante a girar na roda.

A mulher de branco removeu as facas da divisória negra e com elas atravessou o palco em direção a Hensch, que as examinou cuidadosamente, uma por uma, limpou-as com um pano e as foi recolocando na caixa.

Abruptamente, Hensch caminhou com passos firmes até o centro do palco e ali parou, voltado para nós. Sua assistente empurrou a mesa com a caixa de madeira para o lado dele. Ela deixou então o palco para retornar logo em seguida empurrando uma segunda mesa, que colocou no outro lado dele. Feito isso, ela se afastou para um ponto não iluminado do palco, enquanto as luzes se concentravam em Hensch e suas mesas. Vimos quando ele apoiou a palma da mão esquerda sobre a mesa onde nada havia. Com a mão direita, ele tirou uma faca que estava na primeira mesa. Subitamente, sem olhar, lançou a faca para o alto. Nós acompanhamos sua subida e, logo, sua rápida descida. Alguém deu um grito quando a faca se enterrou em sua mão. Mas Hensch tirou a mão da mesa e a exibiu para que a víssemos, voltando-se primeiro para um lado e depois para o outro: a faca havia se enterrado na mesa entre seus dedos. Hensch baixou a mão sobre a faca de maneira que a lâmina ficasse entre seu segundo e terceiro dedos. Em seguida, lançou mais três facas no ar, uma após a outra: rat-tat-tat elas se encravaram na mesa. Surgindo das sombras onde estivera, a mulher deu uns passos à frente e inclinou a mesa em nossa direção para que pudéssemos ver as quatro facas presas entre os dedos dele.

A essa altura, nós estávamos todos maravilhados com Hensch, encantados com a refinada ousadia daquele homem; entretanto, enquanto o aplaudíamos entusiasmados sentíamos um pouco de inquietação, uma certa insatisfação, como se alguma promessa implícita não tivesse sido cumprida. Não tínhamos nos sentido um pouco envergonhados por ter ido assistir àquela apresentação? Não tínhamos deplorado antecipadamente suas proezas de mau gosto, sua repulsiva transgressão?

Como que em resposta à nossa secreta impaciência, Hensch afastou-se com passos firmes para um canto do palco. Rapidamente, sua pálida assistente o acompanhou, empurrando a mesa. Em seguida, empurrou a segunda mesa para o fundo do palco e retornou a seu posto em frente à divisória negra. Ali ela ficou, encostada à madeira, a olhar fixamente para Hensch. As alças do seu leve vestido branco haviam escorregado um pouco dos ombros magros para a parte superior dos braços. A essa altura sentimos em nossos braços e ao longo das nossas espinhas um primeiro e leve arrepio de excitação, pois ali estavam eles diante de nós, o mestre misterioso e assustador e a pálida jovem, como personagens de um sonho do qual tentávamos acordar.

Hensch escolheu uma faca e a ergueu ao lado da cabeça com um gesto decidido; ficamos surpresos com sua extrema rapidez. Com um movimento brusco do antebraço, como se estivesse partindo um pedaço de lenha, ele soltou a faca. A princípio pensamos que ele tivesse atingido a assistente na parte superior do braço, mas logo vimos que a lâmina se enterrara na madeira rente à sua pele. Uma segunda faca enterrou-se rente ao outro braço. Ela fez alguns leves movimentos com os ombros, como que para se livrar das facas, rentes à sua pele. Foi apenas quando seu leve vestido lhe escorregou do corpo que nos demos conta de que as facas haviam cortado suas alças. Hensch nos conquistou definitivamente, sem sombra de dúvida. Com pernas esguias, sorridente, ela deu um pequeno passo para sair do vestido, caído no chão, e ali ficou, diante da divisória negra, exibindo-se em sua colante malha prateada. Lembramo-nos de equilibristas no alto de cordas esticadas, nos dorsos nus de cavalos a galope, quentes tendas de circo em dias azuis de verões do passado. Os cabelos louros da jovem, sua roupa cintilante, sua pele muito alva, tocada aqui e ali por pontos ensombreados, tudo isso lhe dava uma remota aparência de obra de arte, mas ao mesmo tempo emprestava a ela uma espécie de fria voluptuosidade, pois o brilho metálico de sua roupa colante parecia chamar atenção para a nudez de sua pele, perturbadoramente exposta, perigosamente branca, fria e suave.

Rapidamente a cintilante assistente aproximou-se da segunda mesa, no fundo do palco, e tirou algo de uma gaveta. Retornou então ao centro da divisória de madeira e colocou na cabeça uma rubra maçã. A fruta era tão vermelha e brilhante que parecia ter sido pintada com esmalte de unhas. Podíamos ver a coluna de sua traqueia pressionando-lhe a pele do pescoço e seu corpo tenso dentro da malha prateada. Hensch fez pontaria e lançou a faca, que atingiu o coração da maçã.

O que ela tirou em seguida da gaveta foi um par de luvas brancas e longas que ela calçou lentamente, ajustando-as aqui e ali. Depois ergueu as mãos enluvadas e mexeu seus finos dedos para que os víssemos. Encostou-se então na divisória, abriu os braços em cruz e espalmou as mãos. Hensch olhou para ela, ergueu o braço e atirou a faca, que se enterrou na ponta do dedo médio da mão direita da moça, prendendo-a à divisória negra. A moça permaneceu imóvel, a olhar para a frente. Hensch pegou um punhado de facas e as segurou em leque com a mão esquerda. Rapidamente, uma após a outra, ele lançou mais nove facas que foram se prendendo, de baixo para cima, direita-esquerda-direita-esquerda, nas pontas dos dedos dela. Nós nos remexemos, aflitos, em nossos assentos. No súbito silêncio que se seguiu, ela continuou imóvel, os braços abertos, os dedos presos por facas, sua malha prateada a reluzir, as luvas ainda mais brancas do que seus braços pálidos, dando a impressão de que, a qualquer instante, sua cabeça penderia para a frente — uma frágil mártir crucificada. Lentamente, então, delicadamente, ela foi tirando as mãos das luvas, uma de cada vez, deixando o par de luvas brancas preso à madeira.

Mas Hensch fez um sinal com os dedos indicando que nada do que havia feito até ali tinha importância alguma e, para nossa surpresa, a mulher se encaminhou para a frente do palco e se dirigiu a nós pela primeira vez.

— Devo pedir-lhes — disse ela delicadamente — que permaneçam bem quietos, porque este próximo número é muito perigoso. O mestre me marcará. Por favor, não façam ruído de espécie alguma. Nós lhes somos gratos.

A assistente retornou à divisória e simplesmente ficou ali parada, com os ombros para trás, os braços pendentes, apertados de encontro à madeira. Seu olhar não se desviava de Hensch, que parecia a estar estudando. Alguns de nós dissemos mais tarde que, naquele momento, ela dava a impressão de ser uma criança a ponto de levar um tapa no rosto, mas houve quem a julgasse aparentar calma, muita calma.

Hensch escolheu uma faca de sua caixa, segurou-a por alguns instantes e então ergueu o braço e a atirou. A faca enterrou-se na madeira bem rente ao pescoço da assistente. Ele havia errado, não? Sentimos uma fina pontada de decepção, que logo se transformou em vergonha, profunda vergonha, pois não tínhamos ido ali para ver sangue, apenas para... bem... para alguma outra coisa. E enquanto nos perguntávamos por que mesmo tínhamos ido ali, fomos surpreendidos ao vê-la erguer a mão direita e puxar a faca. Vimos então em seu pescoço um fino fio de sangue que lhe escorreu até o ombro. Compreendemos então a importância de sua alvura para aquele momento. Aplaudimos muito — um aplauso longo e estrepitoso — enquanto ela se curvava em agradecimento, exibindo a faca reluzente e nos assegurando, daquela maneira, que fora ferida, porém estava bem; que havia sido ferida com precisão. E nós continuamos a aplaudir, sem saber se nossos aplausos eram para o fato de ela estar bem, ou se para sua ferida, ou se para a precisão do mestre que havia ultrapassado o limite, que nos havia transportado em segurança, supunha-se, para o reino das coisas proibidas.

Ainda estávamos aplaudindo quando ela se voltou e deixou o palco, retornando pouco depois em um longo vestido negro de mangas compridas e gola alta, que escondia sua ferida. Imaginamos o curativo branco sob a gola negra; imaginamos outros curativos, outras feridas, nos seus quadris, na sua cintura, nos contornos de seus seios. Vestidos de negro contra um fundo negro; agora ambos, unidos, ao que parecia, por um pacto sombrio, como se fossem irmãos gêmeos, como se estivessem os dois do mesmo lado em um jogo do qual todos participávamos, um jogo que já não mais compreendíamos. De fato, ela parecia mais velha naquele vestido negro. Parecia mais severa, uma professora fria, uma tia solteirona.

Não nos surpreendemos quando ela deu um passo à frente e se dirigiu a nós.

— Se algum dos senhores e senhoras da plateia desejar ser marcado pelo mestre, receber sua marca de mestre, agora é o momento. Alguém deseja?

Nós nos entreolhamos. Uma única mão ergueu-se, hesitante, mas imediatamente se recolheu. Uma outra mão se ergueu; logo havia várias mãos erguidas. Corpos jovens esforçavam-se por chamar atenção para si, ansiosos; e do palco desceu a mulher de negro, que se pôs a caminhar ao longo dos corredores, examinando de perto as pessoas, avaliando, até que parou e apontou:

— Você.

Nós conhecíamos a menina, Susan Parker, uma estudante do curso secundário que poderia ter sido nossa filha. Tinha no rosto uma expressão de surpresa, as sobrancelhas ligeiramente erguidas enquanto apontava para si mesma; em seguida, um leve enrubescimento ao se assegurar de ter sido ela mesma a escolhida. Quando a menina se encaminhou para os degraus que levavam ao palco, pudemos vê-la melhor e nos perguntamos o que a mulher de negro tinha visto nela para decidir que seria ela; nós nos perguntamos também sobre o que estaria se passando pela cabeça de Susan Parker quando ela seguiu a mulher de negro até a divisória de madeira. Ela usava uma calça jeans larga e uma suéter preta e justa de mangas curtas; seus cabelos, de tom castanho avermelhado, tinham um leve brilho e eram cortados curtos. Teria sido por sua pele alva que ela fora escolhida? Ou por seu ar de confiança em si? Tivemos vontade de gritar: volte para seu assento! Você não precisa fazer isso! Mas permanecemos silenciosos, respeitosos. Hensch, junto à mesa, tudo observava sem expressão. Ocorreu-nos a ideia de que confiávamos nele naquele momento; ele era nossa esperança e a ela nos agarramos; ele era tudo o que tínhamos. Sim, porque se não tivéssemos absoluta confiança nele, quem éramos nós, então? Afinal, quem éramos nós, que havíamos permitido que as coisas chegassem àquele ponto?

A mulher de negro conduziu Susan Parker até a divisória de madeira e lá a ajeitou: costas para a madeira, ombros retos. Nós a vimos passar de leve a mão pelos cabelos curtos da menina, quase que num gesto de ternura; ergueu-os um pouco e quando os soltou eles voltaram para o lugar. Então, segurando a mão direita de Susan Parker, ela se colocou ao lado direito da menina, de maneira a deixar todo o braço direito desta estendido na divisória negra. E ali permaneceu segurando a mão esquerda de Susan, olhando com atenção para o rosto da menina — consolando-a, ao que parecia; e observamos que o braço de Susan Parker destacava-se muito branco entre a suéter negra e o vestido negro contra o fundo também negro da divisória. Enquanto as mulheres olhavam fixamente uma para a outra, Hensch ergueu uma faca e a atirou. Ouvimos o som abafado da lâmina, ouvimos um leve grito de susto sufocado de Susan Parker, vimos sua outra mão fechar-se subitamente. No instante seguinte a mulher de negro pôs-se diante dela, desencravou a faca e, voltando-se para nós, ergueu o braço da menina e exibiu-nos um fio vermelho que lhe escorria do antebraço. Em seguida, tirou de um bolso do seu vestido negro uma pequena lata de metal onde havia um chumaço de algodão, um pedaço de gaze e um rolo de esparadrapo branco com os quais fez rapidamente um curativo.

— Pronto, querida — ouvimos quando ela disse. — Você foi muito corajosa.

Observamos Susan Parker com atenção enquanto ela caminhava olhando para o chão do palco, o braço com o curativo um pouco afastado do corpo. Quando começamos a aplaudir por nada de grave lhe ter acontecido, ela ergueu um pouco os olhos e deu um breve sorriso tímido antes de baixar novamente o olhar e descer os degraus.

Então braços se ergueram, assentos rangeram, ouviu-se entre nós uma onda de agitação e sussurros, pois outras pessoas estavam ansiosas por serem escolhidas, por serem marcadas pelo mestre. E novamente a mulher chegou à frente do palco para falar.

— Obrigada, querida. Você foi muito corajosa e agora terá para sempre no corpo a marca do mestre. Você se recordará dela com orgulho todos os dias da sua vida. Mas será uma marca leve, sabe, bem leve. O mestre pode fazer marcas mais profundas, bem mais profundas. Mas para isso é preciso que a pessoa se mostre merecedora. Agora peço que baixem suas mãos, por favor, pois já tenho comigo alguém pronto para ser marcado. E, por favor, senhores, peço que façam silêncio.

Do lado direito do palco surgiu um jovem que deveria ter uns quinze ou dezesseis anos. Vestia calças negras e camisa negra e usava óculos sem aros que brilhavam à luz dos refletores. Ele se mostrava tranquilo e notamos que tinha uma certa beleza, ligeiramente estranha. A beleza, quiçá, de uma garça. A mulher o conduziu até a divisória e indicou-lhe que deveria encostar-se nela, de frente para o público. Ela então foi até a mesa que estava no fundo do palco e retornou com um objeto que não identificamos de imediato. Ergueu então o braço esquerdo do rapaz de maneira a deixá-lo totalmente esticado contra a madeira à altura do ombro, colocou-lhe no pulso o objeto e fixou-o na madeira. O objeto parecia ser uma espécie de algema, que imobilizou o braço do rapaz. Ela então ajeitou sua mão: a palma voltada para nós, os dedos juntos. Afastando-se alguns passos, ela o observou, pensativa. Em seguida, colocou-se junto a seu lado livre e segurou-lhe a mão delicadamente.

As luzes do palco se apagaram e um ponto de luz vermelha iluminou a caixa de facas de Hensch. Um segundo ponto de luz, branca como luar, iluminou a mão presa do rapaz e seu braço estendido. O resto do seu corpo permaneceu na escuridão. Perplexos com os preparativos daquele número, aflitos por sua promessa de perigo, com a iminente realização de algo que não deveria ser permitido ou sequer imaginado, pensávamos insistentemente, para pacificar nossos corações, que o mestre não havia feito nada de mal até ali a não ser arranhar um pouco de pele. Dizíamos a nós mesmos que seu espetáculo era, afinal de contas, algo público, já apresentado em muitos lugares, e que o rapaz parecia tranquilo; e embora desaprovássemos o uso exageradamente dramático da iluminação, o brutal melodrama de tudo aquilo, nós admirávamos secretamente a competência com que aquele espetáculo brincava com nossos medos. O que era exatamente o que temíamos. Não sabíamos, não tínhamos como expressá-lo. Mas ali estava um atirador de facas banhado em uma luz vermelha como o sangue, e a pálida vítima algemada em uma parede; na penumbra, a mulher de negro, e na plateia, o silêncio. No ar, a promessa de embarcarmos em um sonho sombrio.

E Hensch ergueu a faca e atirou; alguns ouviram um súbito som abafado emitido pelo rapaz e outros, um fino grito. Na brancura da luz, vimos o cabo da faca no centro da palma ensanguentada da mão do rapaz. Houve quem percebesse, no momento em que a faca se enterrou, que a expressão de choque do rapaz continha um intenso júbilo, um júbilo quase que doloroso. A luz branca subitamente iluminou a mulher de negro, que ergueu o braço direito dele como que em triunfo; em seguida ela lhe retirou rapidamente a faca, enrolou sua mão com faixas de gaze, enxugou seu rosto coberto de suor e conduziu-o para fora do palco apoiando-o firmemente pela cintura. O silêncio era absoluto. Olhamos para Hensch, que olhava para sua assistente.

Ela voltou então sozinha, caminhou até a frente do palco e as luzes voltaram ao normal.

— Você foi um rapaz corajoso, Thomas. Tão cedo não se esquecerá deste dia. E agora devo dizer que temos tempo apenas para mais um número esta noite. Muitos dos presentes aqui gostariam de receber a marca na palma da mão, como a de Thomas, eu sei. Mas o que peço é algo diferente agora. Haverá alguém na plateia que gostaria de fazer — aqui ela fez uma pausa, não por hesitação mas pelo efeito dramático — o mais ousado de todos os sacrifícios? Essa é a marca final, a marca que só pode ser recebida uma única vez. Por favor, pensem com muito cuidado antes de decidir, antes de erguerem as mãos.

Nós queríamos que ela dissesse mais, que explicasse com clareza o que quisera dizer com aquelas palavras enigmáticas que chegaram até nós como que sussurradas em nossos ouvidos, no escuro, palavras que pareciam zombar de nós e nos deixar confusos ao mesmo tempo. Ficamos olhando à nossa volta, tensos, quase que ansiosos, como se pelo simples esforço de estarmos olhando estivéssemos exibindo nossa vigilância. Não vimos mão alguma levantada e é bem possível que, no fundo do nosso alívio, houvesse um pouco de decepção, mas nem por isso deixávamos de nos sentir aliviados. E ainda que todo o espetáculo parecesse ter sido conduzido a um momento de insuportável emoção que já não mais aconteceria, havíamos nos divertido com o nosso atirador de facas, não? Tínhamos ido até bastante longe, não? Por isso, ainda que fizéssemos grandes restrições àquela arte cruel, estávamos prontos a lhe oferecer nossos efusivos aplausos.

— Como não há mãos erguidas... — disse ela, olhando intensamente para nós, como que para descobrir o que estávamos secretamente pensando, enquanto nós, como que para desviar do dela nossos olhares, olhávamos rapidamente à nossa volta. — Oh, sim? — Nós vimos parcialmente a mão erguida que talvez já estivesse assim desde o início, sem ser vista na semiescuridão da plateia. Vimos então a desconhecida se levantar e passar lentamente por joelhos e casacos recolhidos e por formas que não chegavam a se erguer completamente para lhe abrir caminho. Quando ela subia os degraus que levavam ao palco, vimos que era uma jovem alta e magra, de aparência triste, que usava jeans e blusa preta. Seus cabelos eram longos e escorridos e seus ombros, curvados. — E como você se chama? — perguntou delicadamente a mulher. Não conseguimos ouvir a resposta. — Bem, Laura. Então você está preparada para receber a marca final? Você deve ser muito corajosa. — Depois, dirigindo-se a nós, ela disse: — Devo pedir-lhes que fiquem em silêncio absoluto.

A mulher de negro levou a jovem até a divisória de madeira negra e lá a ajeitou, sem a prender com coisa alguma: o queixo erguido, os braços caídos de qualquer jeito ao lado do corpo. A mulher de negro deu alguns passos atrás parecendo avaliar a maneira como ajeitara a jovem e em seguida foi para o fundo do palco. A essa altura alguns de nós, confusos, pensamos em gritar alguma coisa, em exigir uma explicação, mas não sabíamos exatamente contra o que protestar e, fosse como fosse, a possibilidade de distrair Hensch, de levá-lo a ferir a moça nos assustava, pois vimos que ele já havia selecionado a faca. Era um novo tipo de faca, ou pelo menos assim nos parecia: uma faca mais longa e mais fina. E tudo nos parecia estar acontecendo rápido demais ali no palco, pois onde estavam os refletores, por que não estava havendo o dramático e súbito apagar das luzes? Enquanto, atônitos, nos fazíamos perguntas, Hensch fez o que sempre fazia: atirou a faca. Alguns de nós ouvimos o grito da jovem, mas houve quem ficasse impressionado com seu silêncio. O que nos chocou a todos porém, foi a ausência do ruído da faca enterrando-se na madeira. Em vez dele, o que se ouviu foi um som mais suave, um som mais perturbador, um som quase que de silêncio. Alguns de nós vimos quando a jovem olhou para baixo, como que surpresa. Outros juraram ter visto em seu rosto, na expressão de seus olhos, uma profunda felicidade. Quando a moça caiu no chão, a mulher de negro deu alguns passos saindo da penumbra e, em um amplo gesto, indicou o atirador de facas. Pela primeira vez, voltando-se para nós, ele pareceu dar-se conta da nossa presença. Fez então uma grande mesura — lenta, profunda, graciosa —, a mesura de um mestre. Lentamente as cortinas vermelho-escuras começaram a baixar. As luzes do teatro se acenderam.

Enquanto saíamos do teatro, concordamos todos que o espetáculo havia sido de grande maestria, embora não pudéssemos deixar de sentir que Hensch tinha ido longe demais. Ele havia feito jus à sua fama, e quanto a isso não restava dúvida. Sem tentar, por um instante sequer, ser simpático a nós, ele fora capaz de prender, todo o tempo, a nossa mais profunda atenção. A despeito de tudo isso, porém, não podíamos deixar de sentir que ele deveria ter encontrado uma outra maneira de prender nossa atenção. É claro que o último número provavelmente havia sido forjado. Que era bem provável que a jovem tivesse se levantado rapidamente, sorrindo, tão logo a cortina se fechou. Mas alguns de nós nos lembramos de ter ouvido uns rumores desagradáveis, histórias envolvendo a polícia, acusações — tudo muito confuso. Fosse como fosse, nós nos tranquilizamos com o fato de ela não ter sido forçada de maneira alguma, de nenhum deles ter sido forçado a coisa alguma. E não se podia negar que um homem como Hensch tivesse todo o direito de aperfeiçoar sua arte, de criar novos números com os quais provocar a curiosidade das pessoas. Na verdade, tais ousadias nos pareceram absolutamente necessárias, pois sem elas um atirador de facas não poderia ter esperanças de manter o interesse do público. Como todos nós, ele precisava ganhar a vida, o que, sabemos bem, não é nada fácil hoje em dia. Mas depois de tudo comentado, depois de pesados os prós e contras, e de cada pormenor ter sido cuidadosamente considerado, não pudemos deixar de sentir que o atirador de facas tinha ido realmente longe demais. Afinal de contas, se tais espetáculos fossem estimulados, se fossem mesmo simplesmente tolerados, o que poderíamos esperar no futuro? Algum de nós estaria a salvo? Quanto mais pensávamos sobre o assunto, mais desconfortáveis nos sentíamos, e nas noites que se seguiram, quando acordávamos de sonhos aflitos, nós nos lembrávamos do atirador de facas com agitação e angústia.

Integração

Sherman Alexie

O s lençóis estão sujos. Um hospital público para indígenas no início dos anos 1960. Nesta ou naquela reserva. Qualquer reserva, uma reserva específica. Antisséptico, canela e odores mais úmidos. Clamores anônimos pelos corredores. Pisos de linóleo lavados com água de reúso. Esfregões cheirando a sexo velho. Paredes pintadas de branco uma década antes. Agora amarelecidas e descascando. Uma índia velha numa cadeira de rodas cantando músicas tradicionais para si mesma, batucando o ritmo no apoio de braço, o indicador direito batendo, batendo. Pausa. Bate, bate. Um telefone tocando com estridência de trás de uma fina porta com uma placa de PRIVADO. Vinte camas disponíveis, vinte camas ocupadas. Sala de espera em que um jovem índio está sentado no sofá segurando a cabeça entre as mãos. Sala de enfermeiros, dois consultórios médicos e um pote de café torrado. Velho índio, cabelos brilhantes de tão brancos e lisos, empurrando sua garrafa de soro intravenoso pelo corredor. Está descalço e confuso, procurando um par de mocassins que perdeu aos doze anos de idade. Jornais e revistas doados empilhados ainda em pacotes, há meses ou anos, com páginas faltantes. Em uma das salas de exame, uma família indígena de quatro integrantes, mãe, pai, filho, filha, todos silenciosos tossindo sangue em seus lenços. O telefone ainda tocando atrás da porta PRIVADO. Um prédio cinzento, janelas grossas que distorcem a vista, pinheiros, mastros de bandeira. Um Chevrolet 1957 estacionado às pressas, a porta de trás aberta, o motor ainda rodando, o banco de trás molhado. Agora vazio.

A índia sobre a mesa da sala de parto é muito jovem, apenas uma criança. É bonita, mesmo com as dores, as contrações, o rasgo súbito. Quando John imagina seu nascimento, sua mãe às vezes é navajo. Outras vezes é lakota. Com frequência é da mesma tribo da última indígena que ele viu na televisão. As pernas dela presas em estribos. Laços soltos ameaçando desatar. O médico branco com as mãos dentro dela. Sangue por toda parte. Os enfermeiros trabalham em máquinas misteriosas. A mãe de John rasgando as cordas vocais com a força de seus berros. Anos mais tarde ela ainda fala em sussurros dolorosos. Mas durante o parto ela é tão jovem, quase nem chega a adolescente, e os lençóis estão sujos.

O médico branco tem 29 anos. Cresceu em Iowa ou Illinois, nunca tendo visto um índio em pessoa antes de chegar à reserva. Seus pais são pobres. Tendo se valido de uma bolsa do governo para completar a faculdade, ele agora tem que praticar medicina na reserva em troca do dinheiro. Este é o terceiro bebê que recebeu aqui. Um branco, dois índios. Todos eles, crianças bonitas.

A mãe de John é navajo ou lakota. É apache ou seminole. É yakama ou spokane. Sua pele escura contrasta agudamente com os lençóis brancos, embora estejam sujos. Ela empurra quando deve empurrar. Para de empurrar quando lhe mandam parar. Com mãos espertas, o médico vira a cabeça de John para a posição correta. É um bom médico.

O médico se apaixonou por índios. Considera-os impossivelmente engraçados e irreverentes. Durante as reuniões de funcionários do hospital, todos os índios se sentam juntos e cochicham atrás das mãos. Há dois médicos brancos na equipe, embora apenas um trabalhe de cada vez. Não há médicos índios, mas alguns dos enfermeiros e a maior parte da equipe administrativa são indígenas. Com frequência o médico deseja poder sentar-se com os índios e cochichar atrás das mãos. Mas é um bom médico e mantém uma elegante distância profissional. Sente falta de seus pais, que ainda vivem em Iowa ou Illinois, e sempre liga ou manda cartões-postais de belas paisagens genéricas.

As mãos do médico estão bem imersas dentro da mãe, que só tem catorze anos e sangra profusamente onde tiveram de cortá-la para dar espaço à passagem do crânio de John. Os lençóis estavam sujos antes do sangue, mas sua vagina vai cicatrizar. Ela está gritando, é claro, porque o médico não pôde lhe dar um analgésico. Ela chegara ao hospital com o trabalho de parto já muito avançado. O Chevrolet ainda está ligado ali fora, a porta de trás aberta, o assento molhado. O motorista está na sala de espera. Segura a cabeça entre as mãos.

— Você é o pai? — uma enfermeira pergunta ao motorista.

— Não, eu só a trouxe. Ela estava andando por aqui quando eu a peguei. Estava pedindo carona. Sou só primo dela. Sou só o motorista.

O telefone atrás da porta PRIVADO ainda está tocando. A mãe de John empurra uma última vez, e ele desliza para as mãos do médico. Placenta. O médico libera a boca de John. John inspira profundamente, expira, chora. A índia velha na cadeira de rodas para de cantar. Ouve o choro de um bebê. Para de batucar para ouvir. Esquece por que está ouvindo, depois volta a sua música e ao batuque, batuque. Pausa. Bate, bate. O médico corta em silêncio o cordão umbilical. Uma enfermeira limpa John, lava o sangue, os restos de placenta, a evidência. Sua mãe está chorando.

— Quero meu bebê. Me deem meu bebê. Quero ver meu bebê. Me deixem segurar meu bebê.

O médico se desloca para confortar a mãe de John. A enfermeira envolve John em lençóis, sai com ele da sala de parto e passa pelo velho índio que está arrastando seu soro intravenoso pelo corredor e procurando seus mocassins há muito perdidos. John é levado para fora. A bandeira pende inutilmente no mastro. Nenhum vento. O cheiro de pinhos. Dentro do hospital, a mãe de John desmaiou. O médico segura sua mão, convence-se de que a ama. Lembra-se da família que tossia sangue em lenços na sala de exame. Tem medo deles.

Com John em seus braços, a enfermeira está parada no estacionamento. É branca ou índia. Olha o horizonte. Céu azul, nuvens brancas, sol reluzente. O leve lamento de um helicóptero a distância. Em seguida o violento bater das lâminas quando ele passa acima de sua cabeça, paira por um breve instante e aterrissa a uns trinta metros dali. Na sala de espera, o motorista libera a cabeça de suas mãos quando ouve o helicóptero. Pergunta-se se uma guerra está começando.

Um homem de macacão azul desce do helicóptero. De cabeça baixa e corpo dobrado, o homem corre até a enfermeira. Seus traços estão escondidos atrás da proteção facial de seu capacete. A enfermeira o encontra a meio caminho e lhe entrega John. O homem de macacão cobre o rosto de John por completo, protegendo-o da poeira que o helicóptero levantou. O céu está muito azul. Pássaros específicos voam para longe da máquina voadora. São pássaros nativos da reserva, seja ela qual for. Não vivem em nenhuma outra parte. Têm asas de pontas roxas e olhos enormes, ou barrigas vermelhas e olhos pequenos. A enfermeira faz um aceno de despedida quando o homem se afasta em direção ao helicóptero. Ela fecha a porta do Chevrolet, estende o braço através do vidro do motorista e gira a chave. O motor estremece e para. Ela se detém por um instante na porta antes de voltar a entrar no hospital.

O homem de macacão segura John próximo a seu peito à medida que o helicóptero alça voo. De repente, como John imagina, trata-se de uma guerra. O atirador carrega e trava a arma, fustigando a reserva com tiros explosivos. Índios vão ao chão, tiram os carros da estrada, mergulham embaixo de frágeis mesas de cozinha. Uns poucos índios, duas mulheres e um homem, continuam sua lenta caminhada pela estrada da reserva, nada perturbados pelo bombardeio. Passaram por coisas muito piores. O bater das lâminas do helicóptero. John está faminto e chora inutilmente. Não pode ser ouvido sob o rugido da arma, da aeronave. Chora, de qualquer forma. É só o que sabe fazer. De volta à clínica, sua mãe foi sedada. Dorme na sala de parto enquanto o médico segura sua mão. O médico descobre que não consegue se mover. Observa sua própria mão envolvendo a dela. Dedos brancos, dedos marrons. Pondera sobre a diferença. O telefone atrás da porta PRIVADO para de tocar. Tiros a distância.

O helicóptero voa por horas, podem ser dias, cruza desertos, montanhas, rodovias. Sobrevoa a cidade. Seattle. Os arranha-céus, o Obelisco Espacial, água por toda parte. Pontes estreitas correndo entre ilhas. John ainda está chorando. O atirador não dispara, mas seu dedo toca levemente o gatilho. Está pronto para o pior. John pode sentir a distância entre o helicóptero e o chão. Sente que pode cair, mas de algum modo adora esse medo de cair. Quer cair. Quer que o homem de macacão o solte e o deixe cair do helicóptero, para baixo por entre as nuvens, cruzando os arranha-céus e o Obelisco Espacial. Mas o homem de macacão o segura firme, e John não cai. Pergunta-se se alguma vez vai cair.

O helicóptero circula pelo centro de Seattle e parte em direção ao leste, passando pelo Lago Washington, pela cidade de Mercer Island, pairando sobre Bellevue. O piloto procura a área de aterrissagem. Cinco acres de verde, grama verde. Uma casa grande. Piscina. Um homem e uma mulher acenando. Lar. O piloto vai baixando o helicóptero e pousa suavemente. Lâminas provocando uma tempestade de partículas de grama e de insetos de casco duro. Os olhos do atirador estão bem abertos, examinando a linha de árvores. Está pronto para qualquer coisa. O homem de macacão abre a porta com um braço e segura John com o outro. Ruído, calor. John chora de novo, mais alto que antes, querendo ser ouvido. Lar. O homem de macacão desce e corre através do gramado. O homem e a mulher ainda estão acenando. São brancos e bonitos. Ele está de terno cinza e gravata colorida. Ela está de vestido vermelho com grandes botões pretos.

John está chorando quando o homem de macacão o entrega à mulher branca, Olivia Smith. O homem branco de terno cinza, Daniel Smith, faz caretas e depois sorri. Olivia Smith puxa para baixo a parte de cima do vestido e o sutiã. Tem seios grandes e pálidos com mamilos róseos. A mãe biológica de John tem seios pequenos e marrons com mamilos marrons. John sabe que existe uma diferença. Põe o mamilo direito da mulher em sua boca. Suga o seio. Está vazio. Daniel Smith envolve com o braço esquerdo os ombros da mulher. Faz caretas e sorri de novo. Olivia e Daniel Smith olham para o homem de macacão, que está segurando uma câmera. Flash, flash. Clique do obturador. Zunido do filme correndo. Todos eles esperam a fotografia se formar, a luz emergir da sombra.

John estudou na Escola Católica St. Francis desde o início. Seus sapatos pretos sempre polidos e limpos. Seu cabelo preto muito curto, quase militar, assim como o de qualquer outro garoto da escola. Ele era o único índio da escola mas tinha amigos, meninos brancos e bonitos que seriam conduzidos à faculdade. John nunca falaria com nenhum deles depois da formatura, a não ser com um ou outro com quem cruzou no supermercado, no cinema, no restaurante.

— John, camarada — os homens brancos sempre diziam. — Como você está? Caramba, quanto tempo faz? Cinco, seis anos? Que bom ver você.

John era capaz de sair de si nesses encontros. No começo ouvia-se dizer as coisas certas, responder da maneira certa.

— Estou bem. Trabalhando pesado? Nãão. Mal trabalhando! — e ria apropriadamente. Prometia manter contato. Compartilhava um momento nostálgico. Comentava a beleza eterna das meninas católicas daqueles velhos tempos. De vez em quando não suportava encontrar seus amigos de colegial, e cada vez mais suas vozes e seus rostos eram dolorosos para ele. Começou a ignorar seus cumprimentos, agindo como se nunca os tivesse visto e passando reto.

John dançara com umas poucas garotas durante o colegial. Mary, Margaret, Stephanie. Apalpara as calcinhas delas nos bancos traseiros dos carros. John conhecia seu cheiro, uma combinação de perfume, talco, suor e sexo. Um cheiro limpo em um nível, um odor mais escuro por baixo. Seus seios eram pequenos e perfeitos. John sempre se sentia inquieto nessas ocasiões com as meninas e nunca lamentava quando acabavam. Era impaciente com elas, inseguro das intenções delas e sentia-se vagamente ofendido. As garotas esperavam isso. Era o colegial, e meninos deviam agir assim. Por dentro, John sabia que ele era simples, superficial e menos que real.

— O que você está pensando? — as meninas sempre lhe perguntavam. Mas John sabia que o que queriam mesmo era contar o que *elas* estavam pensando. Os pensamentos de John eram meros pontos de partida para uma conversa mais longa. Seus pensamentos já não eram importantes quando as meninas se lançavam em monólogos sobre suas atividades cotidianas. Falavam sobre mães e pais, amigas, ex-namorados, animais de estimação, roupas e milhares de outros detalhes. John se sentia insignificante nessas ocasiões e se recolhia a um lugar no interior de si mesmo até que as garotas confundissem seu penoso silêncio com um interesse fascinado.

Os pais das garotas sempre se mostravam desconfortáveis ao conhecerem John e se irritavam mais quando ele continuava saindo com Mary, Margaret ou Stephanie. As relações começavam e terminavam rápido. Uma dança ou duas, um filme, um hambúrguer, algumas horas no porão de um amigo ao som de um rock genérico tocado no rádio, dedos frios sobre peles quentes.

— É que acho que não está dando certo — ela dizia para John, que entendia.

Quase podia ouvir as conversas que haviam sido travadas.

— Querida — um pai diria à filha —, qual é o nome daquele garoto?

— Que garoto, pai?

— O escurinho.

— Ah, você se refere ao John. Não é um fofo?

— É, ele parece um rapaz muito agradável. Você diz que ele estuda na St. Francis? Ele tem bolsa?

— Não sei. Acho que não. Isso importa?

— Bom, não. Só estou curioso, querida. Aliás, o que ele é? Quero dizer, de onde ele vem?

— Ele é índio, pai.

— Da Índia? É estrangeiro?

— Não, pai, é índio daqui. Você sabe, indígena americano. Arco e flecha e essas coisas. Só que ele não é assim. Os pais dele são brancos.

— Não entendo.

— Pai, ele é adotado.

— Ah. Você vai sair com ele de novo?

— Espero que sim. Por quê?

— Bom, você sabe, só acho. Bom, filhos adotivos têm tantos problemas para se ajustar às coisas, você sabe. Li sobre isso. Têm problemas de auto-estima. Só acho, quero dizer, você não acha que deveria encontrar alguém mais apropriado?

A porta se fechava audivelmente. Mary, Margaret ou Stephanie voltavam à escola no dia seguinte e davam a notícia a John. Nunca mencionavam os pais. Algumas meninas até chegaram a sair com John precisamente porque queriam levar para casa e apresentar um garoto escuro a seus pais rígidos. Ao longo de tudo isso, repetidas vezes John se prometeu que nunca teria raiva. Não queria ter raiva. Queria ser uma pessoa real. Queria controlar suas emoções, de modo que tinha que engolir a raiva. Uma ou duas vezes por dia sentia a necessidade de correr e se esconder. No meio da aula de matemática ou de uma prova de história, pedia licença para ir ao banheiro e saía da classe. Seus professores sempre estavam dispostos a lhe dar uma ajuda. Sabiam que era adotado, um índio órfão, e que levava uma vida difícil.

Seus professores lhe deram todas as oportunidades, e ele reagiu bem. Se acontecia de John ser um pouco frágil, bom, isso era perfeitamente compreensível, considerando seu histórico pessoal. Todo aquele alcoolismo e aquela pobreza, a falta de Deus em suas vidas. No banheiro John se trancava dentro de uma cabine e lutava contra sua raiva. Mordia a língua, os lábios, às vezes até a ponto de sangrarem. Seus braços, suas pernas e suas costas se retesavam. Seus olhos se apertavam. Triturava com os dentes. Um minuto, dois, cinco, e estaria bem. Podia dar a descarga para fazer sua visita parecer normal, lavar as mãos sem pressa e voltar para a sala de aula. Suas batalhas com a raiva aumentaram de intensidade e frequência até que, no último ano, ele já pedia licença para ir ao banheiro pelo menos uma vez por dia. Mas ninguém notava. Na verdade, ninguém mencionava qualquer comportamento estranho que houvesse testemunhado. John era um pioneiro, um belo troféu da St. Francis, um menino índio bem integrado.

Laços e desenlaces

Jonathan Franzen

Mesmo antes de se casarem, o jovem marido da minha amiga Danni já vinha pensando em falar-lhe de seus sentimentos com relação a filhos. Como, porém, esses sentimentos consistiam em relutância e aversão, e visto que Danni, um pouco mais velha do que ele, estava obviamente decidida a constituir família, a tal conversa sobre filhos prometia ser tão desagradável que o marido ainda não tinha se animado a começá-la quando Danni atingiu um ponto estável em sua carreira e anunciou que estava pronta. O jovem marido disse-lhe então que teria de fazer uma viagem a Burlington, Vermont. Precisava, disse ele, reabastecer o estoque de madeiras antigas com que trabalhava remodelando ambientes. De Burlington ele telefonava para Danni com certa regularidade, mostrando-se preocupado com o estado emocional da esposa. Mas foi somente quando Danni recebeu um cartão do serviço postal confirmando a mudança de endereço dele que ela compreendeu: ele não voltaria mais.

— Você me deixou? Não estamos mais juntos? — perguntou ela por telefone. Para o jovem marido, infelizmente, responder àquelas perguntas significava iniciar a conversa que ele não conseguia se forçar a iniciar. De uma hora para outra, desconversou ele, os negociantes de madeira de Vermont haviam ficado muito espertos. Todo mundo naquele estado parecia saber exatamente o valor de vigas antigas de carvalho com dez metros de comprimento e agora ele não conseguia comprar uma dessas por menos de 300 dólares. Até mesmo a gente do campo, ignorante e isolada, estava a par dos preços. À medida que a informação passara a circular com mais facilidade, acrescentou ele, o mercado foi se aperfeiçoando e bons preços passaram a inexistir. Provavelmente os leilões on-line como os do eBay haviam contribuído para essa tendência, o que era ruim para negociantes como ele e bom para a gente de Vermont, naturalmente. Poucos dias depois, quando ela estava em uma viagem a trabalho, ele foi a Nova York em sua pickup e pegou no apartamento do casal na East Tenth Street seus pertences pessoais, inclusive uma tora de bordo que pesava uns 30 quilos. Mesmo depois de Danni conhecer um psicoterapeuta de 27 anos e engravidar dele, o jovem marido continuou incapaz de dizer-lhe que não queria ter filhos e que não deveria ter se casado com ela. O divórcio foi feito pelo correio.

Um antigo colega de faculdade de Danni, Stephen, guitarrista de jazz e figura comum nos barzinhos do centro da cidade onde se ouviam improvisações jazzísticas, vivia há sete anos com Jillian, desenhista de tecidos, quando informou aos amigos que ia se casar.

— Pois é... Jillian é a mulher da minha vida neste momento — disse ele — e ela está mesmo a fim de tornar a coisa oficial, então... — Ultimamente Jillian vinha se mostrando impaciente com a pobreza de Stephen e com a insistência dele em só chegar em casa depois das três horas da manhã.

Impacientava-se também com os favores que ele fazia para as freiras, como dar-lhes carona para que assistissem a enterros de pacientes em estados distantes ou transportar móveis decrépitos em um caminhão conseguido pelo padre de sua paróquia (Stephen fora criado intermitentemente por freiras e tinha estudado em escolas de freiras). Jillian acreditara que o casamento deixaria Stephen mais acomodado, menos suscetível aos desejos das freiras e mais suscetível aos seus, e que ele passaria a limpar melhor as unhas, a voltar para casa por volta da meia-noite e assim por diante. Essas expectativas de Jillian foram uma surpresa para Stephen depois de casados. No fim de semana seguinte ao de seu casamento — uma pequena cerimônia realizada no gramado da casa de um amigo ao norte do estado, sob um belo sol de outubro — Stephen substituiu todos os ladrilhos do banheiro de uma freira, a irmã Doina, e só voltou para casa depois de uma sessão de jazz que se prolongou até quase o dia amanhecer. Jillian saiu de casa com seus pertences três semanas depois. Quando chegou a época de os recém-casados usarem as passagens aéreas para passar o Natal em Pittsburgh, Jillian avançou aos trancos pela sala de embarque da US Airways em La Guardia à procura do lugar mais afastado das muitas telas ruidosas do aeroporto. Soube que finalmente havia encontrado o lugar desejado quando viu Stephen sentado lá, ajeitando os minifones intrauriculares que serviam também para abafar o ruído do aeroporto. Em Pittsburgh, ele e Jillian receberam as felicitações de mais de oitenta convidados dos pais de Jillian, pessoas ricas que lhes haviam oferecido as passagens aéreas. Durante várias noites os recém-casados, trêmulos e furtivos, fizeram sexo na cama de menina de Jillian, apesar de ela já ter dado entrada, em Nova York, no pedido de separação legal e de falar constantemente ao telefone com seu novo namorado não católico e não musical em Manhattan, assegurando-lhe, diariamente, de que nada, nada mais havia entre ela e Stephen.

Poucos meses depois de Ron apresentar aos amigos sua nova namorada, Lidia, o pai dele morreu e deixou-lhe dinheiro suficiente para comprar um apartamento duplex no West Village que ele sempre desejara. Ron lecionava filosofia na New School. Durante muitos anos ele dissera a seus vários amigos, em forma de confidência, temer que seu único objetivo neste planeta fosse inserir seu pênis nas vaginas do maior número possível de mulheres; a lista das inseridas incluía alunas suas, antigas e atuais, várias professoras recém-chegadas ou já antigas da universidade, colegas participantes de conferências de filosofia em outras cidades, as filhas adultas de seu contador e de seu fornecedor de vinhos, uma criadora de estampas para tecidos chamada Jillian, namorada de um ex-vizinho seu, além de várias fêmeas da filial local do New York Sports Club. A especialidade acadêmica de Ron era filosofia moral. Um grande motivo pelo qual as mulheres o queriam tanto era o fato de ele ser uma pessoa de bons sentimentos e de consciência. Ron sabia ouvir as mulheres com paciência e solidariedade; era como um irmão ou pai terno e respeitoso que elas sempre sonharam ter. E apesar de serem essas as qualidades que levaram as mulheres a investir nele sua confiança e, assim, propiciar o que ele temia ser sua única missão na vida, ele era, genuinamente, um homem de bons sentimentos; havia razões genuínas para que ele tivesse tantos amigos leais. Por esse motivo, com o passar dos anos, ele se punia de maneira amarga por não ser capaz de permanecer fiel a uma namorada por mais de sessenta dias. De tempos em tempos, ele se confessava aos amigos, que se entristeciam por vê-lo sofrer e se apressavam em assegurar-lhe que ele não era um monstro abjeto. Seu mau comportamento causava a ele próprio tanto sofrimento que as pessoas se sentiam impelidas a consolá-lo, não a condená-lo (pessoas que, na verdade, pouco ou nada sabiam do sofrimento que ele causava com seu comportamento às mulheres que nele confiavam). Sempre que uma nova mulher entrava em sua vida, ele desaparecia com ela em alcovas de portas fechadas, como que para evitar interações potencialmente criadoras de laços com seus amigos (em cujas mentes, com o passar do tempo, suas muitas namoradas jovens, esbeltas, de olhos negros e de curta duração pareciam idênticas e todas se fundiam em uma vaga mulher). Tal procedimento tornava menos difícil para ele desfazer-se das jovens quando chegasse o momento de delas se desfazer. Finalmente, porém, com a morte do pai e a aquisição de um duplex na Bank Street, e ainda com a ameaçadora aproximação do seu quadragésimo aniversário, Ron decidiu deixar para trás seu comportamento imaturo. Poucas semanas depois de conhecer Lidia — jovem beldade equatoriana de Jackson Heights que atuava em casos relacionados a drogas junto ao promotor público de Manhattan — ele fez questão de apresentá-la a todos os seus amigos. Sentado ao lado de Lidia em vários restaurantes, ele declarava aos amigos que finalmente havia encontrado uma companheira de seu nível intelectual. Enquanto Lidia ia ao toalete, ele fazia novas revelações aos amigos: seu relacionamento com ela era "pra valer", agora não haveria "escapatória", e os dois estavam tão decididos a se casar que ele se preparava para adotar a filhinha dela de três anos, fruto de um primeiro casamento de curta duração. E Ron acrescentava que, embora aquilo fosse exigir dele um esforço titânico, ele estava decidido a permanecer fiel a Lidia para o resto da vida, porque tinha por ela uma enorme admiração intelectual e por seu senso de humor. Ron fazia essa espantosa revelação com um tom de voz curiosamente abstrato, sem olhar os amigos nos olhos. Quando Lidia voltava do banheiro com o batom e o rímel retocados, os amigos de Ron não podiam deixar de notar que ele se voltara para o lado oposto ao dela, deixando uns dois ou três palmos de distância entre eles, e que ela pronunciava "icspresso" em vez de "spresso", "ack cétera", em vez de et cetera e dizia "entre eu e você", coisas que os ouvidos de Ron jamais aceitariam. Tinha-se quase a impressão de que Ron não estava sequer ouvindo o que Lidia dizia. Quando ela falava da viagem que fariam em breve à Colúmbia Britânica, onde acampariam, e olhava para Ron esperando que ele acrescentasse alguma coisa, ele tinha o olhar perdido em algum ponto distante, como alguém que tenta pensar em outra coisa enquanto lhe tiram sangue da veia. Vez por outra ele parecia recuperar o foco, passar o braço ao redor dos ombros de Lidia e pedir-lhe, por exemplo, que ela contasse aos amigos da palavra que havia formado em uma partida de Scrabble. Ela fizera oitenta e sete pontos! Lidia baixou o olhar para o guardanapo, modesta. A palavra, disse ela, foi "plenário" — uma palavra até meio comum. Mas Ron insistiu em dizer que nunca tinha ouvido essa palavra antes, que o vocabulário dela era muito maior do que o dele e que, por incrível que pareça, ele jamais fizera oitenta e sete pontos em uma partida de Scrabble.

— Estou feliz — disse ele, com o corpo voltado para a porta da frente do restaurante. — Sinto que serei feliz jogando Scrabble com Lidia o resto da vida.

Alguns meses depois, nas férias de verão, quando uns amigos o encontraram e perguntaram como iam as coisas com Lidia, Ron mostrou-se constrangido e impaciente, como se seus sentimentos já fossem do conhecimento de todos e ele achasse a pergunta sem sentido. Disse que ele e Lidia haviam ultrapassado a marca dos seis meses e que era como se já estivessem casados. Era um relacionamento pra valer; não haveria escapadelas. Na verdade, às vezes ficava difícil imaginar-se fazendo sexo com a mesma pessoa o resto da vida, mas ele agora estava com quarenta anos e era tempo de agir com maturidade. Tinha se comprometido a fazer com que aquele relacionamento desse certo, portanto, basicamente... sim as coisas estavam muito, muito boas mesmo entre os dois. Algumas semanas depois, ele sumiu. Não se conseguia contato telefônico, por e-mail ou de qualquer outra forma com ele. Quando voltou a se comunicar, já no final de agosto, foi através de e-mails formais enviados aos amigos comunicando seu novo endereço postal e seu novo telefone. Pressionado a dar uma explicação, Ron respondeu, em tom de voz irritado, que havia alugado um quarto e sala na East Twenty-Eighth Street e que estava trabalhando em seu livro sobre Heidegger. Preferiu não falar sobre Lidia, mas fez várias referências a uma aluna do curso de verão chamada Kristin, e ante perguntas insistentes, admitiu que o fato de assumir responsabilidade moral por suas muitas promessas quebradas a Lidia havia lhe custado muito financeiramente. Lidia ficara arrasada, disse ele, quando seu envolvimento com Kristin viera à luz — um envolvimento com o qual ele não insultaria a inteligência dos amigos dizendo que duraria além do início de setembro — e já que não havia uma explicação concebível para seu mau comportamento, ele tomara as providências possíveis para compensar Lidia por seu erro dando uma entrada de 30% em um apartamento confortável na West End Avenue, um clássico imóvel de seis cômodos adequado a uma mulher profissional e sua filha de três anos de idade. Tal despesa implicara a venda de seu duplex na Bank Street por um preço que permitisse uma transação rápida, motivo pelo qual ele estava agora morando em um cubículo na Murray Hill. Ron era provavelmente uma das maiores autoridades mundiais na filosofia moral de Heidegger; era também famoso por suas traduções espirituosas e originais *impromptu* de difíceis textos gregos e alemães; e assim seus amigos, até mesmo os mais conceituados em termos acadêmicos, sentiram-se intelectualmente intimidados demais para questionar o fato de ele ter pago centenas de milhares de dólares pelo pecado de trair uma mulher que ele namorava havia seis meses. O fato de suas transações imobiliárias já terem que estar em andamento quando ele lhes assegurara que ele e Lidia estavam praticamente casados — ante o fato de todo aquele drama particular envolvendo exposição, vergonha e penitência não poder ter se passado nas três semanas e meia em que ele estivera fora de contato. Por isso este passou a ser mais um dos mistérios aos quais ninguém mais se refere, que é o preço que se paga pelo prazer da companhia de Ron.

Já Peter, primo de Stephen, quando fazia sexo sem proteção com sua professora de pilates, Rebecca, com frequência bem mais do que suficiente para engravidá-la, foi logo ter com sua mulher, Deanna, com quem já tinha dois filhos, e disse a ela que, apesar de se sentir comprometido com o casamento deles, também estava apaixonado por Rebecca. Queria assumir o filho que teriam e, quem sabe, talvez todos pudessem aprender a se dar bem. O plano de Peter era realista em termos financeiros — ele era oncologista e seu consultório tinha uma grande clientela rica — e ele acreditava que Deanna fosse realística o suficiente para não rejeitar a proposta. Peter era um bom rapaz do meio-oeste americano que havia se casado com uma colega de colégio um tanto sem graça porém persistente, e deixara que ela trabalhasse em um banco para financiar seus estudos na faculdade de medicina. Ele podia ver agora que um oncologista bem-sucedido em Manhattan seria capaz de estar bem melhor, em termos de esposa, do que ele com a sua, aquela *mamma* gordota, mal-humorada e barraqueira. Continuar com ela seria como continuar a pagar os altos juros dos anos oitenta por um imóvel quando todo mundo estava refinanciando suas hipotecas. Não havia uma razão plausível para que tudo continuasse como estava, mas, por outro lado, ele reconhecia que devia muito a Deanna, e amava seus filhos, e uma das muitas coisas maravilhosas concernentes a Rebecca era o fato de ela se sentir bem à vontade com aquela proposta de arranjo familiar em estilo francês. Ninguém ali estava sendo canalha. Cada um faria o melhor possível para ser gentil e responsável sem deixar, evidentemente (como Peter ressaltou ao fazer a proposta a Deanna), de ser *realista*. Foi somente depois de Deanna contratar um bom advogado, de obter a custódia total dos filhos e de ele ser financeiramente eviscerado pelos termos do divórcio, que Peter se deu conta de quão enganado ele estivera, desde o início, acerca de Deanna — ela nunca havia sido boazinha! Era simplória *e* cruel! — e da sorte que tinha por ter Rebecca, que era não apenas jovem e bem-feita de corpo, como também (como provava sua boa vontade em compartilhar Peter com Deanna) genuinamente generosa. Às vezes, porém, ele admitia para si mesmo no chuveiro, ou na cama às três horas da madrugada, quando o efeito do seu segundo martíni já se dissipava, ou quando lhe ocorria pensar em Deanna em sua linda casa nova em Harrison, ou em seu abominável utilitário esportivo ele se descobria dirigindo-se a ela mentalmente, chamando-a de coisas como "sua leitoa velha". O conceito de bondade é algo relativo e o de Deanna era provavelmente diferente do dele.

Ou, como costumava dizer uma amiga de Peter, Antonia, a quem a visitasse em seu luxuoso apartamento em um andar alto com vista para o Central Park West que ela havia comprado com o que lhe coubera no divórcio: chega um momento, em todo casamento fracassado, em que você se vê em sua sala com um holograma de você mesma: é quando você vê, através dos olhos dementes do marido, a figura do monstro que ele projetou em seu lugar, uma figura ligeiramente parecida com você (apesar de provavelmente mais gorda e enrugada, do mesmo modo que quando jovem, a sua imagem idealizada por ele era certamente bem mais firme e sexy do que você era então). Seja como for, em todos os outros aspectos o tal holograma com que você se depara é uma criatura fantástica, absolutamente desconhecida. Antonia fazia as visitas tirarem os sapatos à entrada do seu apartamento com vista para o Parque e jamais permitia que mais de uma amiga a visitasse de cada vez; até mesmo suas filhas só podiam visitá-la uma de cada vez, sem levarem colegas para passar a noite e sem usarem sapatos dentro de casa. Estas eram apenas umas regrinhas domésticas que Antonia se permitia exigir depois de mais de vinte anos criando as filhas e vivendo o papel infernal de esposa-de-alto-executivo em Palo Alto. Foi em sua cozinha em Palo Alto que se deu o momento decisivo de seu casamento, em seguida a um comentário nada amável dirigido ao marido. O comentário não foi nada diferente dos milhares de outros também nada amáveis que vinha dirigindo ao marido havia dez anos. Mas daquela vez o marido, um homenzinho suave com um tique nervoso de franzir o nariz, com uma cara parecida com todas as caras que aparecem no *Wall Street Week*, agarrou-a pelo pescoço com a mão direita e comprimiu sua traqueia com o polegar. Com a mão esquerda, ele imobilizou os pulsos dela apertando-os contra o peito e aproximou muito seu rosto do dela, que estava arroxeando rapidamente. Perguntou-lhe, então, como quem suplica: "*Por que você está fazendo isso comigo?*" Ao que Antonia só pôde responder: "Kegh. Ecck!" E então o marido passou a gritar, com a cara quase encostada à dela: "Por que você está fazendo isso comigo? Pelo amor de deus, pare de fazer isso comigo!" Como Antonia contaria tempos depois a suas visitas descalças, uma a uma, aquele foi o momento no qual, apesar do medo que crescia dentro dela, ela se viu subitamente como o marido a via: como uma criatura má, forte a ponto de esmigalhá-lo, que infernizava a vida dele havia muitos anos; como uma figura monstruosa que lhe impedia o acesso a qualquer espécie de prazer, a todo tipo de liberdade, por mais simples que fosse, que aniquilara sua masculinidade com seus planos diabólicos e sua ironia. Ela ainda tentou mostrar-lhe o absurdo total daquela alegação. "Guaggh! Kgheck!", disse ela. Algum tempo depois, quando voltou a si, ela se viu deitada de costas no chão da cozinha. O marido, apoiado contra o balcão de utensílios, comia uma fatia dobrada de pão de centeio para sanduíches. A garganta de Antonia estava seca e parecia entupida, mas seu senso de humor foi maior do que seu senso de sobrevivência. "Eu estava tentando perguntar", disse ela, tossindo e rindo ao mesmo tempo, "quem estava sufocando quem." A resposta do marido foi como se nada tivesse acontecido: "Eu não estava sufocando você." "Ah, é?", perguntou Antonia. "Então por que minha laringe está quase partida e eu estou aqui, caída no chão?" O marido respondeu sem emoção alguma: "Eu não toquei em você." E o mais curioso disso tudo, contava Antonia a suas amigas, foi que ele acreditava no que estava dizendo. Só então ela entendeu e acreditou no que ele disse também, porque como poderia ele ter tocado nela quando a verdadeira ela não estava sequer naquela casa (ou, possivelmente, sequer no mesmo universo) onde ele estava? Contudo, acrescentava ela, preocupou-a ver o marido com tal comportamento psicótico. "Benzinho?", tentou ela com ternura, ainda no chão. Ao ouvir isso, o marido, agitado, pôs-se a estrangular Antonias invisíveis à sua volta, com os olhos voltados para o teto, parecendo suplicar algo aos céus. "O que é que eu posso fazer para me livrar de você?", gritava ele. "O que é que eu preciso fazer para você parar de fazer isso comigo?" Oh, pobre homem, pensou Antonia; estive a ponto de acabar com ele. "Basta me dar metade do dinheiro", disse ela pondo a mão no pescoço. "Basta... haugh, guagg, hack, kkgh! É só isso! Basta aaaghkk o dinheiro, benzinho!" Ela se pôs a rir e tossir sem parar, e o marido saiu da cozinha correndo, pálido de pavor, como se tivesse visto uma bruxa que o ameaçava, uma morta-viva falando, um personagem qualquer de terror. O tempo foi passando. As amigas de Antonia, de meias, jamais ouviam-na referir-se ao marido com rancor, somente com pena, porque, dizia ela, afinal de contas ele sempre fora um infeliz. E suas amigas, ao visitarem-na no Central Park West e ouvirem-na contar essa história com uma voz que, com o tempo, foi ficando mais parecida com voz de menininha de desenho animado, sentiam pena do marido também.

A aparição

Edwidge Danticat

Doutor Berto chegou com um estetoscópio novo para examinar o coração de Victoria, e ficou chocado ao constatar que ela havia morrido.

Depois de examinar Rafael, o gêmeo sobrevivente, ele se sentou com o señor Pico na sala de visitas, quando a señora Valencia subiu com o bebê para a siesta.

— Não consigo entender — disse o doutor Berto enquanto eu servia a ambos uma xícara de café. — Ela estava ganhando peso, crescendo.

— E Rafael? Como ele tem andado? — perguntou o señor Pico sobre o filho. — Quando olho para ele, noto uma tristeza que uma criança não deveria ter.

— Não existe nada fisicamente errado com ele.

— Mas há tristeza. Notei isso ontem.

— Talvez ele esteja sentindo falta da irmã. Cresceram juntos desde o ventre.

— Ela vai embora, essa tristeza?

— Não percebo essa tristeza. Você é o pai dele, você percebe. Talvez tenha razão. Se ele estiver mesmo triste, isso vai passar. Crianças mudam muito facilmente.

— Tem certeza?

— Aposto tudo que sei sobre a natureza humana que sim.

— Eu amava minha menina. Isso o deixa surpreso?

— Acho que nós dois sempre fazemos mau juízo um do outro.

— Eu a amava mais do que poderia imaginar.

— Por que você não me chamou antes?

— Não havia sinais de doença.

— Você devia ter me chamado logo depois que ela morreu.

— Você a traria de volta à vida?

— Se você perdeu uma filha, eu perdi uma paciente. Eu poderia ter vindo para o enterro, pelo menos.

— Nós a enterramos logo, numa cerimônia íntima. Nada disso importa agora.

O señor Pico alisou as mangas do uniforme. Acendeu um charuto grosso e entregou outro, apagado, ao amigo.

— Meus mais sinceros pêsames — disse doutor Berto, mordendo a ponta do charuto. — Eu teria vindo ontem, se soubesse.

— Aquela sua clínica lhe toma muito tempo.

— Pela sua família, eu teria vindo.

— Valencia e eu quisemos assim. Padre Romero esteve aqui, ela teve os rituais. Tudo terminou agora.

— Estou muito triste por você e por Valencia.

— E como vai a clínica?

— Não fuja do assunto tão depressa.

— Sua clínica está parada? Está prosperando? Esse tipo de negócio prospera?

— Muito bem — eu ouvi o doutor Berto suspirar —, se você quer realmente saber, muitas pessoas têm nos procurado nas piores condições. É como uma epidemia: acidentes, cortes, espancamentos.

— *Los con gozos?*

Eu odiava essa expressão. Era uma das muitas frases que o señor Pico gostava de usar. Ele chamava a nós, os haitianos, *los con gozos*, os alegres, como bichinhos de estimação ou simples imbecis que só sabiam rir.

— Você já vigiou a fronteira antes — disse doutor Berto. — Já fez patrulha lá. E sabe que a maioria dos meus pacientes são haitianos. Cortadores de cana, muitos deles.

— O que você faz por eles?

— Normalmente recebemos dez ou doze para examinar, com doenças digestivas ou malária. Ontem foram cento e dez. Tivemos que estender lençóis pelo terreno da clínica e deitá-los ali, para cuidar deles do lado de fora, ao ar livre. Muitos tinham sido feridos a facão. A alguns faltava um membro. Disseram que tinham sofrido uma emboscada à noite, atacados por soldados.

— Isso é ridículo.

— Você não pensaria assim se os tivesse visto. As pessoas não mentem nos seus leitos de morte.

— Essas acusações são insanas — disse rindo o señor Pico. — São um delírio.

— Eles estão sendo atacados, e de propósito.

— Eles vêm nos atacando há anos, invadindo aos poucos nossa cultura, estragando-a com a deles. Em vários lugares é difícil distinguir quem é haitiano de quem não é — disse o señor Pico.

— Se você coloca pessoas tão perto umas das outras em um lugar como esse, não pode esperar que elas não mudem. Quando você vai esquecer o passado?

— Não estou falando da minha própria experiência. Estou falando do país, das invasões brutais que mancharam as páginas da nossa história. Em qual lado você está, afinal?

— Não estou em lado algum.

— Um dia, vai ter que escolher. E se tiver que escolher entre morrer com os haitianos ou viver conosco?

— Você acha que as pessoas que os atacam representam a nação?

— Talvez os haitianos estejam simplesmente se matando entre si. Por que você acusa os outros com tanta facilidade?

— Porque estou vendo a prova. Eles estão fugindo...

— Bom.

— Mas as pessoas que os estão perseguindo não deixam que escapem. Tentam matá-los antes.

— Então me diga quando e onde seus assassinos fantasmas atacam.

— Nas montanhas, à noite. Sempre à noite. Alguns conseguiram atravessar a fronteira e morreram na minha clínica. Eu mesmo enterrei muitos deles. O que está acontecendo, Pico?

— Você acha mesmo que eu lhe contaria um segredo de Estado?

— Matar haitianos? Isso é segredo de Estado?

— Eu sou um soldado.

— Somos amigos...

— Não sei de que lado fica sua lealdade. Você está do lado do país?

— Quem é o país, senão você e eu?

— Precisamente agora, nessa conversa, sou só eu.

— Tenha cuidado, Pico. Digo isso como amigo. Amanhã pode ser a sua cabeça na guilhotina. Você se lembra de Gilio Peyna?

— O poeta?

— Ele acaba de ser encontrado nas montanhas, esquartejado, o nariz arrancado. A mulher dele estava grávida. Deram-lhe dois tiros na barriga.

— Essas coisas só acontecem com os haitianos e os traidores da nossa gente — disse o señor Pico.

— Você ainda é muito ingênuo, Pico. Os haitianos, quem eles traíram?

— Traíram a si próprios. Eles deveriam permanecer no seu próprio país.

— Muitos segredos certamente são escondidos até mesmo de pessoas na sua posição. Suas ordens vieram de cima? Do próprio general? Quando eu cruzar a fronteira e vir você, quero que você me olhe, e então olhe para os haitianos mortos, e faça uma relação dos crimes que mereceram uma morte assim.

— A fronteira é extensa. Talvez nós nunca nos encontremos. Estou cansado das suas pregações. Elas só mostram a sua própria necessidade egoísta de ser santo. Seja leal desta vez. Mostre alguma lealdade a alguma coisa que você conhece, em vez de alguma coisa que você gostaria de conhecer.

— Isso eu conheço. É minha vida.

— Você fez disso a sua vida. Eu não sou obrigado a seguir você nesse caminho. Agora, por favor, vamos falar de outra coisa, algo mais interessante. Quando vai se casar? Acho que você precisa de uma esposa.

— Não há lugar na minha vida para uma esposa.

— Você faz o lugar. Devia deixar essa loucura de ajudar os haitianos e se casar.

— Você provou o mel, e quer que todo mundo corra atrás da colmeia.

— Nunca se sabe quanto se é capaz de amar até que se case e tenha filhos. Sei que você pensa que ama os haitianos da sua clínica, mas não é a mesma coisa.

— Sei que altruísmo não é romance.

— Gostaria de acreditar nisso. O que você faz para se divertir?

— Leio e estudo. Eu aprendo.

— Você fica amigo dos poetas comunistas extraviados, que arriscam as próprias vidas e as vidas de suas famílias. Quando você vai começar a se distrair e encontrar uma boa mulher com quem compartilhar a vida?

— Por favor, chega de falar da minha mulher fantasma. Como Valencia está reagindo à morte do bebê?

— Ela está triste. Como você se sentiria no lugar dela? — O señor Pico apagou o charuto na xícara de café. Levantou-se e abruptamente apertou a mão do doutor Berto. — Cuide bem do meu filho. Vou ver Valencia agora.

— Vou pedir um copo d'água a sua empregada e vou embora — disse o doutor Berto. — Voltarei logo para vacinar o Rafael.

Doutor Berto ficou olhando enquanto o señor Pico subia as escadas.

— Você escuta tudo que se diz nesta casa, não é? — sussurrou ele para mim, em crioulo.

— Estava só esperando terminarem o café — eu disse.

— Diga a verdade. Você tem todo o direito de escutar. Tem um motivo para isso. Você escuta para sobreviver.

— Não sei do que o senhor está falando.

— Por favor, preste atenção nas minhas palavras — disse ele, se aproximando. — Você precisa sair desta casa o mais rápido possível. Se quiser, posso levar você. Irei primeiro e nos encontraremos lá embaixo, na estrada. Posso levá-la de carro e cruzar a fronteira.

— Por quê?

— Logo isso aqui vai ficar muito perigoso.

— Não posso ir agora.

— Você ouviu o que eu disse. Estão matando haitianos nas estradas, à noite. Eles querem ver todos vocês fora desse lado da ilha. É apenas uma questão de tempo até que cheguem a este vale. Pensa que Pico hesitará em entregar você? E isso se ele mesmo não a levar.

— A señora Valencia não permitiria que ele fizesse isso.

— Tem certeza?

— O señor Pico é seu amigo.

— Em alguns aspectos ele é, em outros, não. É melhor você saber que ele não é seu amigo de forma alguma.

— Quem são esses, afinal, que querem matar todo mundo? Quem dá esse direito a eles?

— A Guarda Nacional? O governo? Não sei. De qualquer maneira, o movimento está crescendo e se tornando organizado, uma campanha noturna para livrar o país de pessoas como você.

Eu estava aflita, mas não queria que ele soubesse.

— E a cana-de-açúcar? — perguntei.

— Eles não estão preocupados com a cana-de-açúcar agora — disse ele.
— Querem vocês todos fora deste território, dê volta para o seu próprio lado.

— E as pessoas que estão aqui há várias gerações? O que vão fazer com elas? E as crianças, que nem mesmo conhecem o Haiti?

— Não sei o que farão com elas. Não sei lhe responder.

Eu não sabia ao certo o que fazer. Escutar a conversa entre ele e o señor Pico tinha me apavorado. Mas não poderia abandonar quinze anos da minha vida só porque um homem que eu mal conhecia, um homem que não tinha motivos para se preocupar com a minha segurança, achava que eu devia.

Além disso, eu não tinha mais ninguém no Haiti.

— Se vier comigo — disse ele —, nós iremos para meu hospital. E lá vamos encontrar uma solução para você. Você pode recomeçar toda a sua vida.

— Como o quê? Mendiga?

Eu seria uma estranha no meu próprio país. Pensar nisso era muito mais difícil do que me imaginar uma estrangeira em qualquer outro lugar.

— O que você tem aqui que realmente lhe pertence? — perguntou ele.
— As pessoas começam do nada o tempo todo. Você fez o parto dos gêmeos, poderia ser parteira. Eu não tenho todas as respostas. Só sei que você precisa sair deste lugar. As coisas andam muito difíceis. Tenho visto haitianos todos fatiados a facão, esquartejados. Você anda sozinha à noite?

— Não costumo ter motivos para isso.

— Você me parece muito ocupada com o serviço da casa. Eles estão tentando tirar tudo que puderem de você, como os donos das plantações de cana para quem muitos dos meus pacientes trabalham. Eu tenho dito a todos eles: "vocês precisam sair daqui".

Ele segurou meu braço e me fez olhar para ele.

— Na semana passada, me trouxeram uma senhora — disse ele. — Ela havia trabalhado na casa de um coronel dominicano por quarenta e nove anos. Um dia, chegando ao seu estábulo, o coronel notou que um dos seus cavalos tinha sido roubado. Ele achou que o ladrão era haitiano, e então enfiou uma faca de mesa no coração da mulher. É assim que você quer terminar sua vida?

— O señor Pico pode estar ouvindo. Me deixe. — Eu o repeli.

— Aquela mulher morreu nos meus braços — continuou ele. — Lutei para salvá-la. Eu estava na dúvida se deveria tirar a faca e correr o risco de uma hemorragia, ou deixar a faca ali e tentar uma cirurgia. E tudo isso à luz de uma lamparina, enquanto um padre ministrava a extrema-unção.

— O senhor tem um trabalho terrível, doutor.

— Eu apenas observo. Não tenho que participar. E tenho medo de que um dia possa encontrar você na minha clínica, como paciente. Não gostaria de ver você morta sem tê-la conhecido melhor viva.

— Só vou morrer quando chegar a minha hora — eu disse.

— Eu também pensava assim — disse ele.

— E agora? Agora o senhor quer virar santo.

— Não é educado repetir os insultos dos outros — ele disse. — Agora eu começo a entender que não se pode deixar as coisas passarem por cima de você. É preciso agir. Meu caminhão velho demora três horas para chegar à fronteira. Se você quiser partir agora, eu espero.

— Não precisa esperar, doutor.

— Lembre-se, eu avisei.

— Obrigada.

Depois que o doutor Berto saiu, a señora Valencia veio até a cozinha com um caderno de rascunho e lápis. As cores que ela usava — carmim, manga, âmbar, rosa e verde — deram vida à cozinha. Ela atacou o papel, respirando forte, e desenhou um esboço de uma recém-nascida na mesma posição de defesa que Victoria adotara depois do nascimento.

— Amabelle, estive pensando, desde que enterramos Victoria, que talvez tenha sido por culpa minha que ela tenha morrido.

— Não se culpe assim, señora.

— Eu a alimentei demais. Eu a amamentei três vezes mais do que a seu irmão. Eu queria muito salvar a vida dela. E a matei, com meu desejo de vê-la crescer.

— Isso não é verdade, señora. O destino é que estava contra.

— Que destino? Meu destino? O destino da minha mãe? Talvez tenha sido o nome dela o que a matou. Eu nunca olhei para ela sem pensar na minha mãe. Talvez isso tenha passado para ela, de mulher para mulher, a minha dor. Ela a envenenou. A menina parecia estar tão bem que na noite anterior, e mesmo naquela manhã, eu a amamentei.

— Ela só veio para ficar conosco por pouco tempo.

— Amabelle, eu queria que você fosse a madrinha do Rafael. Não vamos deixar que isso fique óbvio na igreja. Você terá que observar de uma certa distância, mas ninguém mais estará no lugar da madrinha. Rafael será seu afilhado. Isso parece adequado, já que você e eu o trouxemos ao mundo juntas. Não vamos contar para Pico, mas assim será. Dividir Rafael com você vai me deixar menos triste em relação a Victoria.

Seria estranho ter um afilhado no qual eu jamais poderia tocar.

— A senhora tem certeza de que quer fazer isso?

— É assim que vai ser. Ontem, quando eu vesti Victoria para o enterro, eu vi marcas de dedos no seu corpo. Ela ainda tinha os machucados onde você e eu a seguramos para tirar o muco do rostinho dela e amarrar o cordão umbilical. Fiquei muito surpresa. Aquelas marcas nem tiveram tempo de sumir. Como então eu poderia esquecer do que devemos a você?

Antes de colocar o filho na cama, a señora Valencia procurou as marcas no pescoço e no corpo dele, mas não encontrou nenhuma.

Eu voltei para o meu quarto, atenta à brisa suave que soprava nas árvores lá fora. Mal tinha fechado os olhos quando percebi alguém em pé perto de mim. Vi que era uma mulher em um vestido longo e franzido, em três camadas, inflado como um balão. Ela usava colares feitos com grãos de café pintados. Tinha uma máscara de ferro no rosto, e no pescoço havia uma coleira com um cadeado pendurado.

Eu me levantei do chão para vê-la melhor. Eu era uma menina magrinha de oito anos, e estava nua. Abaixei as mãos para me cobrir. A mulher puxou as mãos com que eu cobria meu sexo.

— Não tenha medo — disse ela com a voz abafada pela mordaça que lhe escondia a metade do rosto.

— Estou envergonhada. — Minha voz era também a de uma menininha tímida.

A mulher segurou a saia e começou a saltitar de um lado para outro no alpendre, como um passarinho pulando no chão. Parecia que estava dançando uma *calenda*. Minha mãe e meu pai sempre dançavam a *calenda* juntos no quintal atrás da nossa casa, à noite.

A mulher abraçou o ar como se estivesse beijando alguém. E quando ela dançava, as correntes nos tornozelos faziam um barulho de chocalho.

— Não tenha medo. — Ela parou, ofegante. — Você pode ficar nua. Ainda é uma menina e está sonhando.

— Não sou menina — eu disse. — Tenho vinte anos. O que você está fazendo aqui em Miseria?

— Estou visitando você. — Uma risada metálica ecoou dentro da máscara.

— Você está zombando de mim — falei.

— Sim, estou zombando de você.

— Por quê?

— Você acha que a vida é difícil. Imagine só quando morrer.

— Tenho medo de morrer — disse.

— Isso me ofende. Anos após a minha morte sou forçada a percorrer a terra entre montanhas e canaviais, mas agora passei a gostar disso porque eu posso vir te visitar.

— Por que você tem que usar essa coisa no rosto? — perguntei.

— Isso? — Ela bateu com os dedos na mordaça. — Alguém amarrou isso em mim há muito tempo para que eu não comesse a cana enquanto a cortava.

— Você é uma escrava? Vai passar a eternidade com essa máscara no rosto?

Quando olhei para baixo, era eu mesma novamente, deitada na minha esteira. Estendi a mão para tocá-la, mas de repente ela desapareceu.

Acordei suando. Acendi minha lamparina e fiz três buraquinhos com a faca numa haste de bambu.

Quando soprei no talo, o som que saiu do outro lado era áspero e grave como um lamento. Bati com a haste no chão e soprei novamente. Soprei sem parar. O som foi ficando agudo como o grito de uma cigarra.

Soprando baixo e depressa, minha boca conseguiu tirar o som de uma torrente de água descendo sobre as árvores. Eu fiz isso em memória de Victoria, que não viveu o suficiente para ver ou até mesmo sentir a chuva.

Sem Cara

Junot Díaz

De manhã, ele enfia a máscara e trabalha pesadamente o punho contra a palma da mão. Vai até o *guanábano* e faz suas flexões, quase cinquenta agora, então segura a debulhadora de café na altura do peito pra uma contagem de quarenta. Seus braços, peito e pescoço intumescem e a pele em torno da têmpora se estica até quase arrebentar. Mas não! Ele é imbatível e solta a debulhadora com um gordo Sim. Sabe que deve partir, mas a bruma da manhã encobre tudo, e ele fica escutando os galos um pouquinho. Ouve então a agitação da família. Corre, diz ele pra si mesmo. Ele atravessa as terras do *tío* e sabe numa olhada quantos grãos de café estão vermelhos, pretos ou verdes em seus *conucos*. Passa correndo pela mangueira d'água e pelo pasto, e então diz VOA, e pula; sua sombra corta o topo das árvores e ele pode ver a cerca da sua família e sua mãe dando banho no seu irmãozinho, esfregando seu rosto e seus pés.

Os donos das lojas jogam água na estrada pra não levantar poeira; ele passa batido por eles. Sem Cara!, uns poucos gritam, mas ele não tem tempo pra eles. Primeiro ele vai aos bares, procura no chão em volta por troco perdido. Os bêbados às vezes dormem no caminho, de modo que ele vai em silêncio. Passa por cima das marcas de mijo e vômito, contrai o nariz por causa do fedor. Hoje ele encontra no capim alto e crepitante moedas suficientes pra comprar uma garrafa de soda ou um pão de milho. Segura as moedas apertando as mãos e sorri debaixo da máscara.

Na hora mais quente do dia, o Lou deixa ele entrar na igreja de telhado arrebentado e fiação indigente, e lhe dá *café con leche* e duas horas de leitura e escrita. Os livros, a caneta, o papel, tudo vem da escola ali perto, doado pelo professor. O padre Lou tem mãos pequenas e olhos ruins, já foi duas vezes pro Canadá pra operar. O Lou lhe ensina o inglês de que vai precisar no Norte. Estou com fome. Onde é o banheiro? Sou da República Dominicana. Não tenha medo.

Depois das aulas, ele compra chicletes e vai até a casa na frente da igreja. A casa tem um portão e laranjeiras e um caminho de paralelepípedos. A TV vibra em algum lugar lá dentro. Ele fica esperando a garota, mas ela não sai. Normalmente ela espiaria e veria que ele estava lá. Aí, faria uma televisão com as mãos. Era com as mãos que eles falavam.

Você quer assistir?

Ele sacudiria a cabeça negativamente, ergueria as mãos em frente ao corpo. Ele nunca entrava em casa *ajenas*. Não, gosto de ficar do lado de fora.

Eu prefiro ficar aqui dentro, é fresco.

Ele ficaria ali até a faxineira, que também vivia nas montanhas, gritar da cozinha, Fique longe daqui. Cê não tem vergonha na cara? Então ele se agarraria às barras do portão até separá-las um pouquinho, grunhindo, pra mostrar o quanto ela estava perturbando.

O padre Lou deixa que ele compre uma revistinha por semana. O padre vai com ele até o vendedor de livros e fica na rua, tomando conta, enquanto ele examina as prateleiras.

Hoje ele compra *Kaliman*, que não leva desaforo pra casa e usa turbante. Se seu rosto fosse coberto, seria perfeito.

Das esquinas, longe das pessoas, ele fica atento às oportunidades. Ele tem seu poder de INVISIBILIDADE e ninguém pode tocá-lo. Até mesmo seu *tío*, aquele que guarda os açudes, passa direto, sem dizer nada. Os cachorros, todavia, são capazes de sentir seu cheiro, e uns dois ou três param pra cheirar seus pés. Ele os afasta, pois podem indicar sua localização para os inimigos. Muita gente quer que ele se dane. Preferem se ver livres dele.

Um *viejo* precisava de ajuda pra empurrar sua carrocinha. É preciso trazer o gato do outro lado da rua.

Ô Sem Cara!, grita um motorista. Que merda é essa, rapaz? Começou a comer gato agora, é?

Daqui a pouquinho já vai estar comendo criança, responde um outro.

Deixe o gato em paz, ele não é seu.

Ele sai correndo. É tarde e as lojas estão fechando, até as motocicletas em cada esquina desapareceram, deixando manchas de óleo e sulcos na poeira.

A emboscada vem quando ele está tentando calcular se dá pra comprar outro pão de milho. É agarrado por quatro garotos e as moedas pulam da sua mão como se fossem gafanhotos. O gordão de uma sobrancelha só senta no seu peito e seu fôlego escapa completamente. Os outros estão de pé em volta deles, ele está com medo.

Você vai ser nossa mulherzinha, diz o gordão, e ele pode ouvir as palavras ecoarem através das carnes do corpo do gordão. Ele quer respirar, mas seus pulmões estão tão apertados quanto os bolsos.

Cê já foi mulher alguma vez?

Aposto que não. Não é lá muito divertido.

Ele diz FORÇA, e o gordão sai de cima dele, e ele está correndo rua abaixo com os outros atrás. É melhor deixá-lo em paz, diz a dona do salão de beleza, mas ninguém lhe dá ouvidos, não depois que o marido a trocou por uma haitiana. Ele trata de voltar pra igreja, corre lá pra dentro e se esconde. Os meninos começam a jogar pedras na porta, mas aí Eliseo, o coveiro, diz, Crianças, preparem-se para o inferno, e brande seu facão na calçada. Tudo fica quieto. Ele vai pra debaixo de um banco e espera chegar a noite, quando poderá voltar ao fumeiro pra dormir. Ele esfrega o sangue no calção, cospe no corte pra tirar a poeira.

Tudo bem com você?, pergunta o padre Lou.

Fiquei meio sem forças.

O padre Lou se senta. Parece um daqueles donos de loja cubanos de calção e *guayabera*. Ele junta as mãos numa batidinha. Estive pensando em você no Norte. Fico tentando imaginá-lo na neve.

A neve não vai me aborrecer.

Neve aborrece todo mundo.

Eles gostam de luta?

O padre Lou dá uma risada. Quase tanto quanto nós. Só que ninguém fica todo arrebentado, pelo menos não mais.

Então ele sai de debaixo do banco e mostra o cotovelo pro padre. O padre olha. Vamos dar um jeito nisso, certo?

Só não põe aquele troço vermelho.

Não se usa mais aquele troço vermelho. O troço agora é branco, e não arde

Só acredito vendo.

Nunca tinham escondido aquilo dele. Contavam a história pra ele sem parar, como se tivessem medo de ele esquecer.

Há noites em que ele abre os olhos e o porco voltou. Sempre imenso e lívido. Os cascos do bicho empurram seu peito pra baixo e ele pode sentir o hálito de bananas coalhadas do animal. Dentes rombudos arrancam uma tira debaixo do olho e o músculo revelado é delicioso, como *lechosa*. Ele vira a cabeça pra salvar um lado do seu rosto; em alguns sonhos, ele salva o lado direito; em outros, o esquerdo, mas nos piores ele não consegue virar a cabeça, ou então a boca do porco fica igual a uma panela, e nada consegue escapar. Ao acordar, ele está gritando e tem sangue escorrendo pelo pescoço; ele mordeu a língua, que incha, e não consegue dormir até dizer pra si mesmo pra ser homem.

O padre Lou pede emprestada a Honda e os dois partem cedo de manhã. Ele deita nas curvas, e Lou diz, É melhor não deitar demais. Você vai nos derrubar.

Nada vai acontecer conosco!, ele grita.

A estrada pra Ocoa está vazia e as plantações estão secas. Muitas das fazendas e granjas foram abandonadas. Ele vê um cavalo preto sozinho numa ribanceira. O animal está comendo um arbusto e há uma *garza* nas costas dele.

O hospital está cheio de gente ensanguentada, mas uma enfermeira com cabelos oxigenados os leva até a recepção.

E como vamos passando hoje?, diz o médico.

Estou bem, diz ele. Quando o senhor vai me mandar?

O médico sorri, faz com que ele tire a máscara e então massageia seu rosto com os polegares. Há pedaços descorados de comida nos dentes do médico. Tem tido algum problema pra engolir?

Não.

Respirar?

Não.

Tem tido alguma dor de cabeça? E a garganta, não dói? Já teve vertigens alguma vez?

Nunca

O médico examina seus olhos, seus ouvidos, e então escuta a respiração. Parece que está tudo bem, Lou.

Fico feliz de saber. Você tem alguma ideia de quando?

Bem, diz o médico. Chegou finalmente a hora de levá-lo pra lá.

O padre Lou sorri e põe a mão no seu ombro. E então, o que você acha?

Ele balança a cabeça afirmativamente, mas não sabe direito o que devia pensar. Tem medo de operações e de que nada mude, que os médicos canadenses fracassem da mesma maneira que fracassaram as *santeras* que a mãe tinha pagado, que evocaram todos os espíritos do catálogo celestial pra ajudar. O quarto onde está é quente, e apertado e poeirento, e ele está suando e oxalá pudesse ficar debaixo de uma mesa onde ninguém pudesse vê-lo. No quarto ao lado ele conheceu um garoto cujas comissuras do crânio não fecharam direito, uma garota que não tinha braços e um bebê cujo rosto era enorme e inchado e de cujos olhos escorria pus.

Cê pode olhar meu cérebro, disse o garoto. Eu só tenho aquela membraninha, mas dá pra ver através dela.

De manhã ele acordou com dor. Do médico, da briga que teve fora da igreja. Ele sai, atordoado, e se encosta no *guanábano*. Seu irmãozinho Pesao está acordado, dando pedrada nas galinhas, o corpinho arqueado e perfeito, e ao passar a mão na cabeça de quatro anos do menino ele sente as feridas que viraram casquinhas amarelas. Ele adora arrancá-las, mas da última vez saiu sangue e Pesao gritou.

Onde é que cê foi?, perguntou Pesao.

Estava combatendo o mal.

Quero fazer o mesmo.

Você não vai gostar, diz.

Pesao olha pro seu rosto, dá uma risada nervosa e joga outra pedra nas galinhas, que se dispersam reclamando.

Ele olha o sol queimar as brumas dos campos e, apesar do calor, as favas estão abundantes e verdes e flexíveis na brisa.

Sua mãe o vê voltando do banheiro lá fora. Ela vai buscar a máscara.

Ele está cansado e com dores, mas olha pro vale lá fora e a maneira como a terra vai se curvando pra se esconder lhe parece a maneira como o Lou esconde seus dominós quando jogam. Vá, diz ela. Antes que seu pai saia.

Ele sabe o que acontece quando o pai sai. Ele põe a máscara e fica sentindo as moscas se agitarem no pano. Quando ela vira de costas, ele se esconde, se confundindo no mato. Ele observa sua mãe segurando a cabeça de Pesao delicadamente debaixo da bica, e quando a água brota finalmente do cano, Pesao grita como se tivesse recebido um presente ou um desejo se realizasse.

Ele corre em direção à cidade sem nunca escorregar ou tropeçar. Ninguém é mais rápido que ele.

Uma lembrança de flores e coco

Raywat Deonandan

Foi o relance da cabeça lisa o que atraiu minha atenção. O sol da tarde, tingido de laranja à medida que seus raios se espremiam entre o céu e o horizonte, refletira-se opacamente contra a pele curtida do homem, seus poros cintilando para mim em arremedo de reconhecimento. Ele se ajoelhara naquele momento, em submissão ao *pandit* que passara a *tika* vermelha em sua testa, aceitando as pétalas de rosa, jasmim e jacinto que agora sujavam o piso do templo como folhas de outono ou papéis amassados atirados no chão.

Eu já recebera minha bênção, já voltara a meu lugar no piso ladrilhado e florido para participar dos momentos finais da cerimônia *puja*, as mãos piamente entrelaçadas em silêncio reverente, um templo de carne formado por dedos ossudos e pele enrugada. Mas o relance de pele me fizera erguer os olhos. O homem careca então olhou para mim, seu rosto se renovando depois das bendições do *pandit*, seus olhos encontrando os meus em um curioso semirreconhecimento. Eu conhecia esse homem. Em outra vida, outro continente, décadas antes. Também havia flores nessa ocasião.

— Como aconteceu isso no seu pé, rapaz? — A fragrância de jasmim me fez engasgar, não de modo desagradável, cimentando-se em meu sínus com uma umidade premente, familiar. Um homem certa vez me disse que, no motor de nosso cérebro, a caixa chamada "olfato" tinha a conexão mais curta com a caixa chamada "memória". O odor de jasmim, para mim, estava para sempre ligado à lembrança de minha mãe, de todas as mães, e de mulheres que pareciam mães.

— Um tambor caiu em cima — respondi a essa mulher que parecia mãe, cauteloso para não desviar a atenção da tarefa da vez. É difícil agora, tendo tantos anos preenchido o vão da experiência e da educação, reunir numa só meada o colorido mundo guianense de minha memória e a presente névoa de sonho tranquilo. Ainda assim, vale observar que naquela época falávamos uma mestiçagem da região, uma quimérica mistura de inglês, híndi, holandês, francês e senegalês que caracterizava tanto as línguas quanto as histórias das três Guianas. Na última vez que falei assim, era apenas um adolescente ignorante do grande mundo que havia além dos mercados de verduras de Georgetown e Nova Amsterdã e dos artigos náuticos de madeira das cidadezinhas de Berbice e Vreedenhoop. A lembrança daquele discurso cantado está ligada, em mim, a reminiscências de uma vida fisicamente mais dura, mas uma vida apimentada com agudos deleites sensoriais que se asseveravam pelo calor caribenho, com a genuinidade de nosso povo cálido e criativo que parecia sentir as coisas com mais potência e de maneira mais quixotesca do que as pessoas de hoje, e com a brancura enceguecedora do sol sul-americano, tão divino em seu poleiro muito acima de nossos servis domínios mortais.

— Não acha que tem que ir no médico? — ela perguntou, ocupada em varrer o sombrio porão estaqueado do alvíssimo domicílio, uma pungente mistura de estrume e lama.

— É, já fui — eu disse. Salim então se contorceu em sua cadeira, quase me fazendo cortar sua orelha com a tesoura. — Médico não serve pra nada.

— A contusão no pé não prejudicara minha capacidade de andar, correr ou trabalhar, mas deixara uma cicatriz horrível que se mostrava pelos vãos de meu chinelo de borracha, como uma enguia rugosa contorcendo-se para se soltar das tiras constringentes da sandália. Era boa como tema de conversa, dava algo sobre o que tagarelar enquanto cortava o cabelo de alguém.

Salim não conseguia tirar os olhos de meu pé. Com brusquidão eu pegava seu queixo e o forçava para cima para poder focar em seu cocuruto, mas seu rosto voltava a cair instantes mais tarde. Quando o fez pela terceira vez, dei-lhe um leve tapa na nuca.

— Senta direito, moleque! — disse com severidade, talvez com crueldade.

— É, moleque, quer parecer a porra de um pigmeu órfão? — Sua mãe ralhou com ele. — Senta direito!

Salim aspirou de volta uma lágrima e eu me arrependi de ter lhe dado o tapa. Não fora um golpe forte, e ele era velho o bastante para não chorar. Também era velho o bastante, no entanto, para querer garantir um bom corte, supunha eu.

— Viu só? — eu disse, varrendo alguns oleosos cabelos cortados de seu ombro. — Está quase pronto. Curtiu? — Fiz com que ficasse de pé e dei um sorriso largo, segurando para ele o espelho de mão que havíamos tomado da coleção de itens de toucador de sua irmã mais velha. O corte não era uma obra-prima. Afinal, nenhum garoto feio como Salim poderia esperar parecer um astro de cinema de Bombaim, não com aquela mandíbula gorda, aqueles ombros fracos e aquele pescoço roliço. Mas ao menos ele já não parecia uma menina.

Salim deu uma olhada em si mesmo no espelho de mão e desabou em lágrimas, correndo para subir as escadas da casa antes de eu poder passar gel e pentear seu cabelo apropriadamente.

— Não liga pro moleque — sua mãe disse, erguendo-se de sua tarefa com um resmungo de raiva e limpando as mãos no avental. — Ele tem trabalho a fazer, de qualquer jeito. — Buscou nos amplos bolsos do vestido e despejou em minha palma alguns xelins manchados de lama. O choque de moeda contra moeda era um som doce entre a batida de pratos de bateria e o adejo de um beija-flor.

Saí do abrigo sombreado da casa para a torrente de luz e calor, levando meu pacote de pertences sobre o ombro e passando a vagar pelo caminho de terra em direção ao canal, onde as coisas seriam mais frescas. O plano era procurar algum trabalho ocasional para me segurar até que os barcos de pesca deixassem de novo o porto para descer o Esequibo. Pelo que lembro agora, era um tempo paradoxalmente carregado tanto de um nervoso desespero econômico quanto de uma simplicidade confortável, embora suspeite que esta última seja mais em função de meu descontentamento com a vida moderna norte-americana. Os motores de nosso cérebro, preciso me forçar a lembrar, estão ajustados de forma a minimizar o trauma da memória, a repintar velhos quadros em tons mais suaves. Lembramo-nos da calidez do sol e da alegria das crianças, mas não da dor de nossas barrigas vazias e das costas sobrecarregadas. Preguiçosamente recordamos dias de um bate-papo ocioso nas vilas, mas é raro ouvirmos algo sobre a quantidade de vizinhos mortos de doenças curáveis. E nos prendemos a imagens deformadas de glórias silvestres, esquecendo de alguma forma os rostos sujos e abatidos de crianças órfãs e deficientes que, de olhos arregalados, às vezes víamos pelas estradas.

As lembranças são, assim, entorpecidas, desbotadas para nossa própria proteção. E no entanto eu sei que minha terra natal caribenha conferia uma maior vivacidade de percepções. Naquela época, naquele lugar, a comida tinha um sabor mais intenso, as cores saltavam aos olhos, os sons pinçavam o ouvido. A glória do descanso, como se tratava de um produto tão raro, era especialmente bem assimilada, abraçada a cada momento prolongado.

Descansaria à beira do canal, decidi, saboreando cada minuto antes que os barcos recobrassem suas tripulações e eu fosse compelido a voltar aos rios selvagens para ganhar o sustento. Sem mais cortes de cabelo por hoje.

Assim eram os dias antes da pavimentação, no tempo em que as vacas e os bois eram livres para vagar pelas avenidas impunemente, ao menos nos bairros indianos. Não era um tempo de descuido ou simplicidade pastoril — por mais que nós, os mais velhos, queiramos recordar assim. Um jovem que não fosse da cidade teria que fazer sua fortuna nos canaviais, nas minas de bauxita ou nos barcos pesqueiros. Os garotos da cidade tinham trabalhos de escritório: secretários, oficiais, policiais. É claro que ouvíamos rumores da grande guerra na Europa, do fato de um grupo de homens brancos ter atacado outro grupo de homens brancos, tendo a Alemanha invadido a França. Mas fazia pouco efeito em nossas vidas cotidianas, ao menos para os que vivíamos no campo. Suponho que, na cidade, o preço do combustível estivesse subindo, e os perturbados sujeitos brancos em suas mansões estivessem trombeteando nos jornais suas angústias em relação às terras europeias sitiadas.

Dessas coisas eu não podia saber naquele tempo, é claro. Antes de tudo, em minha mente, estava a frescura da brisa que às vezes rolava pela superfície do canal de águas marrons, um sopro de alívio bem-vindo apesar de pútrido. As águas eram paradas, usadas apenas para transportar pequenos barcos de um sistema fluvial para o outro, e não para propiciar a vida dos peixes ou dos pássaros. Ainda assim, suas margens eram destino preferencial dos ociosos. O jogo de luz solar contra a escuridão da água era companhia prazenteira para a orquestra de odores que subia das moitas de flores silvestres para o desfile habitual de pessoas e animais e para os vislumbres suspeitos de jardins decaídos que ficavam além da rigidez da água.

Sentei-me à beira do canal, deixando uma junta de bois marchar atrás de mim e pisotear o chão e as ubíquas flores selvagens, gerando uma nuvem de poeira perfumada e colorida. Havia outros jovens perambulando ao lado da água: um casal de adolescentes que tentavam fingir que se ignoravam, seus dedos ocasionalmente se unindo envergonhados; muitas juntas de bois puxando frutos e madeira por toda a margem; e outro jovem mais ou menos de minha idade, embora seus cabelos fossem mais ralos, inspecionando agachado a água com seu olhar, com um coco partido acomodado em suas palmas e de vez em quando o levando à boca.

Descobri-me boquiaberto, desejando o jorro de água de coco que se derramava na boca do jovem, a luz do sol refletindo no líquido como se fosse um dos rios sagrados do Himalaia dos quais os *pandits* costumam falar. Estalei os lábios e me perguntei se teria dinheiro suficiente para comprar meu próprio coco, ou se esse rapaz me ofereceria um gole ou dois do seu.

Do outro lado do canal, a alguma distância, outra equipe de bois se aproximava rebocando uma carroça aquática. Desta vez, a não ser que meus olhos me enganassem, a carga era de frutas, entre elas cocos maduros e algumas mangas. Foi uma vista gloriosa, uma das que nunca me cansaram, embora fosse algo bastante comum naqueles tempos. A precisão rítmica de dois bois interligados, ternamente subjugados por apetrechos de madeira talhados à mão, conduzidos pela mão treinada de uma criança também subjugada, só que pela labuta diária, manifestou-me a naturalidade da agricultura, da parceria finamente sincronizada entre animais e homens. Era uma cena que apelava a meu sangue hindu, em particular por seu emprego de bovinos e por sua simplicidade bucólica. O músculo do boi, o cérebro de um humano, a riqueza da produção e a fluidez do canal se juntavam para transportar a bondade natural de um lugar a outro, tudo dentro do contexto colorido temperado pelos aromas penetrantes das florescências da primavera. A pequena figura que conduzia essa equipe particular, segurando com lassidão as rédeas do boi principal, era um menino distraído cujo olhar se concentrava no céu, sendo o cabelo curto recém-cortado a única pista de masculinidade em contraposição a um comportamento bastante feminil. Sorri pela coincidência que me trouxera de volta o rosto tristonho de Salim.

— Salim! — gritei para ele, disposto a bajulá-lo para conseguir um coco do coitado. — Salim! — Mas ele estava distante demais, sua atenção focada no indefectível céu azul. Seguindo seu olhar, notei a nódoa de descontinuidade que parecia tão inconsistente em relação à antiguidade natural do céu caribenho. Um zepelim, uma aeronave.

Duas vezes antes, naquele mesmo ano, eu vira dirigíveis flutuando em direção ao norte a partir do Brasil, e ouvira falar de muitos outros. As pessoas mais ignorantes supunham que as aeronaves estavam apanhando homens jovens para serem levados a lutar na guerra, mas isso era loucura. Eram muitos os soldados ingleses brancos para essa tarefa; haviam sido suficientes para tomar e subjugar nossa mãe Índia, diziam; seriam suficientes para combater os alemães por sua conta, daria para imaginar.

De início, a aeronave era um grão negro de arroz à distância de um antebraço, traçando uma linha silenciosa vinda do sul. Em minutos, cresceu até chegar ao tamanho de duas sementes de lima espanhola, grande o bastante para que se pudessem ver palavras na lateral. Eu não conseguia ler as palavras. Presumi então que fosse por minha parca educação naquela época. Sei agora que não entendia aquele idioma específico.

Observamos o zepelim que virava devagar, sua superfície parecendo ondular com os ventos fortes daquela altura. Era um mundo diferente, outra filosofia, completa e convenientemente além de meu alcance. Estendi o braço e fingi agarrá-lo, para retirá-lo daquele céu perfeito. Era meu desejo, imagino, segurar aquele símbolo de estranheza, aprisionar sua casca metálica na carne mais fraca de minha mão. Mas era escorregadio demais e escapou de minha garra, por um instante ocultando o deus sol de meu céu. Seus motores estavam longe demais para serem ouvidos, mas eu os imaginava acelerando para escapar de meus dedos, arrastando tanto a mim quanto a meu país pelo oceano em direção à guerra. Rapidamente retraí minha mão, depois fingi dar um peteleco na aeronave, estalando o polegar e o indicador.

Também Salim se detivera na tarefa de contemplar o céu com perplexidade. Com sua distração, a junta de bois hesitara e parara, enquanto a carroça aquática continuara sua progressão, batendo na lateral do canal, tombando silenciosamente na água, sua carga pesada afundando com rapidez.

— Salim! — gritei. — Libera os bois! Corta a corda! — O jovem de cabelos ralos pôs-se de pé e derrubou seu coco, surpreso com o curso dos acontecimentos. O coco partido em dois rolou até mim, assaltando minhas narinas com aquele delicioso cheiro de guloseima, mas meus pensamentos já não se importavam com a saciedade de minha sede. Ou Salim não podia me ouvir, ou estava paralisado de medo. Se houvesse cortado as cordas naquele instante, se houvesse liberado os bois, o horror que se seguiu teria sido evitado.

As cordas que ligavam os animais à carroça que afundava se afrouxaram e voltaram a se retesar. O boi vagaroso grunhiu alto quando seu solo começou a faltar, sua cabeça sendo puxada para baixo em direção à água do canal. Em segundos, suas patas dianteiras estavam na água, seu corpo deslizando na margem molhada. Momentos mais tarde, com um borbulhar sinistro, os dois bois já se encontravam na água, girando em torno de um centro invisível no qual a carroça ainda afundava.

Era tarde demais para fazer qualquer coisa, todos sabíamos. Nadar até as bestas, libertá-las das cordas, seria dar margem a um afogamento pessoal. Os animais pesados que afundavam nos chupariam para dentro da água. Isso era especialmente válido para mim e meu pé ruim. Nós três — eu, Salim e o homem do coco — ficamos parados ali, estupefatos e de olhos arregalados, enquanto os bois emitiam aquele lamento terrível. Uma das bestas submergiu com pouca luta, seu pescoço quebrado pela torção imposta pela canga. O outro foi puxado para um afogamento lento e agonizante rumo à morte, seus urros estridentes machucando nossos ouvidos, aproximando-se de um tom agudo nunca ouvido em animais tão grandes e poderosos como aqueles. O rosto de Salim estava distante demais para que eu pudesse ver com clareza, mas pude imaginar sua torrente de lágrimas.

Hoje, Salim é uma anedota casual de salão que eu conto no conforto moderno. Mas sem dúvida aquela foi uma catástrofe que alterou a vida dele e de sua família. O destino do garoto me é desconhecido, já que eu logo me cansei da cena e segui minha trilha rumo às docas onde os barcos pesqueiros estavam aceitando novos trabalhadores. Décadas preencheram o abismo entre aquele dia memorável e o presente; os anos se atribularam de emigrações, amadurecimento, educação e uma batalha perdida contra a velhice.

Assim como certos aromas florais me levam a tempos prazenteiros de alegria maternal e convívio campestre, também o cheiro e o sabor da água de coco e flores silvestres pisoteadas me levam à tarde do canal lamacento, quando uma imagem potente da vida rural de meu país foi suplantada e destruída pela intrusão de uma máquina estrangeira. Que eu tenha sido, em tempos posteriores, carregado por tais máquinas em direção a terras estranhas, onde meu jeito de falar, meu senso de humor, meu entendimento da história e do mundo natural foram massageados e reformados, é algo que me provoca uma certa postura reflexiva próxima à tristeza. Lembranças de raiva e desespero, se é que de fato isso foi sentido, acabaram sendo enterradas entre os anos, varridas de todo registro por sua estranheza em relação à temperança rústica de minha terra natal.

É por isso que, quando reconheci o homem do coco tantos anos mais tarde em uma *puja* em Toronto, tendo sido seus cabelos ralos substituídos por uma careca que me fez estreitar os olhos diante do brilho que refletia, nem chorei nem alardeei qualquer surpresa; simplesmente sorri em reconhecimento, aquecido por uma bem-vinda ligação com um passado há muito perdido.

Tá pensando que eu sou maluca, dona?

Olive Senior

Tá pensando que eu sô maluca, dona? Num tá vendo minha cabeça cheia de cabelo que ninguém nunca rapou? Não tá vendo aqui, ó, lápis e caderno! E meia esticada e sapato limpo, que foi assim que minha mãe me criou. Só tô pedindo um trocado, né? Então que cara é essa pra mim? Num tá me achando com cara de mulher séria? Não pareço uma professora? A senhora qué saber o quê? Por que eu moro na rua? E quem foi que disse pra senhora que eu moro na rua? E quer saber mermo, é no Sheraton que eu moro. E essas caixa aí no lado da estrada? Vou contá pra senhora, mas bem baixinho que é pra nem o vento escutá. Aquele monte de caixa ali é de uma velha que me pediu pra tomá conta pra ela até ela voltá. Eu tenho um coração bom, sabe, num sei dizê não pra ninguém. Tô aqui tomando conta de tudo, noite e dia, mas morá, mesmo, eu moro no Sheraton. É que a velha ainda não voltô. Vamo logo, dona, que o sinal já vai abri, porque eu não comi nada desde de manhã. Num sei por que a senhora tá me olhando assim. Olha, obrigada, do mesmo jeito. Vai com Deus, ouviu?

Espero que o sinhô num acredite, moço, nessas coisa que esse tal de dotô Bartolomeu anda espalhando de mim. É ele que tinha que tá trancafiado lá em Bellevue, e toda aquela gente de lá tinha mais é que tá solta, sabe? Mas ele num pôde me prendê lá porque eu sô mais esperta que ele. O Professô me dizia isso. Que eu nasci mais esperta do que os outro. Pode crê. Só tô aqui pedindo um dinheirinho pra comida antes que o sinal fique verde. Suja? Eu? Quem é suja aqui? E por que o sinhô tá levantando o vidro, peraí, e que cara é essa? O sinhô sabe com quem tá falando? É com Isabella Francina Mirtella Jones que o sinhô tá falando! E desde quando um sujeito como o sinhô só porque pensa que é bacana pode falar comigo desse jeito? Pra seu governo, eu sô filha de dona Catarina, que estudô pra sê professora, tá? E tá olhando pro outro lado por quê? É pra num mi vê? Pensa que num sei que ocês tudo fica mi oiando lá da ponte? Eu só finjo que num vejo, mas vejo tudo. Ocês quere fazê comigo o que fizero com a Icilda, mas comigo ocês num tem vez. É por isso que uso duas calça por debaixo da saia. Que não quero nada com ocês. Ei! Peraí! Já vai simbora sem mi dá nem um centavo pra um pão? Tô sem comê hoje, bacana. Então vai mermo, e vai logo, porque eu sei quem mandô ocê aqui. Foi aquele Bartolomeu, que eu sei. Manda ocês aqui pra me atazaná. Ocês são tudo da mesma laia! Some daqui mermo, vai!

Bom dia, moça. Vai mi dá um dinheirinho hoje? Tô sem comê desde de manhã, mãezinha. Eu num ia menti pra senhora na frente da menina. A minha menina era bem parecida com ela, sabe? Três quilo duzento e cinquenta quando nasceu. Linda como uma bonequinha! Foi essa gente ruim que fizero eles tirá ela de mim. Obrigada, mãezinha. Deus abençoe a senhora e essa garotinha linda. Quem tirô ela de mim? Bem, eu vou falá baixinho, que nem o vento pode escutá. O nome dela é Elfraida Campbell. Essa merma. Foi aquela que andô dizendo que eu tava querendo o Jimmy Watson dela, sabe? A senhora num sabe quem é ela? Foi ela e a mãe dela que fizero isso comigo, queimaram vela pra eu quebrar o pé. Eu nunca andei atrás dele. Nunca! Debaixo da minha saia tem mais duas saia. Eu tava estudando e ia sê professora. Minha mãe é dona Catarina, sabe? O sinal abriu? Então vai. Vai com Deus, filha!

Mocinha, tô vendo ocês namorá aí. Mas num deixa esse rapaz que tá dirigindo fazê nada com ocê até ocês casá, ouviu bem? Porque sinão ele te deixa na miséria. Na miséria, viu? Disso eu sei. Deixa ocê comendo o pão que o diabo amassô. Ocês tão rindo, né? É bom cuidá pra num ri hoje e chorá amanhã. Qué sabê? O moço até que se parece com Jimmy Watson.

Ele era bonito igual a ocê. Obrigada, moço. Deus dê em dobro pra ocê também. Quem é Jimmy Watson? Ocê num conhece ele, né? Foi aquele professô que ficô no lugá do outro e que as menina se apaixonaro por ele. Bem, eu não, porque eu tava ali era pra estudá. Eu ia sê professora, sabe? Ei! Peraí! Ocê me pergunta e depois fecha o vidro e vai simbora? Que crianças mais sem educação, ocês!

Como eu ia dizendo pro moço, eu tava ocupada com meus estudo e foi por isso que a Elfraida Campbell conseguiu fisgá Jimmy Watson pra ela. Se num fosse por isso, Jimmy Watson ia lá se interessá por uma garota que mal sabia assiná o nome dela, mermo que ela andasse se rebolando toda pra ele? Por isso eu só queria sabê dos meus estudo. Oh, Deus abençoe o sinhô, moço. Eu era capaz de beijá sua mão. Deus dê em dobro pro sinhô. Desde de manhã que num sei o que é comê. Mas a Elfraida era uma moça muito má, ela e a mãezinha dela. Se o sinhô dé com ela por aí, chame a poliça, tá? Ela tem muitas conta pra prestá na poliça. E tudo coisa séria, seu moço. Se ela e a mãezinha dela num tivesse feito trabalho de macumba pra mim, o dotô Bartolomeu num tava mi procurando por todo lado agora. Mas ele nunca, nunca vai me achá. Por quê? Tá vendo aquela caixa grande ali no lado da estrada? É lá que eu me escondo. Quando entro naquela caixa, ninguém deste mundo não me encontra. Eles pode mandá um milhão de soldado, o Exército da Salvação todinho. Eles pode até ficá olhando a vida toda pra dentro da caixa, que num vão me achá. Pode vi com lanterna, tocha, raio X, bomba atômica, que num vão me achá. Já vai? Tudo bem, seu moço. Deus abençoe o sinhô.

Vejam só quem tá aí, a moça do carro branco, tão querida, que sempre tem uns trocados pra mim! Deus abençoe sempre a senhora. Mas a senhora também se cuide, viu? Satanás tá sempre botando as armadilha dele pros inocente. Veja meu caso. Num fui eu que fui atrás do Jimmy Watson. Deus é testemunha. Ele e a Elfraida Campbell andava fazendo o que o diabo gosta. Era uma vergonha. Tava na boca de todo mundo. E olha que ele era um hômi formado e tudo. Cumé que ficava a reputação dele com aquilo? Por isso da primeira vez que ele veio de conversa, eu num quis nada cum ele. Eu num queria que o povo falasse de mim. E também porque eu queria terminá os estudo. Mas foi como eu pensava: Jimmy Watson queria uma muié que num fizesse ele passá vergonha. Uma muié educada de berço. Foi isso que ele me disse. Eu resisti quanto pude. Deus é testemunha. Mas Jimmy Watson era tão bonito, dizia umas coisa tão bonita também, que num deu pra resisti toda a vida. Aí eu já nem pensava mais no certificado da escola, no estudo, em sê professora um dia... pois é, a senhora já vai, né? Vai com Deus, moça. Vai com Deus!

Moço, tá vendo aquele sujeito da poliça ali? Tá ali desde de manhã, só pra me infernizá a vida. Eu inda tava dormindo e ele já tava batendo no meu quarto com aquele pedaço de pau que ele tá segurando. O moço tá vendo, né? Foi o satanás que mandou ele pra me infernizá. O sinhô conhece o satanás? Olha, me dá um dinheirinho, tá? Eu não como desde que acordei. Tô com fome, o sinhô me entende? Satanás e Bartolomeu são a mesma pessoa. O sinhô num sabia? Mas o sinhô parece um hômi tão inteligente! Parece até que estuda na universidade. Não tô certa? Bem, obrigada, moço. Que o bom Deus abençoe o sinhô. E se o sinhô encontrá o Bartolomeu na universidade, diga a ele que é tudo mentira. Essa história do bebê que ele anda espalhando é tudo mentira. Diz que é tudo coisa da minha cabeça. O sinhô nunca ouviu história mais maluca? Pois é o Bartolomeu que eles tem que trancafiá. Tirou meu bebê lindo de quatro quilo de mim. Isso tudo é culpa da Elfraida Campbell, que andou fazendo despacho contra mim. Ciúmes! Foi por isso que ela endoidou. Por isso mermo. Já vai? Dirija com cuidado, viu? E conta pra todo mundo o que o Bartolomeu tá fazendo comigo.

Desdo dia que eu nasci até hoje, nunca vi um hômi que mentisse tanto quanto o Jimmy Watson. Só o Bartolomeu mente como ele, ocês sabiam? Obrigada, moço. E pra senhora também. Nada entrou na minha boca ainda no dia de hoje. Obrigada de verdade. Deus abençoe o sinhô e a senhora. Sabe o que o Jimmy Watson foi dizê pra minha mãe? Que nunca tocô a mão em mim! Que nunca teve nada comigo. Imagine só! Então quem era que se deitava comigo toda noite? Quem que enfiava a espada em mim? São Jorge? Pois ele chorô lágrimas de verdade quando minha mãe perguntô se ele fazia aquelas coisa comigo. O bebê já tava chutando na minha barriga, e o mentiroso do Jimmy Watson a jurá pra minha mãe que nunca tocô a mão em mim. Cumé que um hômi pode menti assim? Agora ocês me diga: cumé que o bebê foi pará na minha barriga? Cumé que se faz um bebê sem pai? Quatro quilo e setecenta quando nasceu. Dizê o quê, moço? Se eu tenho filho, cumé que moro na rua? Agora me responda o sinhô: Eu por um acaso tô perguntando da sua vida? Diga! Eu tô? O sinhô acha que num tenho onde caí morta? E por acaso o sinhô já me viu sem papel e lápis na mão? Já me viu sem sapato e meia e sem duas saia por debaixo do vestido? Acha que eu uso aqueles vestido curto sem forro como a Elfraida Campbell, pros hômi vê minha bunda? Agora responda. Acha?

Qué que foi, bonitão? Nunca viu ninguém jogá uma pedra num carro? Qué que eu jogue na sua cabeça? Poliça, é? Qué chamá, chama logo. Tem um bem ali, tá vendo? Chama o Bartolomeu também. Anda. Tá esperando o quê? Quero que eles venha me prendê aqui na estrada, junto desse sinal de trânsito. Quero que eles me leve pra delegacia. Quero que me leve pro juiz. Quero pedi justiça pra ele e quero resposta pras minha pergunta também. He-he. Até rio. Que eles num vão fazê nada comigo, sabia? Por quê? Vô falá baixo pro vento não escutá: porque eles têm medo. Eles têm medo de ouvi as pergunta que eu tenho pra fazê pra eles. Eles tudo têm medo. Até o juiz tem medo. Até o Senhor Deus tem medo. Porque ninguém tem corage pra respondê minhas pergunta. Vai, moleque, vai com Deus, vai!

Bom dia, mocinha. Qué ouvi minhas pergunta? Tá bom, se quisé me dá um dinheiro, eu aceito. Ainda num comi hoje. Obrigada. Mas agora ocê pode ouvi minhas pergunta? Por favor. Por que é que tá fechando o vidro? Isso é falta de educação, sabia? Bem, se ocê num qué ouvi, vai tê que ouvi do mermo jeito, porque eu, Isabella Francelina Myrtella Jones, vou gritá minhas pergunta. Isso mermo, pode se afundá no banco, que vai ouvi melhó. Eu vou gritá minhas pergunta bem aqui no sinal de trânsito da estrada Lady Musgrave. E vô gritá bem alto, que é pra o mundo todo escutá. Pergunta número 1: Quem foi que levô de mim a minha menina? Número 2: Por que Jimmy Watson mentiu pra minha mãe e disse que nunca tocô a mão em mim? Número 3: Por que deixaro aquela tal de Elfraida Campbell e a mãe dela fazê macumba pra separá Jimmy Watson de mim? Número 4: Por que minha mãe, dona Catarina, nunca mais acreditô em nada que eu digo? Por que num quis sabê mais de mim? Foi por causa de macumba que ela me entregou pro Bartolomeu? Número 5: Por que esse Bartolomeu, que é mais maluco que os maluco de Bellevue, anda solto por aí como um passarinho? Quem deu a ele o direito de prendê os seres humano em Bellevue e deixá eles acordado de noite pra fazê pergunta idiota? Número 6: Que é que o governo vai fazê de tudo isso? Número 7: Se tem um Deus lá em cima, que foi que eu fiz pra ele botá todo mundo contra mim?

Nunca esqueça

Rabindranath Maharaj

Quando dirijo por sobre o rio St. John tenho medo de olhar para baixo. Agarro o volante com as duas mãos até chegar ao declive e aos semáforos. Aí, afrouxo os dedos e respiro fundo. Há um nome para esse medo de pontes. Deparei-me com ele numa revista, mas não li nada mais porque não queria me informar sobre outros medos que eu já não tenha. Não acho que minha ansiedade em relação ao rio St. John é antinatural. Em Caura, um rio grande costuma ter uns doze metros de largura. O povo nativo crema seus parentes mortos nas margens. Às vezes outros corpos são encontrados, obras dos barões das drogas que nunca são acusados. Quando esses corpos emergem num arrozal inundado, os fazendeiros cansados reparam na garganta cortada ou no pênis desaparecido. Aí chamam a polícia.

A primeira vez que dirigi por sobre o rio St. John e senti o vento forte fustigando o carro, quase tive certeza de que seria varrido para o precipício. Um dos lados não tem mureta de proteção. É ali que sinto que, um dia, decerto cairei. Talvez no inverno. Quando estou seguro tendo ultrapassado a ponte, olho pelo retrovisor lateral e observo os imensos blocos de gelo na água, cada bloco do tamanho de um carro. Lembro-me do *Reader's Digest*, que lia em Caura. Toda edição trazia uma matéria sobre alguém preso em águas geladas. Antes de vir a Fredericton, sempre achei que, no Canadá, cair de pontes e ficar encalhado em massas flutuantes de gelo fossem ocorrências comuns. Estranhamente, nunca vi nenhum relato disso no *Daily Gleaner*. Talvez seja suprimido. É muito provável que o *Daily Gleaner* seja o jornal mais tedioso do mundo. Não parece algo excessivo para eles. Um jornal que se recusa a responder a mais de vinte pedidos de emprego é, a meu ver, muito suspeito. Eu teria escrito sobre adolescentes perdidos atormentados por um urso ensandecido. Campistas gradualmente levados ao canibalismo durante uma severa tempestade de inverno. Um veículo precariamente empoleirado num bloco de gelo movediço. Eu teria trazido o *Reader's Digest* a Fredericton. Não que eu esteja reclamando; meu emprego como supervisor da Serraria Miramichi é bom, mas às vezes penso que não é criativo o bastante.

Tenho familiaridade com serrarias desde menino. Meu avô foi dono de uma por quase vinte anos, até ficar velho e louco e passar a ficar sentado na galeria falando sobre como em sua juventude ele era capaz de levantar um tronco inteiro só com a força das mãos, ou sobre como uma pilha de troncos, subitamente desacomodada, calhou de esmagar algum trabalhador preguiçoso e sonolento. Meu pai acabou vendendo a serraria, mas eu acreditava na maior parte das coisas que meu avô dizia. Madeira era sua paixão. Foi por isso que, sob os protestos de meus pais, se me lembro bem, ele deixou a cidade de Belmont e se estabeleceu na área florestada de Naparima. Eu tinha uns oito anos na época. Sempre havia poeira no ar, e era preciso gritar para ser ouvido. Mas à noite, depois da aula, eu deslizava para dentro dos tanques usados para esfriar o motor que alimentava a serraria. A água era sempre quente e viscosa. Minha mãe não gostava da ideia e sempre que a ouvia gritar meu nome eu mergulhava na água e ficava espiando pela borda do tanque até que ela partisse. Quando a serraria foi vendida e o tanque desconectado, passei a me esconder ali para fumar. Meus primeiros cigarros.

Eu devia minha popularidade no vilarejo à serraria. Naparima, naqueles tempos, era uma comunidade fechada com uma maioria de camponeses nativos que trabalhavam nos campos de cana ou criavam suas lavouras nas clareiras da floresta. Quando apareci, eu era o pálido forasteiro do povoado, mas à medida que o monte de serragem, aplanado pela chuva, foi se estendendo e crescendo, tornou-se o parque de diversões da aldeia, e eu me tornei um dos aldeões. Serragem é como neve sem a frieza ou a ulceração. Toda noite nós jogávamos críquete ou futebol ou organizávamos competições de salto. No começo as crianças nativas se maravilhavam e se impressionavam com meu conhecimento. Só pela textura ou pelo cheiro eu era capaz de dizer se um montinho de serragem era de cedro, mogno ou de um tronco de balata. Esse mesmo conhecimento, devo admitir, me ajudou a garantir meu emprego na Serraria Miramichi. Perguntaram sobre minha experiência. Acho que menti um pouco. Mas eu sabia o suficiente. As coisas aqui são diferentes, no entanto. Tudo se faz mecanicamente, do corte das árvores à entrega final, tudo feito com máquinas. Falta alguma coisa. Acho que deve ser o toque comum. Árvores não caem de súbito e perigosamente. Vagões de carga nunca passam sobre os dedos descalços de um trabalhador. Tratores sobrecarregados nunca deixam os troncos caírem sobre um veículo que passa. E depois, não há relatos sobre esses infortúnios, e abundantes, ébrias risadas.

Não sou próximo dos trabalhadores daqui. Quando tinha acabado de começar a trabalhar, fizeram todo tipo de perguntas idiotas. Principalmente sobre Caura, mas também sobre mim. Acho que menti um pouco sobre minha vida, também, mas a estupidez das perguntas me forçou a essa direção. Existem carros em Caura? As pessoas moram em casas de árvore? Os nativos praticam terríveis rituais secretos? A Caura que eu construí se tornou um lugar cheio de aventura e mistério. Furacões terríveis varrendo toda a ilha. Grutas transbordando de tesouros escondidos. Cobras de seis metros de comprimento e crocodilos ferozes comedores de gente. Vodu, magia negra e curandeiros exaltados. Todos ficaram satisfeitos e acho que me tornei um tipo de herói. Mas em outras respostas fui mais sincero. Os trabalhadores se surpreenderam com o fato de que alguém como eu, com nome escocês, viesse de uma pequena ilha milhares de quilômetros ao sul. Vali-me das histórias de meu avô e expliquei da melhor maneira que pude. Contei dos Highlanders da Escócia que foram capturados por Cromwell e deportados para Barbados. Expliquei que esses *Redlegs*, como eles ficaram conhecidos, eram um povo à parte, que nem se misturava com os negros nem com os brancos ricos. E eram desprezados por ambos. Em seguida passei à história de minha própria família. Deixando Barbados quase cem anos atrás. Meu bisavô conseguindo um emprego de açougueiro, e a pobreza e o desdém que mal conseguia aturar. Chegando em Caura e começando do zero. Aí meu avô, também, tornando-se inquieto, entediado com seu trabalho de secretário em Belmont, economizando o bastante para comprar a propriedade em Naparima. Renomeando-a como Fazenda Highlands. Algumas partes deixei de fora. Não contei sobre as relações entre mim e os meninos do povoado porque senti que eles não entenderiam. Também não contei sobre meu avô, quando a loucura o tomou, cantando velhas canções escocesas e falando em voltar para a Escócia. Ou minha mãe, passando na testa dele um algodão embebido em álcool e acalmando-o com músicas tristes. Não falei muito de meu pai, que me deu o nome de Angus. Angus também é o nome de um tipo de touro de cabeça grande. Meu pai era bem maldoso quando queria. Com certeza eu não podia contar que ele foi a razão por que decidi ir embora de Caura. Ainda me lembro de sua advertência favorita — "Nunca esqueça" —, usada tantas vezes em tantas situações diferentes. Ele se ensimesmava com o lema do clã e queria que sua família fizesse o mesmo. Fui embora antes que também ele ficasse louco.

Agora tento não pensar nessas coisas e só me enrijecer naquele instante em que dirijo por sobre o rio St. John. Quando havia acabado de chegar a Fredericton, cerca de seis anos atrás, peguei o ônibus. Não era tão ruim na época, e eu olhava a água e tentava calcular a profundidade. Isso foi um erro porque, embora quando esteja dirigindo eu desvie o olhar, a imagem está sempre fixa em minha mente. Uma vez conheci uma garota na estação de ônibus de King's Place. Ela estava no assento ao lado, de pernas cruzadas e mãos apoiadas sobre os joelhos. Olhava para fora pela janela e murmurava alguma música. Algumas adolescentes estavam paradas na estação, fumando. Eu estava chocado; pareciam ter treze ou catorze anos.

— Crianças pequenas assim fumando — disse.

Devo ter pronunciado alto as palavras, porque sem se virar da janela ela respondeu:

— Estão terminando o ensino fundamental.

— Crianças de escola fumando em público. De onde eu venho elas seriam expulsas na hora. — Ela olhou para mim. Lembro-me dos lábios ligeiramente franzidos e dos olhos apertando-se enquanto ela tentava entender minha indignação.

Voltei a encontrá-la no dia seguinte. Ela me perguntou sobre Caura. Sua voz era tão suave e sincera que eu me senti impelido a responder todas as suas perguntas. Ela era diferente. Nada a ver com os suados e desbocados grosseirões com quem eu conversaria na Serraria Miramichi. Contei-lhe coisas que eu nem tinha consciência de que sabia. E pela primeira vez Caura se solidificou e se tornou uma realidade distinta. Contei-lhe de uma ilha que de repente enriquecera com o aumento do preço do petróleo. E o povo, pobre havia tanto tempo, despreparado, sem saber o que fazer com toda aquela riqueza. Longas festas com muito champanhe. Casebres banhados em ouro. Visitantes externos topando com milhões de dólares. Mansões inúteis custando uma fortuna. Um influxo de estrangeiros que também chapinhavam na montanha de ouro. E de como, quando a fonte de riqueza secou, a população, que ainda mantinha seu gosto pela decadência, facilmente se entregou à corrupção. E então o surgimento dos barões das drogas. Relatei tudo isso com paixão extenuante, e ela com seus olhos calmos separou os lábios lentamente e pronunciou um ruído de pássaro ferido. Por uma semana, nos encontramos todo dia no ônibus. A única vez em que falou de si própria foi quando explicou que estava hospedada na casa dos avós, que iriam para Toronto no fim de semana. Sua mão, de repente pousada sobre a minha, tremia levemente. No dia seguinte vi um anúncio no *Daily Gleaner*, e à noite comprei o velho Dodge Aries que ainda tenho. Alguns dias depois, enquanto dirigia pela rua Westmoreland, vi a garota no ônibus, olhando para fora, e me dei conta do quanto era bonita.

Casei com Monique. Monique de Moncton. Parece o título de um filme pornográfico, embora essa seja uma comparação muito inapropriada. Casamos porque ficamos entediados um com o outro. Mas também porque precisávamos um do outro. Minha licença de trabalho quase vencera e na ocasião eu não tinha energia para voltar a Caura. E Monique, quatro anos mais velha, estava apavorada com a perda de sua juventude.

Quando casamos, eu tinha 28. De início ela prestava toda a atenção em mim, e eu, grato a ela, respondia apropriadamente. O tédio se dissipou quando Monique se apegou a mim com o mesmo desespero com que se apegava a sua juventude desvanecente. Foi ela que me contou da vaga na Serraria Miramichi, e às vezes ela aparecia por lá de forma inesperada e conversava com os demais trabalhadores. Eles faziam piadas depois que ela ia embora. Uma vez, Harry, velho e peludo, alterou os versos de uma canção infantil que eu não ouvia fazia anos. "Era uma vez um menino mau, e um menino mau era ele. Fugiu da Escócia para encontrar uma moça e casar." Quando Harry teve um colapso, um dia no trabalho, a canção infantil veio à minha mente. Pobre Harry, morreu poucos dias mais tarde. Não fui a seu funeral.

Meu casamento, também, começou a agonizar. Monique passou a voltar tarde do trabalho, na loja de roupas do shopping Brookside. Sempre que isso acontecia, ela entrava incerta na cozinha e eu sentia um débil odor a álcool. Sua pele é muito pálida, e uma vez, quando estava no banheiro, vi uma marca na lateral de seu pescoço e sutis arranhões em suas costas. Quando comecei a trabalhar no turno da noite, só nos encontrávamos aos domingos. Logo ela começou a se preocupar com seu peso e a falar sobre lipoaspiração. Disse que seus quadris e sua bunda eram grandes demais e a deixavam insegura. Eu lhe disse que em vez disso ela devia se exercitar mais, algo mais seguro que lipoaspiração. Ela ficou brava e disse que eu não entenderia porque nunca teria um problema com meu peso. No domingo seguinte foi a mesma história de lipoaspiração. Comecei a frequentar a igreja presbiteriana todo domingo. Meu pai teria ficado confuso; ele me ameaçara tantas vezes em Caura porque eu não ia à missa. A religião em Fredericton parece ser muito limpa e pura. Na igreja, todos parecem castos e submissos. Exceto Freda. Ela tem panturrilhas muito grossas. Eu me concentrava naquelas panturrilhas durante todas as missas e tratava de visualizar o rumo que a grossura tomava. Ela logo ficou ciente de meu foco, já que comecei a me sentar ao lado dela. Às vezes me flagrava de olhos fixos e eu via seus lábios se apertarem tentando conter um sorriso.

Um dia, depois da missa, eu a vi esperando ao lado do terreno da igreja. Andei até ela, sem saber o que dizer. Ela soltou seu sorriso de lábios prensados, em seguida me perguntando se eu era americano. Respondi que não, surpreso. Ela esclareceu: eu era magro, escuro e tinha um olhar furtivo. Lembrando minhas observações durante a missa, senti uma ligeira culpa. Contei que era das Antilhas e que meu povo era sempre descrito como magro e rude. Depois expliquei, mais uma vez oferecendo as histórias de meu avô. É estranho, mas é verdade: em Naparima, minha ancestralidade acabou se tornando irrelevante, mas aqui em Fredericton, onde há tantos descendentes de escoceses, em numerosas ocasiões me senti obrigado a explicar minhas raízes. Raízes. Certa vez eu considerara a palavra, nesse contexto, tanto cômica quanto triste. Mas funcionou com Freda. Mais tarde descobri que ela se sentia atraída por tais incongruências. Era estudante da

Universidade St. Thomas e sua presença na igreja se devia apenas a uma promessa que havia feito aos pais, que viviam em algum lugar de Oromocto. Mas ela fizera outras promessas, e sua vida era uma estranha mistura de devoção religiosa e o que ela referia como "pecado ritualizado". Eu estava contente em tomar parte de ambos.

Por essa época recebi de minha mãe uma carta afirmando que meu pai estava pensando em voltar à comunidade de seus pais em Barbados. Voltar foi a palavra que ela utilizou, embora meu pai tivesse nascido em Caura. A carta me afetou mais do que eu teria imaginado. Aos poucos, Caura começou a aparecer diariamente em meus pensamentos, conduzindo a uma premente preocupação. O que espero realizar aqui? Não tenho resposta, mas é difícil desalojar essas incertezas. Cada pergunta traz não uma resposta, mas outra pergunta. Pertenço mesmo a este lugar?

Monique ainda fala de sua lipoaspiração, mas não mais para mim. Está sempre no telefone falando em francês. Às vezes, em nossos breves diálogos, ela intercala em suas palavras alguns termos franceses e eu respondo com o dialeto caurano. Acho que chegamos a um entendimento: a frustração que brota da indiferença também pode ser expressa por pratos batidos e quartos trancados.

Freda parou de ir à igreja. Disse que não podia suportar a hipocrisia. Aceitei a culpa, mas descartei o convite. Ainda vou todo domingo. Uma vez o padre, durante o sermão, falou do bom-senso do escocês presbiteriano. Não me lembro do contexto em que utilizou as palavras, mas elas me arrebataram com força porque eu sempre ouvia meu pai usar exatamente esses termos. Agora, meu pai quer voltar a Barbados. Quando isso aconteceu? É o que eu me pergunto. Será que ele, por todo esse tempo em Naparima, ansiava pela terra de seus pais? Será o mesmo tipo de loucura que fazia meu avô sonhar em voltar para a Escócia? Talvez a insanidade seja hereditária.

Esta manhã, dirigindo por sobre o rio St. John, olhei para baixo e vi meus medos desbotando-se na água. Percebi alguma coisa, então. Vivemos onde estão os nossos sonhos. Encontrei um estranho acordo no dilema que afligiu minha família. Suponho que eu tenha sido bem-sucedido em minimizar tanto o medo quanto a incerteza. *É possível* existir num lugar e viver em outro. Agora sinto como se eu nunca tivesse deixado Caura. Quero escrever a meu pai e dizer que jornadas mentais removem os fardos da explicação e de esperanças empacotadas em sacos que derramam seu desespero a milhares de quilômetros de distância. Quero lhe contar que toda partida o força a estar mais perto de seu ponto de origem. Não posso ser um exilado em Fredericton porque de tantas maneiras nunca fui embora de Caura. Contudo, por isso, não posso retornar.

Notas Biográficas

Língua Espanhola

ARGENTINA:

Eduardo Berti (1964-):
Nasceu em Buenos Aires. Desde 1998, vive em Paris. Publicou, entre outros livros, as novelas *Todos los Funes*, *Agua* e *La mujer de Wakefield* e os livros de contos *Os pássaros* e *A vida impossível*. Suas obras foram traduzidas ao francês, inglês, japonês, coreano e português (Portugal). *A mulher de Wakefield* foi considerada pelo *Time Literary Supplement* da Inglaterra um dos melhores livros do ano 2000 e incluída entre os indicados ao prestigioso Prix Fémina, outorgado na França à melhor novela estrangeira. Berti foi colaborador de importantes veículos impressos, tanto argentinos (*El Porteño*, *Página 12*, *Clarín* ou *La Nación*) quanto de outros países (*El País, Magazine Littéraire, Lettre Internationale*).

Juan José Saer (1937-2005):
Nasceu em Serodino (província de Santa Fé). Em 1968 radicou-se em Paris, onde morreu. Traduzida em mais de dez línguas, sua vasta obra narrativa é composta por doze novelas, cinco livros de contos, vários de ensaios e um de poesia, constituindo uma das máximas expressões da literatura contemporânea em espanhol. Entre os livros mais destacados, temos os romances *O enteado*, *A ocasião* (que recebeu o prêmio Nadal) e o livro

de contos *Lugar*, que mereceu o prêmio France Culture de melhor livro de autor estrangeiro.

BOLÍVIA:

Edmundo Paz Soldán (1967-):

Nasceu em Cochabamba (Bolívia). É autor de oito novelas, entre as quais *Río fugitivo*, *La matéria del deseo*, *El delirio de Turing* e *Palácio quemado*, e de três livros de contos *Las máscaras de un nada*, *Desapariciones* e *Amores imperfectos*. Suas obras foram traduzidas para oito idiomas. Recebeu um dos prêmios de conto Juan Rulfo, o Nacional de Novela na Bolívia e a bolsa da fundação Guggenheim. Em 1996, participou da antologia *McOndo*, que registra a emergência de uma nova corrente literária latino-americana reagindo contra o realismo mágico.

CHILE:

Luis Sepúlveda (1949-):

Nasceu em Ovalle no Chile. Escritor de renome internacional, foi um oponente da ditadura de Augusto Pinochet. Perseguido, foi condenado ao exílio. Assim, depois de um périplo pela América Latina, mudou-se em 1980 para Hamburgo, na Alemanha. Agora reside em Gijón, na Espanha. Entre suas obras se destacam *Um velho que lia romances de amor*, *Patagonia Express*, *História de uma gaivota*, *Historias marginales*, *Moleskine, apuntes y reflexiones* e *La lámpara de Aladino* (2008). Traduzida em mais de 30 línguas, a sua obra recebeu inúmeros prêmios e vendeu milhões de exemplares.

COLÔMBIA:

Jorge Franco (1962-):

Nasceu em Medellín. Premiada e elogiada por Gabriel García Márquez, sua obra é composta por um livro de contos e várias novelas como *Mala noche*, *Rosario Tijeras* e *Paraiso Travel* (ambas adaptadas para o cinema, além de *Melodrama*, que será publicada em breve no Brasil, Portugal, Israel, França, Itália, Turquia e Grécia.

COSTA RICA:

Rodrigo Soto (1962-):

Nasceu em São José (Costa Rica). Em 1983 publicou seu primeiro livro de contos, *Mitomanías*, que recebeu o Prêmio Nacional de conto da Costa Rica. Posteriormente publicou várias novelas, coletâneas de contos e poemários, no total de quatorze livros, que foram elogiados pela crítica do seu país. Colabora regularmente na imprensa de seu país. Alguns de seus contos foram traduzidos e incluídos em antologias internacionais. Foi bolsista da Agência Espanhola de Cooperação Internacional e da Maison des Écrivains Étrangers et des Traducteurs de Saint-Nazaire, França.

CUBA:

José Manuel Prieto (1962-):

Nasceu em Havana. É autor, entre outras, das novelas *Livadia* e *Enciclopedia de una vida en Rusia* e do volume de contos *Nunca antes había visto el rojo*. Em meados da década de 1980 se formou em engenharia na Rússia, onde permaneceu por doze anos. É autor de numerosas traduções do russo, entre as quais se destacam obras de Vladimir Maiakovski e de Aleksander Soljenitsin. Sua novela *Livadia* foi traduzida em mais de dez idiomas e foi aclamada pelo *New York Times*, *The Times Literary Supplement* e *Le Monde*, entre outros.

EL SALVADOR:

Horacio Castellanos Moya (1957-):

Criado em El Salvador, viveu desde 1979 em várias cidades da América e Europa, em especial na Cidade do México, onde exerceu o jornalismo durante doze anos. De 2004 a 2006 residiu em Frankfurt, Alemanha, como escritor convidado pela Feira Internacional do Livro dessa cidade.

Na atualidade ministra aulas em Pittsburgh, Pensilvânia, tendo sido também professor convidado em Tóquio. É autor de oito novelas e sete livros de contos (entre eles *La diáspora, El arma en el hombre, El Asco, Con la congoja de la pasada tormenta*) traduzidos para vários idiomas e com destacado sucesso de crítica internacional.

EQUADOR:

Abdón Ubidia (1944-):
Nasceu em Quito. É um dos escritores mais proeminentes da literatura equatoriana atual. É autor, entre outros, dos livros de contos *Bajo el mismo extraño cielo* e *Divertinventos* e as novelas *Sueño de lobos, Ciudad de invierno* e *La madriguera*, todos premiados. Realizou pesquisas de campo como compilador de lendas e tradições orais. Seus contos foram traduzidos em inglês, francês, alemão, russo e italiano.

GUATEMALA:

Ronald Flores (1973-):
Nasceu na Guatemala. Foi bolsista Fulbright. Publicou as novelas *Último siléncio* (traduzida para o inglês), *The señores of Xiblablá, Stripthesis, Conjeturas del engaño, Un paseo en primavera, El informante nativo, La rebelión de los zendales*; os ensaios *Maiz y palabra, El vuelo cautivo, La sonrisa irónica, Signos de fuego*; os livros de contos *El cuarto caballero* e *Errar la noche*.

MÉXICO:

David Toscana (1961-):
Nasceu em Monterrey. Elogiada pela crítica internacional, sua obra é composta, entre outros, dos romances *O último leitor, Santa Maria do circo* e *O exército iluminado* (finalista do Prêmio Cunhambebe de literatura estrangeira no Brasil). Em 1994 fez parte do International Writers Program, na Universidade de Iowa, e do Berliner Künstlerprogramm.

NICARÁGUA:

Sergio Ramírez (1942-):
Nasceu em Masatepe, Nicarágua. Participou da luta para derrotar a ditadura da Somoza e fez parte do governo revolucionário, do qual chegou a ser vice-presidente em 1985. Sua obra literária é composta por mais de trinta livros (novelas, contos e ensaios) e mereceu vários prêmios prestigiosos, nacionais e internacionais (como os prêmios Alfaguara, Dashiel Hammett e José María Arguedas). Entre os seus livros mais destacados: *Castigo divino, Un baile de máscaras, Margarita, está linda la mar, Catalina y Catalina; Mentiras verdaderas, La vieja arte de mentir, El reino animal.*

PANAMÁ:

Enrique Jaramillo Levi (1944-):
Nasceu em Colón (Panamá). Autor de mais de cinquenta livros em todos os gêneros, é o escritor panamenho mais solicitado, resenhado e estudado nacional e internacionalmente. Figura como contista em numerosas antologias hispano-americanas e panamenhas. Seus contos foram traduzidos e publicados na Alemanha, Áustria, Polônia, Hungria, Espanha, Estados Unidos, Brasil e França. Ele é considerado um dos mais importantes contistas vivos da América Central.

PARAGUAI:

Delfina Acosta (1956-):
Nasceu em Assunção. Poeta e prosadora destacada no seu país, sua obra figura em antologias estrangeiras e mereceu vários prêmios nacionais (como o prêmio Federico García Lorca). Seu recente *Querido mío é* best seller em Assunção. Entre os seus livros destacam-se também o livro de contos *El viaje* e o livro de poesia *Pilares de Asunción e Romancero de mi pueblo.*

PERU:

Alonso Cueto (1954-):

Nasceu em Lima. Escreveu uma dúzia de livros de narrativa, entre contos e novelas. Entre suas obras mais destacadas estão *La batalla del pasado*, *El tigre Blanco*, *Amores de invierno*, *El vuelo de la ceniza*, *Demónio del mediodía* (1999) e *Grandes miradas*. Alonso Cueto foi galardoado com o Prêmio Herralde 2005 com a novela *A hora azul*. *O sussurro da mulher baleia* foi finalista do Prêmio Planeta-Casa América de Narrativa. Também recebeu o prêmio alemão Anna Seghers pelo conjunto de sua obra e a bolsa para escritores da Fundação Guggenheim em 2002. Seus textos estão traduzidos em vários idiomas.

PORTO RICO:

Luis López Nieves (1950-):

É autor de duas novelas e três livros de contos. Irrompeu de maneira espetacular em 1984 ao publicar seu romance histórico *Seva*, o maior sucesso literário de seu país. Sua novela *El corazón de Voltaire* foi aclamada pela crítica literária internacional como uma das obras mais originais do século XXI, e mereceu o Prêmio Nacional de Literatura de seu país. López Nieves ganhou novamente esse prêmio com seu livro de contos *La verdadera muerte de Juan Ponce de León*. Seus contos figuram em antologias internacionais.

REPÚBLICA DOMINICANA:

José Acosta (1964-):

Nasceu em Santiago de los Caballeros. Jornalista e agitador cultural, é autor de vários livros de poemas e de contos, que mereceram prêmios nacionais e internacionais tal como o Prêmio Internacional de Poesia Nicolás Guillén, de México, para *El Evangelio según La Muerte* ou o Prêmio Nacional Universidade Central del Este para o livro de contos *El efecto dominó*. Em 1999, o governo dominicano reuniu sua obra poética na coletânea *Fin de Siglo*.

URUGUAI:

Mario Benedetti (1920-2009):
Nasceu em Pasos de los Toros (Uruguai) e morreu em Montevidéu. É um dos escritores mais importantes da moderna literatura sul-americana. Sua vasta produção literária abarca todos os gêneros, e soma mais de sessenta obras, entre as quais se destacam *A trégua* (que teve mais de cem edições e foi traduzida em dezenove idiomas), *A Borra do café, Primavera num espelho partido, Gracias por el fuego, El porvenir de mi passsado, Buzón del tempo.*

VENEZUELA:

Eloi Yagüe Jarque (1957-):
Foi criado em Caracas. Publicou oito livros de contos e duas novelas: *Cuando amas debes partir* (Prêmio Salvador Garmendia da Casa Nacional de las Letras Andrés Bello e Prêmio Cenal de Melhor Livro de Narrativa 2007) e *Las alfombras gastadas del Grande Hotel Venezuela* (Finalista do Prêmio Rómulo Gallegos 2001). Eloi Yagüe Jargue ganhou também o Prêmio Juan Rulfo com o conto "Los Desiertos del Ángel". Desde 2000 é professor do Departamento de Língua e Literatura na Escola de Comunicação Social da Universidade Central da Venezuela.

Ana Teresa Torres (1945-):
Nasceu em Caracas. Seu livro *Doña Inés contra el olvido* obteve em 1998 o Prêmio Pegasus de Literatura outorgado pela Corporação Mobil à melhor novela venezuelana escrita na última década, e foi traduzida em inglês. É também autora das novelas *Vagas desapariciones, Malena de cinco mundos, Los últimos espectadores del acorazado Potemkin* e *La favorita del Señor.* Escreveu vários livros ligados à psicanálise como *El amor como sintoma* e *Territorios eróticos.* Em 2001 recebeu o Prêmio Anna Seghers da Fundação Anna Seghers de Berlim pelo conjunto de sua obra.

Língua Portuguesa

BRASIL:

Norte:

Edyr Augusto (1954-):
Nasceu em Belém. Autor de teatro, poeta e romancista, é autor, entre outros, de *Navio dos cabeludos* (poesia), *Os éguas* (seu romance de estreia), *Moscow* e *Casa de caba*, que foi publicado na Inglaterra com o título *Hornets Nest*.

Nordeste:

Raimundo Carrero (1947-):
Nasceu na cidade de Salgueiro, no alto sertão de Pernambuco. Com uma obra extensa (incluindo, entre outros livros, *Sombra severa, Somos pedras que se consomem, As sombrias ruínas da alma*), conquistou vários prêmios: APCA, Prêmio Machado de Assis, da Biblioteca Nacional, Prêmio Jabuti. Foi também finalista do Prêmio Portugal Telecom com *O amor não tem bons sentimentos*. Tem uma oficina literária permanente no Recife com quatro turmas, e um programa na Rádio CBN, também no Recife, todas as tardes. Foi Presidente da Fundação do Patrimônio Histórico e Artístico de Pernambuco — Fundarpe — e secretário-adjunto de Cultura de 1995 a 1998. Lançou em 2009, o romance *A minha alma é irmã de Deus* (Ed. Record), prêmio Machado de Assis, da Biblioteca Nacional, prêmio São Paulo de Literatura 2010 e eleito por *O Globo* um dos melhores livros do ano.

Ronaldo Correia de Brito (1951-):
Nasceu em Saboeiro, no Ceará. É autor dos livros de contos *As Noites e os Dias, Faca, Livro dos Homens* e *Retratos imorais*, que mereceram os elogios da crítica. Foi escritor residente da Universidade da Califórnia, em Berkeley. Atuou também como dramaturgo (é autor de *Baile*

do *Menino Deus, Bandeira de São João* e *Arlequim*) e como curador da exposição *Samico, do desenho à gravura*, ganhador do Prêmio APCA de melhor exposição. O seu romance *Galileia* ganhou o Prêmio São Paulo de Literatura e foi traduzido para o francês e o espanhol.

Centro-Oeste:

André de Leones (1980-):

Nasceu em Goiânia. É autor do romance *Hoje está um dia morto* (ganhador do Prêmio Sesc de Literatura), do livro de contos *Paz na Terra entre os monstros*, ambos publicados pela Record, e do romance *Como desaparecer completamente*. Vive atualmente em São Paulo.

Sudeste:

Alberto Mussa (1961-):

Nasceu no Rio de Janeiro. Publicou os contos de *Elegbara* e os romances *O movimento pendular* e *O enigma de Qaf*, cuja edição francesa foi saudada pelo jornal *Le Monde* como uma revelação e mereceu elogios do *Magazine Littéraire* e *Livres Hebdo*, entre outros. Traduziu diretamente do árabe a coletânea de poesia pré-islâmica *Os poemas suspensos*. Seus livros foram agraciados por vários prêmios como o da Associação Paulista de Críticos de Arte (APCA), por duas vezes, além do Casa de Las Américas (por unanimidade do júri) e do Machado de Assis, da Biblioteca Nacional. Também publicou, pela Editora Record, a segunda edição de *O trono da rainha Jinga*. É autor também de *Meu destino é ser onça*, onde reconstitui uma grande narrativa mitológica da tribo tamoio, e o ensaio *Samba enredo – história e arte* em colaboração com Luiz Antonio Simas.

A sua obra foi publicada em Portugal e traduzida para espanhol, italiano, inglês, francês e turco.

Luiz Ruffato (1961-):

Nasceu em Cataguases (MG). Publicou, entre outros, os livros *Os sobreviventes*, que recebeu uma menção especial no Prêmio Casa de las Américas; *Eles eram muitos cavalos*, vencedor do Prêmio APCA de melhor romance de 2001 e Prêmio Machado de Assis de Narrativa, da Fundação Biblioteca Nacional; *Mamma, son tanto felice* (Inferno Provisório – Volume I) e *O mundo inimigo* (Inferno Provisório – Volume II), ambos vencedores do Prêmio APCA de melhor ficção de 2005; *Vista parcial da noite* (Inferno Provisório – Volume III) e *O livro das impossibilidades* (Inferno Provisório – Volume IV). Lançou em 2009, o romance *Estive em Lisboa e lembrei de você* no projeto *Amores expressos*.

A sua obra foi publicada em Portugal e traduzida para o francês, o espanhol e o italiano.

Marçal Aquino (1958-):

Nasceu em Amparo, no interior de São Paulo. É autor, entre outros livros, das novelas *O invasor* e *Cabeça a prêmio*, e do romance *Eu receberia as piores notícias dos seus lindos lábios*, além de volumes de contos como *Miss Danúbio*, *O amor e outros objetos pontiagudos*, *Faroestes* e *Famílias terrivelmente felizes*. Escreveu os roteiros dos filmes *Os matadores*, *Ação entre amigos*, *O invasor* e *O cheiro do ralo*. Sua obra foi publicada em Portugal e traduzida para o alemão.

Sul:

Amilcar Bettega (1964-):

Nasceu em São Gabriel (RS). Vive atualmente em Paris. Contista, ele é autor de *O voo da trapezista*, *Deixe o quarto como está* e *Os lados do círculo*, que mereceu o prêmio Portugal Telecom. Participou de várias antologias nacionais e internacionais (por exemplo, a organizada pela revista francesa *NRF* em 2005). Participou, como escritor residente, da Ledig House International Writers' Colony, a convite da Ledig-Rowohlt Foundation (EUA, 1999). Traduziu a coletânea *125 contos de Guy de Maupassant* (2009).

Miguel Sanches Neto (1965-):

Nasceu em Bela Vista do Paraíso, interior do Paraná. Doutor em Teoria Literária pela Unicamp (1998), é professor de Literatura Brasileira na Universidade Estadual de Ponta Grossa, colunista da *Gazeta do Povo* (Curitiba) e colaborador regular da revista *Carta Capital* (São Paulo). É autor, entre outros, dos ensaios: *Biblioteca Trevisan* e *Entre dois tempos*; de poesia: *Ins-*

crições *a giz* e *Abandono* e de ficção: o romance *Chove sobre minha infância,*
Um amor anarquista (ambos traduzidos para o espanhol) e a coletânea de
contos *Hóspede secreto* (Prêmio Nacional Cruz e Sousa de 2002), além de
Chá das cinco com o vampiro.

Língua Holandesa

CURAÇAO:

Frank Martinus Arion (1936-):

Nasceu em Curaçao. Arion é poeta e romancista. Em 1955 foi para a
Holanda estudar língua e literatura holandesa. Retornou à sua terra natal
em 1981 para ficar à frente do Curaçao Language Institute, que promove o
uso e o reconhecimento do papiamento, uma língua crioula local. Ele é o
escritor emblemático de Curaçao.

SURINAME:

Ellen Ombre (1948-):

Nascida em Paramaribo, Ombre mudou-se para Amsterdã, onde estudou Ciências Sociais. Seu trabalho em saúde deu-lhe a inspiração necessá-
ria para escrever seus livros. Com 44 anos ela fez seu *début* com o aclamado
livro *Maalstroom*, em 1992. Nessa coleção de contos ela reflete sobre seus
primeiros anos na Holanda. Escreveu também *Wie goed bedoelt*, em 1996,
um diário de viagem autobiográfico, no qual ela traça um quadro da rota
triangular de comércio de escravos entre Suriname, Holanda e Benim. Em
2004 Ellen Ombre lançou o romance *Valse verlangens Negerjood in Moe-*
derland. É membro do conselho do comitê internacional Prins Claus Fund.
Em 2005 ela retornou ao Suriname.

Língua Francesa

ANTILHAS FRANCESAS:

Ernest Pépin (1950-):

Nasceu em Lamentin (Guadelupe). Figura de destaque da identidade crioula, Ernest Pépin marca a literatura caribenha com sua maneira moderna de abordar essa identidade advinda de múltiplas culturas. Sua primeira reunião de poesias, *Au verso du silence*, foi publicada em 1984. Seis anos mais tarde ele é reconhecido, graças a *L'homme au bâton*, romance tragicômico publicado pela editora Gallimard em que Pépin trata com humor o folclore antilhano. Reitera seu sucesso com a coletânea de poemas *Boucan des mots libres* em 1991. A sua obra mereceu vários prêmios como o Prêmio Casa de las Américas (por duas vezes) e o Prêmio do Caribe, e foi traduzida em vários idiomas.

CANADÁ:

Sylvain Trudel (1963-):

Nasceu em Montreal. Seu primeiro romance, *Le Souffle de l'harmattan*, publicado em 1986, lhe deu o prêmio Molson da Academia de letras e o Prêmio Canada-Suisse, assim como foi finalista do Prêmio do Governador Geral — a maior distinção da literatura canadense. Escreveu em seguida dois romances, *Terre du roi christian*, finalista do prêmio Árcades, da universidade de Bolonha, em 1990, e *Zara ou la mer noire*. Em 1994 publicou uma antologia de contos, *Les prophètes*, que lhe rendeu o prêmio Edgar-Lespérance. O livro de contos *La mer de la tranquilité* recebeu, em 2007, o prêmio Governador Geral. É autor também de mais de quinze livros infantojuvenis.

GUIANA FRANCESA:

André Paradis (1939-):

Nascido na França, André Paradis instalou-se na Guiana Francesa nos anos 1960. Militante de organizações de extrema esquerda a favor da independência, no começo dos anos 1970 lançou dois ensaios: *Indépendance pour la Guyane* e *Tiers-Mort*. É autor de três romances e um livro de contos. Entre eles, *Des Hommes libres*, que foi laureado com o Prêmio Carbet do Caribe em 2006.

HAITI:

Dany Laferrière (1953-):

Nasceu em Porto Príncipe. Para fugir da ditadura, deixou o Haiti para viver em Montreal em 1976, onde conheceu o sucesso em 1985, com a publicação de seu primeiro romance, *Comment faire l'amour avec un nègre sans se fatiguer*, adaptado para o cinema e traduzido em vários países. A partir daí, lançou outros nove romances, que compõem o que o autor chama de "uma autobiografia americana". As críticas literárias espelharam o sucesso popular, e Laferrière foi agraciado, entre outros, com o prestigioso Prêmio Carbet (por duas vezes), e o prêmio RFO du Livre pelo romance *Cette grenade dans la main du jeune nègre est-elle une arme ou un fruit?*. Mais recentemente, o autor vem se dedicando ao cinema. Transformou seu romance *Le Goût des jeunes filles* em roteiro para o filme realizado em 2004 por John L'Écuyer. Seu primeiro filme como diretor, *Comment conquérir l'Amérique en une nuit*, foi premiado no Festival des Films du Monde em Montreal, em setembro de 2004. Seu último romance, *L'énigme du retour*, recebeu o prestigioso Prêmio Médicis, em 2009.

Língua Inglesa

BELIZE:

Zee Edgell (1940-):

Nascida em Belize City, Zee Edgell é considerada a principal escritora contemporânea de Belize. Trabalhou por 10 anos como jornalista em seu país, editando *The Reporter*. Também viveu por longos períodos em diversos lugares, como Jamaica, Nigéria, Afeganistão, Bangladesh e Somália, trabalhando com organizações desenvolvimentistas e o Peace Corps. Foi diretora do Women's Affairs do governo de Belize. Seu primeiro romance, *Beka Lamb*, lançado em 1982, obteve distinção por ter sido o primeiro romance de Belize a ganhar notoriedade além de suas fronteiras, recebendo o britânico Fawcett Society Book Prize, um prêmio concedido anualmente à obra de ficção que contribui para a compreensão da posição da mulher na sociedade atual. Ela escreveu ainda dois romances, *In Times Like These* e *The Festival of San Joaquin*, e contos.

CANADÁ:

Margaret Atwood (1939-):

Romancista, contista, poeta e crítica, Margaret Atwood é uma das maiores escritoras de ficção da atualidade. Estudou na University of Toronto, tornando-se professora de literatura inglesa. Atwood é autora de vários volumes de poesia e contos, mas é mais conhecida como romancista. O controverso *A mulher comestível* é um dos muitos romances em que enfoca as questões femininas. Seu romance futurista *O conto da aia* — que mais tarde virou filme dirigido por Harold Pinter — foi indicado ao Booker Prize, assim como *Olho de gato*. Em 2000, finalmente, com *O assassino cego*, ela recebeu esse prêmio. Outros trabalhos aclamados pela crítica foram *A noiva ladra*, *Vulgo Grace*, e *Oryx e Crake* (2003). Ela continua uma autora popular mundo afora; suas obras foram traduzidas em mais de 30 idiomas. Em 2008 foi laureada com o Prêmio Príncipe das Astúrias das Letras

ESTADOS UNIDOS:

Sul:

Richard Ford (1944-):

Nascido em Jackson, Mississippi, Richard Ford publicou seu primeiro romance, *Um pedaço de meu coração*, e em seguida *A suprema sorte* (1981). Nesse ínterim ensinou no Williams College e Princeton. Escreveu *O cronista esportivo*, considerado pela revista *Time* um dos cinco melhores livros de 1986 e finalista do PEN/Faulkner Award de ficção. O sucesso de Ford continuou quando, a seguir, em 1987, lançou *Rock Springs*, uma coleção de contos, em sua maioria passados em Montana, que inclui alguns dos seus contos mais famosos, confirmando a reputação de um dos melhores escritores de sua geração. Em 1995 o romance *Independência* tornou-se o primeiro a ganhar tanto o Prêmio PEN/Faulkner quanto o Prêmio Pulitzer de ficção. Lançou *Mulheres com homens* e *A Multitude of Sins*, ambos de contos, e em 2006 seu último romance, *O sal da terra*

Nordeste:

Jonathan Safran Foer (1977-):

Nasceu em Washington D.C. Seu primeiro romance, *Tudo se ilumina*, apareceu mundialmente nas listas de melhores livros de 2002, ganhou vários prêmios literários, como o National Jewish Book e The Guardian First Book, e foi publicado em mais de 24 países. Seu segundo romance, *Extremamente alto e incrivelmente perto*, foi lançado em 2005. Os direitos para transformá-lo em filme foram adquiridos pela Warner Bros and Paramount. Na primavera de 2008, Foer começou a lecionar redação criativa como professor visitante na Universidade de Yale. Atualmente, é professor na New York University.

Jonathan Lethem (1964-):

Nasceu em Nova York. O primeiro romance, *Gun, With Occasional Music*, uma ficção científica policial, foi finalista do Prêmio Nebula em 1994. O sucesso comercial alcançado por esse livro, aliado aos direitos de filmagem do mesmo, permitiu ao autor parar de trabalhar para dedicar-se à escrita em tempo integral. Em 1999, Jonathan ganhou os prêmios National Book Critics Circle e o Macalan Gold Dagger por *Brooklyn sem pai nem mãe*, um romance policial. Em 2003, Lethem lançou *A fortaleza da solidão*. Publicou ainda a coletânea de contos *Men and Cartoons*, o ensaio *The Disappointment Artist* e o romance *You Don't Love Me Yet*.

Steven Millhauser (1943-):

Nasceu em Nova York. Até ganhar o Pulitzer em 1997 pelo romance *Martin Dressler* (lançado pela Record), Millhauser era mais conhecido por seu romance *Edwin Mullhouse*, sobre um escritor precoce cuja carreira termina abruptamente quando ele morre aos onze anos. Esse livro foi aclamado pela crítica, e a ele se seguiram *Portrait of a Romantic*, em 1977, e a primeira coleção de contos, *In the Penny Arcade*, em 1986. Publicou também *The Barnum Museum, Little Kingdoms* e *The Knife Thrower and Other Stories*. Seu conto *Eisenheim the Illusionist* foi adaptado para o cinema, dando origem ao filme de 2006 *O ilusionista*, dirigido por Neil Burger e estrelado por Paul Giamatti e Edward Norton.

Oeste:

Sherman Alexie (1966-):

Sherman Alexie nasceu na Reserva Indígena Spokane, em Wellpinit, Estado deWashington, de pai e mãe índios. Ganhou vários prêmios literários, entre eles O. Henry, PEN/Amazon.com de contos, Poetry Society of America. Teve textos incluídos em diversas prestigiosas antologias de contos, como *The Best American Short Stories* e *Pushcart Prize*.

Publicou em 2007 o livro *Flight*. Seu romance *A história absolutamente verdadeira de um índio de meio expediente* venceu o National Book Award, um dos mais importantes prêmios literários, e foi eleito pelo *New York Times* um dos melhores livros do ano de 2007.

Meio-Oeste:

Jonathan Franzen (1959-):

Franzen nasceu próximo a Chicago e cresceu num subúrbio de Saint Louis (Missouri). Estudou na Universitat Freie, em Berlim, e mais tarde trabalhou em um laboratório sismológico na Universidade de Harvard. É autor de três romances — *The Twenty-Seventh City, Strong Motion, As correções* —, uma coletânea de ensaios, *How To Be Alone* (2002), e um livro de memórias, *A zona do desconforto*. Entre os prêmios que ganhou estão Whiting Writers, Guggenheim Fellowship e National Book Award (por *As correções*). Em 2010, publicou o romance *Freedom*, selecionado pelo Oprah's Book Club.

Exilados linguísticos:

Edwidge Danticat (1969-):

Nascida em Porto Príncipe, Haiti, aos 12 anos Danticat mudou-se para o Brooklyn, Nova York. Ela é autora de vários livros, como o romance *Breath, Eyes, Memory*, o livro de contos *Krik? Krak!*, finalista do National Book Award, e do romance *The Farming of Bones*, vencedor do American Book Award. Em 1995 ela ganhou o Woman of Achievement Award. É autora também de um livro de memórias: *Adeus, Haiti*. Suas obras foram traduzidas para vários idiomas, entre eles, francês, coreano, alemão, italiano, espanhol, sueco e português.

Junot Díaz (1968-):

Nascido em Santo Domingo, na República Dominicana, Díaz é autor do livro de contos *Afogado*, que se tornou um best seller e ganhou o prêmio PEN/Mallamud, e de *A fantástica vida breve de Oscar Wao*, vencedor dos prêmios John Sargent Sr. First Novel, National Book Critics Circle, Anisfield-Wolf Book, The Dayton Literary Peace e do Pulitzer 2008. Tem contos publicados em antologias prestigiosas como *Best American Short Stories, Pushcart Prize XXII* e *The O'Henry Prize Stories*.

GUIANA INGLESA:

Raywat Deonandan (1967-):

Deonandan nasceu de uma família de origem indiana, na Guiana. Escritor aclamado pela crítica, tem textos publicados em sete países e quatro línguas. Um de seus livros, uma coletânea de contos chamada *Sweet Like Saltwater*, venceu o National Book Award da Guiana. É colaborador fixo de vários jornais canadenses. Faz parte da direção do Habourfront Centre, um dos maiores e mais atuantes centros de arte do Canadá, onde vive.

JAMAICA:

Olive Senior (1941-):

Nascida na área rural da Jamaica, Olive Senior é autora de livros de poesia e de contos. Jornalista, formada pela Carleton University de Ottawa em 1967, trabalhou durante grande parte de sua vida com publicação de livros na Jamaica. Ganhou o Commonwealth Writers Prize por *Arrival of the Snake Woman* e *Discerner of Hearts*. Um de seus mais recentes trabalhos é *The View from the Terrance*. Em 2005, a autora recebeu a Musgrove Gold Medal, do Institute of Jamaica por sua contribuição para a literatura. Foi traduzida para o francês e recebeu elogios do *Le Monde*.

TRINIDAD E TOBAGO:

Rabindranath Maharaj (1955-):
Maharaj nasceu em Trinidad, onde trabalhou como professor e como colunista do *Trinidad Guardian*. No começo da década de 1990, mudou-se para o Canadá. Desde 1994 vive em Ajax, Ontário, onde leciona. É muito conhecido no Canadá por suas publicações de ficção e contos. Tanto o *Toronto Star* (o jornal de maior circulação do país) quanto o *Toronto Globe and Mail* (o segundo maior) reconheceram seu valor literário por ocasião do lançamento de sua obra *The Lagahoo's Apprentice*. Seu romance anterior *Homer in Flight*, fora indicado ao Canada First Novel Award. Em 2005 lançou o romance *A Perfect Pledge*.

Referências Bibliográficas

Língua Espanhola

ARGENTINA:

"La copia"
de Eduardo Berti
in *Los pájaros*
ed. Página de espuma, Madri (Espanha), 2003

"La olvidada"
de Juan José Saer
in *Lugar*
ed. Seix Barral, Buenos Aires (Argentina), 2006

BOLÍVIA:

"Historia sin moraleja"
de Edmundo Paz Soldán
in *Amores imperfectos*
ed. Alfaguara, Buenos Aires (Argentina), 1998

CHILE:

"Las rosas de Atacama"
Luis Sepúlveda
in *Historias marginales*
ed. Seix Barral, Barcelona (Espanha), 2001

COLÔMBIA:

"La próxima fuga"
de Jorge Franco
in *Maldito amor*
ed. Planeta, Bogotá (Colômbia), 2003

COSTA RICA:

"El nido"
de Rodrigo Soto
in *Floraciones y desfloraciones*
ed. Universidad Estatal a Distancia, San José, (Costa Rica), 2006

CUBA:

"Muerte en el lago"
de José Manuel Prieto
in *El Tartamudo y la rusa*
ed. Tusquets, Barcelona (Espanha), 2002

EL SALVADOR:

"Solitos en tudo el universo"
de Horacio Castellanos Moya
in *Con la congoja de la pasada tormenta*
ed. Tusquets, Barcelona (Espanha), 2009

EQUADOR:

"R.M. Waagen, fabricante de verdades"
de Abdón Ubidia
in *Divertinventos, o libro de fantasías y utopías*
ed. Grijalbo, Barcelona (Espanha), 1989

GUATEMALA:

"Encontro com el asesino"
de Ronald Flores
in *El cuarto jinete*
ed. X, Guatemala, 2000

MÉXICO:

"Lontananza"
de David Toscana
in *Lontananza*
ed. Sudamericana, Cidade do México (México), 1991

NICARÁGUA:

"La strategia de la araña"
de Sergio Ramírez
El reino animal
ed. Alfaguara, Madrid (Espanha), 2006

PANAMÁ:

"Extraña, bella flor matinal"
de Enrique Jaramillo Levi
in *En un instante y otras eternidades*
ed. Mariano Arosemena, Cidade do Panamá (Panamá), 2006

PARAGUAI:

"La fiesta en la mar"
de Delfina Acosta
in *El viaje*
Biblioteca Virtual Universal, 2003 (www.biblioteca.org.ar)

PERU:

"Los três golpes de las cuatro y cinco"
de Alonso Cueto
in revista *Ideele* nº 166, outubro de 2004

PORTO RICO:

"El gran secreto de Cristobal Colon"
de Luis López Nieves
in *La verdadera muerte de Juan Ponce de León*
ed. Norma, Bogotá (Colômbia), 2006

REPÚBLICA DOMINICANA:

"El efecto dominó"
de José Acosta
in *El efecto dominó*
Ed. Universidad del Este, San Pedro de Macorís (RD), 2001

URUGUAI:

"El buzón del tiempo"
de Mario Benedetti
in *Buzón del tiempo*
ed. Emecé, Buenos Aires (Argentina), 2006

VENEZUELA:

"El nudo del diablo"
de Eloi Yagüe Jarque
in *El nudo del diablo e otros cuentos asombrosos*
ed. Playco, Maracay (Venezuela), 2006

"Donde estás Ana Klein"
de Ana Teresa Torres
in www.ficcionbreve.org, 2007

Língua Portuguesa

BRASIL:

Norte:

"Sujou"
de Edyr Augusto
inédito

Nordeste:

"Aika Tharina"
de Raimundo Carrero
inédito

"Redemunho"
de Ronaldo Correia de Brito
in *Faca*
ed. CosacNaify, São Paulo, 2003

Centro-Oeste:

"Artérias expostas"
de André de Leones
inédito

Sudeste:

"O rapto do fogo"
de Alberto Mussa
in *O movimento pendular*
ed. Record, Rio de Janeiro, 2006

"A solução"
de Luiz Ruffato
in *O mundo inimigo*
ed. Record, Rio de Janeiro, 2006

"No bar do Alziro"
de Marçal Aquino
in *Famílias terrivelmente felizes*
Ed. CosacNaify, São Paulo, 2003

Sul:

"Hereditário"
de Amilcar Bettega
in *Deixe o quarto como está*
ed. Companhia das Letras, São Paulo, 2002

"Olhos azuis"
de Miguel Sanches Neto
in *Hóspede secreto*
ed. Record, Rio de Janeiro, 2003

Língua Holandesa

CURAÇAO:

"Een Ding"
de Frank Martinus Arion
in *De eeuwige hond*
ed. De Bezige Bij, Amsterdã (Holanda), 2001

SURINAME:

"Reis"
de Ellen Ombre
in *Maalstroom*
ed. De Arbeiderspers, Amsterdã (Holanda), 1992

Língua Francesa

ANTILHAS FRANCESAS:

"Mizik"
de Ernest Pépin
in *Revue Noire* n° 23, Paris (França), 1996

CANADÁ:

"Tulipes et coquelicots"
de Sylvain Trudel
in *La mer de la tranquilité*
ed. Les Allusifs, Montreal (Canadá), 2006

GUIANA FRANCESA:

"Nativité"
de André Paradis
in *Marronages*
ed. Ibis Rouge, Matoury (Guiana Francesa), 1998

HAITI:

"Un aller simple"
de Dany Laferrière
in *Riveneuve Continents* n° 6, Paris (França), 2008

Língua Inglesa

BELIZE:

"My Father and the Confederate Soldier"
de Zee Edgell
in *Calabash: a Journal of Caribbean Arts and Letters*.
New York University, vol. 4 – nº 1, 2006

CANADÁ:

"Weight"
de Margaret Atwood
in *Wilderness Tips*
ed. Virago Press, Londres (Grã-Bretanha), 1992

ESTADOS UNIDOS:

Sul:

"The Reunion"
de Richard Ford
in *Vintage Ford*
ed. Vintage Books, Nova York (Estados Unidos), 2004

Nordeste:

"My Life as a Dog"
de Jonathan Safran Foer
in *The New York Times*, Nova York (Estados Unidos), 27/11/2006

"The Dystopianist, Thinking of His Rival, is Interrupted by a Knock on the Door"
de Jonathan Lethem
in *Men and cartoons*
Ed. Doubleday, Nova York (Estados Unidos), 2004

"The Knife Thrower"
de Steven Millhauser
in *The Knife Thrower and Other Stories*
ed. Random House, Nova York (Estados Unidos), 1998

Oeste:

"Integration"
de Sherman Alexie
in *Granta* 54, *The Best of Young American Novelists*, Nova York (Estados Unidos), 1996

Meio-Oeste:

"Breakup Stories"
de Jonathan Franzen
in *The New Yorker*, Nova York (Estados Unidos), 4/11/2004

Exilados linguísticos:

"The Revenant"
de Edwidge Danticat
in *Granta* 54, *The Best of Young American Novelist*, Nova York (Estados Unidos), 1996

"Sem cara" (No face)
de Junot Díaz
in *Afogado* (edição brasileira)
ed. Record, Rio de Janeiro (Brasil), 1998 (trad. Renato Aguiar)

GUIANA INGLESA:

"A Memory of Flowers and Coconut"
de Raywat Deonandan
in *Pagitica Magazine*, Toronto (Canadá), 2003

JAMAICA:

"You think I Mad, Miss?"
de Olive Senior
in *Discerner for Hearts*
ed. McClelland & Stewart Ltd, Toronto (Canadá), 1995

TRINIDAD E TOBAGO:

"Never Forget"
de Rabindranath Maharaj
in *The interloper*
ed. Goose Lane, Fredericton (Canadá), 1995

Créditos

Os créditos estão na ordem de aparição dos textos.

Prefácio — *tradução de André Telles*

©2003, Eduardo Berti, c/o Guillermo Schavelzon & Asoc. Agencia Literaria info@schavelzon.com (com intermediação de Mónica Herrero Agencia Literaria) — *tradução de Maria Alzira Brum*

©2006, Juan José Saer, c/o Guillermo Schavelzon & Asoc. Agencia Literaria info@schavelzon.com (com intermediação de Mónica Herrero Agencia Literaria) — *tradução de Maria Alzira Brum*

©1998, Edmundo Paz Soldán, c/o Guillermo Schavelzon & Asoc. Agencia Literaria info@schavelzon.com (com intermediação de Mónica Herrero Agencia Literaria) — *tradução de Maria Alzira Brum*

©2001, Luis Sepúlveda, c/o literarische agentur Mertin inh. Nicole Witt — *tradução de Maria Alzira Brum*

©2003, Jorge Franco, c/o Mercedes Casanovas Agencia Literaria — *tradução de Maria Alzira Brum*

©2006, Rodrigo Soto — *tradução de Maria Alzira Brum*

©2002, José Manuel Prieto — *tradução de Maria Alzira Brum*

©2009, Horacio Castellanos Moya, c/o literarische agentur Mertin inh. Nicole Witt — *tradução de Maria Alzira Brum*

©1989, Abdón Ubidia — *tradução ae Maria Alzira Brum*

©2000, Ronald Flores — *tradução de Julián Fuks*

©1991, David Toscana, c/o literarische agentur Mertin inh. Nicole Witt — *tradução de Maria Alzira Brum*

©2006, Sergio Ramírez, c/o Antonia Kerrigan Agencia Literaria — *tradução de Maria Alzira Brum*

©2004, Enrique Jaramillo Levi — *tradução de Maria Alzıra Brum*

©2003, Delfina Acosta — *tradução de Julián Fuks*

©2006, Alonso Cueto, c/o Antonia Kerrigan Agencia Literaria — *tradução de Julián Fuks*

©2006, Luis López Nieves, c/o Guillermo Schavelzon & Asoc. Agencia Literaria info@schavelzon.com (com intermediação de Mónica Herrero Agencia Literaria) — *tradução de Maria Alzira Brum*

©2001, José Acosta — *tradução de Maria Alzira Brum*

©2006, Mario Benedetti, c/o Guillermo Schavelzon & Asoc. Agencia Literaria info@schavelzon.com (com intermediação de Mónica Herrero Agencia Literaria) — *tradução de Maria Alzira Brum*

©2006, Eloi Yagüe Jarque — *tradução de Julián Fuks*

©2007, Ana Teresa Torres — *tradução de Maria Alzira Brum*

©2010, Edyr Augusto

©2010, Raimundo Carrero

©2003, Ronaldo Correia de Brito

©2010, André de Leones

©2006, Alberto Mussa

©2006, Luiz Ruffato

©2003, Marçal Aquino, c/o Cosac Naify

©2002, Amilcar Barbosa Bettega

©2003, Miguel Sanches Neto

©2001, Frank Martinus Arion, c/o Uitgeverij de Bezige Bij — *tradução de Amabile Keijer*

©1992, Ellen Ombre, c/o Uitgeverij de Arbeidersper — *tradução de Amabile Keijer*

©1996, Ernest Pépin — *tradução de André Telles*

©2006, éditions Les Allusifs— *tradução de André Telles*

©1998, Ibis Rouge Editions— *tradução de André Telles*

©2008, Dany Laferrière— *tradução de André Telles*

©2006, Zee Edgell — *tradução de Maria Alice Máximo*

©1992, Margaret Atwood, c/o Editora Rocco— *tradução de Maria Alice Máximo*

©2004, Richard Ford, c/o ICM Books — *tradução de Maria Alice Máximo*

©2006, Jonathan Safran Foer, c/o Marsh Agency Ltd — *tradução de Maria Alice Máximo*

©2004, Jonathan Lethem, c/o Marsh Agency Ltd — *tradução de Julián Fuks*

©1998, Steven Millhauser, c/o ICM Books — *tradução de Julián Fuks*

©1996, Sherman Alexie, c/o Nancy Stauffer Associates — *tradução de Julián Fuks*

©2004, Jonathan Franzen, c/o Susan Golomb Literary Agency — *tradução de Maria Alice Máximo*

©1996, Edwidge Danticat, c/o Marsh Agency Ldt — *tradução de Heloisa Matias*

©1996, Junot Díaz — *tradução de Renato Aguiar*

©2003, Raywat Deonandan — *tradução de Julián Fuks*

©1995, Olive Senior — *tradução de Maria Alice Máximo*

©1995, Rabindranath Maharaj, reprinted by permission of Goose Lane editions — *tradução de Julián Fuks*

Este livro foi composto na tipologia Minion Pro,
em corpo 11/15,5 impresso em papel off-white 80g/m²,
no Sistema Cameron da Divisão Gráfica
da Distribuidora Record.